Caleb Roehrig

Niemand wird sie finden

Caleb Roehrig

NIEMAND WIRD SIE FINDEN

Aus dem Amerikanischen von Heide Horn
und Christa Prummer-Lehmair

cbj

Der Verlag weist ausdrücklich darauf hin, dass im Text enthaltene externe Links vom Verlag nur bis zum Zeitpunkt der Buchveröffentlichung eingesehen werden konnten. Auf spätere Veränderungen hat der Verlag keinerlei Einfluss. Eine Haftung des Verlags ist daher ausgeschlossen.

Dieses Buch ist auch als E-Book erhältlich.

MIX
Papier aus verantwortungsvollen Quellen
FSC® C083411

Verlagsgruppe Random House FSC® N001967

1. Auflage 2017

Die englische Originalausgabe erschien 2016 unter dem Titel:
»Last Seen Leaving« bei Feiwel & Friends,
einem Imprint der Macmillan Children's Publishing Group, USA
Dieses Werk wurde vermittelt durch die
Literarische Agentur Thomas Schlück GmbH, 30827 Garbsen.
Übersetzung: Heide Horn und Christa Prummer-Lehmair
Umschlagkonzeption: semper smile, München
unter Verwendung von Motiven von
© Charlotte Grimm/Trevillion Images
jk · Herstellung: UK
Satz: KompetenzCenter, Mönchengladbach
Druck: CPI books GmbH, Leck
ISBN 978-3-570-17334-3
Printed in Germany

www.cbj-verlag.de

Für Uldis,
für alle Träume, die wahr geworden sind,
und für diejenigen, die es noch werden sollen,

und

im Gedenken an meine Großmutter
Helen Copperman (alias die Bücherlady).
Danke, dass du diese Begeisterung in mir geweckt hast.

In die Dunkelheit gehen sie,
die Klugen und die Liebenswerten.
Edna St. Vincent Millay

1

IM VORGARTEN MEINES NACHBARN lag eine Leiche. Ausgebreitet vor einer Wacholderhecke, Arme und Beine gummiartig verdreht, wie aus einem vorbeifliegenden Helikopter gefallen, und anstelle des Kopfes ein großer Granitbrocken. Der Gartenhandschuh an der rechten Hand war von der Manschette des Flanellhemds gerutscht und entblößte ein Stück gespenstisch weiße Schaumstofffüllung.

Es war eine Woche vor Halloween und alle in meiner Straße schienen sich bereits darauf einzustimmen. Gegenüber bei den Harrisons säumte eine Reihe Grabsteine den Fußweg zur Haustür, jeder mit einer »witzigen« Inschrift.

HIER RUHT DER MILCHMANN.
ER HATTE SEIN MINDESTHALTBAR-
KEITSDATUM ÜBERSCHRITTEN.

Solche Sachen. Es war ein Spießrutenlauf grauenvoller Scherze, und wenn man ihn überstand, wurde man von Mrs Harrison – verkleidet mit spitzem Hexenhut und einer warzigen Latexnase – mit einem kleinen Schokoriegel belohnt. Als ich das letzte Mal an Halloween von Haus zu Haus gezogen war, vor fast fünf Jahren, hatte ich die Harrisons übersprungen.

Die Straße rauf und runter sah man Gespenster und Skelette, ausgehöhlte Kürbisse und Papiertüten mit Kerzen drin, Fledermäuse und schwarze Katzen. Gummispinnen baumelten von Dachrinnen, Zombiehände ragten aus Gartenbeeten, Büsche waren in künstliche Spinnweben gehüllt, dick wie Polsterwatte. Meine Nachbarn wetteiferten darin, welches Haus das »unheimlichste« war – keiner wollte sich nachsagen lassen, das langweiligste zu haben. Unseres schlug jedoch alle. In diesem Gruselkabinett schauriger Dekoideen war unser Haus an jenem frostigen Oktobernachmittag das einzige, das einem wirklich Angst einjagte.

In unserer Einfahrt parkte nämlich ein Einsatzwagen der Polizei.

»Alter, wie viel mussten deine Eltern hinlegen, um das Ding zu mieten?« Mein bester Freund Micah Feldman stand neben mir auf dem Gehweg vor unserem öden zweistöckigen Haus im Kolonialstil und meinte das offenbar ernst.

»Haben sie nicht, Blödmann«, sagte ich und kickte mein Skateboard hoch – und wenn ich angespannt klang, dann spiegelte das exakt meine Stimmung wider. *Was zum Teufel hatten die Cops bei mir zu Hause zu suchen?*

»Was zum Teufel haben die Cops bei dir zu Hause zu suchen?«

»Woher soll ich das wissen?« Nervös sah ich mich um.

Auf der Straße war es ruhig, bis auf das Laubgeraschel, als der Wind durch das Heer von Bäumen fuhr, das unser Viertel besetzte. Vor ein paar Wochen hatte unsere Straße an ein Postkartenmotiv erinnert, ein herbstliches Bild von Eichen und Ahornbäumen, die in der Mittagssonne in den bunten Farben von Edelsteinen leuchteten. Jetzt waren ihre Äste halb kahl, nur von ein paar braunen, eingerollten Blättern durchsetzt, die sich immer noch weigerten, abzufallen.

»Du glaubst doch nicht …« Aus Micahs Gesicht wich die Farbe. »Du glaubst doch nicht, sie haben das mit dem Gras rausgekriegt, das du gekauft hast, oder?«

Das du gekauft hast. Nett. »Du hast die Hälfte davon bezahlt, Micah.«

»Klar, aber du warst derjenige, der, du weißt schon, das Geld hingelegt hat.« Mein sogenannter bester Freund wand sich wie eine Schlange. Das sah ihm ähnlich. »Vielleicht hat dich der Typ reingelegt.«

»Es waren höchstens fünfzehn Gramm! Die Cops haben bestimmt Besseres zu tun, als ein paar Kids zu verhaften, die sich Gras für zwei Pfeifen besorgt haben.« Hoffte ich zumindest. »Noch dazu in Ann Arbor.«

»Wenn du das sagst.« Micah zuckte unbehaglich dic Schultern und trat dann den Rückzug an. »Ich muss nach Hause. Ruf mich an, wenn sie dich nicht einbuchten, ja?«

»Verpiss dich«, murmelte ich, aber in meinem Nacken begann es zu prickeln und mir brach der Schweiß aus. War die Polizei tatsächlich wegen des Grases hier? Wenn sie den Kerl verhaftet hatten, der es mir verkauft hatte,

hatte er im Austausch für eine mildere Strafe womöglich die Namen seiner Kunden verraten?

Ich schüttelte den Kopf, um wieder auf klare Gedanken zu kommen. Ich war ein Idiot. Der Kerl war der Mitbewohner des Bruders eines Freundes eines Freundes gewesen; er kannte nicht mal meinen richtigen Namen. Trotzdem, wenn die Cops unser Haus nach … na ja, irgendwas durchsuchten, würden sie schnell auf die kleine Dose Pfefferminzpastillen ganz hinten in meiner Schreibtischschublade stoßen, sie öffnen, die blättrige Substanz nicht als Lutschbonbons identifizieren und mich für ihren Besitz drankriegen. Mein Mund fühlte sich trocken und klebrig an, als ich das Skateboard unter meinen Ellbogen klemmte und zur Tür ging. Wenn die Polizei das Gras noch nicht gefunden hatte, würde ich ihr keine Gelegenheit mehr dazu geben; sobald ich im Haus war, würde ich die Dose holen und das Gras die Toilette hinunterspülen.

Ich kam nicht dazu, meinen Plan auszuführen. Kaum hatte ich einen Fuß in die Diele gesetzt, hörte ich meine Mutter aus dem Wohnzimmer rufen. »Flynn? Bist du das?«

Sie klang … angestrengt. Nicht verärgert, sondern ängstlich. *War das besser?* Meine Handflächen fühlten sich etwas klamm an. »Äh, ja.«

»Kommst du bitte ins Wohnzimmer?«

Ich warf einen kurzen Blick zur Treppe, die zu meinem Zimmer im ersten Stock führte, und schluckte einen dicken Kloß im Hals hinunter. Das Wohnzimmer befand sich direkt vor mir, und bevor ich so tun konnte, als hätte ich sie nicht gehört, trat meine Mutter auch schon in mein

Blickfeld. Sie stand vor der Schiebetür in den Garten und lächelte mich an, aber es war ein unheimliches, verkniffenes Lächeln, das nicht gerade zu meiner Nervenberuhigung beitrug.

»Ich geh nur kurz hoch in mein Zimmer und bringe mein Zeug …«, fing ich an, doch sie ließ mich nicht ausreden.

»Das ist jetzt nicht nötig, Schatz. Du kannst deine Sachen hierlassen.«

Schatz. Oh-oh. Meine Mom hatte mich nicht mehr Schatz genannt, seit … Ich wusste gar nicht mehr, wann sie mich das letzte Mal so genannt hatte. Wie betäubt ließ ich meine Tasche und mein Skateboard fallen, streifte meine Jacke ab und schlurfte ins Wohnzimmer. Aufgrund der Glastür und des riesigen Panoramafensters war es lichtdurchflutet, aber meine Sicht verengte sich zu einem Tunnelblick, bis ich nur noch zwei Dinge wahrnahm: einen Polizisten, der auf Dads Fernsehsessel saß, und eine Polizistin, die am Kamin stand. Der Mann im Sessel hatte schütteres, rotblondes Haar und eine Knollennase; die Frau am Kamin war jünger, vielleicht Mitte zwanzig, und schwarz. Ihre Augen schienen mich zu durchbohren und bis zu dem in meinem Zimmer versteckten Marihuana zu sehen. Beide trugen schwere Waffengürtel mit Pistolen in einem Holster.

Wieder schluckte ich und versuchte zu überspielen, dass ich mir vor Angst fast in die Hosen machte.

»Warum setzt du dich nicht, mein Junge?«, sagte der Polizist, aber es klang eher nach einer Anordnung als nach einem Vorschlag. Mom umrundete das Sofa, wobei sie mich keine Sekunde aus den Augen ließ, und setzte sich zuerst. Dann klopfte sie neben sich auf das Kissen, als wäre ich ein Terrier oder so. Gehorsam folgte ich ihrem stummen Befehl, und sobald ich Platz genommen hatte, sagte der Mann: »Ich bin Detective Wilkerson und das ist Detective Moses. Wir müssen dir nur ein paar Fragen stellen.« Er schenkte mir ein Lächeln, das irgendwo zwischen »guter Onkel« und »verarsch mich nicht« lag, und mein Magen begann zu gurgeln. »Das mag dir jetzt albern erscheinen, aber da es sich um einen offiziellen Besuch handelt, muss ich mich vergewissern, dass du Flynn Doherty bist. Ist das korrekt?«

»Ja, Sir«, antwortete ich automatisch. Meine Stimme klang, als käme sie aus einem anderen Zimmer. *Sir?* Ich redete sonst nie jemanden mit »Sir« an.

»Deine Mutter hat uns erzählt, dass du im zweiten Jahr an der Riverside bist.«

»Äh … ja?«

Wilkerson grinste. »Mein Junge fängt nächstes Jahr dort an. Er ist Ringer, aber ich hoffe, ich kann ihn dazu überreden, es mit Football zu versuchen. Ihr habt dieses Jahr eine ziemlich gute Mannschaft, stimmt's?«

»Klar«, sagte ich beflissen. Ich wusste einen Scheiß über Football und noch weniger darüber, wie unsere Mannschaft war. Ich bin ein schmächtiger Typ, kleiner und dünner als die meisten in meinem Alter, und Fünfzehnjährige, die gerade mal fünfundfünfzig Kilo auf die Waage bringen, eignen sich nicht gerade als Spitzenathleten bei

Kontaktsportarten. Mir war schon in der dritten Klasse klar geworden, dass ich auf diesem Gebiet niemals Pokale gewinnen würde, und seitdem war jede Sportstunde ein einziges Martyrium für mich. Kerle nehmen Sport unglaublich wichtig, und als man mir bei einem Fußballspiel in der Mittelstufe inncrhalb von zwanzig Minuten sechs oder sieben Mal von der Seite in die Beine grätschte, erkannte ich, dass ich meine Energie besser anderswo investieren sollte.

Ein beklommenes Schweigen breitete sich aus, während mich Wilkerson und Moses musterten. Wenn sie irgendein Geständnis von mir erwarteten, musste ich sie enttäuschen. Der ältere Polizist räusperte sich. »Mein Junge, January McConville ist deine Freundin, nicht wahr?«

Ich hatte mit allem gerechnet, nur nicht damit. Jetzt nahm Mom meine Hand und drückte sie so fest, als wollte sie den Granitbrocken im Garten unseres Nachbarn pulverisieren, und das war der erste Hinweis, dass es hier um etwas sehr viel Ernsteres ging als ein paar Gramm Gras. Ich leckte mir die Lippen und fragte: »Warum? Was ist passiert?«

»Beantworte bitte einfach meine Frage.«

Mom fixierte mich immer noch, Besorgnis im Blick, und ich beschloss, die Dinge nicht unnötig zu komplizieren. »Ja. Äh, ja, Sir. Warum?«

»Wann hast du sie zum letzten Mal gesehen, mein Junge?«

Ich starrte ihn verständnislos an. »Letzten Freitag. Warum?«

Wilkerson und Moses wechselten einen Blick. »Letzten Freitag. Bist du sicher?«

»Ja, ich weiß, wie man einen Kalender benutzt«, platzte ich heraus, bevor ich mich zurückhalten konnte. »Warum fragen Sie mich nach January? Was ist passiert?«

Wilkerson tat, als hätte ich nichts gesagt, und fragte mit seiner onkelhaft/knallharten Miene: »Du hast sie nicht zufällig am Dienstagabend getroffen?«

»Er hat Ihnen gerade gesagt, dass er sie seit Freitag nicht mehr gesehen hat«, warf meine Mutter scharf ein. Wenn sie diesen Ton annahm, versetzte sie Männer normalerweise in Angst und Schrecken – einmal hatte sie ihn bei meinem sadistischen Klassenlehrer angewandt, woraufhin er drei Tadel wegen Zuspätkommens rückwirkend strich – aber Wilkerson verzog keine Miene.

»Ich hätte gerne, dass er darauf antwortet, Ma'am.« Der gute Onkel war jetzt endgültig zum knallharten Typen mutiert. »Bist du sicher, dass du sie am Dienstagabend nicht getroffen hast?«

»Natürlich bin ich sicher«, beharrte ich. Ich bekam Herzklopfen und in meinem Bauch machte sich ein kaltes Gefühl breit. »Am Dienstagabend war ich hier und habe einen bescheuerten Geschichtsaufsatz geschrieben. Ich habe January das letzte Mal am Freitag gesehen. Wie ich bereits gesagt habe.«

Wilkerson verzog den Mund. »Wie hat sie auf dich gewirkt?«

»Häh?«

»War sie durcheinander? Wütend?« Wilkerson zog mit

einer Hand Kreise in der Luft. »Worüber habt ihr euch unterhalten?«

Ich dachte an den Freitagabend zurück – Januarys Atemwolke zwischen uns, ihre Hände, die an meiner Jeans herumfummelten, die Tränen, die in ihren Augen glänzten – und rutschte auf dem Sofa herum. Mom beobachtete mich wie ein Tier im Zoo, und ich spürte, wie sich mein Brustkorb zusammenschnürte. »Keine Ahnung. Über nichts Besonderes.«

Bestimmt sahen sie die Schweißperlen an meinen Schläfen. Was für ein Albtraum. Warum löcherten sie mich über den Freitagabend, während Mom dabeisaß?

»Geht es ein bisschen genauer?«

Es war wie nach vorne gerufen zu werden, um ein Referat zu halten, das man nicht vorbereitet hatte. Ich faselte los, redete wahllos Zeug, das mir durch den Kopf schoss, und eierte verzweifelt um die Wahrheit herum. Mir ging es nicht darum, die Cops absichtlich zu täuschen – nicht wenn etwas Schlimmes passiert war –, aber sie weigerten sich zu sagen, was eigentlich los war, und da wollte ich mich auch nicht einfach so in gerade diese Ecke drängen lassen. »Wir haben uns den Sternenhimmel angesehen. January steht total auf so was, und es war eine ziemlich klare Nacht, deshalb sind wir rausgegangen und … na ja, haben uns eine Weile die Sterne angeguckt. Und wir haben uns darüber unterhalten, was wir nach dem Abschluss machen wollen, und wir haben über ihr großes, schickes neues Haus und ihre große, schicke neue Schule geredet und … das war's mehr oder weniger.«

Das klang selbst für meine Ohren jämmerlich, und ich merkte, dass mir die Cops nicht glaubten. Wilkerson fragte mich mit zweifelndem Blick: »Wirkte sie deprimiert oder besorgt auf dich? Hat sie sich irgendwie ungewöhnlich verhalten?«

Wieder sah ich Januarys verzerrte Miene im fahlen Schein des Mondlichts vor mir, ihre bitteren Tränen, die silberne Spuren auf ihren Wangen hinterließen, und schämte mich. »Eigentlich nicht.«

Wilkerson runzelte die Stirn, und Detective Moses kniff die Augen ein bisschen zusammen, als würde sie sich vorstellen, wie sie mir Handschellen anlegte. Dann ergriff sie zum ersten Mal das Wort. »Sie ist deine Freundin und du hast sie fast eine Woche lang nicht gesehen?« Heute war Donnerstag, rein rechnerisch hatte sie also recht. »Nicht mal am Wochenende? Nicht am Dienstagabend?«

»Warum fragen Sie mich die ganz Zeit nach Dienstag?« Meine Stimme stieg in die obere Tonlage, ich konnte nichts dagegen tun, sie entzog sich meiner Kontrolle wie eine Katze, die auf einen Baum entwischt. »Warum fragen Sie mich die ganze Zeit nach January? Was ist passiert?«

Es machte mich kirre, dass die Polizisten erneut einen Blick wechselten, und schließlich sagte Wilkerson: »January McConville wird vermisst, mein Junge. Sie ist am Dienstagabend nicht von der Schule nach Hause gekommen, und niemand hat seitdem etwas von ihr gehört oder gesehen.« Er musterte mich einen Augenblick, als würde er eine Reaktion von mir erwarten, aber ich starrte nur in stummem Staunen zurück, bis er noch nachschob:

»Jetzt verstehst du vermutlich, warum wir genau wissen wollen, worüber ihr bei eurer letzten Begegnung gesprochen habt.«

Ich sah von dem besorgten Gesicht meiner Mom zu der geschäftsmäßigen Miene der Cops und schluckte schwer. *Oh, Scheiße.*

2

ZWEI WOCHEN VOR HALLOWEEN *und es war Vollmond, eine elfenbeinweiße Scheibe stand am Himmel, die so hell strahlte, dass Straßenlampen überflüssig waren, so hell, dass ich einen Schatten auf Januarys blonde, über ihren Rücken wallende Mähne warf, während sie leise vor mir durch das hohe Gras stapfte. Ein paar kleine, fedrige Wolken schwebten am Rand des Nachthimmels, und die Wiesen, die sich vor uns erstreckten, zeichneten sich als gestochen scharfes, bläuliches Relief ab. Es war eine ungewöhnlich kalte Nacht, und wir sahen unsere Atemwolken, weiße Schemen, die sich vor unseren Augen auflösten.*

Ich hatte seit Tagen nichts von ihr gehört – kein Anruf, keine Nachricht, nichts –, und dann schrieb sie urplötzlich und bat mich, zu ihr zu kommen. Kaum war ich da, sagte sie zu ihrer Mom und ihrem Stiefvater, wir würden zum Sternegucken gehen und spät nach Hause kommen. »Ihr braucht nicht aufzubleiben, bis ich zurück bin«, sagte sie sarkastisch. Sie wusste, dass sie ihr wahrscheinlich gar nicht zuhörten.

Seitdem ihre Mutter Jonathan Walker geheiratet hatte, einen stinkreichen Landespolitiker mit höheren politischen

Ambitionen, war January immer pessimistischer in Bezug auf ihre eigenen Lebensaussichten geworden, was einen gewissen Widerspruch darstellte. Sie zog aus einer winzigen Mietwohnung in das größte Haus, das ich jemals gesehen hatte – es hätte ein Hotel sein können –, und hasste es. Es war ein »Anwesen« im ausgedehnten und überwiegend ländlich geprägten Superior Charter Township nordöstlich von Ann Arbor und erstreckte sich über eine größere Fläche als mein ganzes Viertel, und sie meckerte, weil es so weit entfernt lag. Ihr Zimmer war riesig – ihr Bett *war riesig –, und zum sechzehnten Geburtstag hatte man ihr schon ein Cabrio versprochen.*

Trotzdem beklagte sie sich. »Mom und ich hatten früher ein super Verhältnis, weißt du? Wir konnten uns richtig gut unterhalten. Jetzt läuft von morgens bis abends die ›Tammy und Jonathan Walker Show‹, und ich bin die Teenager-Tochter, die von der Hauptdarstellerin zu einer Gastrolle degradiert wurde, weil sie nicht mehr gebraucht wird. Mom ist immer auf seiner Seite, sie klingt kaum noch wie sie selbst!«

January hatte ja recht. Ich sah es mit eigenen Augen. Als ich sie im Freshman-Jahr an der Highschool kennengelernt hatte, fing ihre Mom gerade an, mit Walker auszugehen, und January war überzeugt, dass es nicht halten würde. Tammy schlug sich als alleinerziehende Office-Managerin durch und Walker war einer der reichsten Männer von Michigan; sie hatten nichts gemeinsam. Aber dann konnte ich zusehen, wie Januarys Mom sich das mattbraune Haar platinblond färbte, wie sie nicht mehr im Billig-, sondern im Luxuskaufhaus shoppte, und wie aus »Tammy« »Mrs Walker«

wurde. Mr Walker hatte ihr, wie ein Kind seiner Puppe, eine neue Identität verpasst und seine neue Freundin/Verlobte/Ehefrau war ein bereitwilliges und kooperatives Typveränderungsobjekt gewesen. January hingegen hatte sich beharrlich gegen den Eindringling zur Wehr gesetzt und war immer verbohrter und kratzbürstiger geworden, bis ihre Mom und ihr Stiefvater es irgendwann aufgaben.

Sie hatte immer noch keinen Ton gesagt, als wir den kleinen Bach erreichten, der die rückwärtige Grenze des Walker-Anwesens markierte. Dahinter ragte eine Gruppe schwarzer Bäume auf zu den schleierartigen Zirruswolken, die wie Wattefetzen über unseren Köpfen schwebten. Linker Hand hinter den Bäumen lag eine hügelige Wiese, wo January gerne die Sterne beobachtete, weit genug von jeglicher Behausung entfernt, dass man sich einbilden konnte, man wäre ganz allein auf der Welt. Aber da wollte sie nicht hin, sondern wandte sich stattdessen nach rechts.

Wir sprangen über den Bach, bahnten uns einen Weg durch ein Kiefernwäldchen und traten hinaus ins Mondlicht, nur wenige Meter von einer Scheune entfernt, die nicht mehr benutzt wurde. Es war ein verlassenes, moderndes Wrack von einem Gebäude, die Bretter waren uralt und verbogen, das Dach hing an mehreren Stellen gefährlich durch, und um das Fundament herum wuchsen Grasbüschel. Ohne ein Wort steuerte January auf das breite Tor zu, dessen Riegel längst verrostet war.

»Äh, ich dachte, wir schauen uns die Sterne an«, sagte ich unsicher.

»Machen wir auch«, antwortete sie, und ihr Atem wurde

vor meinen Augen zu Dampfwolken. »Ich möchte nur zuvor hier rein.«

»Warum?« Ich blieb stehen und beäugte nervös das Gebäude. Mir machte weniger seine Baufälligkeit Sorgen als das, was dieser unangekündigte Aufenthalt bedeuten mochte.

»Weil es kalt ist«, sagte January einfach und schob einen Torflügel auf, dessen uralte Angeln unheimlich quietschten, »und weil ich es will.«

»Warum?«, fragte ich noch einmal, aber sie ignorierte mich. Ohne abzuwarten, ob ich ihr folgte, trat sie durch den schwarzen Schlund des Eingangs und wurde von der Dunkelheit verschluckt. Typisch January. Sie wusste, dass ich ihr folgen würde; ich hatte keine andere Wahl. Wo sollte ich sonst hin?

Ich stieß einen genervten Seufzer aus und trottete gehorsam hinter ihr her.

Innen war es auch nicht anheimelnder als draußen, besonders nachts. Zu beiden Seiten eines Mittelgangs lagen unheimlich wirkende Boxen mit uraltem Stroh, eine dicke Staubschicht bedeckte jede sichtbare Oberfläche, und die scharfkantigen, verrosteten Überreste von landwirtschaftlichen Geräten, die zu kaputt waren, um weiterverwendet oder verkauft zu werden, hingen an den Wänden wie ein primitives Waffenarsenal. Ich war natürlich schon mal hier drin gewesen; kurz nachdem January die Scheune entdeckt hatte, hatte sie sie zu ihrer Festung der Einsamkeit gemacht, einem Ort, wo sie der »Tammy und Jonathan Walker Show« entkommen konnte. Dabei hätte sie doch nur ans andere Ende dieses Palasts von einem Zuhause zu laufen brauchen und wäre genauso isoliert gewesen.

Im hinteren Bereich der Scheune stand eine Leiter, die auf den Heuboden führte, und im trüben Licht sah ich, dass January schon halb oben war, die Sprossen knarrten protestierend unter ihren Füßen. Frustriert rief ich: »Sagst du mir jetzt endlich, was wir in diesem gruseligen Dreckloch wollen?«

Sie gab keine Antwort. Sie verschwand aus meinem Blickfeld, und dann hörte ich, wie sie über meinem Kopf mit scharrenden Schritten durch Schmutz und Stroh ging, es polterte und knackte, bis sie am vorderen Ende stehen blieb. Einen Augenblick später stieg ich ebenfalls die Leiter hoch. Ich fand sie in ein kleines Heunest vor einem offenen Fenster gekuschelt, das auf die Wiese und die Bäume blickte, daneben stand ein Stapel Kisten an der Wand. Der helle Mondschein ließ ihre hellblonden Haare wie einen Heiligenschein aus Platin schimmern.

»Setz dich ein bisschen zu mir, ja?« Ihre Stimme war kaum mehr als ein Flüstern. »Mir ist kalt.«

Ich war immer noch verärgert, aber sie klang … irgendwie zerbrechlich. Das passte so gar nicht zu ihr, war total untypisch für das Mädchen, das sich sonst immer so tough und absolut unsentimental gab, sodass ich mein Misstrauen bezüglich ihrer Beweggründe vergaß. Ich durchquerte den Raum, wich einer schadhaften Stelle im Boden aus und setzte mich neben sie. Sie zitterte, deshalb schlug ich meinen Mantel auf und sie kuschelte sich in meinen Schoß, dann zog ich den Mantel um uns beide. Wir schwiegen eine Weile, sahen aus dem Fenster in einen Himmel, der von unzähligen Sternen in ein pointillistisches Meisterwerk verwandelt worden war; der Mond strahlte wie ein Scheinwerfer durch den transparenten, kaum vorhandenen Wolkenschleier.

»Das ist schön«, sagte January schließlich. Sie sah mich an, das Licht warf einen eisigen Reflex auf die blaue Iris eines ihrer Augen. »Ich habe dich vermisst, Flynn. Es kommt mir vor … als würden wir uns gar nicht mehr sehen.«

»Tun wir auch nicht«, antwortete ich freimütig. Es klang grob, deshalb schob ich noch nach: »Ich meine, wir gehen jetzt auf verschiedene Schulen, du hast jeden Tag Theater-AG, arbeitest jedes Wochenende …«

»Es ist nicht nur das. Ich habe das Gefühl, als …« Sie verstummte abrupt und wechselte die Gesprächsrichtung. »Ich vermisse dich«, sagte sie noch einmal. »Ich will, dass wir wieder glücklich werden, so wie früher.«

»Sind *wir* denn nicht glücklich?«, hakte ich vorsichtig nach. »Oder bist *du* nicht glücklich?«

»Du weißt, dass ich nicht glücklich bin. Jetzt nicht mehr.« Die altbekannte Bitterkeit lag in ihrer Stimme, ein galliger Ton, den ich förmlich schmecken konnte. »Ich hasse es so dermaßen hier. Ich hasse Jonathan, ich hasse die Dumas, ich hasse meine verdammte Robotermom … ich hasse es, dass du und Micah und Tiana und alle anderen weiterleben wie bisher und Spaß haben, während ich hier draußen in Narnia festsitze, mit meiner nagelneuen Wachsfigurenfamilie, und keinen schert es einen Dreck.«

»Mich schon«, versicherte ich ihr mechanisch.

Sie schwieg nur einen kurzen Moment. »Erzähl mir von Kalifornien, ja?«

Das war eines unserer kleinen Spiele. Wir hatten es schon

gespielt, bevor wir ein Paar wurden, aber wir konnten beide nicht genug davon kriegen. Sie legte den Kopf auf meine Schulter und ich betrachtete durch das Fenster den Mond. »Nach der Schule gehen wir beide nach Kalifornien. Ich studiere Englisch an der UCLA, aber nur bis ich weiß, was ich wirklich will; deine Eltern werden dich zwingen, dich für Stanford zu bewerben, und wahrscheinlich werden sie dich dort auch nehmen, aber du fängst stattdessen an der Caltech an, nur um es ihnen zu zeigen. Du machst deinen Abschluss in Astrologie …«

»Astronomie«, verbesserte sie mich, und ich hörte das Lächeln in ihrer Stimme.

»Ist doch dasselbe«, neckte ich sie. »Jedes Wochenende gehen wir auf Partys, abwechselnd bei deinen und meinen Freunden, aber du wirst ziemlich bald in eine Studentinnenverbindung eintreten …«

»Du Scheißkerl!« Sie lachte, und ich merkte, dass ich sie zum ersten Mal seit Wochen lachen hörte.

»… und ich werde mich mit all den Hipstern von der Filmakademie anfreunden, und sie werden mich dazu bringen, fair gehandelten Biokaffee zu trinken und über das Establishment herzuziehen. Deine Freundinnen von der Studentinnenverbindung werden mich nicht mögen, und meine Hipsterfreunde werden dich nicht mögen, und keiner wird verstehen, wie aus uns überhaupt ein Paar werden konnte …«

»… aber wir werden jeden Samstagnachmittag an den Strand gehen, jeden Freitagabend zum Sunset Strip und jeden Sonntag in ein anderes trendiges Café-Schrägstrich-

Bar-Schrägstrich-Restaurant, und all unsere ach so coolen Freunde würden für ihr Leben gern mit diesen fantastischen Kids aus Michigan tauschen«, beendete sie kichernd, aber ihre Stimme war leise. »Ich möchte wirklich, dass es so wird.«

»Ich auch.«

Sie drehte sich wieder zu mir, streckte mir ihr Gesicht entgegen und dann küsste sie mich. Ihre Lippen schmeckten nach Vanille-Lipgloss und Spiced Rum, und ich war überrascht, dass ich den Alkohol nicht schon vorher gerochen hatte. Der Kuss wurde im Handumdrehen richtig intensiv, ihre Zunge glitt zwischen meine Zähne, ihr Mund presste sich mit unmissverständlicher Bestimmtheit gegen meinen. Ihre rechte Hand fuhr unter meinen Pullover, strich über meinen Bauch und meine Brust, und ich zuckte zurück.

»Was ist?«, fragte sie, und dabei wanderte ihr vom Mondschein beleuchtetes Auge prüfend über mein Gesicht. »Was hast du?«

»Es ist nur – deine Hand ist eiskalt!«, sagte ich mit einem unsicheren Lächeln.

»Die wird schon wärmer«, versprach sie und drängte sich wieder an mich, küsste mich heftiger und schob nun auch die linke Hand unter meinen Pullover. Ihre Finger umfassten meine Bauchmuskeln, brannten eisig auf meiner Haut und rutschten dann zum Bund meiner Jeans hinunter. Bevor ich merkte, was sie tat, hatte sie auch schon den Hosenknopf geöffnet, und ich stieß sie zurück.

»Warte«, sagte ich leicht panisch.

»Es ist Zeit«, sagte sie keuchend, ihre Hände entwanden sich wie Aale meinem Griff, und wieder fasste sie nach mei-

nem Schritt. »Der Zeitpunkt passt endlich, und ich will … ich will, dass du der Erste bist. Ich will dich.«

Sie knetete mich, zog an meiner Jeans, und ich hätte es genießen sollen – ich wollte es wirklich genießen –, aber die Panik war in meinem Kopf zu einer heulenden Tornadosirene angewachsen, und ich stieß sie erneut von mir. »Stopp! Hör auf!«

»Warum?« Ihre Stimme klang ausdruckslos und fast angriffslustig. »Was hast du?«

»Ich bin noch nicht so weit«, rief ich, richtete meine Hose und schloss den Knopf so sorgfältig wie den Türriegel an einem Luftschutzbunker. »Wir haben das doch besprochen! Ich … Es ist noch zu früh, und es soll – es soll … etwas Besonderes sein.«

Etwas Blöderes hätte ich nicht sagen können, und das entging auch meiner Freundin nicht. Sie zog sich von mir zurück, ihr Gesicht verschmolz mit der Tintenschwärze des Heubodens. Mit ätzender Schärfe zischte sie: »Und ich bin wohl nicht besonders genug für dich, Flynn?«

»So habe ich es nicht gemeint, das weißt du genau«, blaffte ich. Meine Nervosität raubte mir jeden Sinn und Verstand.

»Wir sind seit vier Monaten zusammen. Du solltest es wollen.«

»Und du solltest froh sein, dass ich deinen Körper respektiere und so weiter.«

»Ist es das?« Ihre Stimme klang total hohl. »Ist es das, worum es wirklich geht?«

Mein erster Impuls war zu sagen: Wovon redest du? Aber ich wusste es ganz genau und wollte nicht, dass sie es *aussprach. Ich hätte alles dafür getan zu verhindern, dass sie es aussprach. Eiskalter Schweiß lief mir den Rücken hinunter, als ich erwiderte: »Tut mir leid, dass ich nicht sexbesessen genug für dich bin. Vielleicht bin ich einfach zu altmodisch.«*

»Dann bin ich wohl eine richtige Schlampe.«

»Das habe ich nicht gesagt!« Ich ließ mich von ihr auf die Palme bringen, weil es sicherer war, wütend zu sein. Ein objektiver Zuhörer hätte mich für verrückt gehalten, aber ich wollte, dass der Zorn meine Schuldgefühle, meine Scham und meine Vernunft überlagerte; ich ließ ihn die Kontrolle übernehmen. »Leg mir keine Worte in den Mund, nur weil ich noch nicht bereit bin, Sex zu haben!«

January schwieg einen Augenblick. »Hast du Angst, dass ich enttäuscht sein werde?«

»Häh?

»Wegen der Größe von deinem … du weißt schon.«

»Es gibt nichts Enttäuschendes an meiner … Größe«, rief ich. Wie schonend sie es vorgebracht hatte, als würde sie wirklich glauben, dass ich einen mickrigen Schwanz hatte, kränkte und schockierte mich. Der Punkt war nur, es hatte auch was von Schikane, als wollte sie es mich büßen lassen, dass ich nicht in einer Spukscheune Sex mit ihr haben wollte, oder mich dazu bringen, mein Ding rauszuholen, damit ich meine Männlichkeit unter Beweis stellte.

»Es ist nur … Kaz hat gesagt, ihr Jungs macht euch um solche Sachen Sorgen, und dass du vielleicht …«

Meine Wut schwoll zu einem Gewittersturm an, als ich sie unterbrach. »Warum zum Teufel quatscht du mit dem ver-

fluchten Kaz über meinen Schwanz? Warum redest du überhaupt mit dem über uns? Ich rede auch nicht hinter deinem Rücken über dich!«

Da beugte sie sich vor, zurück in den Lichtschein des Mondes, und zu meiner Überraschung schimmerten in ihren Augen und auf ihren Wangen Tränen. Ihre Miene war schmerzerfüllt und in der blau-weißen Beleuchtung sah sie aus wie die Marmorstatue einer Heiligen. »Können wir aufhören zu streiten? Bitte. So hatte ich mir den heutigen Abend nicht vorgestellt.«

»Tja, dein Pech. Hast es wohl verkackt.« Das war nicht sehr beherrscht, das merkte ich selbst. Ich benahm mich wie ein Arsch, aber das war mir egal. Ich wollte nur noch, dass das hier vorbei war.

Januarys Marmorgesicht wurde noch einen Tick härter, ich konnte zusehen, wie sich ihr Kummer in Groll verwandelte, wie Milch, die vor meinen Augen stockte. »Weißt du was? Ich habe es satt so zu tun, als wüssten wir nicht beide, warum du jedes Mal, wenn ich dich anfasse, ausflippst.«

»Vielleicht weil du immer solche Sachen sagst.«

In ihrem hasserfüllten Blick lag Entschlossenheit. »Ich habe es allmählich satt, dass du mir ständig das Gefühl gibst, es läge an mir, es wäre meine Schuld. Es lag nie an mir. Es lag an dir.«

*»Ich hab keine Ahnung, wovon du redest.« Ich zog meinen Mantel ein bisschen enger um mich. »*Du *hast keine Ahnung, wovon du redest.«*

»Wenn du schon mir gegenüber nicht ehrlich sein willst, dann sei wenigstens dir selbst gegenüber ehrlich.«

»Danke für den Rat, Doktor Sommer. Ich werde darüber nachdenken.«

Sie starrte mich einen oder zwei Augenblicke an, dann zischte sie: »Verdammte Scheiße! Ich habe keine Lust mehr, Händchen mit dir zu halten und darauf zu warten, dass du dich irgendwann selbst magst, Flynn! Ich bin auch noch da – es geht nicht nur um dich.« Wieder zog sie sich zurück in die Dunkelheit, und ich hörte, wie sie aufstand. »Mir reicht's. Ich hätte dich nicht anrufen sollen. Es war ein Fehler.« Ihre Stimme wurde zu einem Flüstern und versagte dann, und ich merkte, dass sie wieder weinte. »Es war alles ein großer Fehler.«

Ich rutschte unruhig auf meinem Platz herum, auf einmal fror ich auf dem Heubett im Mondlicht. »January …«

»Ich werde nicht mehr dein Rettungsanker oder dein Alibi oder dein Problem sein«, giftete sie auf einmal. »Entweder gibst du die Wahrheit zu oder du suchst dir jemand anderen, hinter dem du dich verstecken kannst, ich hab nämlich die Nase voll!«

Ihre Schritte polterten über den dunklen Heuboden, dann stieg sie die Leiter hinunter und durchquerte die Scheune unter mir. Ich hörte, wie sich das Tor quietschend öffnete, und erhaschte einen Blick auf ihr leuchtend blondes Haar, als sie zurück zu den Bäumen und Richtung Wiese lief.

Es war das letzte Mal, dass ich sie sah. Es waren die letzten Worte, die sie zu mir sagte.

3

MIR WAR SONNENKLAR, dass ich Wilkerson und Moses nichts von alldem erzählen konnte, schon gar nicht vor meiner Mutter. *Also, wir hatten einen Riesenstreit, weil sie Sex haben wollte und ich nicht, weil … weil …* Beim bloßen Gedanken daran durchzuckte mich ein Angstschauer, in meinem Kopf rauschte es und mir drehte sich der Magen um, also erklärte ich möglichst beiläufig: »Wir haben Schluss gemacht.«

Moses blieb ungerührt, Wilkerson schob nachdenklich das Kinn vor und meine Mutter sah mich total perplex an. »Ihr habt euch getrennt? Warum hast du uns das nicht erzählt?«

»Darum«, sagte ich und hätte trotz der Umstände am liebsten die Augen verdreht. Meine Mom tat so, als wäre es das Selbstverständlichste der Welt, dass ich sie über meine Beziehungen stets auf dem Laufenden hielt. Nichts konnte eine Trennung noch unangenehmer machen, als sie anschließend mit meinen Eltern noch einmal durchkauen zu müssen, so eine Art Spielanalyse für die ganze Familie. »Es war kein großes Ding. Ist einfach passiert.«

»Habt ihr euch gestritten?«, fragte Wilkerson, als ginge ihn das etwas an. Die drei Erwachsenen starrten mich so erwartungsvoll an, dass ich fast lachen musste.

Stattdessen log ich sie an, mit ausgetrocknetem Mund. »Nein. Wie gesagt, es ist irgendwie einfach passiert. Ich meine, wir sehen uns kaum noch, und wir stellten wohl beide fest, dass es nicht funktionierte.«

»Es war also gegenseitig.« Moses klang, als wollte sie einen durchgeknallten Verschwörungstheoretiker bei Laune halten. *Es waren also Aliens, hmm? Interessanter Punkt.*

»Ja, irgendwie schon.« Ich war nervös, und meine Körpertemperatur schoss um ungefähr eine Million Grad nach oben, bis ich glaubte, ich würde gleich in Flammen aufgehen.

Mom rettete mich. »Ist es denn so wichtig, wer mit wem Schluss gemacht hat?«

»Wir möchten uns nur ein Bild von ihrem Gemütszustand machen«, erklärte Wilkerson beschwichtigend, dann wandte er sich wieder im Guter-Onkel-Modus an mich. »Wenn du mit ihr Schluss gemacht hast und sie es schlecht aufnahm … könnte das aufschlussreich sein.«

Ich brauchte eine halbe Sekunde, bis ich das verarbeitet hatte. »Sie glauben also … Sie glauben, sie hat sich vielleicht … was angetan?«

Es trat eine unangenehme, schreckliche Stille ein, bis Moses sich einschaltete, sie klang freundlicher, als ich es für möglich gehalten hätte. »Nicht unbedingt – wir wollen bloß nichts ausschließen, bis wir sämtliche Informationen haben. War sie wegen der Trennung aufgewühlt?«

Ich dachte an Januarys Tränen, ihre wütenden unterschwelligen Vorwürfe, und musste schlucken, bevor ich weitersprechen konnte. Meine Zunge fühlte sich an, als hätte ich einen Klumpen Sand im Mund. »Ein bisschen vielleicht. Aber sie hätte sich doch wegen mir nicht *umgebracht.*«

Das zumindest stimmte, da war ich mir ganz sicher. Unsere Beziehung war eng gewesen – schon bevor wir ein Paar wurden, waren wir ungefähr einen Monat lang unzertrennlich –, aber wir waren noch gar nicht ganz im siebten Liebeshimmel angekommen, da entfernten wir uns bereits wieder voneinander; und an dem bewussten Freitag in der Scheune war sie zwar ziemlich emotional geworden, aber auch nicht gerade am Boden zerstört gewesen. Immerhin hatte *sie mich* fallen gelassen! Wenn es das wirklich gewesen war. »*Mir reicht's*« klang ziemlich endgültig, andererseits hatte sie nicht mal ihren Beziehungsstatus auf Facebook geändert.

»Unsere Ermittlungen haben ergeben, dass sie zu Hause Probleme hatte«, fuhr Wilkerson vorsichtig fort. »Hat sie dir das zufällig anvertraut?«

Bei *zu Hause Probleme* zog meine Mom scharf Luft durch die Nase ein und ich sagte schnell: »Nur das Übliche. Sie war sauer, weil ihre Eltern sie gezwungen hatten, die Riverside zu verlassen und zur Dumas zu gehen, und es gab Streit deswegen. Außerdem mag sie ihren Stiefvater nicht besonders, und ihr Stiefbruder ist ein Junkie und ein Arschl-, äh, ein Idiot, aber es ist nicht so, dass … Ich meine, es gab nie Gewalt oder so.«

»In welcher Hinsicht ist er ein Arschloch?«, fragte Moses mit todernster Miene.

»Keine Ahnung. In ganz normaler Hinsicht?« Tatsächlich hatte Anson Walker, was seinen Arschloch-Status betraf, sozusagen den schwarzen Gürtel, er war in so vieler Hinsicht eine Missgeburt, dass es fast das menschliche Fassungsvermögen überstieg. Seine Schandtaten hatten es ein paarmal in die Nachrichten geschafft – einmal hatte er sich mit einem Parkwächter geprügelt und ein andermal hatte er bei jemandem, der es gewagt hatte, ihn wie einen normalen Menschen zu behandeln, den *»Wissen Sie eigentlich, wer mein Dad ist?«*-Trumpf ausgespielt – aber er war versiert darin, sich vor der Kamera zu präsentieren, und das Geld seines Vaters machte aus seinen Straftaten oft »Jugendsünden«. Richtig schlimm benahm er sich hinter verschlossenen Türen, wenn er sicher sein konnte, nicht erwischt zu werden. »Er hat ein Problem mit seiner Einstellung. Er ist neunzehn und studiert nicht, sitzt nur den ganzen Tag in seinem Zimmer, spielt *Call of Duty* und raucht Gra-« Ich biss mir auf die Zunge. »Äh, Zigaretten.«

»Okay«, sagte Wilkerson, den Faden aufnehmend, »January war also zu Hause unglücklich. Und in der Schule? Du sagst, sie war nicht gerade begeistert, auf die Dumas wechseln zu müssen?«

»Nicht wirklich.« Die Dumas Academy war die exklusivste Privatschule der Gegend, die nur die superreichen Kids aufnahm. Die January McConville, die ich im Freshman-Jahr an der Highschool kennengelernt hatte, wäre bei der Vorstellung, dass sie eines Tages diese Eliteschule besuchen würde, in hysterisches Gelächter ausgebrochen, aber nach Tammys Hochzeit mit Jonathan Walker hatten die beiden über Januarys Kopf hinweg entschieden, sie im nächsten Schuljahr in eine anspruchsvollere Bildungseinrichtung zu stecken. Es war ein erbitterter Kampf. Für January waren die Kids an der Dumas verwöhnte Poser, die sich benahmen, als hätten sie sich zu viele Wiederholungen von *Gossip Girl* angesehen, und sie hatte nicht vor, ihre Freunde von der Riverside einfach so aufzugeben, auch wenn sich die Dumas Academy noch so gut in ihrem Lebenslauf machen würde.

»Eins steht doch fest«, hatte mir January eines Abends, als die Schlacht noch im Gange war, bei einem Kaffee bei Starbucks wütend erklärt. »Die beiden interessieren sich nicht im Geringsten für meine Bildung, meine College-Aussichten oder sonst was in der Art. Mein heiß geliebter Stiefvater möchte ein Scheiß-Senator, ein ganz großes Tier werden, und deshalb muss ich auf die nobelste Schule der Stadt gehen, damit wir alle in sein Schema passen. Perfektes Haus, perfekte Ehefrau, perfekte Stieftochter!«

»Während Anson im Haus herumsitzt, sich einen runterholt und am Computer zockt«, hatte ich gespöttelt.

»Anson legt ein Gap Year ein«, flötete January in dem süßlichen Ton, den sich ihre Mutter neuerdings für ihre Rolle als braves Hausmütterchen angeeignet hatte. »Er darf selbst entscheiden, was er mit seinem dummen, wertlosen Leben anfangen will. Und ich? Hab leider Pech gehabt.«

»Sie war also zu Hause und in der Schule unglücklich und ihre Beziehung war gerade in die Brüche gegangen«, fasste Wilkerson die Situation nüchtern zusammen und riss mich damit in die Gegenwart zurück.

»Ja, schon, aber sie war deswegen nicht deprimiert oder so – so war's nicht.« Ich zuckte hilflos die Schultern. »Ich meine, sie kann wegen irgendwas wütend und traurig werden, und manchmal geht sie in die Luft, aber sie ist nicht selbstmordgefährdet oder so. Ich bin mir ziemlich sicher, dass mir das aufgefallen wäre.«

»Ziemlich sicher?«, wiederholte Detective Moses.

»Na ja«, wand ich mich erneut, »wie gesagt, wir haben uns irgendwie voneinander entfernt. In den letzten Wochen habe ich sie nicht viel gesehen.«

Dann überraschte mich die Polizistin mit der Information: »Sie hat ihren Eltern erzählt, dass sie fast das ganze Wochenende mit dir verbracht hat.«

»Was?«

»Ihre Eltern sagten, sie war ungefähr seit Juni regelmäßig vier bis fünf Abende pro Woche mit dir zusammen.«

Ich starrte sie vollkommen entgeistert an. January und ich hatten uns in den letzten zwanzig Tagen insgesamt höchstens an vier oder fünf Tagen gesehen, und das sagte ich den Polizisten. »Ich war fast das ganze Wochenende zu Hause.«

»Das stimmt«, bestätigte meine Mutter prompt. »Am Samstag hatte er einen Freund zu Besuch – Micah Feldman, er wohnt ein paar Straßen weiter –, und am Sonntag haben wir uns im Familienkreis das Footballspiel angesehen.«

In Ann Arbor war College-Football sehr populär, und

wenn es ein Spiel gab, sahen es sich meine Eltern garantiert an. Mir ist dieser Sport, wie gesagt, ziemlich egal, aber ich mag es, wie wir solche Tage zelebrieren. Dad grillt Burger, Mom stellt massenweise Snacks, Chips und Getränke auf den Sofatisch und wir stopfen uns den ganzen Tag lang voll. Auch wenn wir nur zu dritt sind, fühlt es sich an wie eine Party, und wenn unsere Mannschaft vorne liegt, werden meine Eltern so euphorisch, dass ich mir ein Bier mopsen kann. Bier mag ich noch weniger als Football, aber darum geht es nicht.

»Sie hat ihre Eltern also angelogen.«

»Anscheinend«, murmelte ich und fühlte mich wie ein Verräter. Egal, wie es zwischen uns stand, January war mir immer noch wichtig, und es gefiel mir nicht, sie zu hintergehen.

»Und du weißt nicht, wo sie gewesen sein könnte?«

Ich schüttelte den Kopf. »Wie gesagt, ich habe seit Freitagabend nicht mehr mit ihr gesprochen.«

»Hatte sie Freunde, die ihre Eltern missbilligten?«, fragte Moses dann, und wieder zuckte ich die Schultern. Ehrlich gesagt war ich ziemlich sicher, dass Mr und Mrs Walker in gewisser Weise *alle* ihre Freunde missbilligten. »Fällt dir jemand ein, an den sie sich bei Problemen gewandt haben könnte, vielleicht auch jemand, der nicht von hier ist?«

»Halten Sie es für möglich, dass sie weggelaufen ist?« Meine Mutter wirkte geradezu erleichtert ob dieser Aussicht und ich konnte es ihr nicht verdenken – das war um einiges besser als die Alternativen.

»Offen gestanden ist das ziemlich wahrscheinlich«, bekräftigte Detective Moses. »In neun von zehn Fällen läuft es darauf hinaus. Wie es scheint, ist January mit den großen Veränderungen in ihrem Leben nicht sonderlich gut zurechtgekommen, und es wäre vorstellbar, dass sie einfach ausgerissen ist. Vielleicht taucht sie eine Weile unter, um ihren Eltern Angst zu machen und ihnen eine Lehre zu erteilen. So etwas ist vor ein paar Jahren hier in der Stadt passiert: Ein Junge etwa in Flynns Alter schnappte sich nach einem Streit mit seinen Eltern den Wagen und verschwand. Eine Woche später fand ihn die Polizei von East Lansing in einem Studentenwohnheim der Michigan State, wo er bei einem Freund auf dem Boden schlief.«

Eine verlockende Vorstellung, und außerdem naheliegend. January hatte ihr Leben in letzter Zeit gehasst und sie war impulsiv und wollte unbedingt raus aus Ann Arbor. *Erzähl mir von Kalifornien, ja?* War sie womöglich absichtlich verschwunden?

January war nicht dumm; sie hätte gewusst, dass sie ohne Führerschein, ohne Highschool-Abschluss und ohne Geld nicht weit kommen würde, aber ich konnte mir gut vorstellen, dass sie sich ein paar Tage lang irgendwo versteckte, um den Walkers einen Schrecken einzujagen. So eine Nummer würde ich ihr schon zutrauen. Als ihre Mom die Hochzeit plante, hatte January zufällig den Konditor an der Strippe gehabt und ohne den Hauch eines schlechten Gewissens die Torte abbestellt. Ihr war klar, dass sie die Zeremonie durch ihr Querschießen nicht verhindern würde, aber sie so richtig schön kaputt zu machen war fast genauso gut, wie sie mit boshafter Befriedigung konstatiert hatte.

Tammy fand es erst heraus, als es beinahe zu spät war, und January bekam fast einen Monat Hausarrest aufgebrummt – ganze drei Wochen lang wurde sogar jeden Abend das WLAN abgeschaltet, damit sie keinen Kontakt mit der Außenwelt aufnehmen konnte – aber die Wut auf ihre Mutter machte January immun gegen jegliche Schuldgefühle. Sie hatte dafür sorgen wollen, dass man ihren Widerstand gegen die Hochzeit zur Kenntnis nahm, und es war ihr gelungen.

Pflichtschuldig nannte ich Wilkerson und Moses alle Freunde von January, die als sicherer Hafen infrage kamen. Aber noch während ich die Liste herunterratterte, wusste ich, dass meine Informationen nichts bringen würden; Januarys Freunde an der Riverside waren auch meine Freunde, und wenn meine Freundin – beziehungsweise vielleicht meine Exfreundin – bei einem von ihnen wohnte, hätte ich es garantiert mitbekommen.

»Ich glaube nicht, dass sie sich mit irgendjemand an der Dumas richtig angefreundet hat«, schloss ich achselzuckend. January nannte die Dumas die »Dumpfbacken-Akademie« und zog über die Schüler auf ähnliche Weise her.

»Diese Dumpfbacken-Tussi gibt dieses Wochenende eine Geburtstagsparty«, hatte sie mir einmal erzählt, als wir auf Micahs und meinem Lieblingsskatepark abhingen. »Ich habe keine Lust hinzugehen, aber sie hat mich gefragt, als Jonathan dabei war, und jetzt will er mich höchstpersönlich hinfahren.

Ihr Dad hat wahrscheinlich irgendwelche Connections oder so und Jonathan will sich seine Unterstützung sichern.« January verzog gehässig den Mund. »Nicht nur, dass er mir vorschreibt, auf welche Schule ich gehen muss, jetzt sucht er auch noch meine Freunde aus!«

»Keine Sorge«, sagte Wilkerson zu mir, als er die letzte Telefonnummer notiert hatte. »Wir fahren morgen rüber zur Dumas Academy und hören uns um; falls sie dort irgendwelche Freunde hatte, werden wir mit ihnen sprechen.« *Falls sie dort irgendwelche Freunde hatte.* Das hieß wohl, dass ihre Eltern nicht viel mehr wussten als ich. Wilkerson stand auf. »Danke für deine Zeit, Flynn.«

Meine Mom blinzelte überrascht. »Ist das alles?«

»Im Augenblick ja«, sagte Wilkerson, bemüht, nicht allzu vertrauensselig zu klingen. Ich sollte vermutlich nicht denken, dass sie mir alles abgekauft hatten, was ich ihnen erzählt hatte, falls es sich später als Lüge entpuppte. »Wenn uns noch etwas einfällt, setzen wir uns mit dir in Verbindung.« Die beiden Polizisten machten sich auf den Weg in den Flur, aber dann drehte sich Wilkerson noch einmal um und sah mir direkt in die Augen. »Eins noch, mein Junge. Wenn dir irgendwas einfällt, das du hinzufügen – oder ändern – möchtest, dann mach es lieber bald. Wir nehmen an, dass es deiner Freundin wahrscheinlich gut geht, aber … Vorsicht ist besser als Nachsicht.«

Mit dieser ominösen Bemerkung gingen sie und knallten die Haustür hinter sich zu.

4

DIE FOLGENDEN STUNDEN verbrachte Mom damit, mir beim Fernsehen zuzusehen und mich zu fragen, ob alles in Ordnung sei. Als Dad nach Hause kam, erstattete Mom ihm haarklein Bericht darüber, was passiert war, woraufhin er mir ebenfalls zusah. Danach saßen wir ungefähr eine halbe Stunde lang in beklemmendem Schweigen am Abendbrottisch, während sie mich beim Essen beobachteten, um mich zwischendrin immer wieder zu fragen, »wie ich das alles verkrafte«. Anscheinend wollten sie mich nicht aus den Augen lassen, falls ich einen Nervenzusammenbruch oder so bekam und vor lauter Verzweiflung eine Handvoll Reißnägel schluckte. Unter dem Vorwand, dass bald eine Mathearbeit anstand, entschuldigte ich mich und flüchtete in mein Zimmer, um zu lernen. Zum ersten Mal war ich dankbar, Hausaufgaben zu haben.

Die Wahrheit war: Ich hatte keine Ahnung, wie ich mit Januarys Verschwinden umgehen sollte. Mir war klar, dass ich in gewisser Weise die Augen vor den von den Polizisten skizzierten Szenarien verschloss. Detective Moses hatte meiner Mom gesagt, statistisch gesehen sei es am wahrscheinlichsten, dass January davongelaufen war – und alles, was ich über sie wusste, stützte diese Theorie –, deshalb entschied ich im Unterbewusstsein, dass es sich so verhielt. Ich wollte nicht darüber nachdenken, dass ihr womöglich etwas Schlimmes zugestoßen war.

Ich wollte nicht wahrhaben, dass die Polizisten Begriffe wie »entführt« und »vielleicht getötet« absichtlich vermieden hatten, obwohl das die unvermeidlichen Theorien waren, wenn ein Mädchen im Teenageralter verschwand.

Als ich im Bett lag, klarte der Himmel auf und ein gleißend heller Viertelmond schien in mein Zimmer, warf graue Lichtrechtecke auf meine zerwühlte Decke und erinnerte mich an den Abend in der Scheune. Jedes Mal, wenn ich gerade eingedöst war, tauchte January wieder in meinem Kopf auf; ihr weißgoldenes Haar, das im Mondlicht schimmerte, die glänzenden Augen, tränennass, und ihre Miene, verzerrt von einem Kummer, der so lebendig war, dass er direkt unter ihrer Haut zu pulsieren schien. Der Traum wirkte so real, dass er mich wieder und wieder aus dem Schlaf riss.

January hatte schon immer einen Hang zum Drama gehabt, aber in jener Nacht war sie nicht wie sonst einfach nur emotional und theatralisch gewesen. Etwas lag ihr auf der Seele. Das hatte ich an ihrer ungewohnten Schweigsamkeit gemerkt, als sie mich über die Wiese zur Scheune führte, und an ihrer leicht verzagten Art, wie sie mich gebeten hatte, ihr von unseren Umzugsplänen nach Kalifornien zu erzählen, als wäre es eine Gutenachtgeschichte – und ihr verzweifelter Versuch, unsere gegenseitige Entjungferung herbeizuführen, hatte auch merkwürdig fiebrig gewirkt. Hätte ich als ihr Freund etwas getaugt, hätte ich etwas dazu sagen müssen. Mann, hätte ich wenigstens als guter Kumpel was getaugt. Aber ich war sofort auf der Hut gewesen, und als sie angefangen hatte, mich zu küssen, hatte ich meinen Abwehrinstinkten freien Lauf gelassen.

Vor lauter Panik hatte ich um mich geschlagen, war zum Selbstschutz auf sie losgegangen, hatte absichtlich einen Streit angezettelt. Das war das Schlimmste daran. Mein Gesicht brannte vor Schuldgefühlen und Scham, während ich in meinem Zimmer lag, an die Decke starrte und wünschte, ich könnte die Zeit zurückdrehen und alles anders machen. Etwas hatte January beunruhigt, und ich hatte so viel Schiss davor gehabt, ehrlich zu sein, dass ich absichtlich alles nur noch schlimmer gemacht hatte. Und jetzt wurde sie vermisst. *Vermisst.* Und wenn nun wirklich die Katastrophe eingetreten war? Wenn ich etwas hätte tun können, um es zu verhindern, und mich von meinem Geheimnis hatte abhalten lassen?

Zu allem Überfluss hatte ich auch noch die Cops angelogen. Es war nur eine kleine Lüge, aber trotzdem. Was war, wenn January sich umgebracht hatte? Und wenn ein Grund dafür war, dass ihr Freund sie zurückgewiesen hatte? Wie sollte ich mit diesem Wissen weiterleben?

Was wäre passiert, wenn ich zugelassen hätte, dass sie es mir auf den Kopf zusagte? Wenn ich endlich mit der Wahrheit herausgerückt wäre? Es hatte mir auf der Zunge gelegen – es lag mir *ständig* auf der Zunge – doch bevor ich mich überwinden konnte, es laut auszusprechen, hatte mir die Angst wie eine Pythonschlange das Herz abgeschnürt. Wenn es einmal heraus war, war es heraus; alles würde sich ändern. Ob zum Guten oder Schlechten, aber *alles würde sich ändern*. Bei dem Gedanken daran wurde mir ganz schwindlig.

Du hast recht, January. Es liegt überhaupt nicht an dir. Der Grund, warum ich nicht mit dir Sex haben will, ist, dass ich schwul bin und lieber mit Jungs Sex haben will.

Fuck, was wäre gewesen, wenn ich das gesagt hätte? Hätte sie die Zurückweisung dann leichter ertragen oder schwerer, weil sie es als Beweis dafür genommen hätte, dass ich sie in den letzten vier Monaten nur als Vorwand benutzt hatte? So war es nicht, das war ja das Schlimme. January bedeutete mir wirklich viel, schon von Anfang an. Sie war nicht nur meine Freundin, sie war meine *beste Freundin* – wie Micah, nur auf andere Art. Wir kannten uns so gut, dass wir ganze Unterhaltungen nur mit vielsagenden Blicken führen konnten, unsere Mienen sprachen Bände; wir mochten dieselben Bands, lachten über dieselben Witze, machten uns über dieselben schlechten Fernsehsendungen lustig; sie war klug und hübsch und man konnte sich gut mit ihr unterhalten … Sie war genau so, wie ein Typ sich seine Freundin wünschte. Und echt, ich mochte sie wirklich. Ich hatte gedacht, gehofft, dass ich irgendwann auch das andere empfinden würde, das man für seine Freundin empfinden soll. Das Körperliche.

Aber es kam nie. Im Gegenteil, je besser January und ich uns verstanden, desto weniger romantisch wurde unsere

Beziehung – jedenfalls, was mich betraf. Sie wurde wie eine Schwester für mich, und je mehr ich mich bemühte, sie sexy zu finden, desto komischer wurde es. Wenn ich hingegen bei einem von Micahs Schwimmwettkämpfen zusah, wo athletische Kerle in knappen Badehosen am Pool herumstolzierten, nass und glänzend wie Lutschbonbons, fuhr mein Penis hoch wie ein Periskop. Offensichtlich wollte mein Körper nicht das, was ich wollte, das er wollte.

Hätte January mich gehasst, wenn ich es ihr gesagt hätte? Mich wegen meiner Lügen auf ewig verabscheut? Oder hätte sie mich vielleicht verstanden – hätte sie darüber gelacht, wie unangenehm die Situation war, und beschlossen, trotzdem mit mir befreundet zu bleiben? Das würde ich jetzt vielleicht niemals herausfinden, weil ich mich für die sichere Lösung entschieden hatte. Ich hatte ihr ein schlechtes Gewissen dafür machen wollen, dass sie mich unter Druck setzte, und jetzt war sie fort.

Ich brannte vor Scham, bis meine Laken schweißnass waren, und nahm mir fest vor, alles zu tun, um herauszufinden, was mit ihr passiert war, koste es, was es wolle.

* * *

In diesem Sommer hatte eine erdrückende Hitze geherrscht, die Luft war so dick und schwül, dass man halb erwartete, ein hochgeworfener Grashalm würde auf dem Weg nach unten darin stecken bleiben. Als ich an jenem Tag im Juni mit meinem Fahrrad durch die Stadt fuhr, hatte sich sein Aluminiumrahmen in eine tödliche Waffe verwandelt, wenn meine Knie in einer engen Kurve das glühend heiße Metall berührten, drohte ich, Brandblasen zu bekommen. Als ich schlitternd vor dem unscheinbaren Backsteingebäude in der Huron Street hielt, klebten mir die Kleider am Leib, und ich fühlte, wie mir der Schweiß von den Nackenhaaren tropfte.

Ich nahm den Saum meines T-Shirts und versuchte, Luft an meinen Oberkörper zu wedeln, wünschte, ich hätte mich getraut, trotz meiner mageren Arme ein ärmelloses Shirt anzuziehen – und war froh, dass ich daran gedacht hatte, Deo zu benutzen. Eine so weite Strecke mit dem Rad zu fahren, war eine blöde Idee gewesen, das war mir klar, aber sonst hätte ich den Bus nehmen müssen, und das kam nicht infrage. Als ich das letzte Mal mit einem öffentlichen Verkehrsmittel gefahren war, hatte sich ein achtzigjähriger Mann neben mich gesetzt, sein Gebiss herausgenommen und mir nichts, dir nichts auf meinen Schoß gelegt. Jedenfalls war es idiotisch, dass ich mich so gehemmt fühlte; ich war doch nur hier, um mich mit January zu treffen und mit ihr zu Starbucks oder sonst wohin zu gehen, so wie immer, und sie hatte mich schon öfter beschissen aussehend erlebt. Der Unterschied diesmal war nur: Es war das erste Mal, dass sie mich als meine Freundin *in diesem Zustand erleben würde.*

Seit fast achtundvierzig Stunden waren wir jetzt offiziell zusammen, und obwohl wir schon seit knapp einem Jahr befreundet waren, summte mein Bauch wie ein überlasteter Trafo, als ich in das tiefgekühlte Gebäude trat. Die Kälte fühlte sich ungefähr zwanzig Sekunden lang herrlich an, dann bekam ich Gänsehaut an den nackten Armen und Beinen, während ich mit der Person am Empfang sprach und danach einen Flur zu meiner Linken hinunterging. Nervös und aufgeregt wie ein Musiker vor dem Auftritt musste ich zwanghaft schlucken, und es verblüffte mich, dass ich auf einmal tatsächlich Schmetterlinge im Bauch hatte. Es gab keinen Grund, durchzudrehen … oder?

Ich betrat eine Cafeteria, die der an der Riverside ähnelte, Klapptische und wacklige Stühle, die immer noch benutzt wurden, obwohl sie aussahen, als würden sie gleich zusammenbrechen, Neonröhren und ein farbloser Linoleumboden, der schon bessere Zeiten erlebt hatte. Der größte Unterschied war, dass fast alle Anwesenden Erwachsene waren; sie waren zu dick angezogen für die Hitze, ihre Gesichter waren von einem harten Leben zerklüftet und vorzeitig gealtert. Es waren die Obdachlosen der Stadt. Eine weißhaarige Frau am Eingang, ganz offensichtlich arbeitete sie hier, sah mich mit unverhohlener Neugier an. »Kann ich dir helfen?«

»Ich … ähm, ich bin nur hier, um meine Freundin abzuholen.« Laut ausgesprochen klang das F-Wort ziemlich bedeutsam, und der zweifelnde Blick der Frau deutete darauf hin, dass sie meine Behauptung suspekt fand. Mir blieben jedoch weitere Erklärungen erspart, denn in diesem Moment trat January durch eine Tür am anderen Ende des Raums.

»Flynn!« Ein Lächeln legte sich auf ihr Gesicht, ihre Augen begannen zu leuchten, und ich spürte, wie meine Wangen rot wurden, als ich zurückgrinste, eine spontane und nicht zu unterdrückende Reaktion. Wir sahen wahrscheinlich albern aus, wie wir uns in dieser trostlosen Cafeteria dümmlich anstrahlten wie zwei Liebende auf einer Blumenwiese, aber der Augenblick war rasch vorüber und sie kam eilends auf mich

zu, umarmte mich stürmisch und gab mir unseren ersten Kuss in der Öffentlichkeit. Dann löste sie sich mit einem zärtlichen Lächeln von mir und konstatierte: »Du hast Glück, dass du süß bist, sonst fände ich dich nämlich jetzt ziemlich ekelhaft.«

»Gewöhn dich dran«, sagte ich lässig. »Jetzt, wo wir ein Paar sind, dachte ich, ich kann mich endlich ein bisschen gehen lassen.«

»Oh, Gott sei Dank, dann bin ich nicht die Einzige.« January verdrehte übertrieben erleichtert die Augen und fügte in vertraulichem Ton hinzu: »Ich habe meine Unterwäsche seit Samstag nicht gewechselt.«

»Also, ich habe gestern zum Abendessen eine ganze Dose Buttercreme verdrückt.«

»Und ich habe mir vor dem Frühstück eine Packung kalter Hotdogs reingezogen«, konterte January, »und meine gesamten Duschgel- und Shampoovorräte weggeworfen. Hoffentlich stehst du auf Mädchen mit Körpergeruch.«

»Ach, junge Liebe.« Die weißhaarige Frau unterbrach unser Geplänkel mit einem wehmütigen Seufzer. »So schön und doch so seltsam.«

January und ich hielten Händchen und kicherten albern vor Glück und Erleichterung darüber, dass unser harmonisches Verhältnis ungetrübt war und unser neuer Beziehungsstatus nicht alles vermasselt hatte. Erst jetzt wurde mir bewusst, welche Angst ich davor gehabt hatte, dass uns der Übergang von Freunden zu einem Paar irgendwie von Grund auf verändern würde, dass die neuen Parameter und Erwartungen, die das Pärchendasein mit sich brachte, es uns unmög-

lich machen würden, so miteinander umzugehen, wie wir es immer getan hatten – entspannt, frotzelnd, unbefangen. Das Schlimmste beim Überschreiten dieser Grenze war jedoch, dass es kein Zurück gab, ohne irreparable Schäden anzurichten, so ähnlich wie wenn man in ein Parkhaus fährt und hinter einem die Spikes hochfahren.

January lächelte die Frau verlegen an und stellte mich vor. »Carol, das ist Flynn – mein Freund.«

»Freut mich, dich kennenzulernen«, sagte Carol in mütterlichem Ton. »January ist eine unserer beliebtesten Freiwilligen. Es tut so gut, einen jungen Menschen zu sehen, dem das Schicksal der weniger Begünstigten so sehr am Herzen liegt!«

Nach dieser Lobeshymne auf den edlen Charakter meiner Freundin seufzte Carol hingerissen, und January schnitt heimlich eine Grimasse in meine Richtung, die ich ohne Erläuterung verstand. Sie besagte: »Carol ist harmlos, aber total sentimental und vielleicht ein klein wenig verrückt.«

Der Freiwilligendienst in der Obdachlosenunterkunft in der Huron Street stand nicht unbedingt auf Januarys persönlicher Wunschliste für die Sommerferien; wieder einmal war etwas über ihren Kopf hinweg entschieden und durchgesetzt worden, von Jonathan Walker. Einmal die Woche arbeitete sie in der Unterkunft und einmal beim Roten Kreuz. Dass sie einen Teil ihrer Freizeit selbstlos wohltätigen Zwecken widmete, würden die Journalisten in ihren Artikeln über die Bilderbuchfamilie des angehenden US-Senators garantiert zu würdigen wissen. Meine gutherzige Freundin mochte ihre ehrenamtliche Arbeit sogar, aber sie hätte sich lieber mit dem

Kopf voran in einen Schredder stecken lassen, als es ihren Eltern gegenüber zuzugeben.

»Ich bin gleich so weit«, sagte sie, »ich muss mich noch abmelden und so. Möchtest du vorne warten?«

Sie deutete in Richtung Eingangshalle und ich zuckte gutmütig die Schultern. Wie ich January kannte, würde es bestimmt länger dauern, aber ich hatte nichts dagegen, so lange wie möglich in dem klimatisierten Gebäude zu bleiben. Bevor ich mich allerdings auf den Weg machen konnte, störte ein wütender Schrei von einem der Tische in der Ecke den Frieden.

Zwei Männer waren aufgesprungen, unter Stühlescharren und Geschirrgeklapper, und nahmen mit zornerfülltem Blick Angriffshaltung ein. Bevor ich auch nur herausfand, worum es in ihrem Streit ging, war er bereits eskaliert; einer der Männer schlug dem anderen auf die Nase, ein Blutstrahl färbte dessen grauen Bart leuchtend rot, und das vermeintliche Opfer ging dem Angreifer an die Gurgel. Es spielte sich alles so schnell ab, dass wir kaum Gelegenheit hatten, zu reagieren, da taumelten die beiden Männer auf einmal in unsere Richtung, wobei sie von Tischen und anderen Besuchern der Cafeteria abprallten wie ein ins Schleudern geratener Schwerlaster, ein gefährlicher und unkontrollierter Gewaltausbruch, der immense Kollateralschäden nach sich ziehen konnte.

Ich wollte mich gerade in Bewegung setzen und mich vor January stellen, als sie an mir vorbeischoss und sich ruck, zuck zwischen den beiden Streithähnen aufbaute. Mit ruhiger Miene und leiser Stimme trennte sie die Männer behut-

sam voneinander und zwang sie, Notiz von ihr zu nehmen. Schwer keuchend warfen sie einander über Januarys Kopf hinweg tödliche Blicke zu, aber während January redete und redete, löste sich die destruktive Energie, die sich so jäh entladen hatte, genauso schnell in nichts auf. Andere Freiwillige eilten herbei, zu spät allerdings, und führten die wütenden Boxer voneinander weg.

January schlenderte zurück zu mir und warf beiläufig die Haare nach hinten, als hätte sie gerade einen nervigen Papierstau im Drucker beseitigt und nicht einen waschechten Ringkampf zwischen Obdachlosen beendet. Ich sah sie beeindruckt an. »Ich fasse es nicht, was du gerade gemacht hast.«

»Jemand musste was tun und ich stand am nächsten«, sagte sie unbekümmert, als wäre es ein Klacks gewesen.

»Das waren riesige Kerle und sie wollten einander umbringen«, machte ich ihr deutlich. »Die waren ungefähr viermal so groß wie du – sie hätten dich tottrampeln können!«

»Ach bitte, meine Mädels und ich wären locker mit denen fertiggeworden«, prahlte sie scherzend und spannte ihren Bizeps an, um mir zu zeigen, welche Mädels sie meinte. »Nur Blödmänner haben Angst!«

»Trotzdem.« Für mich war das noch nicht ausdiskutiert. Ich fand immer noch, ihr hätte was passieren können, und ich wollte, dass sie ihren Leichtsinn zugab. »Du kannst nicht so tun, als hättest du nicht ein kleines bisschen Angst gehabt.«

Januarys verwirrter Blick mochte echt sein oder auch nicht, in den Tiefen ihrer friedlichen blauen Augen lag ein vielsagendes Flackern. »Flynn, hast du das noch nicht gemerkt? Ich habe vor überhaupt nichts Angst.«

***

Am nächsten Tag in der Schule erfuhr ich, dass Wilkerson und Moses die Namensliste, die ich ihnen gegeben hatte, fleißig abgearbeitet hatten: Mindestens fünf von Januarys engsten Freundinnen kamen im Flur zu mir, um mir zu sagen, dass sie am Abend zuvor Besuch von der Polizei bekommen hatten. Wie ich vermutet hatte, wusste keine von ihnen etwas, die meisten hofften von mir mehr zu erfahren. Der Mensch, dem sich January meines Erachtens am ehesten anvertraut hatte, war Tiana Hughes, ihre beste Freundin und – nicht ganz zufällig – Micahs Freundin.

Ich traf Tiana nach der ersten Stunde an ihrem Spind an, wo sie versuchte, das Scharnier eines herzförmigen Medaillons zu reparieren, das Micah ihr letzten Sommer zum zweimonatigen Jubiläum geschenkt hatte. Sie schien zu spüren, dass ich kam, denn sie schimpfte ohne von ihrer Arbeit hochzusehen: »Dieses verdammte Herz geht die ganze Zeit kaputt, ich bekomme Mordgelüste.«

»Ich hoffe, das sagt nichts über den Zustand eurer Beziehung aus«, sagte ich, und sie grinste.

»Also bitte. Es braucht schon um einiges mehr als Micahs fragwürdigen Schmuckgeschmack, um uns auseinanderzubringen«, sagte Tiana, »obwohl du ihm für die Zukunft vielleicht den Tipp geben könntest, dass auch antiker Schmuck der absolute Müll sein kann.« Sie gab es auf, warf die Halskette in ihren Spind und knallte die Tür zu. Dann drehte sie sich zum ersten Mal zu mir und sah mich mit ihren braunen Augen offen an. »Mensch!«

Das eine Wort genügte, um zu wissen, dass die Cops auch mit ihr gesprochen hatten. Ohne viel Hoffnung fragte ich: »Du weißt nicht zufällig, wo sie ist?«

»Nein.« Tiana warf frustriert die Arme hoch. »Du?« Als ich den Kopf schüttelte, biss sie sich auf die Lippe und sah weg, dann trafen sich unsere Blicke wieder, und ihre Stirn war sorgenvoll gerunzelt. »Flynn … muss ich mir ernsthaft Sorgen machen? Sag ehrlich.«

Dass sie so eine Frage überhaupt stellen musste, erhöhte für mich automatisch den Ausflippfaktor. »Die Cops glauben, sie versteckt sich wahrscheinlich irgendwo, um Tammy und Jonathan einen Schrecken einzujagen. Ich meine, das klingt doch irgendwie nach ihr, oder nicht?« Tiana zuckte nur unverbindlich mit einer Schulter, und ich schob leise nach: »Ich dachte, sie hat vielleicht mit dir gesprochen.«

»Hat sie nicht, sonst hätte ich ihr gesagt, was für eine bescheuerte Idee das ist«, gab Tiana in ruhigem Ton zurück, und es klang wirklich ehrlich. Sie war nicht gerade dafür bekannt, dass sie aus Gründen der Diplomatie ihre Ansichten für sich behielt.

»Wann hast du denn das letzte Mal mit ihr gesprochen?«

Tiana verlagerte unglücklich das Gewicht von einem Bein auf das andere und machte ein merkwürdiges Gesicht. »Keine Ahnung. Vielleicht vor ein paar Wochen?«

»Wie bitte, sind eure Smartphones wegen Überbeanspruchung durchgeschmolzen oder was?«, fragte ich sie nur halb im Scherz. January und Tiana waren berühmt dafür, dass sie es keine fünf Minuten aushielten, ohne einander eine Nachricht zu schicken; einmal ertränkte January ihr Handy in der Dusche, weil sie Tiana etwas schreiben wollte, das sie bei ihrem Skypegespräch zehn Minuten zuvor vergessen hatte. »Ich dachte, ihr zwei seid unentwegt am Quasseln!«

Wieder verlagerte Tiana ihr Gewicht und ihr merkwürdiger Gesichtsausdruck, eine Mischung aus Traurigkeit, Verlegenheit und Verletzlichkeit, wurde noch ausgeprägter. Als verletzlich hatte ich Tiana wirklich noch nie erlebt – einmal jagte sie einen Kerl mit der Statur eines Footballspielers quer über den Parkplatz eines Fast-Food-Restaurants und beschimpfte ihn dabei lauthals als mieses Schwein, weil er einem Obdachlosen den Kaffeebecher mit Geld aus der Hand geschlagen hatte. »Es ist so, Flynn, sie hat mich in letzter Zeit … keine Ahnung … irgendwie geschnitten.«

»Habt ihr euch gestritten oder so?«

»Nein!« Tiana sah mich ratlos an, auf ihrer Stirn zeigten sich noch mehr Sorgenfalten. »Das ist es ja! Ich … Flynn, hat sie dir was gesagt? Hab ich … irgendwas gemacht, das sie geärgert hat?«

»Nicht dass ich wüsste, aber … ehrlich gesagt war sie auch zu mir ziemlich abweisend. Wir haben uns geschrieben und so, aber immer wenn wir konkrete Pläne machen wollten, hat sie mich abblitzen lassen.«

»Wie bei mir.« Tiana ließ sich gegen ihren Spind sacken, ihr dunkles Haar fiel ihr ins Gesicht. Sie strich es mit den Fingerspitzen zurück, deren lila lackierte Nägel mit ihrer makellosen sienabraunen Haut kontrastierten. »Ich meine, zu Beginn des Schuljahrs haben wir einen feierlichen Pakt geschlossen, dass sich zwischen uns nichts ändern würde, dass wir, obwohl wir jetzt verschiedene Schulen besuchten, ständig in Kontakt bleiben würden und alles wie immer wäre. Aber, keine Ahnung … manchmal ist es schwer, das durchzuziehen. Es ist das eine, beim Herumhängen auf Theaterproben Blödsinn zu quatschen, aber Nachrichten zu schreiben, während man sich auf andere Sachen konzentrieren soll, ist nicht so einfach. Ich glaube, ich bin faul geworden und habe das Ganze ein bisschen schleifen lassen.«

»Kann ich verstehen.«

»Allerdings hat sie in den letzten Wochen so gut wie gar nicht mehr auf meine Nachrichten reagiert. Ich hatte Angst, dass sie vielleicht sauer auf mich ist.« Tiana sah mich zweifelnd an. »Das ist komisch, weil Jan sonst jemand ist, der es einem ins Gesicht sagt, wenn man was falsch gemacht hat, weißt du? Aber sie hat nie einen Ton zu mir gesagt. Mich nie zur Rede gestellt, weil ich unseren Pakt gebrochen habe. Ich bin ständig mit ihrem Trottel von Stiefbruder aneinandergeraten, und eine Weile dachte ich, er hat sich vielleicht bei Mr Walker ausgeheult, damit der ihr den Kontakt zu mir verbietet, aber das hätte Jan sich niemals gefallen lassen. Deshalb verstehe ich es nicht.«

»Ich auch nicht«, murmelte ich.

Tiana lachte nervös auf. »Ich hatte wohl auch Angst, dass sie sich an der Dumpfbacken-Akademie allmählich wohlfühlt. Du weißt schon, als würde sie sich mit ihren neuen stinkreichen Klassenkameraden so gut verstehen, dass es ihr zu Kopf stieg. Als wäre ich auf einmal nicht mehr gut genug für sie.«

»Das glaube ich nicht«, sagte ich tröstend. Ich konnte mich an keine einzige nette Bemerkung von January über ihre »stinkreichen Klassenkameraden« erinnern, die mich zu der Überzeugung gebracht hätte, dass sie zum Feind übergelaufen war, auch wenn Jonathan Walker sie gezwungen hatte, sich von Zeit zu Zeit mit ihnen abzugeben. »Aber wo wir schon mal dabei sind, was weißt du über die Leute, mit denen sie auf der Dumpfbacken-Akademie abhing?«

»Überhaupt nichts«, antwortete Tiana sofort. »Mr Walker wollte, dass sie auf ein paar Partys ging, aber sie mochte die Gastgeberinnen nicht. Könnte sein, dass sie in der Theater-AG ein paar Freunde gefunden hat.« Tiana klang skeptisch. »Immerhin hat sie jeden Tag nach der Schule mehrere Stunden mit denselben Leuten verbracht, und ein paar davon hat sie mehr als einmal erwähnt, aber … mehr weiß ich auch nicht.«

»Wen hat sie besonders erwähnt?« Jetzt war ich richtig neugierig. January hatte mir kaum etwas von der Theater-AG erzählt, außer dass die Schauspieler mies waren, dass man das Stück nicht verstand und dass der Leiter der Theater-AG ein Freak war.

Tiana machte eine hilflose Geste. »Ihre richtigen Namen kenne ich nicht, weil sie immer Spitznamen für sie erfunden hat. Beim ersten Treffen der Theater-AG hat mir January beispielsweise getextet, dass eines der Mädchen ein bauchfreies Glitzertop trug, das offensichtlich aus einem Musikvideo der Achtzigerjahre stammte, deshalb nannte sie sie Glitzi. Der Spitzname blieb, das Mädchen hieß bei ihr von nun an nur noch Glitzi. ›Glitzi will wissen, ob Jonathan Praktikanten für seinen Senatswahlkampf braucht‹, und: ›Ich habe in Mathe die p-q-Formel auf meinen Handrücken geschrieben, und Glitzi hat doch tatsächlich gefragt, ob das ein Tattoo ist.‹ Solches Zeug eben.«

»Glitzi«, wiederholte ich, meine Hoffnung schwand. Das war's dann wohl mit meinem Plan, neue Hinweise für die Vermisstenabteilung abzugreifen.

»Ja. An Glitzi erinnere ich mich sicher, und dann gab's da noch Flaumlippe, Pink und FBA.«

»FBA?«, fragte ich. Wer Flaumlippe war, interessierte mich nicht.

»Falscher britischer Akzent. Diese Kuh hat anscheinend mit zwölf ein Jahr in London gelebt und bildet sich jetzt ein, sie würde genauso sprechen wie Herzogin Kate.«

Na toll. Ich konnte Moses und Wilkerson raten, an der Dumas nach Glitzi, Pink, Flaumlippe und Falscher Britischer Akzent zu suchen. Damit würden sie January bestimmt im Nu finden.

Der Gong ertönte und der Flur belebte sich. Während Tiana und ich blieben, wo wir waren, strömten die Leute in beiden Richtungen an uns vorbei.

Argwöhnisch beäugte ich Micahs Freundin, die beste Freundin meiner Freundin, wie sie die Schülerschar musterte. Ich hatte nichts von der Kluft zwischen ihr und January mitbekommen. Ihre enge Freundschaft hatte mich immer eingeschüchtert – die Art von eng, dass ich beispielsweise January unter dem Siegel der Verschwiegenheit etwas anvertraute und es dann später aus Tianas Mund hörte. Ich fragte mich immer, ob January Tiana auch von ihrem Verdacht erzählt hatte, dass ich schwul sein könnte. Mit an Sicherheit grenzender Wahrscheinlichkeit ja; und das hieß, dass auch Micah mit an Sicherheit grenzender Wahrscheinlichkeit davon gehört hatte.

Die drei standen mir, abgesehen von meiner Familie, näher als irgendjemand sonst auf dem Planeten, und einen Augenblick brannte mein Gesicht, und mein Herz krampfte sich zusammen bei dem Gedanken, dass sie hinter meinem Rücken über mich herzogen.

Über das Schülergewusel hinweg fragte ich sie schließlich: »Ti, was glaubst *du* denn, was January passiert ist?«

Sie antwortete nicht sofort – erst sah sie mich nicht mal an –, und ich spürte ein komisches Grummeln in meiner Magengrube. Ich wollte, dass sie mir sagte, ich bräuchte mir keine Sorgen zu machen, es sei bestimmt nichts passiert, aber ihr Schweigen zog sich nervtötend in die Länge. Schließlich seufzte Tiana. »Keine Ahnung, Mann. Ich würde gern glauben, dass sie absichtlich untergetaucht ist und dass alles in Ordnung ist, aber … mir geht nicht aus dem Kopf, wie reich ihr Stiefvater ist. Ich meine, dieser Typ hat echt Kohle. Der verdammte Palast, in dem sie wohnen, ist nicht mal das größte Haus, das er besitzt!«

»Du glaubst, sie wurde entführt?« Auch ich hatte schon an diese Möglichkeit gedacht, laut ausgesprochen klang es jedoch fast surreal, wie aus einer Seifenoper, und mir gefiel nicht, dass meine Handflächen jetzt ganz feucht und glitschig wurden. »Die Polizei hat allerdings nichts von einer Lösegeldforderung erwähnt.«

»Vielleicht gab es keine«, sagte Tiana, als wäre das ein wichtiger Punkt. »Vergiss nicht, ihr Stiefvater ist auf dem besten Weg nach Washington. Vielleicht wollen die Leute kein Geld, sondern was anderes von ihm, und vielleicht möchte er nicht, dass die Polizei erfährt, was das ist.«

»Du denkst, es könnte politisch motiviert sein?«

»Vielleicht. Ich weiß es nicht. Ich weiß nicht, was ich denke.« Diesen Eindruck hatte ich allerdings nicht, denn ihre Miene war noch düsterer als vor einer Minute. Da gongte es zum zweiten Mal und Tiana richtete sich auf und hob ihre Tasche vom Boden auf. »Ich muss in den Unterricht. Gib mir Bescheid, wenn du was hörst, ja?«

»Ja, klar«, antwortete ich automatisch, während Tiana den sich leerenden Flur hinunterging, aber ich war mit den Gedanken schon woanders. Januarys Klassenkameraden an der Dumas kamen aus Familien, die Jonathan Walker für seine politischen Zwecke nutzen wollte; konnte es nicht auch umgekehrt so sein? Soweit ich wusste, hatte man January zuletzt an der Schule gesehen. Vielleicht hatte ihr ein Erwachsener angeboten, sie am Dienstag nach der Schule nach Hause zu bringen, und dann Forderungen an Walker gestellt, nachdem die Polizei bereits eingeschaltet war …

Ich war so in Gedanken versunken, dass ich erst merkte, dass Tiana umgekehrt war, als ich fast mit ihr zusammenstieß. Mit verkrampftem Mund und besorgtem Blick platzte sie heraus: »Hör mal, ich wollte es dir vorher nicht sagen, aber du hast mich gefragt, was meiner Meinung nach mit January passiert ist, und die Wahrheit ist … Flynn, da lief irgendwas, von dem sie mir nichts erzählt hat, da bin ich ganz sicher. Ich habe es daran gemerkt, wie sie auf meine Nachrichten reagiert hat – nämlich gar nicht. Sie hat etwas vor mir verheimlicht. Wenn sie weggelaufen ist, hatte sie vielleicht einen Grund. Und wenn nicht … dann ist ihr, glaube ich, etwas Schlimmes zugestoßen.« Tiana zitterte jetzt, ihre Stimme war ein Flüstern. »Und ich habe das schreckliche Gefühl, dass … dass wir January nie mehr wiedersehen werden. Dass sie einfach … weg ist.«

Und damit drehte sich Tiana um und lief eilig den Flur hinunter.

5

TIANAS WORTE KLANGEN MIR den Rest des Tages Unheil verkündend in den Ohren, auch wenn ich mich bemühte, sie nicht an mich ranzulassen. Ich konnte nicht einfach aufgeben und mich damit abfinden, dass January nie mehr zurückkehren würde. Genau wie die Cops hatte Ti das M-Wort – *Mord* – tunlichst vermieden, aber mir war klar, dass sie daran gedacht hatte. Eine Entführung kann nur auf zweierlei Art enden. Ich war immer noch überzeugt davon, dass January abgehauen war, um ihren Eltern eins auszuwischen, und dass sie Ti und mich aus gutem Grund nicht eingeweiht hatte: Erstens hätten wir es gegenüber der Polizei ausgeplaudert und damit alles verdorben, und zweitens hatte sie in letzter Zeit offensichtlich wenig Lust gehabt, sich einem von uns anzuvertrauen.

Das sagte ich mir immer und immer wieder, und als meine Mom den Abendbrottisch abräumte, glaubte ich sogar daran. Später traf ich mich mit Micah im Skatepark, wo wir einige Stunden lang relativ schweigsam an unseren Kickflips arbeiteten. Micah hatte seinen Ollie letzten Sommer perfektioniert, und obwohl ich immer noch fast jeden zweiten vergeigte, verbot mir mein Stolz, mich von Micah übertrumpfen zu lassen. Das Ergebnis war, dass ich mehr Zeit auf meinem Hintern als auf meinem Board verbrachte, aber der Schmerz fühlte sich auf eine elementare Weise gut an.

Die düstere, unheilvolle Stimmung, die mich den ganzen Tag lang im Griff gehabt hatte, wollte nicht weichen, nicht einmal, nachdem Micah und ich uns das letzte bisschen Gras aus dem Versteck in meinem Schreibtisch geteilt hatten. Wir aßen Tortilla Chips, um den Geruch zu überdecken, und beschlossen, für heute Feierabend zu machen. Als ich heimkam, war meine Mom noch auf, saß im Wohnzimmer und zappte durch die Fernsehprogramme. Wir unterhielten uns kurz und ich durchstöberte dabei den Kühlschrank nach Resten. Ich war zu ungeduldig, um mir was aufzuwärmen, aber ich hatte sowieso entdeckt, dass man beinahe alles kalt essen kann, wenn man nur unvoreingenommen genug ist. Während ich mir einen Teller mit Hühnchen, Kartoffeln und einem glibberigen Klumpen Makkaroni volllud, brabbelte meine Mom etwas über den »Untergang des Abendlandes«, was bedeutete, dass sie gerade eine Folge *Real Housewives* gesehen hatte.

Als ich mich jedoch mit meinem Imbiss aus der Küche verdrücken wollte, geriet ich ihr doch noch in die Fänge. In der einen Hand hielt ich den Teller, in der anderen ein Glas Wasser, und so konnte ich mich nicht wehren. Sie umarmte mich fest, drückte ihr Gesicht einen langen, peinlichen Augenblick in mein Haar, und ich versuchte, den letzten dort hängenden Geruch nach Gras per Willenskraft in meine Kopfhaut zu zwingen. Falls sie etwas geschnuppert hatte, erwähnte sie es nicht. Stattdessen ließ sie mich wieder los, sah mich fest an und sagte: »Ich hab dich lieb, Flynn.«

»Ich hab dich auch lieb, Mom«, murmelte ich. Nicht dass mir ihre Gefühlsäußerung an sich peinlich war, nein, es war eher ihr Blick – als würde jeden Moment einer von uns von bewaffneten Soldaten verschleppt werden –, der mich ein bisschen verlegen machte.

»Ich wüsste nicht, was ich täte, wenn dir etwas passieren würde.«

Oh. »Mir passiert schon nichts, okay?«

»Das hat Tammy bestimmt auch gedacht«, sagte Mom leise und schlug die Hände vors Gesicht. »Tut mir leid, das war jetzt nicht sehr feinfühlig von mir. Es ist nur so … wenn man so etwas hört, dann … keine Ahnung … dreht man irgendwie durch. Man wird zu einer dieser überbehütenden Helikoptermoms, die man niemals werden wollte.« Seufzend rieb sie sich die Augen. »Bitte … versprich mir einfach, dass du immer vorsichtig bist, okay?«

»Versprochen.«

»Sag das jetzt nicht nur, damit ich Ruhe gebe, du Schlaumeier.« Mom sah mich durchdringend an. »Versprich es mir.«

»Okay, ich *verspreche* es«, murmelte ich noch einmal.

Sie war immer noch nicht fertig, sondern musterte mich todernst. »Du kannst mit mir über alles reden, Flynn. Das weißt du. Du bist mein Sohn, und ich werde dich immer lieb haben und unterstützen, egal, was passiert. Das weißt du doch, oder?«

Mir blieb die Luft weg, und obwohl ich noch etwas high war, verspürte ich ein paranoides Nervenflattern. *Meinte sie das, von dem ich annahm, dass sie es meinte?* Ich quetschte irgendwas Zustimmendes heraus, und bevor sie noch mehr sagen konnte, fuhr ich rasch fort: »Ich möchte jetzt wirklich raufgehen und mich umziehen, okay?«

»Okay, okay«, gab Mom nach und trat einen Schritt zurück. »Aber lass dein dreckiges Geschirr bitte nicht wieder im Zimmer stehen. Du musst es ja nicht mal selbst abspülen, dafür haben wir schließlich dieses teure Ding.« Sie deutete auf die Spülmaschine, während ich mich Richtung Diele verzog. Auf halbem Weg rief sie mir nach: »Ach, und übrigens, Flynn, wenn du schon unbedingt Gras rauchen musst, dann lass dich bitte nicht von der Polizei erwischen, okay?«

Oben in meinem Zimmer schrieb ich Micah sofort eine Nachricht, dass die Kifferei aufgeflogen war. Ich wusste, da würde noch was nachkommen, hoffte allerdings, dass die Strafe nicht allzu drakonisch ausfallen würde; Will und Kate Doherty engagierten sich für die Legalisierung von Marihuana, deshalb würde ich höchstwahrscheinlich mit einem blauen Auge davonkommen. Trotzdem sollte Micah ruhig an meinem Angstschweiß teilhaben.

Ich verputzte mein Essen und zog mir dabei eine Folge von *It's Always Sunny in Philadelphia* im Internet rein, checkte meinen Account bei Facebook und holte mir vor dem Zubettgehen noch einen runter. Normalerweise ist das ein todsicheres Mittel, um einzuschlafen, aber heute Nacht wollte es nicht klappen. Schon wieder schlich sich January in meine Gedanken, kroch wie ein Ohrwurm in jeden Winkel meines Hirns, bis ich es schließlich aufgab und ihr meine ungeteilte Aufmerksamkeit zuwandte.

Irgendjemand da draußen wusste *irgendetwas.* January hatte sich nicht einfach in Luft aufgelöst, sie war auch nicht von Außerirdischen entführt worden oder so – aber wen konnte ich fragen außer ihre Freunde? Wenn ihre alte Clique an der Riverside im Dunkeln tappte und ich nicht wusste, mit wem sie an der Dumas Kontakt hatte, an wen sonst könnte ich mich wenden?

Und dann kam mir ein Geistesblitz: *Kaz.* Der verfluchte Kaz. Kaz war 18, studierte im ersten Jahr an der University of Michigan, sah umwerfend gut aus und war ein Klugscheißer hoch drei. Mehr wusste ich nicht über ihn, und es waren auch nur Informationen aus zweiter Hand von January, da ich dem Typen noch nie begegnet war. Sie kannten sich von ihrer gemeinsamen Arbeit in dem Spielwarenladen im Stadtzentrum, wo January seit der achten Klasse jobbte. Und seit Kaz' allererstem Arbeitstag musste ich mir Storys über ihn anhören.

»Kaz ist sooooo süß! Dauernd *kommen Mädchen in den Laden, nur um mit ihm zu flirten. Eigentlich nervig, weil sie nie was kaufen. Meist tut er dann so, als wäre ich seine Freundin, damit sie endlich gehen. Ist das nicht witzig?«*

Yeah. Superwitzig. Die Storys enthielten boshafte Spitzen gegen mich, wenn January und ich uns gestritten hatten. Wie damals, als sie dann doch nicht zu einem Konzert mitgekommen war, auf das wir uns schon seit Monaten gefreut hatten, nur weil Tianas Familie übers Wochenende nach Chicago fuhr und sie ganz unerwartet dazu einlud.

»Es ist doch nur ein Konzert, *Flynn! Unglaublich, wie unreif du dich aufführst«, hatte sie mich angeblafft. »Weißt du was, Kaz hatte recht – ich sollte mir echt einen älteren Freund suchen.«*

Ach, ob er da wohl schon einen speziellen »älteren Freund« im Sinn hatte?

»Kaz glaubt, dass wir uns trennen werden«, hatte sie bei einer anderen Gelegenheit aus heiterem Himmel verkündet. »Er sagt, es ist echt schwer, eine Beziehung aufrechtzuerhalten, wenn man sich nicht regelmäßig sieht, und da ich auf die Dumas gehe und du an der Riverside bleibst, wird das mit uns wahrscheinlich nicht halten.«

Also, was zum Teufel sollte ich *darauf* sagen? Diese Ankündigung kam ausgerechnet zu dem Zeitpunkt, als mir allmählich klar wurde, dass ich die superwichtigen wilden, sexgeilen Gefühle, die ich eigentlich für meine Freundin empfinden sollte, niemals entwickeln würde – ausgerechnet zu dem Zeitpunkt, als ich mir ernsthaft Sorgen zu machen begann, dass ich diese Gefühle wohl nie für *irgendein* Mädchen entwickeln würde – und daher reagierte ich nicht besonders souverän.

»Willst du deswegen keinen Sex mit mir haben, weil du einen Mikropenis hast? Kaz sagt, du willst wahrscheinlich nur keinen Sex mit mir haben, weil dein Penis zu klein ist.«

Okay, Letzteres hatte er wohl etwas subtiler ausgedrückt, aber man versteht sicher, warum ich diesen Typen nicht mochte, obwohl ich ihm noch nie begegnet war. Immerhin war ich Januarys Freund, wenn auch vielleicht nicht der tollste der Welt, und es machte mich wahnsinnig, dass sie solch eigennützige und manipulative Ratschläge von einem Kerl annahm, der ganz klar auf sie stand, und dass sie seine Worte bei jedem Streit als Waffe einsetzte. Dauernd erinnerte sie mich daran, dass er Teil ihres Lebens war, ein geheimnisvoller Typ, klug, süß und hilfsbereit, ein beflissener Prince Charming, der nur auf seine Chance wartete, sie im Sturm zu erobern, sobald ich es vermasselte. Es war offensichtlich, dass der Typ ihr an die Wäsche wollte, aber wenn ich auch nur eine Andeutung in diese Richtung machte, wies sie alles empört zurück.

Während ich so dalag und die hellen Streifen anstarrte, die das Mondlicht auf meine Füße malte, fiel mir die Anekdote ein, die Detective Moses meiner Mutter erzählt hatte: *Ein Junge etwa in Flynns Alter schnappte sich nach einem Streit mit seinen Eltern den Wagen und verschwand. Eine Woche später fand ihn die Polizei von East Lansing in einem Studentenwohnheim der Michigan State, wo er bei einem Freund auf dem Boden schlief.* Ersetze Michigan State durch University of Michigan und vielleicht hatte ich gerade das Rätsel um Januarys Verschwinden gelöst. Kaz war genau die Art von Mistkerl, der eine Highschool-Schülerin ermutigen würde, mal eine Woche bei ihm unterzuschlüpfen, um ihren Eltern eine Lektion zu erteilen. *Nee, alles cool, Babe! Du kannst mein Bett nehmen, ich schlafe auf dem Boden. Außer natürlich es wird dir kalt und du brauchst jemanden, der dich wärmt. Ach, und hab ich schon erwähnt, dass die Heizung kaputt ist?*

Erst als ich beschlossen hatte, Kaz aufzuspüren und ihn gehörig auszuquetschen, konnte ich endlich einschlafen.

6

AM NÄCHSTEN MORGEN kam ich in den Genuss eines elterlichen Vortrags über die Gefahren des Kiffens. Eine nicht gerade sehr angenehme Angelegenheit. Meine Eltern hatten sich aktiv für die Legalisierung von Marihuana zu medizinischen Zwecken in Michigan eingesetzt, und die Sache mit Januarys Verschwinden werteten sie als mildernden Umstand, aber sie wollten es mir auch nicht einfach so durchgehen lassen. Letztendlich ging es ihnen hauptsächlich um »Achtung vor dem Gesetz« und meine Strafe wurde zur Bewährung ausgesetzt: Wenn ich »gemeinnützige Arbeit« in Form von Laubrechen und Hilfe beim Abendessen leistete und mindestens einen Monat lang nicht in irgendwelche Schwierigkeiten geriet, würden sie mich *dieses Mal* ungeschoren davonkommen lassen.

Danach setzte mich Mom mit meinem Skateboard in der Innenstadt ab. Ich versprach ihr, für den Heimweg den Bus zu nehmen – in diesen sauren Apfel biss ich nur, weil January vermisst wurde – und rechtzeitig zu Hause zu sein, um ihr bei der Vorbereitung des Abendessens zu helfen. Sobald sie davongefahren war, machte ich mich auf den Weg zu Old Mother Hubbard, dem Spielwarenladen, in dem January arbeitete. Er befand sich in einem der zahlreichen Backsteinbauten aus dem 19. Jahrhundert an der Fourth Avenue, nur ein paar Blocks von dem Gebäudekomplex entfernt, der als Ann Arbors Veranstaltungszentrum diente. Das Geschäft gehörte keiner Ladenkette an – was bedeutete, dass die Preise lächerlich hoch waren. Es konnte sich nur dank der loyalen Bürger der Stadt über Wasser halten, die mit eiserner Entschlossenheit lokale Geschäfte unterstützten.

So hatte ich es zumindest gehört. January hatte mir nämlich verboten, sie an ihrer Arbeitsstelle zu besuchen, und da ich sonst keinen Grund hatte, in einen Spielwarenladen zu gehen, war ich noch nie drin gewesen. Aber ich wusste, dass sie samstags und sonntags je acht Stunden dort arbeitete, und manchmal auch an Abenden unter der Woche nach den Theaterproben.

Das Schaufenster war passend zu Halloween mit kitschigen Kürbislaternen und ausgestopften Tieren dekoriert, die als Mumien, Hexen und Vampire verkleidet waren und sich um eine Pyramide aus Old Mother Hubbards »gruseligsten« Spielsachen und Kinderbüchern scharten. Eine Glocke bimmelte, als ich die Tür aufdrückte und die Kälte hinter mir ließ. Der Verkaufsraum war merkwürdig steril, er roch nach Desinfektionsmittel, wie ein Neuwagen, und die nagelneuen, makellosen Spielsachen, die hier drin ausgestellt waren, wirkten nicht gerade einladend. *Ansehen ja, anfassen nein.* Außer mir befand sich nur eine andere Person im Laden, ein Verkäufer, und er war so ziemlich der heißeste Typ, der mir jemals begegnet war.

Er war groß und schlaksig, hatte ein kantiges Kinn und überragte mich bestimmt um zehn Zentimeter. Sein schwarzes Haar stand ihm in sorgfältig arrangierten Stacheln vom Kopf ab. Unter der olivfarbenen Haut seiner abartig durchtrainierten Arme zeichneten sich die Venen ab und sein bescheuertes lavendelfarbenes Poloshirt brachte das erstaunliche Grünbraun seiner Augen noch besser zur Geltung. Er wirkte ungefähr so alt wie ich, aber was heißt das schon? Schweine können zwanzig Jahre alt werden oder so, aber stellt man eines neben ein gleichaltriges Model, dann sieht diese Leistung schon deutlich weniger beeindruckend aus.

Falls es noch nicht offensichtlich ist, bei diesem speziellen Vergleich war natürlich ich das Schwein. Und das Model, das mir ein strahlend weißes und ebenmäßiges Lächeln schenkte, war – und das wusste ich hundertpro, noch bevor ich die Buchstaben auf seinem Namensschildchen entziffert hatte – der verfluchte Kaz.

»Hallo, kann ich dir irgendwie behilflich sein?« Mit seinen scharf geschnittenen Wangenknochen hätte man Glas durchtrennen können, und ich musste mir kurz in Erinnerung rufen, dass ich ihn hasste.

»Ja«, antwortete ich knapp. »Ich suche January.«

Sein Lächeln büßte ein wenig an Strahlkraft ein. »Die ist nicht da.«

»Schon klar«, erwiderte ich noch etwas schroffer. »Ich wollte mich nur erkundigen, ob du weißt, wo sie ist.«

Sein Lächeln war wie weggewischt. »Warum sollte ich so etwas wissen?«

»Ihr seid doch ziemlich dicke miteinander, oder?« Ich konnte den vorwurfsvollen Ton in meiner Stimme nicht unterdrücken. Alles an diesem Typen ging mir gegen den Strich, angefangen von seinem perfekten Gesicht und Körper bis hin zu seiner Angewohnheit, sich in die Angelegenheiten anderer Leute zu mischen, und es kostete mich Mühe, meine Wut zu zügeln. »Ich dachte, vielleicht hat sie dir ja gesagt, wo sie hin ist.«

»Wer bist du?«, fragte er und verschränkte die Arme vor der nervtötend durchtrainierten Brust.

»Flynn.«

»Oh. Ihr *Freund*.« Seine Stimme triefte vor Verachtung, und ich spürte, wie meine Körpertemperatur um einige Grad anstieg.

»Ja, genau, ich bin ihr *Freund*«, blaffte ich, »und ich mache mir Sorgen um sie. Wenn du also weißt, wo sie ist, sag es mir einfach, okay?«

Seine mandelförmigen Augen verengten sich und ein Mundwinkel zog sich nach oben. »Falls January dich meidet, dann hat sie bestimmt ihre Gründe. Wie kommst du darauf, ich würde sie verpfeifen?«

»Vielleicht gehe ich einfach davon aus, dass du zumindest halb so viel Grips hast, wie du meiner Freundin weismachen wolltest – dann wirst du checken, dass ich nicht zum Spaß hier bin.« Ich versuchte, ihn niederzustarren, aber es ist schwierig, einen Kerl einzuschüchtern, der um einiges größer ist als man selbst.

Kaz lachte mir ins Gesicht. »Nicht zu fassen, du hältst dich wohl für den Obermacker, was? Du kannst deine Freundin nicht mehr rumschubsen, also kommst du hierher und versuchst es mit mir.« Als er die Arme ausbreitete, sah ich ein Tattoo unter einem Ärmel hervorlugen. »Sorry, aber die harte Nummer von so einem mickrigen Typen wie dir zieht bei mir nicht.«

Ich war so überrascht, dass ich ihn einen Augenblick nur anstarrte. »Wovon zum Teufel redest du überhaupt?«

»Ich sage nur, wenn January dir aus dem Weg geht, gut für sie. Das hätte sie schon vor langer Zeit tun sollen.«

Seine Stimme triefte vor Abscheu und ich stand eine gefühlte Ewigkeit mit offenem Mund da. Endlich brachte ich eine Antwort heraus. »Einen Dreck weißt du von mir. Was hast du eigentlich für ein Problem, verdammt noch mal?«

»Was für ein Problem ich habe? Wie wär's damit, dass ich mir seit zwei Monaten Januarys Klagen anhören muss, was für ein beschissener Freund du bist? Du hast es geschafft, dass sie sich unattraktiv fühlt, du hast ihr ein schlechtes Gewissen gemacht, weil sie die Schule wechseln musste, und über ihre neuen Freunde hast du dich auch noch lustig gemacht …«

»*Wovon. Zum Teufel. Redest du?*« Was er da sagte, klang so absurd, dass ich einen Moment sicher war, es müsse sich um einen Irrtum handeln; ich war in den falschen Spielzeugladen spaziert, hatte den falschen Kaz aufgespürt, und wir sprachen über die falsche January.

Im Rückblick musste ich allerdings zugeben, dass mein

extremer Widerwille gegen die harmlosesten Knutschereien mit ihr womöglich nicht gerade förderlich für Januarys Selbstbewusstsein gewesen war. Aber ich hatte ihr immer wieder versichert, wie hübsch sie sei, und wenn sie beim Blick in den Spiegel jammerte, sie sei Durchschnitt oder hässlich oder etwas anderes Abwertendes in der Art, hatte ich vehement dagegen protestiert. Und was ihr schlechtes Gewissen wegen der Dumas anging, also schließlich war *ich* es gewesen, der einer weinenden January eine Stunde lang die Hand gehalten und ihr versprochen hatte, dass sie diese versnobte Privatschule bereits am Ende des Sophomore-Jahrs im Triumph erobert haben würde. Die einzige Retourkutsche, die ich herausbrachte, war jedoch: »Ihre ›Freunde‹ an der Dumas kenne ich gar nicht – wie sollte ich mich da über sie lustig machen?«

»Keine Ahnung, aber du wirst es schon irgendwie hingekriegt haben. Sie hat gesagt, du hast sie alle als ›verzogene reiche Gören mit Wegwerfponys‹ bezeichnet oder so.« Kaz funkelte mich an. »Kannst du dir überhaupt vorstellen, wie sie sich dabei gefühlt hat? Als dürfte sie keine neuen Freunde finden, weil du sie alle hassen und denken würdest, January wäre eine Verräterin! Reiche Kids sind dir ein Dorn im Auge, und schließlich ist sie jetzt eine von ihnen. Wie der letzte Dreck hat sie sich gefühlt!«

Ich blinzelte verblüfft, während diese Attacke auf meinen Charakter wie ein Granatenregen auf mich niederging. Mir fiel nur ein Gespräch ein, auf das Kaz anspielen konnte.

»Du hast ja keinen Schimmer, wie diese Tussis drauf sind,

Flynn«, hatte January nach ihrem ersten Tag an der Dumas fassungslos gewütet. An jenem Nachmittag hatte sie mir in jeder Pause geschrieben, um mich über ihren wachsenden Hass auf die neue Schule und alle darin auf dem Laufenden zu halten, und scherzhaft damit gedroht, auf immer ausgeklügeltere Weise Selbstmord zu begehen, nur um nicht zur nächsten Stunde gehen zu müssen. Mit herrlichem Upper-Class-Akzent jammerte sie jetzt: »›Mummy hat mir einen Lamborghini in Eierschale gekauft statt in Creme – will sie etwa mein Leben ruinieren? Ich könnte sie umbringen!‹«

Lachend hatte ich mit demselben Akzent erwidert: »›Papah, mein Pony ist ganz schmutzig geworden, da musste ich es wegwerfen – jetzt brauche ich ein neues!‹«

Wie hatte man das so hindrehen können, als hätte ich mich über ihre sogenannten neuen Freunde lustig gemacht und ihr damit Schuldgefühle eingeflößt? Ich hatte an ihrem Kummer *Anteil genommen*, verdammt noch mal!

»Hör mal, nicht dass dich meine Beziehung zu January irgendwas anginge, aber ich habe nichts von alldem getan!«, wütete ich. »Und solltest du ihr eingeredet haben, das zu glauben, dann bist du ein noch größerer Arsch, als ich dachte!«

»Ach, jetzt bin *ich* der Arsch?« Nun war Kaz derjenige, der ungläubig guckte, seine unwahrscheinlich langen schwarzen Wimpern flatterten dramatisch.

»Na klar! Ihr zu erzählen, dass sie mit mir Schluss machen soll, weil wir nicht mehr auf dieselbe Schule gehen, ihr zu erzählen, sie sollte sich lieber einen ›älteren‹ Typen suchen – übrigens ein absolut bescheuertes, ziemlich durchsichtiges Manöver –, und dass ich wahrscheinlich einen *zu kleinen Schwanz* hätte! Genau! Du bist der Arsch!«

Zu meiner Befriedigung schien ihm diese kleine Gegenoffensive etwas den Wind aus den Segeln zu nehmen. Seine Augen weiteten sich, er öffnete den Mund und sein Gesichtsausdruck wechselte von Verachtung zu so etwas wie Erstaunen. »He, hör mal, ich …«

»Und weißt du was? Es ist mir so was von egal. January hat schon mit mir Schluss gemacht, also hast du ja gekriegt, was du wolltest. Wenn sie wirklich glaubt, dass ich die ganze Zeit so ein beschissener Freund war, und mich mit ihrem Verschwinden bestrafen will, dann richte ihr doch bitte schön aus, dass sie es geschafft hat und damit aufhören kann.« Ich hatte mich so in Rage geredet, dass ich mich beinahe verhaspelte. Ich sah Kaz durch einen roten Nebelschleier und spürte, wie mir die Kehle eng wurde. *Na toll.* Genau das fehlte mir noch: vor dem verfluchten Kaz in Tränen auszubrechen. »Und wenn du schon mal dabei bist, erinnere sie bitte daran, dass sie damit auch eine Menge Leute bestraft, die es gar nicht verdient haben. Ihre Eltern machen sich total Sorgen, *meine* Eltern machen sich Sorgen, Tiana dreht komplett am Rad, und jetzt hat sich auch noch die Polizei eingeschaltet, also …«

»Stoppstoppstopp«, unterbrach mich Kaz mit weit aufgerissenen Augen und warf die Hände in die Luft. »Was meinst du mit ›die Polizei eingeschaltet‹? Wovon redest du eigentlich?«

»Ich rede davon, dass January seit drei Tagen vermisst wird und wir uns vor Angst in die Hose machen!« Ich drehte mich jäh um, bereit für einen starken Abgang, und blaffte ihn über die Schulter hinweg an: »Wir haben's kapiert, okay? Sie hat ihren Standpunkt deutlich gemacht. Und du auch. Ich hoffe, ihr beiden werdet glücklich miteinander.«

Das war nicht ganz ehrlich gemeint. In Wirklichkeit hoffte ich eher, dass Kaz von einem Feuerwehrwagen umgenietet wurde, mindestens. Ich war schon auf halbem Weg zur Tür, als ich seine Hand auf meinem Arm spürte. »Warte doch mal kurz!« Sein Ton klang flehentlich und diesmal wirkte er ehrlich bestürzt. »Was willst du damit sagen, sie wird vermisst?«

»Ich will damit sagen, dass sie am Dienstag nach der Schule nicht nach Hause gekommen ist, und keiner weiß, wo sie steckt.« Ich sah ihn bedeutungsvoll an. »Zumindest keiner von denen, die sich bisher geäußert haben.«

Er trat einen Schritt zurück. »Und du glaubst, ich würde was wissen?«

»Etwa nicht?«, sagte ich bitter. »Du bist doch ihr engster Vertrauter, derjenige, der ihr tonnenweise Beziehungstipps gibt und ihr offensichtlich verklickert hat, dass sie schon längst hätte abtauchen sollen, um von mir wegzukommen.«

»Ich habe nicht …« Er nahm sich zusammen. »Das habe ich damit nicht gemeint.«

Er wirkte aufgewühlt, und obwohl sein Erschrecken anscheinend nicht gespielt war, war ich voller Rachegelüste und weigerte mich, ihm Glauben zu schenken. »Sie ist noch minderjährig, weißt du, und wenn du ihr hilfst, sich zu verstecken, dann ist das wie Beihilfe zur Tat oder so.«

»Das tue ich doch gar nicht«, sagte er rasch und überzeugend. »Ich schwöre, ich weiß nicht, wo sie ist, Mann! Ich weiß überhaupt nichts von der ganzen Sache!«

Dabei sah er mir direkt in die Augen, und so wahr mir Gott helfe, ich glaubte ihm. Und auf einmal erhielt meine bereits bröckelnde Hoffnung, dass January gesund und munter irgendwo steckte, einen weiteren Riss. Ich hatte nicht unbedingt herausfinden wollen, dass sie bei Kaz Unterschlupf gesucht hatte, aber mir wurde klar, dass ich, so pervers es auch klingen mochte, doch irgendwie darauf gehofft hatte. Denn es hätte bedeutet, dass sie zumindest in Sicherheit war, es hätte bedeutet, dass das Rätsel offiziell gelöst war, und es hätte auch bedeutet, dass ich ein Recht auf ein bisschen selbstgerechten Zorn gehabt hätte, statt nur Verwirrung und Schuld und Angst zu empfinden.

»Sie hat dir nicht gesagt, dass sie vorhat abzuhauen oder so?«

Kaz schüttelte energisch den Kopf. »Ist das ihre Vermutung?«

Ich zuckte die Schultern, und mein Blick fiel auf den offenen Ausschnitt seines Polohemds, zu der kleinen u-förmigen Kuhle, wo sich die Schlüsselbeinknochen trafen. Seine aufrichtige Sorge verursachte mir Unbehagen; ich war noch nicht bereit, nett zu ihm zu sein, eine ernste und teilnahmsvolle Unterhaltung über Januarys Verschwinden zu führen. »Sie wissen es nicht. Sie hat keine

Nachricht hinterlassen oder so. Ich dachte, vielleicht … ist sie heute hier gewesen?«

Genau da kam mir zum ersten Mal der Gedanke, dass January, falls sie ihr Verschwinden im Voraus geplant hatte – und beabsichtigte zurückzukehren –, vielleicht um Urlaub gebeten hatte, damit ihre Stelle bei ihrer Rückkehr nicht neu besetzt war. Natürlich brauchte sie das Geld nicht mehr, jetzt, wo sie reich war; vorbei die Zeit, in der Tammy sich für January kaum etwas anderes als Sonderangebote leisten konnte. Doch darum ging es nicht. Als man sie gegen ihren Willen an der Dumas angemeldet hatte, hatten ihre Eltern sie unter Druck gesetzt, den Job bei Old Mother Hubbard aufzugeben, damit sie sich ausschließlich auf die Schule konzentrieren konnte, was January allerdings kategorisch abgelehnt hatte.

»Ich bin doch verdammt noch mal nicht Jonathan Walkers Eigentum!«, hatte sie mich angebrüllt, als ich sie dummerweise gefragt hatte, warum sie denn nicht einfach kündigte – was jeder andere in ihrer Situation getan hätte – und froh war, nicht jobben zu müssen. »Kapierst du's denn nicht? Ihm gehören schon mein Haus, mein Handy und meine Mom! Ich lasse ihn doch nicht auch noch meine Klamotten und Kinokarten und mein Essen bei Taco Bell finanzieren, damit er jeden einzelnen Bereich meines Lebens kontrollieren kann. Vielleicht muss ich mit ihm leben, aber doch nicht für *ihn!«*

Ehrlich gesagt hatte ich ihre Haltung nicht so ganz verstanden. Jonathan Walker war nicht gerade eine herzliche, joviale Vaterfigur, schien allerdings auch nicht unbedingt einer dieser militaristischen Tyrannen mit eiskalten Augen aus irgendeinem Problemfilm zu sein. In Wahrheit war January manchmal einfach wild entschlossen, sich ins eigene Fleisch zu schneiden.

Kaz schüttelte den Kopf, sah jedoch immer noch verwirrt aus. »Äh, nein.«

»Also … was? Du hattest nicht den Eindruck, dass irgendwas nicht stimmt, als sie heute nicht zur Arbeit erschienen ist?«

»Nein, du verstehst nicht«, sagte er und wedelte aufgeregt mit den Händen. »Sie ist nicht gekommen, weil es nicht nötig war. Sie arbeitet hier nicht mehr, Mann.«

Ich blinzelte. »Was?«

»Sie hat den Job vor ein paar Wochen aufgegeben. Eines Tages hat sie sich krankgemeldet, ist auch am nächsten nicht aufgetaucht, und als ich nachgefragt habe, meinten die Besitzer, dass sie nicht mehr zurückkommen würde.« Er breitete hilflos die Hände aus. »Keine Angabe von Gründen, keine Kündigung – nichts. Ich weiß nicht, was ich dir sagen soll, Mann. Sie arbeitet schon seit fast einem Monat nicht mehr hier.«

7

ICH STARRTE IHN AN. Wieder ergab nichts von dem, was er sagte, einen Sinn. *January hatte ihren Job gekündigt?* Es wollte mir nicht in den Kopf.

Ich dachte an den Samstag vor drei Wochen zurück, als Tiana und einige aus der Riverside-Theater-AG eine Fahrt mit dem Heuwagen auf einer der vielen Apfelplantagen in Washtenaw County organisiert hatten. Es war eine dieser altbackenen Herbsttraditionen, die aber trotzdem Spaß machen. Man saß auf duftenden Heuballen, holperte in der Eiseskälte irgendwelche Feldwege an identisch aussehenden Apfelbaumreihen entlang; man pflückte tonnenweise Äpfel, trank eimerweise Cider und aß mehr gepuderte Donuts, als der menschliche Organismus verkraften kann; und den krönenden Abschluss bildete ein Lagerfeuer, bei dem man Marshmallows röstete und dämliche Lieder sang und jemand mieses Bier oder Weinschorle oder eine unter dem Mantel hereingeschmuggelte Flasche Billigschnaps herumreichte und irgendeiner kotzte. Kurz, ein Riesenspaß.

Ich hatte January eine Nachricht geschrieben, ob sie den

Tag vielleicht freinehmen und mit uns kommen könne, aber sie hatte nur lapidar geantwortet: *Der Laden ist diese Woche unterbesetzt und braucht mich, sorry.*

Und vor knapp zwei Wochen, fünf Tage vor unserem Showdown in der Scheune, lief auf einem der Privatsender ein fürs Fernsehen bearbeiteter Horrorfilm-Marathon – so etwas hätten January und ich uns früher nie entgehen lassen. Ich hatte sie eingeladen, nach ihrer Theaterprobe zu mir zu kommen, damit wir uns gemeinsam über diese absurden, verblödenden, schlechtesten Filme aller Zeiten kringelig lachen konnten, und wieder hatte sie mit einem recht unpersönlichen Satz abgesagt: *Probe dann Job heute Abend sorry aber iss ein bisschen Popcorn für mich mit.*

Wenn Kaz die Wahrheit sagte und January an diesen Abenden nicht gearbeitet hatte, wo zum Teufel war sie dann gewesen? Und warum hatte sie mich angelogen? Uns alle angelogen?

»Das kann nicht sein«, widersprach ich und suchte in seinen ebenmäßigen Zügen nach einem Hinweis darauf, dass er sich irrte. »Ich meine, sie hat mir gesagt, sie würde immer noch hier arbeiten.«

»Tut sie aber nicht«, entgegnete er schlicht.

»Also, wenn sie hier aufgehört hat, dann muss sie doch irgendeinen Grund genannt haben«, beharrte ich. »Man schmeißt doch nicht einfach so die Arbeit hin.«

»Die Dame, die ihren Anruf entgegengenommen hat, sagte, sie hätte es nicht näher erläutert.« Kaz fuhr sich mit der Hand durch das glänzende dunkle Haar. »Ich habe sie natürlich auch gefragt, als ich sie noch mal gesehen habe, aber sie meinte nur, es sei eine – Zitat – ›lange Geschichte‹. Mehr war nicht aus ihr rauszukriegen.«

»Wie, du hast sie noch mal gesehen? Ich dachte, sie hat hier aufgehört und ist nie wieder aufgekreuzt.«

»Ich meinte, sie ist nicht mehr zur *Arbeit* erschienen«, korrigierte er mich, »aber sie musste noch mal reinschauen, um ihren letzten Gehaltsscheck abzuholen. An dem Tag, an dem sie mit ihrer Freundin hereingeschneit ist, war ich auch da.«

»Welche Freundin?« Im Geist ging ich die Liste von Januarys Freunden und Bekannten durch, die ich auch kannte, und fragte mich, warum mir in der Schule niemand von diesem Ausflug erzählt hatte.

»January hat uns einander nicht vorgestellt«, sagte Kaz mit einem Achselzucken, »und ihre Freundin hat sowieso die ganze Zeit über kaum den Mund aufgekriegt. Sie war Asiatin und hatte knallpinkes Haar. Kommt dir das bekannt vor?«

»Nicht wirklich«, murmelte ich, was auch fast stimmte. Das klang nicht nach irgendjemandem aus unserer Clique an der Riverside, aber trotzdem klingelte bei dieser Beschreibung was bei mir.

An Glitzi erinnere ich mich sicher, und dann gab's da noch Flaumlippe, Pink und FBA.

Pink. Wie das mit Spitznamen so ist, sind sie nicht unbedingt besonders aussagekräftig. Wenn man bedenkt, dass einem Mädchen auf ewig der Name »Glitzi« anhängen konnte, nur weil es ein einziges Mal ein Glitzertop getragen hatte, konnte Pink sich natürlich auch auf ein

Mädchen beziehen, das pinkfarbene Schuhe oder ein pinkfarbenes Kleid angehabt hatte, einen pinkfarbenen Wagen fuhr oder einfach ein großer Pink-Fan war. Kaz schien allerdings überzeugt zu sein, dass January tatsächlich Freunde an der Dumas gehabt hatte, und ich kannte kein Mädchen an der Riverside, auf das seine Beschreibung zutraf.

Ich hätte Kaz gern noch mehr entlockt – irgendwas –, aber er hatte nichts Aufschlussreiches mehr zu berichten. Nachdem ich nun alle Fragen gestellt hatte, die mir eingefallen waren, und alle Infos bekommen hatte, die er mir offensichtlich geben konnte, wandte ich mich erneut zum Gehen. In meinem Rücken fragte Kaz: »Glaubst du wirklich, dass sie einfach nur abgehauen ist? Dass sie vielleicht zurückkommt?«

Ohne mich umzudrehen, erwiderte ich: »Ich weiß es nicht.«

Über meinem Kopf klingelte die Ladenglocke, als Kaz mir noch nachrief: »Sagst du mir bitte Bescheid, wenn du sie gefunden hast? Ich … ich fange allmählich auch an, mir Sorgen zu machen.«

»Ja, klar. Du bist der Erste auf meiner Liste«, gab ich sarkastisch zurück und die Tür fiel knallend hinter mir ins Schloss.

Die ganze Nacht und den ganzen nächsten Tag ließ mich das Gespräch mit Kaz nicht los. Wie er über mich geredet hatte und wie *January* angeblich über mich geredet hatte, hatte mich fassungslos und wütend gemacht und auch ein bisschen erschüttert. Das eigentliche Problem war, dass in jedem dieser hässlichen Vorwürfe ein Körnchen unangenehme Wahrheit steckte. Ich hatte mich tatsächlich über die Kids an der Dumas lustig gemacht – natürlich –, aber January hatte damit angefangen; ironischerweise hatte ich nur deshalb mitgemacht, weil ich dachte, ich würde sie damit aufheitern. Aus Kaz' Mund hörte es sich so an, als hätte ich meine Freundin seelisch misshandelt, und das wiederum gab mir das Gefühl, in einen Zerrspiegel zu schauen, der die Realität bis zur Unkenntlichkeit entstellte.

Das Gleiche galt für die Behauptung, ich hätte January ein schlechtes Gewissen eingeredet, weil sie überhaupt auf die Dumas ging, wo ich doch alles nur Erdenkliche getan hatte, um sie zu trösten. Micah, Ti und ich hatten vor dem Beginn des Schuljahrs ein Care-Paket für sie zusammengestellt: Fotos von uns vieren, die sie in ihrem neuen Spind aufhängen konnte, eine Playlist für ihren iPod, die sie an unsere gemeinsamen Unternehmungen erinnern sollte, und unsere Stimmen als Klingeltöne für ihr Handy. Ich hatte ihr unzählige Male versichert, wie langweilig die Riverside ohne sie sein und wie sehr ich sie vermissen würde, wenn sie auf die Dumas ging, aber nicht, um ihr ein schlechtes Gewissen zu machen; wiederum hatte ich es nur getan, um ihr zu vermitteln, wie schwer auch mir der Abschied fallen würde und wie traurig ich darüber war.

Wie hatte sie meine Handlungen und Absichten so vollkommen fehlinterpretieren können, dass ich in ihren Gesprächen mit Kaz als ein egoistischer, manipulativer Mistkerl rüberkam? Konnte ich sie wirklich mit meinem dummen Witz über Wegwerfponys so verunsichert haben, dass sie glaubte, ich würde sie verurteilen, wenn sie an der Dumas Freundschaften schloss? Nun war klar, dass sie dort tatsächlich Freunde gefunden und es ebenso ungeniert vor mir verborgen hatte, wie sie mich im Hinblick auf ihren Job bei Old Mother Hubbard belogen hatte. Oder war vielleicht Kaz der Manipulator? Hatte er sie dazu gebracht, meine Handlungen im schlechtestmöglichen Licht zu sehen, um auf diese Weise einen Keil zwischen uns zu treiben?

Wie man es auch drehte und wendete, meine Freundin hatte mir in letzter Zeit eine Menge verheimlicht, und ich fragte mich allmählich, ob ich sie auch nur annähernd so gut kannte, wie ich gedacht hatte.

Als January am Montagmorgen immer noch nicht aufgetaucht war – inzwischen waren die Flure der Riverside mit Flyern mit ihrem lächelnden Gesicht und der Bitte um Informationen tapeziert –, beschloss ich, das Mädchen mit dem pinkfarbenen Haar ausfindig zu machen. Irgendetwas musste January dazu gebracht haben, ihren Job aufzugeben, und ich war entschlossen, es herauszufinden. »Pink« schien mir allmählich die Einzige zu sein, die womöglich Antworten auf meine Fragen liefern konnte.

Micah und ich hatten nur einen Bekannten mit Führerschein, Mason Collier, und obwohl er ein absoluter Vollidiot war, hatte ich keine andere Wahl: Ich musste ihn bitten, mich nach Unterrichtsschluss raus zur Dumas Academy zu fahren. Mason war einer dieser Typen, die fest an eine ausschließlich auf sportlicher Leistung beruhende gesellschaftliche Hierarchie glaubten, und er betrachtete die Tatsache, dass er gebaut war wie der unglaubliche Hulk, als ein Zeichen Gottes dafür, dass er an der Spitze der Hackordnung stehen sollte. Wenn ich nicht im Vorjahr einen neuen Riverside-Rekord im Zweihundertmeter-Lauf für die Leichtathletikmannschaft aufgestellt hätte, hätte Mason sich garantiert niemals dazu herabgelassen, auch nur ein Wort mit mir zu wechseln.

Die Fahrt zur Dumas dauerte nur zwanzig Minuten, aber sie fühlte sich an wie eine halbe Ewigkeit. Mason füllte jede Sekunde davon mit einem ununterbrochenen Monolog darüber, was für ein toller Kerl er doch war und dass ich, wenn ich nicht als komplette Schwuchtel dastehen wollte, diesen Winter unbedingt Mitglied im Snowboarder-Klub werden müsste. Es war scherzhaft gemeint, als sollte ich lachend versprechen, dem Klub auf jeden Fall zur Verteidigung meiner Männlichkeit beizutreten, aber trotzdem breitete sich in meinem Innern ein eisiges Angstgefühl aus und wanderte hinauf bis in meine Kehle.

Falls Mason die Wahrheit über mich erfuhr, was würde er dann sagen? Würde er sich betreten an diesen Moment zurückerinnern? Und die anderen, würden sie an all die Gelegenheiten denken, bei denen sie in meiner Gegenwart Dinge gesagt hatten wie: »Mann, ist das schwul« und: »Sei keine Schwuchtel«, und mir plötzlich nicht mehr in die Augen sehen können? Würden meine Gefühle sie überhaupt kümmern? Wie würde sich mein Leben verändern, wenn die Wahrheit ans Licht käme?

Als Mason vor den mächtigen Backsteinsäulen am Eingangstor der Dumas Academy hielt, warf ich ihm fünf Dollar fürs Benzin zu und floh aus dem Wagen. Vom Tor bis zum Schulportal war es fast ein halber Kilometer, aber in der frischen Luft genoss ich jede Minute der vollkommenen Stille.

Für ein Bildungsinstitut mit einer kleinen, sorgfältig ausgewählten Schülerschar war die Dumas ein ziemlich großer Komplex. Der Campus erstreckte sich über weitläufige Grünflächen und bestand aus dem Hauptgebäude, das die Verwaltung und die Cafeteria beherbergte, und einer Handvoll von Nebengebäuden, in denen die Unterrichtsräume für die einzelnen Fächer untergebracht waren. Die Architektur war minimalistisch und modern, überall Glas und heller Kalkstein, und ein Netzwerk von Wegen zog sich kreuz und quer durch die gepflegten Grünanlagen zwischen den Gebäuden. Ein Lageplan vor dem Hauptbüro verriet mir, wo das Theater zu finden war, und ich machte mich auf den Weg dorthin.

Natürlich war es ein Schuss ins Blaue, dass ich das Mädchen mit dem pinkfarbenen Haar auch dort antreffen würde, aber eine andere Strategie hatte ich nicht. Von Tiana hatte ich erfahren, dass January das Mädchen aus der Theater-AG kannte, und January hatte mir erzählt, dass sie jeden Tag nach Unterrichtsende für ihr momentanes Stück probten. Es war also durchaus naheliegend, dass das Mädchen noch da sein würde – und wenn nicht, konnte mir vielleicht wenigstens jemand ihren Namen nennen.

Das Theater befand sich in einem eigenen Gebäude: ein extravagantes zweistöckiges Bauwerk mit einem Springbrunnen davor, einer Art Vogelbad, in dem drei Bronzenymphen herumtollten. An seinem Fuß war eine Plakette zu Ehren von Harmon und Eugenia Davenport angebracht, deren Verdienst vermutlich darin bestand, die hochgestochensten Oberschichtsnamen in der Geschichte Michigans zu tragen, und ich fragte mich, wie viel Spendengeld sie für die Dumas hatten springen lassen.

Ich durchquerte ein makelloses Foyer in schimmerndem Weiß und folgte dem Klang von Stimmen in einen riesigen Zuschauerraum. Reihen bequemer scharlachroter Stühle neigten sich sanft zu einer Bühnenrampe hin, auf der verschnörkelte Möbel, eine frei stehende Fenstertür und leere Bilderrahmen arrangiert waren, die in der Luft zu schweben schienen. Ein bisschen sehr reduziert vielleicht, aber es wirkte teuer und professionell und sollte ganz offensichtlich einen Salon in irgendeinem Rokoko-Palais darstellen. Im Gegensatz dazu mühte sich die Theater-AG der Riverside, aus dem Set von der im letzten Frühjahr aufgeführten *Glasmenagerie* ein Bühnenbild für *Hamlet* zu zimmern.

Die Stimmen, die ich gehört hatte, gehörten zu einer Gruppe Schüler, die sich im hinteren Teil des Theatersaals auf Stühlen fläzten und aufgeregt durcheinanderredeten, eine Kakophonie, von der ich kein Wort verstehen konnte. In dem Augenblick, in dem sie mich bemerkten, verstummten sie jedoch schlagartig und starrten mich an. Ich fühlte mich unsicher und unerwünscht. Auf keines der

Mädchen passte die Beschreibung meines Zielobjekts. Ich räusperte mich und äußerte vorsichtig: »Ich suche eine Asiatin mit pinkfarbenem Haar – kennt ihr sie vielleicht?«

»Reiko?« Ein Mädchen in einem Kaschmirpullover platzte eher verwirrt mit dem Namen heraus, aber ich hätte nicht sagen können, ob es sie überraschte, dass ich nach Reiko suchte, oder ob sie nicht sicher war, *welche* Asiatin mit pinkfarbenem Haar ich denn nun meinte, und nur zufällig eine geraten hatte.

»Wahrscheinlich ist sie hinter der Bühne«, half mir ein Junge mit affektierter Stimme weiter. Sein Blick glitt prüfend über mich wie der Suchstrahl eines Echolots, das nach versunkenen Schätzen sucht, und ich murmelte ein verlegenes »Danke«, bevor ich mich abwandte. Er war süß und sein offensichtliches Interesse an mir war gleichzeitig aufregend und nervenaufreibend.

Am Ende stolperte ich buchstäblich über Reiko. Ich tastete mich an einem Samtvorhang entlang, der bis in eine der Seitenkulissen reichte, und blieb gerade noch rechtzeitig stehen, um nicht gegen ein niedriges, mottenzerfressenes Sofa zu stoßen, auf dem drei Mädchen saßen und sich unterhielten. Wieder verstummte das Gespräch in dem Moment, in dem ich erschien, und das Trio blickte erstaunt auf. Das Mädchen in der Mitte hatte pinkfarbenes Haar und schwarz lackierte Fingernägel, und als sie mich sah, wurde ihre Augen erst ganz groß und verengten sich dann misstrauisch.

»Bist du Reiko?«, fragte ich. Sie nickte, sagte jedoch nichts, während mich die beiden anderen ausdruckslos anstarrten. »Ähm … könnte ich kurz mit dir sprechen? Unter vier Augen?«

Zunächst reagierte sie nicht, als hätte sie mich nicht gehört, aber dann stand sie abrupt auf. Demonstrativ an ihre Freundinnen gerichtet, verkündete sie: »Bin gleich wieder da, Leute. Nicht weggehen.«

Ohne mich weiter zu beachten, marschierte sie geradewegs zu einer Tür, schob den Riegel auf und öffnete sie. Helles Licht aus dem Gang dahinter flutete in die düstere, höhlenartige Seitenkulisse, und erst als sich das Mädchen umwandte und mir einen ungeduldigen Blick zuwarf, wurde mir klar, dass ich ihr folgen sollte.

»Was willst du?«, fragte sie herausfordernd, als wir uns Auge in Auge unter dem hellen Neonlicht in dem stillen Gang gegenüberstanden, an dessen Wand ein riesiges Plakat für die Aufführung im Herbst prangte. Sie spielten Molières *Der eingebildete Kranke* – im französischen Original natürlich. Die Dumas war so verdammt überheblich.

»Ich heiße Flynn Dohe-«

»Ich weiß, wer du bist«, schnitt sie mir mit frostklirrender Stimme das Wort ab. Ein Vogel wäre jetzt tot vom Himmel gestürzt. »Du bist ihr *Freund*.«

»Äh … ja.« Warum sagte es jeder in diesem Tonfall? »Woher kennst du mich?«

»Hm, mal überlegen.« Sie neigte den Kopf und starrte an die Decke, eine übertriebene Geste, als würde sie scharf nachdenken. »Nicht von all den Partys, auf denen du durch Abwesenheit geglänzt hast, nicht von dem Wohltätigkeitsball, zu dem deine Freundin allein gehen musste …

ach warte, jetzt hab ich's! January hat mir ein paar Fotos gezeigt, als Beweis dafür, dass es dich tatsächlich gibt!«

Mir schlug eine solche Woge von Feindseligkeit entgegen, dass ich vor Überraschung blinzelnd einen Schritt zurückwich. »Wovon redest du?«

»Ich sage nur, dass January nicht hätte weglaufen müssen, wenn sie von den Menschen, die ihr wichtig waren, wirklich Unterstützung bekommen hätte!«

Ich ging über ihren Vorwurf hinweg. »Dann glaubst du also, sie ist abgehauen?«

»Nein«, entgegnete sie verächtlich, »Ich glaube, sie ist verschwunden, weil sie einfach vor Glück geplatzt ist!«

»Hey, könntest du mal eine Sekunde aufhören, mir an die Kehle zu gehen?« Langsam riss mir der Geduldsfaden. Ständig wurde ich von irgendwelchen Leuten an den Pranger gestellt, denen ich noch nie im Leben begegnet war. »Schließlich bin ich hier, weil ich mir Sorgen um sie mache, okay?«

»Um dich, meinst du wohl.«

»Was zum Teufel hast du eigentlich für ein Problem mit mir?« Das war ein Déjà vu – schon wieder musste ich mich gegenüber einem von Januarys Freunden verteidigen.

Reiko bohrte mir einen Finger in die Brust. »Du warst nie für January da, wenn sie dich brauchte. *Nie*. Sie musste ganz allein auf Partys gehen, auf denen sie niemanden kannte, nur weil *du* nichts mit den Leuten von der Dumas zu tun haben wolltest, sie war die Einzige auf diesem Ball ohne Begleiter, und sie war so unglücklich, dass sie auf den Fotos kaum ein Lächeln zustande brachte ...«

»*Was für ein Ball?*« Jetzt schrie ich, meine Stimme hallte laut in dem gefliesten Gang wider und Reiko zuckte zusammen.

»Der Wohltätigkeitsball«, erwiderte sie steif, und als sie merkte, dass ich auch damit nichts anfangen konnte, verdrehte sie die Augen. »Der Ball, den die gemeinnützige Stiftung der Dumas jedes Jahr veranstaltet?« Ich sah sie immer noch verständnislos an, deshalb erklärte sie verärgert: »Man kauft eine Eintrittskarte, der ganze Erlös kommt einem wohltätigem Zweck zugute, alle werfen sich in Schale, und es ist buchstäblich das größte gesellschaftliche Ereignis im Herbsthalbjahr – und *deine Freundin* musste *ganz allein* hin, weil du ›keine Bälle magst‹!«

Ihre letzten Worte trieften vor Sarkasmus, und ich nahm an, es war ein wörtliches Zitat. Ich brauchte jedoch einen Augenblick, um etwas zu erwidern, da die Worte keinerlei Erinnerung auslösten. Mir fiel keine einzige Unterhaltung mit January über dieses Thema ein. Verwirrt hob ich die Hände. »Ich bin nicht gerade wild auf Bälle, aber ich wäre mitgekommen, wenn January mich gefragt hätte. Ich höre gerade zum ersten Mal davon.«

»Mir hat sie erzählt, sie hätte dich gefragt, und du meintest nur, du hättest kein Interesse.«

»Sie hat mich nie zu irgendwas an der Dumas eingeladen«, beharrte ich. Keine Ahnung, warum, doch plötzlich war es mir wirklich wichtig, den schlechten Eindruck, den dieses Mädchen von mir hatte, wieder wettzumachen. »Mir hat sie gesagt, sie habe selbst keine Lust auf all diese Partys und Bälle, aber ihr Stiefvater würde sie zwingen, warum also sollte sie mich überreden, sie zu begleiten? Wann war denn dieser ›große Ball‹ überhaupt?«

Reiko starrte mich mit unverhohlenem Misstrauen an, beantwortete allerdings zähneknirschend meine Frage. »Samstag vor drei Wochen.«

»An dem Tag, an dem ihr zusammen Januarys letzten Gehaltsscheck abgeholt habt.« Ich zog eine Augenbraue nach oben.

Das Mädchen zuckte unbehaglich die Schultern. »Hm. Sie wollte, dass jemand mitgeht. Ich habe ihr davon abgeraten, den Job zu schmeißen, aber sie wollte nicht auf mich hören.«

»Warum hat sie hingeschmissen?«

»Keinen Schimmer. Vielleicht wegen dir«, konterte sie. Ihre Miene war wieder so kalt und unnachgiebig wie ein Eisberg.

»Junge, es würde mich brennend interessieren, worauf du hinauswillst.«

»Na ja, du bist schuld, dass sie aus dem Stück ausgestiegen ist, also wer weiß, was sie sonst noch so wegen dir …«

»Was meinst du damit, sie ist aus dem Stück ausgestiegen?« In meinem Kopf drehte sich alles. Es war, als würden wir zwei zwar ähnlich klingende, aber dennoch grundverschiedene Sprachen sprechen. »Sie ist doch seit Anfang des Schuljahres jeden Tag nach dem Unterricht zu diesen Proben gegangen!«

Reiko legte den Kopf schief und starrte mich an, als wäre ich nicht ganz dicht. »Nein, sie hat nach dem Ball aufgehört. Sie meinte, du würdest ihr dauernd Vorwürfe machen, dass sie zu viel Zeit in der Schule und zu wenig Zeit mit dir verbringt! Weil deine jämmerlichen Bedürfnisse natürlich wieder einmal wichtiger waren …«

»Kein Wort habe ich zu ihr wegen des Stücks gesagt oder wegen irgendwelcher anderer Aktivitäten«, rief ich hitzig aus, »und wenn sie aufgehört hat, dann ohne mir was davon zu sagen! Vor zwei Wochen erst hat sie mich wegen der Proben versetzt!«

Reiko ließ sich nicht beirren. »Nein. Nein! Sie hat wegen *dir* aufgehört. Wir wollten vorletzten Samstag was gemeinsam unternehmen, und dann hat January *mich* versetzt, weil *du* unbedingt wolltest, dass sie dir dabei zuschaut, wie du einen Kickstart mit dem Skateboard machst oder irgendeinen anderen Schwachsinn.«

»Ich habe January seit September kaum gesehen, und vor zehn Tagen hat sie mit mir Schluss gemacht! Also haben wir an dem bewussten Samstag sicher nichts zusammen unternommen«, erklärte ich bestimmt und unterließ es, Reiko über ihren krassen Irrtum darüber, was man mit einem Skateboard anstellt, aufzuklären.

»Sie hat mit dir Schluss gemacht?« Das Mädchen zog eine Grimasse. Meine Ansage hatte unseren Streit verpuffen lassen und einige Minuten lang betrachteten wir uns in argwöhnischem Schweigen. Schließlich beendete Reiko unsere Kraftprobe mit einem Mittelding aus Seufzen und Schnauben. Ihr Zorn schien verraucht zu sein, jetzt wirkte sie verwirrt und nachdenklich. »Wow. Also hat sie es vielleicht schon die ganze Zeit über geplant.«

»Was geplant?«, fragte ich verwundert, und Reiko stieß ein Schnaufen aus, als wäre ich der letzte Idiot.

»Abzuhauen!« Sie warf beide Hände in die Luft, als wollte sie sagen: *Ta-da!* »January hat ihren Job geschmissen, ist aus der Theater-AG ausgestiegen, hat mit dir Loser Schluss gemacht … ich meine, das klingt doch, als hätte sie alle Verbindungen abgebrochen, oder?«

So betrachtet, klang es tatsächlich danach … allerdings war das für mich kein endgültiger Beweis. »Aber warum? Ich hab ja kapiert, dass sie unglücklich war, hab sogar kapiert, dass ich nicht immer der ideale Freund war, aber January war eine Kämpferin, niemand, der so leicht aufgibt. Irgendetwas muss passiert sein, weswegen sie all das getan hat – ihre Freunde, ihren Job, das Theater im Stich zu lassen und alle zu belügen. Was bloß?«

Reikos Lippen kräuselten sich und sie konnte mir nicht in die Augen sehen. Ein paar Sekunden zu spät, um überzeugend zu klingen, murmelte sie: »Ich weiß es nicht.«

Ich wurde hellhörig. »Reiko? Was ist passiert?«

»Ich kann es dir nicht sagen«, erwiderte sie ausweichend.

»Was soll das heißen?«, ging ich auf sie los. »Wenn du Hinweise hast, die der Polizei bei den Ermittlungen helfen könnten, dann musst du es erzählen.«

»Ich kann nicht – es gibt Regeln!«, rief sie und presste dann die Lippen zusammen, als wäre ihr etwas herausgerutscht, das sie nicht hätte sagen sollen.

»Wovon redest du? Was für Regeln?«

Reiko fuhr sich mit den Händen durchs Haar, wandte sich zum Gehen und wirbelte dann wieder herum. »Schau,

January war von Leuten umgeben, die sie immer wieder im Stich gelassen haben, und ich möchte nicht auch zu ihnen gehören. Alles, was ich weiß, hat sie mir unter dem Siegel der Verschwiegenheit anvertraut, und ich will sie auf keinen Fall hintergehen. Wenn sie nicht gefunden werden möchte, dann werde ich sie bestimmt nicht verpfeifen, darauf kannst du Gift nehmen – und außerdem werde ich ihre Geheimnisse nicht ausgerechnet den Leuten verraten, denen sie nicht vertraut hat!«

Damit drehte Reiko mir wieder den Rücken zu, riss die Backstagetür auf und verschwand in der Dunkelheit der Seitenkulisse. Krachend fiel die Tür hinter ihr ins Schloss, und als das Echo verhallt war, stand ich allein mit einer beängstigenden Frage da, auf die ich keine Antwort bekommen würde: *Aber was ist, wenn January gar nicht abgehauen ist?*

8

ICH HATTE EINE unruhige Nacht. Reiko schien überzeugt zu sein, dass meine Exfreundin abgehauen war, aber ihre Bemerkung, dass January alle Verbindungen abgebrochen hatte, klang alles andere als beruhigend. Diese Art, Sachen abzuschließen – verhielten sich nicht so Leute, die vorhatten, ihrem Leben ein Ende zu setzen? Und hatten nicht auch die Polizisten dies bei ihrem Besuch als erste Möglichkeit in Betracht gezogen? Ich wollte mich immer noch an die Vorstellung klammern, dass January weggelaufen war, aber ich wusste einfach nicht mehr, was ich denken sollte. Dinge, die ich über meine Freundin zu wissen geglaubt hatte, wurden nun plötzlich infrage gestellt, und das verunsicherte mich.

Ich hatte keine Ahnung, wie ich mit all dem, was ich in den letzten Tagen erfahren hatte, umgehen sollte, und das Schlimmste daran war, dass ich January nicht damit konfrontieren und eine Erklärung verlangen konnte. Warum hatte sie behauptet, ich wäre nie für sie da gewesen, wenn in Wirklichkeit *sie* diejenige gewesen war, die sich von mir zurückgezogen hatte? *Und außerdem werde ich ihre Ge-*

heimnisse nicht ausgerechnet den Leuten verraten, denen sie nicht vertraut hat! Was glaubte January, mir nicht anvertrauen zu können? Abgesehen von dem einen kritischen Problem in unserer Beziehung, was hatte ich getan, dass sie glaubte, sie könne sich nicht auf mich verlassen?

Seit wir an der Highschool angefangen hatten, gehörte sie zu den wichtigsten Menschen in meinem Leben; selbst wenn ich alles verbockt hatte durch meine Hoffnung, dass ich eine Liebesbeziehung mit ihr eingehen könnte – und durch meine Panikreaktion, als ich erkannte, dass es nicht ging – liebte ich sie doch wirklich. Ich wollte jemand sein, auf den sie sich verlassen konnte. Warum hatte sie sich mir nicht anvertraut? Und was gab es sonst noch, das ich nicht über sie wusste?

Am Dienstagmorgen – January war nun seit fast einer Woche verschwunden – rief meine Mom in der Schule an und entschuldigte mich. Man hatte einen Suchtrupp aus Freiwilligen zusammengestellt, der die Felder und das wilde Gelände um das Superior Charter Township durchkämmen sollte, und ich hatte so lange mit meinen Eltern diskutiert, bis sie mir die Teilnahme erlaubten. Einige kirchliche Gruppen hatten am Wochenende die Wälder um die Dumas durchwandert, die Polizei hatte diskret Abschnitte des durch das Stadtzentrum verlaufenden Huron River mit Schleppnetzen abgesucht, und die Studenten der Universität hatten die Arb abgeklappert, eine fünfzig Hektar umfassende Baumschule auf dem Campus. Von meiner Exfreundin fehlte jede Spur.

Ich war mir nicht so ganz darüber im Klaren, was ich

gegenüber January empfand – Schuldgefühle, natürlich, und wachsende Verwirrung und Wut, seit ich erfahren hatte, wie sie mich Leuten geschildert hatte, die sich auf ihr Wort verlassen mussten – aber in erster Linie vermisste ich sie. Ich vermisste die Abende, an denen wir uns bei Eis und Popcorn gemeinsam alte Filme angesehen hatten; ich vermisste die Sofortnachrichten, die wir uns nonstop während unserer praktischerweise zeitgleich stattfindenden Computerkurse geschickt hatten; und ich vermisste ihre Schlagfertigkeit, ihre Fähigkeit, jede Situation so pointiert zu kommentieren, als hätte es in einem Drehbuch gestanden. Ich vermisste meine beste Freundin.

Selbst wenn January ganz plötzlich wieder zurückkäme, wäre nichts mehr so wie früher – aber ich konnte das, was zwischen uns vorgefallen war, auch nicht einfach so stehen lassen. Zumindest sollte sie wissen, dass mir unser dummer Streit leidtat und auch, dass ich sie verletzt hatte, nur weil ich es nicht schaffte, mir selbst gegenüber ehrlich zu sein. Und dann erst würden wir uns mit *ihrer* Unaufrichtigkeit befassen.

Auf dem Weg zur Arbeit setzte mich mein Dad bei Januarys neuem Haus ab. Ein riesengroßes Wahlplakat mit dem Schriftzug WALKER IN DEN SENAT grüßte uns, als wir von der Straße abbogen und der langen gewundenen Auffahrt folgten, die sich durch kunstvoll gestutzte Bäume bis zur Fünffachgarage des Senatsanwärters schlängelte. Das Heim meiner Exfreundin war eine gigantische Backsteinvilla mit vier Giebeln, drei Schornsteinen und zwei gewaltigen Balkonen im ersten Stock. Die erhöhte Veranda, komplett eingefasst von einem niedrigen Steingeländer, beschrieb einen sanften Bogen und nahm damit die Form des riesigen Springbrunnens-Schrägstrich-Koi-Teichs auf dem Vorplatz auf. Harmon und Eugenia Davenport wären vor Neid erblasst.

Eine beeindruckende Menschenmenge hatte sich bereits vor dem Haus versammelt, darunter mindestens ein Fernsehteam, und als ich mich den Wartenden anschloss, hielt ich nach vertrauten Gesichtern Ausschau. Viele waren es nicht. Abgesehen von Januarys Eltern und einer Handvoll von Jonathan Walkers spießigen Politikerfreunden war die einzige Erwachsene, die ich kannte, Mrs Hughes, Tianas Mutter. Es gab nur einen anderen Freiwilligen in meinem Alter und natürlich war es der verfluchte Kaz. Wegen der Eiseskälte hatte ich mir meine Strickmütze bis über beide Ohren gezogen, aber Kaz – in wollener Cabanjacke und Burberry-Schal – hatte sein perfekt gestyltes Haar den Elementen ausgesetzt. Ohne eine Spur Bitterkeit hoffte ich im Stillen, dass er Frostbeulen bekam und ihm die Ohren abfroren.

Er bemerkte mich gleich nach meiner Ankunft, aber anstatt sich abzuwenden, winkte er mir zu und versuchte, auf sich aufmerksam zu machen – als wären wir alte Freunde oder so. Ich ignorierte ihn, drängte mich durch die Leute nach vorne und stieg eine der zwei Steintreppen hinauf, die an der bühnengleichen Veranda zusammenliefen. Dort standen Januarys Eltern in Begleitung von Detective Moses und Mr Walkers Wahlkampfmanager Eddie Sward. Detective Moses ließ den Blick über die

Menge gleiten und sprach in ein Walkie-Talkie, während Mr und Mrs Walker mehr schlecht als recht so taten, als würde sie interessieren, was ein älterer, mir unbekannter Mann gerade zu ihnen sagte.

Ich hatte mich nie besonders gut mit Mr Walker verstanden. Nicht dass wir aneinandergeraten wären oder so, eher schien es, als befände er mich keiner Beachtung wert. Wenn ich January besuchen kam, schüttelte er mir der Form halber die Hand, stellte mir der Form halber eine Frage über die Schule und entschuldigte sich dann, um ein Telefonat entgegenzunehmen. Nie hatte ich einen Witz oder ein Lachen von ihm gehört – zumindest kein echtes Lachen –, und ich glaube, ich habe ihn auch nie ohne Krawatte gesehen. Sein grau meliertes Haar war aus dem aristokratisch anmutenden Gesicht gekämmt, seine Miene distanziert, als würde ihn die einwöchige, unerklärliche Abwesenheit seiner Stieftochter kaum berühren. Wie mir auffiel, hatte er sogar daran gedacht, sich einen Kampagnen-Button an den Kragen seines Trenchcoats zu stecken, und er war sich sehr wohl der Fernsehkameras bewusst, trotz seiner Bemühungen, so zu tun, als gäbe es sie nicht.

Im Gegensatz zu ihm wirkte Januarys Mutter wie ein Wrack. Sie hatte bereits abgenommen, als sie und Mr Walker ein Paar wurden, war rasch auf die neuesten Diät- und Fitness-Trends aufgesprungen, die in Talkshows für Frauen ab einem gewissen Alter empfohlen wurden, aber seit ich sie das letzte Mal gesehen hatte, hatte sie noch mehr an Gewicht verloren. Ihr Gesicht wirkte abgezehrt, die Augen verquollen und ruhelos, und ihre langen Finger spielten ununterbrochen mit der Perlenkette an ihrem Hals. Sie trug einen cremeweißen Hosenanzug unter einer cremeweißen Jacke, ihr cremeweißes Haar war zu einer straffen Banane geschlungen, und sie ähnelte erschreckend ihrem eigenen Gespenst.

»Sie ist wirklich ein außergewöhnliches Mädchen, ganz entzückend«, sagte der ältere Mann gerade mit seltsam manierierter Stimme, als würde er etwas zitieren, das er auswendig gelernt hatte. Er hatte schütteres Haar, trug einen weißen Bart und eine randlose Brille und strahlte die Aura eines Professors aus. »Ich habe ihr immer wieder gesagt, sie sei zu hübsch, um ihre Zeit hinter den Kulissen zu verplempern – sie hätte im Rampenlicht stehen sollen, ja, das habe ich gesagt – aber sie wollte nicht. Diese Bescheidenheit stand ihr ausgesprochen gut, wirklich wahr.«

»Vielen Dank, das ist sehr freundlich von Ihnen«, murmelte Jonathan Walker mit zusammengebissenen Zähnen und trat einen Schritt zur Seite, um sich vor den Kameras ins beste Licht zu rücken.

»January war wirklich bezaubernd«, fuhr der ältere Mann ernst fort, »sie –«

»Flynn!« Tammy Walker hatte mich erspäht. Ihr Gesicht strahlte wie ein Weihnachtsbaum, aufrichtige Freude kämpfte sich durch eine dicke Schicht Trauer, und der Gegensatz brach einem das Herz. »Flynn, wie schön, dass du gekommen bist.«

»Hi Mrs Walker, Mr Walker«, murmelte ich verlegen, als Januarys Mutter mich in die kleine ungemütliche Runde bat. Mr Walker verpasste mir den obligatorischen Handschlag und begrüßte mich einsilbig, Mrs Walker hingegen zog mich in eine linkische, ungestüme Umarmung, ihr Atem keuchend und heiß an meinem Hals.

»Ich bin so froh, dass du gekommen bist«, wiederholte sie mit erstickter Stimme. »Ich bin so froh, dass du gekommen bist, so froh …«

Mr Walker trennte uns mit einer sanften, aber unnachgiebigen Handbewegung, wofür ich mich fast bedankt hätte. Januarys Mutter starrte mich so hoffnungsvoll an, dass mir angst und bange wurde, und ihre Hände öffneten und schlossen sich immer wieder. Ab und zu hatte ich Erwachsene betrunken erlebt, Autoritätspersonen, die sich unvorhersehbar und ein wenig beängstigend verhielten, aber ich hatte noch nie jemanden gesehen, der tatsächlich an der Schwelle zum Durchdrehen stand. Tammy hatte auf mich schon immer einen neurotischen Eindruck gemacht – wenn sie und January einen Streit hatten, konnte sie in null Komma nichts hochemotional und melodramatisch werden –, doch nun wirkte sie labiler denn je.

Verlegen scharrte ich mit den Füßen und bereute plötzlich, dass ich auf die Veranda gekommen war. Mir fiel auf, dass uns alle auf dem Vorplatz beobachteten, einschließlich des Fernsehteams. Ich räusperte mich und murmelte: »Ich wollte nur … ich mache mir solche Sorgen, seit ich gehört habe … und das wollte … ich Ihnen sagen.«

Das war wohl die lahmste Bekundung von Mitgefühl seit Anbeginn des Universums, aber ich hatte keine Ahnung, was in so einer Situation angebracht war. Trotzdem liefen Mrs Walker Tränen über die Wangen, und sie sagte: »Natürlich, mein Lieber, natürlich machst du dir Sorgen …«

»Flynn ist Januarys Freund«, erklärte Mr Walker dem bärtigen Mann, der mich daraufhin einigermaßen überrascht ansah. An mich gewandt fügte Mr Walker hinzu: »Das ist Cedric Kaufmann, der Regisseur des Stücks, bei dem January in der Schule mitgemacht hat.«

»Hoffman, um genau zu sein«, korrigierte der Mann sanft. Beim Händeschütteln stellte er fest: »Ich glaube nicht, dass ich dich kenne, mein Junge.«

»Flynn geht auf die Riverside«, sagte Tammy mit zitternder Stimme. »Das war Januarys alte Schule, bevor sie auf die Dumas kam.«

»Nein, wie der Dumas-Typ wirkst du nicht«, ließ mich Hoffman in neutralem Tonfall wissen, und ich hätte nicht sagen können, ob er mich gerade beleidigt hatte oder nicht. Der Blick, mit dem er mich bedachte, war allerdings nicht besonders freundlich. »Ich kann mich nicht erinnern, dass January dich je erwähnt hätte.«

»Wir sind seit letztem Sommer zusammen«, sagte ich, weil nun ein seltsames Schweigen eintrat, und ich hatte das Gefühl, jemand müsste es brechen, weil sonst die Welt untergehen würde.

»Sie war ein reizendes Mädchen«, sagte er ernst zu mir. »Wirklich reizend.« Die Theatralik in seiner Stimme erinnerte mich plötzlich daran, dass January ihn als Freak bezeichnet hatte. Jetzt verstand ich, warum. »Ich hoffe, du wusstest, was du an ihr hattest, mein Junge.«

»Oh, auf alle Fälle, Mr Hoffman«, schwärmte Mrs Walker, immer noch das irre Lächeln ins Gesicht getackert. »Flynn tut January richtig gut. Sie sind so glücklich miteinander.« Es war eindeutig, dass die Anti-Flynn-Propaganda, die anscheinend in der Stadt herumging, noch nicht bis zu ihr durchgedrungen war. »Das stimmt doch, oder?«

Sie sah mich erwartungsvoll an, Hoffman skeptisch und Mr Walker gleichgültig. Ich wollte gerade eine Antwort murmeln, als Detective Moses uns unterbrach und mich aus einer der peinlichsten Unterhaltungen meines Lebens rettete. »Wir wollen jetzt anfangen, also sollten Sie beide am besten nach unten zu den anderen gehen.«

Natürlich meinte sie Hoffman und mich, und ich verzog mich erleichtert an den Rand des Springbrunnens. Die Fische hatte man bereits für den Winter umgesetzt, aber das Wasser war noch nicht abgelassen, und als der Wind aus einer anderen Richtung kam, spritzte mir eisige Gischt ins Gesicht. Ich hielt den Blick auf die Veranda gerichtet, wo Detective Moses einen Flyer mit einem großen Foto von January in die Höhe hielt. Das Bild war vom Sommer, von einem Abend, an dem wir in der Stadt gewesen waren. January lachte und ihr langes blondes Haar fiel ihr über die Schultern. Sie wirkte selbstbewusst. Glücklich.

»Ich bitte um Ihre Aufmerksamkeit«, begann Detective Moses mit lauter Stimme, die bis in die hintersten Reihen der Versammelten drang. »Wir sind heute hier, um nach January Beth McConville zu suchen. Für diejenigen unter Ihnen, die sie nicht persönlich kennen: Sie ist weiblich, weiß, fünfzehn Jahre alt, ungefähr eins fünfundsechzig groß und fünfzig Kilo schwer. Das Mädchen hat blaue Augen und langes, blondes Haar. Das sind die wichtigsten Personendaten und es steht alles hier auf diesem Flyer ...« – die Polizistin hielt ihn ein wenig höher, damit alle ihn sehen konnten – »... zusammen mit der Beschreibung der Kleidungsstücke, in denen die Vermisste zuletzt gesehen wurde: ein hellgraues Kapuzensweatshirt, dunkle Jeans und rote Stoffturnschuhe.

Ebenfalls auf dem Flyer stehen unsere Kontaktnummern. Wenn Sie January bei der heutigen Suche finden, rufen Sie eine dieser Nummern an. Wenn Sie ein Teil von Januarys Kleidung, ein weggeworfenes Handy oder Fußspuren entdecken, irgendetwas, das Ihnen verdächtig vorkommt oder fehl am Platz wirkt oder aussieht, als könnte es uns etwas über Januarys Verbleib verraten, *rufen Sie eine dieser Nummern an.* Auf keinen Fall sollten Sie etwas, das als Beweis dienen könnte, anfassen, bewegen oder fotografieren und ins Internet stellen. Wir haben hier alle dasselbe Ziel, und es ist wichtig, dass wir zusammenarbeiten.

Eins noch: Machen Sie sich nicht allein auf den Weg. Paradoxerweise gehen immer wieder Menschen bei solchen Suchaktionen verloren. Suchen Sie sich einen Partner – oder noch besser, eine Gruppe – und bleiben Sie zusammen. Stellen Sie sicher, dass mindestens einer von Ihnen jederzeit ein aufgeladenes, voll funktionstüchtiges Handy bei sich hat. Bleiben Sie, wenn möglich, immer in Hörweite anderer Gruppen und achten Sie aufmerksam auf Ihre Umgebung. Sollte January bei ihrem Auffinden verletzt sein, versuchen Sie nicht, sie wegzutragen oder zu behandeln, es sei denn, Sie haben eine medizinische Ausbildung. *Rufen Sie eine dieser Nummern an.*«

Detective Moses stieg von der Veranda und begann die Flyer an die Leute zu verteilen. Die Erwachsenen schnappten sie sich und hielten sie ehrfürchtig in den Händen, als handelte es sich um etwas Heiliges. Ein mitleidiges Raunen ging durch die Gruppe der Freiwilligen, während sie Januarys strahlendes, wunderschönes Gesicht betrachteten, sich ihre Kleidung einprägten und die Kontaktnummern in ihre zuverlässigen Handys einspeicherten. Einen unerträglichen Moment überkam mich das Gefühl, ich hätte mich gerade der makabersten Schnitzeljagd der Welt angeschlossen.

Mein Mund wurde ganz klebrig und trocken, als ein Flyer den Weg in meine Hand fand und ich in Januarys lebenssprühendes Lächeln blickte. Dutzende Male hatte ich ein solches Lächeln im Fernsehen und in den Zeitungen gesehen, bei Mädchen, deren Bild für gewöhnlich mit einer Tragödie, mit Entführung oder Mord gekoppelt war – Mädchen, die man nie mehr wiedersehen würde. Es kam mir so surreal vor, dass dieses Mal das glücklich wirkende, sympathische Mädchen in den Nachrichten meine Exfreundin war. Würden wir sie heute wirklich finden? *Wollten* wir das überhaupt? Denn wenn sie sich so nah an ihrem Zuhause aufhielt oder aufgehalten hatte, dann campte sie entweder irgendwo in den Wäldern … oder sie war tot.

Und January war noch nie ein großer Camping-Fan gewesen.

Detective Moses unterbrach meine Gedanken mit der Erkundigung, ob es noch irgendwelche Fragen gebe. Als sich niemand meldete, bellte sie: »Okay, alle miteinander. Bringen wir January nach Hause.«

9

DIE MENGE BEGANN sich zu zerstreuen, Freiwillige, ausgerüstet mit Taschenlampen, Smartphones und Flyern, zogen in alle Richtungen davon, hinaus in die relativ wilde Umgebung des Walker-Anwesens. Detective Moses ging zurück auf die Veranda und schob Januarys Eltern durch die massive Eingangstür aus geschnitzter und polierter Eiche ins Haus, ich drehte mich um und hielt nach Mrs Hughes Ausschau. Ich war nicht gerade scharf darauf, mich für die vor mir liegende Aufgabe wildfremden Leuten anzuschließen, und auf einmal sehnte ich mich nach der tröstlichen Anwesenheit eines verlässlichen Erwachsenen, den ich kannte.

Nach drei Schritten hörte ich jemand meinen Namen rufen.

»Flynn!« Es war Kaz. Er winkte erneut und versuchte über die Köpfe der Menschen hinweg meine Aufmerksamkeit auf sich zu lenken, und ich drehte mich sofort um und tat, als hätte ich ihn nicht gesehen. Ich kam allerdings nicht weit, der Springbrunnen blockierte mir frontal den Weg, und links bildete eine Schar älterer Freiwilliger, die über eine Landkarte gebeugt debattierten, ein unüberwindbares Hindernis. Als ich die dritte Möglichkeit versuchte, war es schon zu spät und Kaz hatte mich eingeholt. »Hey, Mann, warte doch!«

»Was willst du denn hier?«, fragte ich säuerlich, als hätte er nicht das Recht, nach meiner vermissten Freundin zu suchen.

»Ich wollte helfen.« Er klang leicht verlegen und lächelte mich schief an. »Hör mal, das mit neulich tut mir leid. Wir hatten wohl einen schlechten Start, was?«

»Ach ja?«, sagte ich mit unbewegter Miene.

Er verlagerte nervös das Gewicht von einem Bein auf das andere und zog den Kopf ein. »Ja. Also, ich habe mir über ein paar Dinge, die du am Samstag gesagt hast, Gedanken gemacht, weil ich nicht so recht schlau daraus wurde, und ich dachte, ob vielleicht … keine Ahnung.«

»Was?«

»Ich habe January nie geraten, mit älteren Typen auszugehen«, platzte er heraus und hob den Blick zu mir, als wäre er nicht sicher, ob ich ihm glaubte. »Ich meine, es klang, als dächtest du, dass ich sie anbaggern wollte oder so, und das ist überhaupt nicht der Fall. Ich mag January als Freundin, aber mehr nicht. Sie ist nicht mein Typ und das weiß sie. Ich *weiß*, dass sie es weiß.«

»Sie hat es mir aber so erzählt«, beharrte ich, obwohl mir klar geworden war, dass meine Exfreundin womöglich der Inbegriff einer »unzuverlässigen Quelle« war. »Warum sollte sie es sagen, wenn es nicht stimmt?«

»Ich weiß es nicht!«, antwortete er ernsthaft. »Das meine

ich doch. Ich erinnere mich an dieses eine Mal, als January schrecklich aufgebracht war, weil ihr zwei über irgendwas gestritten hattet, und ganze Zeit Sachen sagte wie: ›Flynn ist so unreif‹ und: ›Vielleicht sollte ich nicht mehr mit Jungs von der Highschool ausgehen, die sind alle so unreif, sondern lieber mit Jungs vom College.‹ Dann fragte sie mich, was ich darüber dächte, und es war offensichtlich, dass sie eine Bestätigung wollte, deshalb sagte ich, ›stimmt‹. Mehr nicht.« Er zupfte nervös am Revers seiner Cabanjacke und murmelte: »Und ich habe nie irgendwas über die Größe von deinem … du weißt schon was gesagt.«

Zur Klarstellung deutete er auf meinen Schritt, und ich spürte, wie ich rot wurde. »Hast du ihr geraten, mit mir Schluss zu machen?«

»Ja, hab ich«, gab er zu und atmete tief aus. »Aber weißt du, jedes Mal, wenn sie über dich sprach, beschwerte sie sich. Sie wirkte immer verärgert oder deprimiert über Dinge, die du angeblich getan hattest, deshalb … ja. Ich habe ihr gesagt, sie hätte es nicht verdient, unglücklich zu sein, und wenn das mit euch nicht funktioniere, sollte sie besser Schluss machen.«

Er senkte erneut den Kopf und sah mich dann erwartungsvoll an. Ich war immer noch sauer auf ihn, hegte einen tief sitzenden Groll, weil ich mir seit Monaten anhören musste, wie toll Kaz war und was er – ohne mich zu kennen – alles gegen mich vorzubringen hatte, das ihm meine ach so gutgläubige Freundin bereitwillig abzukaufen schien. Jetzt machte er mir ein Friedensangebot, und ich wusste, es wäre ein Zeichen von *Reife* gewesen, darauf einzugehen, und ich wusste auch, ich sollte dieses reife Verhalten *wollen* – tat ich aber nicht. Und diese Erkenntnis war frustrierend. Verärgert über die ganze Situation stopfte ich die Hände in die Jackentaschen. »Warum erzählst du mir das alles?«

»Wie gesagt, ich habe nachgedacht. Mir ist wohl aufgegangen, wenn January dir gegenüber Sachen über mich verdreht dargestellt hat, dann stimmt vielleicht auch das nicht so ganz, was sie mir über dich erzählt hat.« Er zuckte verlegen die Schultern. »Ich dachte, ich sollte dir zumindest die Gelegenheit geben, mir deine Version der Geschichte zu schildern, das bin ich dir schuldig.«

»Warum?«, erwiderte ich scharf. »Weil es mir ja so wichtig ist, was du über mich denkst?«

»Na schön.« Kaz seufzte. »Ich sollte dich wohl um Entschuldigung bitten. January hat dich dargestellt wie ein Riesenarschloch, das sich nicht im Geringsten für sie interessierte, aber …« Er gestikulierte in Richtung Vorplatz, »du bist der einzige ihrer Freunde, der außer mir heute hier aufgetaucht ist. Und auch der Einzige, der sich abgesehen von der Polizei im Spielwarenladen nach ihr erkundigt hat. Da ist noch was – die Besitzer haben mir erzählt, dass die Cops letzte Woche dort waren, und anscheinend hat January ihren Eltern auch nicht gesagt, dass sie dort aufgehört hat.« Wieder lächelte er mich schief an und seine verlegene Miene ließ ihn nur noch halb so mies erscheinen. »Ich weiß nicht, warum sie all diese Sachen gesagt hat, aber ich will reinen Tisch machen. Tut mir leid, Mann.«

Es war ein bizarrer Moment. Kaz hatte keinen Grund,

mich anzulügen, und keinen Grund, Frieden mit mir zu schließen, außer er sagte die Wahrheit, trotzdem ärgerte es mich, meine Wut loslassen zu müssen. Ich hatte mir immer wieder eingeredet, dass ich jedes Anrecht hatte, Kaz zu hassen, und war weit davon entfernt, ihm zu vertrauen – aber ich hatte auch keine Rechtfertigung dafür, sein Friedensangebot zurückzuweisen. Widerwillig nickte ich knapp. »Klar. Wie du meinst.«

Damit drehte ich mich demonstrativ um und wollte gehen, nur um festzustellen, dass außer uns kaum noch jemand auf dem Vorplatz war. Mrs Hughes war nirgendwo zu entdecken, und die einzigen anderen Erwachsenen waren die streitlustigen älteren Herrschaften mit der Landkarte, die immer noch debattierten, wer sie halten durfte und wo Norden lag. Ich stieß einen müden Seufzer aus, als mir bewusst wurde, welches Schicksal mich erwartete, und gleich darauf tönte Kaz: »Also, was ist, suchen wir gemeinsam?«

Wir schwiegen eine ganze Weile, unter unseren Stiefeln raschelte das immer noch reifüberzogene Gras. Es war ein bedeckter Tag, der Himmel eine dichte, weißgraue Wolkendecke, und auf die Wiesen und Felder, die sich hinter dem Grundstück der Walkers erstreckten, fiel ein kaltes, stumpfes Licht. Das Haus lag nun weit hinter uns, und wir sahen in der Ferne Suchtrupps, die sich unaufhaltsam auf das dichte Gehölz an der südöstlichen Grenze des Anwesens zubewegten. Ohne Erklärung wandte ich mich nach Südwesten und Kaz folgte mir.

»Weißt du, January hat mir erzählt, dass ihre Eltern

reich und schrecklich elitär sind, aber diese ganze ›Ken und Barbie im Luxusurlaub‹-Schiene hatte ich dann doch nicht erwartet«, bemerkte er betont freundlich, während er zu mir aufschloss. Mit seinen langen Beinen konnte er mühelos mit mir Schritt halten. Wieder bedachte er mich mit diesem süßen schiefen Lächeln, und er war so dicht neben mir, dass ich einen Hauch von Pflanzenseife und Sandelholzrasierwasser schnupperte, was eine komische Reaktion in meinem Magen auslöste. Ich biss die Zähne zusammen und versuchte, schneller zu gehen. Ich war mir nicht mal sicher, ob ich Kaz sympathisch finden, geschweige denn … etwas für ihn *empfinden* sollte. Ohne meine Verlegenheit zu bemerken, fuhr Kaz fort: »Ich meine, sie hat ihren Stiefvater wie eine Karikatur dargestellt, wie die Animationsfigur eines Patrioten, aber ich dachte immer, ihre Mutter wäre ein bisschen lockerer.«

»War sie früher auch«, sagte ich schließlich, mein Friedensangebot. »In gewisser Weise. Ich meine, manchmal konnte sie schon schwierig sein. Wenn January beispielsweise etwas sagte, das nur einen Hauch respektlos war, fing Tammy zu heulen und zu jammern an, was für Opfer sie gebracht habe und ob das der Dank sei und so weiter. Aber normalerweise war sie ziemlich cool. Sie hat einen für voll genommen und nie so getan, als hielte sie einen für zu dumm, sie zu verstehen … Sie machte Witze und lachte viel und fluchte wie ein Bierkutscher. Sie war lustig.« Ich dachte daran, wie ich in Januarys alter Wohnung gewesen war, noch bevor wir ein Paar waren, wir saßen zusammen auf dem Sofa und Tammy wirbelte durch den

Raum, das mattbraune Haar zu einem schiefen Knoten geschlungen. *Nicht hersehen, mein Anblick ist schrecklich! Ich werde Sarah Jessica Parker verklagen. Ich bin ein Single Mitte dreißig und habe weder Designer-High-Heels noch aufregenden Sex! Das wurde in* Sex and the City *ganz anders dargestellt!* »Tammy hat sich sehr verändert, seitdem sie wieder geheiratet hat. In ihrer alten Wohnung hatte sie in der Küche eine Wand mit Tafellack gestrichen und jeder konnte etwas darauf kritzeln. In ihrem neuen Haus ließ sie in einem Zimmer im Erdgeschoss weißen Teppichboden verlegen, den niemand betreten darf, damit er nicht schmutzig wird.«

»Zum Glück haben sie anscheinend noch genügend andere Zimmer«, bemerkte Kaz trocken. »Trotzdem. Vielleicht ist Januarys *Mom* die Animationsfigur. Gehört Walker nicht eine Softwarefirma? Vielleicht hat er eine künstliche Tammy gebaut und ihr als Upgrade die Persönlichkeit einer putzsüchtigen reichen Lady installiert.«

»January hat mal einen ganz ähnlichen Witz gemacht.« Bei der Erinnerung daran musste ich grinsen. »Wenn du es ihr gegenüber erwähnst, würde ich allerdings das Wort ›Upgrade‹ vermeiden.«

»Ich verstehe nicht, warum sie es hier so schrecklich findet!«, sagte Kaz plötzlich. Er drehte sich um und lief neben mir rückwärts, die Arme weit ausgebreitet, um die Villa in der Ferne und die weitläufigen, gepflegten Grünflächen zu umfassen. Sogar Ende Oktober und unter diesem grauen Himmel sah es ziemlich beeindruckend aus. »Klar, es ist ein bisschen zu viel des Guten, aber trotzdem echt toll.

Wenn ich hier wohnen würde, würde ich den ganzen Tag mit der Kamera das Gelände erkunden.«

»Fotografierst du?«

»Ja. Na ja, nicht richtig.« Er drehte sich wieder um. »Es ist nur ein Hobby. Ich wollte Fotografie im Hauptfach studieren, aber meine Eltern – Herr und Frau *Doktor* Bashiri – waren von der Idee nicht so begeistert, und sie zahlen meine Studiengebühren, also …«

»Also studierst du Medizin?«

»Ja. Und es gefällt mir gar nicht mal so schlecht. Chemie und Biologie und so waren schon immer meine Lieblingsfächer, und meine Eltern haben mich ungefähr seit meinem vierten Geburtstag darauf vorbereitet, dass ich einmal Arzt werde, es könnte also schlimmer sein.« Er klang allerdings zweifelnd. »Es ist nur … ich bin nicht mit dem Herzen dabei.«

»Und beim Fotografieren schon?«

»Es ist meine Leidenschaft.« Er sah auf seine Füße. »Meine erste richtige Kamera habe ich zum zehnten Geburtstag bekommen, und ich bin sofort damit rausgegangen und habe ungefähr hundert Super-Nahaufnahmen von unserem Futterhäuschen gemacht. Sie waren total unscharf, aber ich fand, das machte sie zu ›Kunstwerken‹, und ich wollte sie alle in unserem Esszimmer aufhängen – weil es sozusagen unser Familien-Futterhäuschen war, verstehst du?« Er lachte, aber sein Gesicht war rot vor Verlegenheit. »Ich hielt es für eine sehr tiefgründige Metapher und dachte, wenn ich ein Foto meiner Fotos im Esszimmer aufnähme, müsste ein museumsreifes Werk herauskommen. *Puh.*« Er kniff einen Moment die Augen zusammen. »Nicht zu fassen, was für ein Idiot ich war. Gott sei Dank hatte ich damals noch keinen Tumblr-Account.«

Jetzt musste ich gegen meinen Willen auch ein bisschen lachen. »Ich nehme an, dein ›Familien-Futterhäuschen‹-Projekt fand bei den Kuratoren im Museum of Modern Art keinen Anklang, oder?«

»Ich war meiner Zeit voraus.«

»Ich wollte dieses Jahr an der Riverside in die Foto-AG, aber ich habe nur so eine billige digitale Kompaktkamera«, vertraute ich ihm nach einem Augenblick an. »Selbst wenn ich etwas wirklich Cooles sehe und genau den richtigen Bildausschnitt hinbekomme, wirkt es nachher am Computer wie totaler Mist.«

»Gute Ausrüstung ist echt teuer.« Kaz sah mich komisch, zögernd an. »Wenn du willst, kannst du dir gern meine ausleihen. Es ist wahrscheinlich die billigste Profikamera, die es überhaupt zu kaufen gibt, aber ich kann dir erklären, wie sie funktioniert, und ich garantiere dir, damit bekommst du bessere Ergebnisse als mit deiner Kompaktkamera.«

»Oh. Äh … danke«, brachte ich heraus, überrascht und argwöhnisch wegen seiner Großzügigkeit.

»Na ja, ich hab ja auch was davon.« Wieder lächelte er herzlich. »Vergiss nicht, dass ich nicht hier aufgewachsen bin. Ich bin erst vor ein paar Monaten zum Studieren nach Ann Arbor gezogen und kenne die Gegend noch nicht sehr gut. Du kannst meine Kamera benutzen und zeigst mir dafür die schönsten Fotomotive.«

Ich murmelte etwas Unverbindliches und wusste ehrlich nicht, wie ich auf den Vorschlag reagieren sollte. Ich kapierte nicht, warum er so nett zu mir war, warum er sich mit mir anfreunden wollte, obwohl er doch offensichtlich nur Schlechtes über mich erfahren hatte. Er hatte Januarys irreführende Darstellung von sich richtiggestellt, ich andersherum jedoch nicht; er glaubte einfach so, dass sie auch von mir ein unfaires Bild gezeichnet hatte. Eigentlich sollte *er* derjenige sein, der *mich* immer noch nicht ausstehen konnte.

Auch wenn ihm die Situation zwischen uns nicht unangenehm vorkam, mir schon, und so erzählte ich Kaz schließlich die Geschichte, die hinter der Bemerkung mit den »Wegwerfponys« steckte, und dass ich mich wirklich bemüht hatte, January den Abschied von der Riverside so leicht wie möglich zu machen. Ihre Behauptung, ich gäbe ihr das Gefühl, unattraktiv zu sein, sprach ich allerdings nicht an, diese Büchse der Pandora ließ ich lieber ungeöffnet – jedem gegenüber.

Als ich fertig war, schwieg er eine Weile, seine fein gemeißelten Züge waren angespannt und nachdenklich. Das Gras, durch das wir stapften, war immer höher geworden, die Halme streiften unsere Schienbeine, und ich sah keine anderen Freiwilligen mehr. Hinter uns versperrte ein Kiefernwäldchen den Blick auf die Villa der Walkers, und eine Krähenschar flatterte unheimlich über den dunklen Wipfeln der Bäume. Schließlich seufzte er. »Tut mir leid, Mann. Ich verstehe nicht, warum sie das getan hat – warum sie alles so … warum sie alles so dargestellt hat.«

Wieder murmelte ich eine unverbindliche Antwort. Die Wahrheit war allerdings, dass ich mir ziemlich gut vorstellen konnte, warum. Mir gegenüber hatte sie, um mich eifersüchtig zu machen, Kaz als lässigen älteren Typen geschildert, der sie mir wegschnappen wollte. Ihn wiederum hatte sie glauben lassen, ich sei ein manipulatives Schwein, weil sie trotz seiner Beteuerung, sie sei nicht sein Typ, hoffte, er würde zum Ritter in schimmernder Rüstung mutieren und mit ihr ausgehen, und wenn auch nur, um sie vor mir zu retten. Wenn er darauf angesprungen wäre, hätte sie mich vielleicht sogar fallen lassen und sich mein offensichtlich mangelndes erotisches Interesse erspart.

Am Bach angekommen, der sanft in seinem schmalen Bett plätscherte, sprang ich auf die andere Seite und wartete bei den Bäumen, dass Kaz mir folgte. Erst jetzt fragte er mich, wohin ich ihn eigentlich brachte. Ich schob mich an den Ästen einer intensiv riechenden Kiefer vorbei und sagte: »Hierher.«

Als wir durch das Geäst brachen, ragte vor uns die alte Scheune auf. Mit ihrer vermodernden grauen Fassade und dem schwarzen Viereck des Heubodenfensters wirkte sie unheilvoll und verlassen und Kaz keuchte auf. »Heilige Scheiße, das sieht aus wie das Ferienhaus eines Serienkillers! Gehört es den Walkers?«

»Sie wissen nicht mal was davon«, sagte ich und steuerte auf das Tor zu. »Ich glaube, *kein Mensch* weiß davon. Ist wohl so was wie Januarys Geheimversteck.«

Ich hielt tapfer die entfernte Hoffnung aufrecht, dass ich sie in dem verlassenen, baufälligen Gebäude finden würde, dass sie mit einem Stapel Taschenbücher in einen Schlafsack gekuschelt, ein altes Transistorradio neben sich, ihr Lager aufgeschlagen hatte und über die aufgeregten Berichte über ihr Verschwinden lachte. Einerseits war das eine naheliegende Erklärung. Ich glaubte nicht, dass die Polizei die Scheune schon durchsucht hatte, sonst hätten sie keine Freiwilligen zusammengetrommelt, um die Gegend zu durchkämmen; wenn January bei Freunden oder Verwandten untergekommen wäre, hätte man sie längst aufgespürt; und wenn man sie entführt hätte, gäbe es inzwischen eine Lösegeldforderung. Andererseits war es jedoch überhaupt nicht naheliegend. Ohne jeden Komfort zu hausen, ohne Strom, Wasser und Toilette im Haus, war nicht gerade das, was January sich unter Spaß haben vorstellte, und wenn sie irgendwem irgendwas beweisen wollte, hatte sie das inzwischen getan. Dennoch klammerte ich mich an diese Möglichkeit.

Ich wuchtete das Scheunentor auf, trat in das muffig riechende Dunkel und wartete einen Moment, bis sich meine Augen an das trübe Licht gewöhnt hatten. Durch Ritzen in den alten Holzbrettern drang Licht herein, in dem Muster aus fahlen Streifen tanzten Staubkörnchen, aber ansonsten war in dem geräumigen Gebäude alles reglos und still wie ein Grab. Nicht sehr ermutigend. Trotzdem rief ich: »January?«

Es kam keine Antwort, nicht einmal ein Echo, das wurde durch die dicke, knisternde Strohschicht unter meinen Füßen verhindert. Ich horchte angespannt auf ein Rascheln oder Atemgeräusche, in der Hoffnung, dass

January sich vielleicht irgendwo versteckte und absichtlich nicht herauskam, als Kaz hinter mir hereinstürzte. »Hier drin ist es noch unheimlicher als draußen. Wenn das überhaupt geht.«

»Ich seh mal auf dem Heuboden nach«, verkündete ich und ging zur Leiter.

»Was ist denn in diesen Boxen?«, fragte er und sah sich um, während ich nach den Sprossen griff und anfing hochzuklettern. »Außer Stroh, meine ich.«

»Keine Ahnung«, rief ich schroff zurück. »Finde es raus.«

Oben angekommen, verflog mein letzter Rest Hoffnung. Im Licht, das durch die rechteckige Fensteröffnung flutete, sah ich, dass sich niemand hier aufgehalten hatte. Alles war noch genau so wie an dem Freitagabend, als January und ich unseren großen Showdown hatten: An den Wänden waren verstaubte Heuballen und alte, leere Kisten gestapelt, das kleine Nest, wo wir gestritten hatten, war unverändert, und nicht einmal ein Bonbonpapier oder ein Papiertaschentuch wies auf die Anwesenheit eines Menschen hin. Erst als ich das alles in mich aufnahm, merkte ich, wie sehr ich gehofft hatte, sie hier zu finden.

»Außer einem rostigen Ungetüm von einem Heuwender ist hier nicht viel«, rief Kaz von unten, als ich mich daran machte, den Heuboden zu durchsuchen. »Er könnte aus einem mittelalterlichen Verlies stammen. Ich lasse lieber die Finger davon, ich weiß nämlich nicht, ob meine Tetanusimpfung noch wirksam ist.«

»Sieh dich weiter um. Achte auf Hinweise darauf, dass vor Kurzem jemand hier war.«

Ich ließ meinen Blick hin und her wandern und ging langsam von der Leiter zum Fenster, wobei ich der schadhaften Stelle im Boden auswich; trotzdem knarrte das Holz erbärmlich, und ausnahmsweise einmal war ich froh, so klein und dünn zu sein. Als ich am Nest ankam und mich mutlos hineinfallen ließ, redete Kaz unten immer noch und meldete jedes Schrottteil, das er in den Boxen entdeckte.

Ich blickte aus dem Fenster, zu der Stelle, wo ich January zuletzt gesehen hatte, und atmete tief durch. Es war klar, dass in der Scheune nichts zu finden war, und auf einmal wurde ich von überwältigender Verlorenheit und Niedergeschlagenheit erfasst. Wo sollte ich sonst noch suchen? Mit wem sprechen? Ich hatte das Gefühl, jedem Hinweis gefolgt zu sein, der mir eingefallen war, und dennoch mit leeren Händen dazustehen. Laut murmelte ich: »Wo bist du bloß, Jan?«

Unten trat Kaz an die Leiter, rief herauf und fragte, was ich auf dem Heuboden gefunden hätte. Als ich den Kopf drehte, um ihm zu antworten, sprang mir etwas ins Auge. Ich erstarrte. Die tief stehende frühe Nachmittagssonne, die seitlich in die Scheune fiel, ließ ein unregelmäßiges Muster hervortreten, das in die weichen Holzbretter der Wand gefurcht war. Es war eine merkwürdige Ansammlung von geraden und schrägen Rillen, die aus dem Schatten hinter einer großen Kiste auftauchten. Als ich mich auf die Beine rappelte und das Hindernis beiseiteschob, schnappte ich verblüfft nach Luft.

»Kaz!«, rief ich. »Komm her!«

Eine Reihe von groben Kerben war in das Holz geritzt, mit einem kleinen Messer oder vielleicht sogar einem Hausschlüssel. Ich zählte fünfundzwanzig der spitzen, unebenen Linien, die in Fünfergruppen angeordnet waren, als wollte jemand den Spielstand in einer Pokerrunde notieren. Als Kaz die Leiter hochkletterte und auf den Dachboden sprang, starrte ich immer noch auf die tiefen, deutlich erkennbaren Furchen.

»Was ist? Was hast du gefunden?«

»Ich bin nicht sicher.« Ich strich mit dem Finger über die Zeichen, spürte die scharfen Einkerbungen. Sie waren definitiv nicht alt. »Ich glaube, January hat hier was reingeritzt.«

»Was bedeutet das?«

Bevor ich antworten konnte, steuerte er erwartungsvoll auf meine Seite zu, durchquerte mit polternden Schritten den Dachboden. Sofort war ich alarmiert, Adrenalin schoss durch meine Glieder und ich streckte in dem vergeblichen Versuch, ihn aufzuhalten, die Hände aus. Meine Warnung kam erst, als es bereits zu spät war: »HALT, NICHT!«

Verwirrt zögerte er und landete mit einem Fuß auf der morschen Bodendiele. Das Holz ächzte und splitterte, knackte unter seinem Gewicht, und wie in Zeitlupe sah ich, dass Kaz die entsetzliche Tatsache realisierte. Die Bretter bogen sich und gaben nach, brachen wie dürre Zweige, und ich warf mich mit ausgestreckten Armen auf ihn. Im selben Moment kippte er nach vorne, zappelte im Fallen mit den Armen, und wir trafen uns irgendwo in der Mitte.

Unsere gemeinsame Wucht warf uns zur Seite, Kaz zog

seinen Fuß nur Augenblicke, bevor sich ein klaffendes Loch auftat, aus der angeknacksten Stelle, und wir machten eine Bruchlandung auf einem Haufen schmutzigen Strohs. Trotz der weichen Unterlage war der Aufprall so stark, dass die gesamte Scheune erzitterte, die verwitterten Balken ächzten und bogen sich unter uns, bis ich sicher war, dass das Ding einstürzen würde. Aber das Zittern ließ, begleitet vom Knarren der Dachsparren, nach und hörte auf, bis das Einzige, was sich auf dem Heuboden regte, der durch die gewaltige Erschütterung aufgewirbelte Staub und das schmerzhafte Schlagen meines Herzens gegen meinen Brustkorb waren.

Kaz lag auf mir, schwer atmend, sein golden-olivfarbenes Gesicht war grau vor Angst. »Heilige Scheiße, Alter.« Er atmete stockend aus, sein Mund war so dicht neben mir, dass ich seinen Kaffee- und Pfefferminzkaugummiatem riechen konnte. »Ich glaube, du hast mir gerade das Leben gerettet!«

»Ich glaube, du hast mir gerade die Rippen gebrochen«, witzelte ich schwach zurück, mir war ein bisschen schwummrig im Kopf, weil er mir sämtliche Luft aus den Lungen gepresst hatte.

»Ich fasse es nicht, du hechtest auf mich zu wie Batman!« Er kicherte ein bisschen, ein Ventil für sein Nervenflattern. »Das war echt eine knallharte Nummer.«

»So bin ich eben. Der knallharte Typ von der Highschool.«

Das hatte ich ebenfalls als Witz gemeint, aber sobald es heraus war, schien sich die Atmosphäre zu verändern.

In Kaz' Miene war Schock der Erleichterung gewichen, und jetzt zeigte sich darin ein Gefühl, das ich nicht so recht zu deuten wusste, er fixierte mich, seine grünbraunen Augen waren dunkel und intensiv. Seine Züge wurden sichtlich weicher und er blinzelte merkwürdig, als sei er plötzlich auf der Hut. »Flynn …«

Er kam näher, zögerte … und dann küsste er mich.

Der Druck war zunächst fast unerträglich sanft, seine Lippen weich und warm auf meinen, und in meinem Bauch brach ein Gewittersturm los, während widerstreitende Emotionen wie Donner von meinem Kopf bis zu den Füßen rollten. Dann schob Kaz mit seiner Unterlippe meinen Mund auf, seine Finger verstärkten ihren Griff um meinen Jackenkragen; ich spürte Hitze und Hunger, in meinem Kopf drehte sich alles, und als seine Zunge meine berührte, schoss auf einmal das gesamte Blut meines Körpers zu einem ganz bestimmten Punkt zwischen meinen Beinen, wie eine Horde Schnäppchenjäger, wenn der Schlussverkauf eingeläutet wird.

Auf einmal war ich *total erregt*, von null auf hart wie Stahl in null Komma nichts, und im selben Moment erfasste mich eine irrsinnige Panik und brachte mich aus dem Gleichgewicht. So aneinandergepresst, wie unsere Körper waren, musste Kaz meine körperliche Reaktion bemerken, und während alle meine Nervenenden wie elektrisiert prickelten, wich ich zurück. Eine grenzenlose und urtümliche Angst drückte mir die Lunge ab. »Stopp!«

Wieder wirkte Kaz zutiefst verwirrt. »Ich – ich verst-«

»*Stopp! Weg von mir!*« Ich schob ihn zur Seite und rappelte mich auf die Beine, wieder schlug mein Herz heftig gegen meinen Brustkorb, und ich versuchte vergeblich, meine Erektion zu verbergen, indem ich den Saum meiner Jacke herunterzog.

»T-Tut mir leid, Mann«, stammelte Kaz mit dünner Stimme, er wirkte bestürzt und verlegen. »Das wollte ich nicht.«

»Warum hast du es dann getan?«, fragte ich verstört und zeigte ohne Grund auf ihn.

»Keine Ahnung. Ich dachte nur ... wie du mich angesehen hast, da ...«

»Ich bin nicht schwul!«

Ich weiß nicht, warum ich das sagte. Es kam über meine Lippen, bevor ich nachdenken konnte. Ich hätte es mir und ihm an Ort und Stelle eingestehen und mir wenigstens den Genuss dieses Moments gewähren können – wem wollte ich mit meinem hektischen Gefummel, um den Beweis meiner Lüge zu verbergen, schon etwas vormachen? –, aber es ging nicht. Es war leichter, es zu leugnen, es aufzuschieben. Für immer.

»Ich. Bin. Nicht. Schwul!«

»Tut mir leid«, wiederholte Kaz mit kleinlauter, verwirrter Stimme. »Ich hätte nicht – es war dumm. Ich dachte nur ...«

Er verstummte, starrte mich von dem staubigen Bodenbrett aus hilflos an, und ich starrte zurück, schwer atmend. Ich versuchte darüber nachzudenken, was ich jetzt tun sollte, versuchte herauszufinden, was es bedeutete, dass *Kaz* mich *geküsst* hatte, da hörten wir die Schreie.

Schrill und unartikuliert hallten sie von der flaumigen Wolkendecke des Himmels wider, ein unmissverständlicher Hilferuf, der die Spannung auf dem Dachboden wie ein Axthieb durchschnitt. Flugs kletterte ich die Leiter hinunter, gefolgt von Kaz, und als ich aus der Scheune stürmte, merkte ich, dass die Schreie von der angrenzenden Wiese kamen, auf der January sich so gerne die Sterne anguckte.

Panik brannte in meiner Lunge und meinen Gliedern, als ich mir einen Weg durch das dichte Wäldchen bahnte, das die Scheune von der ehemaligen Viehweide trennte; auf der Anhöhe in der Mitte der riesigen Wiese konnte ich eine Gruppe von Menschen ausmachen, über der unheilvoll schwarze Vögel kreisten. Zu ihnen gehörte eine Afroamerikanerin – Tianas Mutter –, die an der Schulter von Cedric Hoffman, dem Leiter der Theater-AG an der Dumas, schluchzte, ihr ersticktes Heulen schallte über die leere Weite.

Während ich den Hügel hinaufstolperte, zersplitterten sich meine Gedanken, pure Angst ließ mein Blut gefrieren, Gewissheit und Leugnung brachen sich gleichzeitig Bahn. Ich sagte mir *Nein, nein, es ist nicht so, es kann nicht sein, nein,* aber ich wusste es. Mit jeder Faser meines Wesens wusste ich, dass man sie gefunden hatte – dass die Suche nach January vorüber war.

Mein Blick verschwamm, und ich hatte einen sauren Geschmack in der Kehle, als ich Mrs Hughes erreichte und nach unten schaute. Ich war so benommen vor Angst, dass ich zunächst nicht begriff, was da vor mir lag; es sah aus, als wäre es nur ein Haufen alter Kleider – Müll, den jemand einfach abgeladen hatte, wo er nicht hingehörte. Als sich meine Sicht klärte, als die Welt wieder im Gleichklang mit meinem Herzen schlug, blinzelte ich immer noch total verwirrt. Dort zu meinen Füßen lag tatsächlich ein Haufen Kleider und sonst nichts.

Eine ganze Minute lang versuchte ich, darin einen Körper zu erkennen, versuchte, meine schreckliche Erwartung mit dieser Entdeckung in Einklang zu bringen, bevor ich endlich verstand, worauf ich da eigentlich starrte. Die roten Stoffturnschuhe, die dunkle Jeans, das graue Sweatshirt … das waren nicht einfach irgendwelche Kleider; sie gehörten January. Genau dieses Outfit war auf dem Flyer beschrieben – darin hatte sie man zuletzt gesehen –, und jetzt erkannte ich den Riss am Hosenknie und den blauen Farbfleck am linken Ellbogen des Kapuzenshirts von ihrem missglückten Versuch, sich selbst die Haarspitzen zu färben. Die Sachen gehörten ohne jeden Zweifel ihr … aber etwas stimmte nicht damit. Stimmte gründlich nicht, und jetzt kapierte ich, warum Mrs Hughes so entsetzt war und die umstehenden freiwilligen Helfer, die von ihren Schreien angezogen worden waren, aufgeregt tuschelten.

Um die Bündchen des Sweatshirts und die Knöchel der Jeans waren lange Streifen von silbernem Klebeband geschlungen; ein dicker rotbrauner, fast schwarzer Fleck bedeckte die Vorderseite des grau melierten Sweatshirts. Er zog sich vom Hals bis zum Saum und umfasste fast die gesamte Breite, machte den abgenutzten Stoff steif wie

Pappe. Es war ein grausiger Anblick, der mich schwindlig machte und mir den Puls in den Schläfen pochen ließ, denn mein urtümlicher Instinkt wusste bereits einen Sekundenbruchteil, bevor mein Verstand eins und eins zusammenzählte, was ich da sah.

Es war Blut.

10

DIE NÄCHSTEN STUNDEN VERGINGEN wie im Nebel, die Zeit schien gleichzeitig schneller und langsamer zu verstreichen. In der einen Minute wuselten die Menschen so schnell um mich herum, dass ich kaum ihre Gesichter erkannte, und in der nächsten spielte sich alles so quälend langsam ab, dass ich jede Wimper an Mrs Hughes' rechtem Auge zählen konnte, als sie meine Hand nahm und, unterbrochen von erstickten Schluchzern, laut betete.

Die Reporter waren schnell wie Schakale vor Ort und quetschen alle Anwesenden aus, während sie ihnen Aufnahmegeräte und Kameras vor die Nase hielten. Ich starrte auf die Bäume, auf das Gras, auf die Krähen, die im Zickzack über den Himmel zogen, mein Verstand lief auf Hochtouren, weigerte sich jedoch, das Gesehene zu verarbeiten. Dumpf konnte ich hören, wie Cedric Hoffman einer Frau mit Helmfrisur von einem lokalen Nachrichtensender in einem Interview schilderte, wie sein Suchtrupp die Entdeckung gemacht hatte.

»Sie war so ein reizendes Mädchen«, sagte er auf seine distanzierte, nachdenkliche Art, »so ein kreatives, tiefsinniges und intelligentes Mädchen. Sie interessierte sich für Astronomie, wissen Sie, und erzählte mir von der Wiese, wo sie gerne die Sterne beobachtete, und da dachte ich … na ja, deshalb habe ich wohl vorgeschlagen, hier zu suchen.«

Meine Füße wurden allmählich kalt und taub, aber ich konnte mich nicht rühren. Ich gab kurz meinen Eltern Bescheid, dass ich noch nicht wegkönne, dass ich unbedingt noch bleiben müsse, obwohl ich am liebsten am anderen Ende der Welt gewesen wäre. Es war mir einfach unmöglich, mich in Bewegung zu setzen. Fast kam es mir vor, als hätten wir January tatsächlich gefunden – und auch in den Gesichtern ringsum konnte ich sehen, wie sich die Gewissheit festsetzte, wie sich gedankliche Türen schlossen, während man die Bedeutung blutbefleckter Kleider einordnete.

Ich wurde Augenzeuge davon, wie die Hoffnung schwand.

Auch in mir schwand sie, obwohl ich mich noch daran klammerte, aber wie ließ sich das, was ich gesehen hatte, erklären, außer indem ich das Offensichtliche einräumte? Immerhin war es Blut – eine schockierende Menge davon. Ich wusste nicht, wie viel man verlieren konnte, ohne zu sterben, doch ich wusste, wenn January es in ein Krankenhaus geschafft hätte, wäre es in den Nachrichten gekommen. Deshalb musste ihr jemand die Kleider weggenommen und sie hier auf diese Wiese geworfen haben. Bloß wer? Und warum? *Und wo war sie?*

Irgendwann umstellten dann Ermittlungsbeamte Januarys Kleider, während eine wachsende Schar Uniformierter die Medien und die herbeigeströmten Zuschauer zurückhielt. Wie aus dem Nichts waren Leute aufgetaucht, die sich nicht einmal an der Suche beteiligt hatten, und verfolgten die Vorgänge mit der makabren Neugier von Schaulustigen bei Autounfällen. Die Reporterin mit der Helmfrisur baute sich auf dem leeren Platz rechts von mir auf – mir stieg der Geruch nach Haarspray und Make-up in die Nase –, und spulte mit ihrer schneidenden »Nachrichtenstimme« ihren Beitrag für die Abendnachrichten ab.

»Vor Kurzem nahm die Suche nach der fünfzehnjährigen January Beth McConville auf der Wiese, die Sie hinter mir sehen, eine unheilvolle Wendung. Etwa anderthalb Kilometer entfernt von ihrem Haus, das sie mit ihrer Mutter und ihrem Stiefvater, dem Senatskandidaten Jonathan Walker, bewohnte, fanden die Mitglieder eines freiwilligen Suchtrupps blutdurchtränkte Mädchenkleider. Die Polizei von Ann Arbor hat noch keine offizielle Stellungnahme abgegeben, aber mehrere Augenzeugen haben bestätigt, dass die hier gefundenen Kleidungsstücke der Beschreibung jener Kleider entsprechen, die McConville am Tag ihres Verschwindens trug. Verständlicherweise haben sich die Aussichten, den vermissten Teenager lebend zu finden, verdüstert, und viele, mit denen ich heute gesprochen habe, befürchten bereits das Schlimmste. Ohne eine Leiche bleibt jedoch die Frage: Was ist mit January McConville passiert?«

Ich blendete sie aus und richtete meine Aufmerksamkeit auf die Personen, die um die Kleider meiner Exfreundin herumstanden. Behandschuhte Mitarbeiter der Spurensicherung machten Fotos von jedem einzelnen Stück und stopften sie dann in Plastiksäcke, bevor das mühsame Absuchen der Wiese nach Beweisen beginnen konnte. Schließlich gab die Erde meine Füße frei und erlaubte mir, von der Wiese über die langen, endlosen Felder zu stolpern, die die Zivilisation von diesem Ort hier trennten.

Sie war tot. Der Gedanke traf mich hart, bohrte sich in meine Schädeldecke wie ein Granatsplitter. Ich wehrte mich dagegen – konnte ihn allerdings auch nicht richtig widerlegen. Was gab es sonst für eine Erklärung? Konnte ich wirklich weiterhin glauben, dass January ihren Eltern nur einen Schrecken einjagen wollte? Das war nicht bloß ein kleiner Streich, und auch wenn January ihre Lebensumstände noch so hasste, konnte ich nicht glauben, dass sie so etwas Extremes, so etwas Entsetzliches inszeniert hätte. Weglaufen war das Eine, aber einen *Mord* vortäuschen? January war impulsiv, aber nicht verantwortungslos. Und auch wenn sie durchaus rachsüchtige Züge hatte, war sie noch nie grausam gewesen, und das musste man sein, um seine Freunde und seine Familie dermaßen zu erschrecken. Wenn man sie fand, würde es rechtliche – und vermutlich auch akademische – Konsequenzen geben, und ich konnte mir einfach nicht vorstellen, dass January ihre gesamte Zukunft aufs Spiel setzte, nur um Jonathan und Tammy eine Lehre zu erteilen.

Ich blinzelte überrascht, als plötzlich die Rückseite der Walker-Villa vor mir aufragte, als wäre sie vor mir aus dem Boden gewachsen, in den Fenstertüren spiegelten sich der trübe weiße Himmel und mein betrübtes weißes Gesicht. Mir war gar nicht aufgefallen, wie weit ich gelaufen war, dabei war ich die Treppe zur hinteren Veranda hochgestiegen und stand jetzt neben dem riesigen nierenförmigen Pool.

Zittrig und erschöpft, total durcheinander von dem, was ich gesehen hatte, sank ich auf einen der maßgefertigten Liegestühle der Walkers und starrte auf das Becken, aus dem man bereits das Wasser abgelassen hatte. Es war in einem hellen Türkis gestrichen und am Grund der klaffenden Vertiefung hatte sich eine Handvoll Schmutz und totes Laub angesammelt. Eigentlich sollte der Pool mit einer Plane abgedeckt sein, das wusste ich; für Mr Walker war eine solche Schlamperei ein Zeichen von Nachlässigkeit und »Proletentum«. Wer hatte wohl vergessen, sich darum zu kümmern?

Der Jacuzzi in der Rundung des Pools war ordnungsgemäß abgedeckt und würde vermutlich das ganze Jahr über in Betrieb bleiben. Letzten Sommer und Frühherbst hatte ich viel Zeit hier verbracht, und ich sah noch vor mir, wie January in einer Augustnacht gegenüber von mir im Whirlpool lag und wir darüber lamentierten, dass der Sommer bald vorbei sein würde. Um uns herum hatte das Wasser gesprudelt, während der Himmel über uns dunkler und schließlich rabenschwarz wurde, und sie hatte den Nacken auf den Rand des Pools gelegt, damit sie zusehen konnte, wie über ihr die Sterne aufstiegen.

***

»Scheiße, ich wünschte, wir könnten jetzt schon nach Kalifornien gehen«, hatte sie gesagt, eher wehmütig und traurig als jammernd.

Ich ließ den Blick über die schicken Gartenmöbel, den von Lampen erhellten Pavillon und die Spiegelung des Halbmonds auf der unbewegten Wasseroberfläche des Pools schweifen. Aus versteckten Lautsprechern wummerte Musik und zwei beschlagene Gläser neben dem Whirlpool enthielten Rum Cola – mehr Rum als Cola. Die Drinks hatte January von den schier unerschöpflichen und frei zugänglichen Schnapsvorräten ihres Stiefvaters gemixt. In der Villa waren ständig Gäste, die Cocktails tranken, von Politikberatern über Wahlkampfspender zu Politikern, deren Unterstützung Jonathan zu erlangen suchte, und wir hatten ziemlich schnell herausgefunden, dass es keinem auffiel, wenn wir uns bedienten, man hätte uns schon auf frischer Tat ertappen müssen.

Außerdem hatten die Walkers einen Mietkoch für ihre zahlreichen Partys, eine Sportwagenflotte, die nur darauf wartete, von einem Teenager mit frischem Führerschein gefahren zu werden, und riesige Fernseher in fast jedem Raum des Hauses, weshalb man Januarys Wunsch kaum nachvollziehen konnte, auch wenn sie ihn noch so oft äußerte. Ich zog zweifelnd die Augenbrauen zusammen und fragte sie: »Glaubst du wirklich, das Dasein eines abgebrannten College-Studenten in L.A. wird besser sein als das hier?«

»Ja«, hatte sie geantwortet, und wie um ihre Behauptung zu unterstreichen, wurde in diesem Augenblick die Fenstertür zum Haus aufgerissen und eine große, imponierende Gestalt trat auf die Veranda. Es war Jonathans Wahlkampfmanager

Eddie Sward, der sie unter seinem borstigen dunklen Haarschopf finster ansah, sein breites Gesicht glänzte und war rot vor Ärger. Er hatte die Ärmel seines violetten Button-down-Hemds bis über die Ellbogen hochgekrempelt und die Hände zu Fäusten geballt. Ohne Einleitung blaffte er: »Stellt ihr jetzt diese verfluchte Musik ab?«

»Ihnen auch einen schönen Abend, Eddie«, entgegnete January lässig, den Blick weiterhin zum Himmel gerichtet. Sie machte keine Anstalten, sich zu rühren, und ich merkte, wie sich meine Eingeweide vor Anspannung verkrampften. Auf Autoritäten zu pfeifen war nicht gerade meine starke Seite und der Mann bebte praktisch vor Zorn. »Kommen Sie zu uns rein?«

»Stellt die Musik ab!«, wiederholte er und fletschte dabei die Zähne, die Adern an seinem Hals traten hervor. Er deutete mit einem Finger auf den »großen Salon«, wie Tammy den holzgetäfelten Raum mit offenem Kamin, Polstermöbeln und Blick auf den rückwärtigen Teil des Anwesens nannte, den Jonathan zu einer Art Wahlkampfzentrale umfunktioniert hatte. »Bei diesem verdammten Krach kann ich da drin keinen klaren Gedanken fassen!«

»Wir waren zuerst hier«, erinnerte ihn January gereizt und seine Augen verdunkelten sich. »Verlegen Sie Ihre kleine Besprechung doch in den Keller oder so.«

»Hast du eigentlich eine Ahnung, was für eine Aufgabe wir da drin zu stemmen versuchen?« Eddie spuckte es förmlich aus. »Wie kritisch die Lage gerade ist? Wie wichtig das alles ist?«

»Wenn diese Besprechung so furchtbar wichtig ist«, gab

January langsam zurück, »dann hätten Sie sie vielleicht im Keller abhalten sollen.«

Eddie starrte sie an, seine Augen waren dunkel und wütend wie Sturmwolken, seine Miene drückte Ungläubigkeit aus. Dann kam er mit polternden Schritten näher und grapschte sich unsere Sachen. »Wo zum Teufel ist die Fernbedienung?«

»Hände weg von meinen Sachen!«, protestierte January scharf und stand auf. Ihre erhitzte Haut war um die weißen Träger ihres Bikinis herum gerötet, und sie stürzte sich auf die Shorts, die Eddie gerade durchsuchte.

»Jetzt beruhigen Sie sich doch erst mal«, riet ich dem Mann mutiger, als ich mich fühlte, um meiner Freundin zu Hilfe zu kommen.

»Halt du dich raus, du nutzloser kleiner Kiffer – du bist nichts weiter als ein schlechter Einfluss«, fuhr Eddie mich an. Sobald er herausgefunden hatte, dass meine Eltern Cannabis-Aktivisten waren, hatte er mich zur »politischen Belastung« erklärt und mich behandelt, als wäre ich eine Art Pest für den Wahlkampf. Er schüttelte mein Handtuch kräftig aus, aus dessen Falten die Fernbedienung für die versteckten Lautsprecher fiel und klappernd auf der Veranda landete. Sofort schnappte er sich das Ding und stellte die Musik ab.

»Na schön«, sagte January mit leicht zitternder Stimme, »Sie haben, was Sie wollten. Jetzt lassen Sie uns allein!«

*Aber Eddie hatte unsere Gläser mit Rum-Cola entdeckt und als er daran schnupperte, schossen seine Augenbrauen quasi in die Stratosphäre. »Ist das … habt ihr etwa ge*trunken?«

Ohne unsere Antwort abzuwarten schüttete er den Inhalt beider Gläser über das Geländer in die Dunkelheit, und January schrie: »Hey! Das können Sie nicht machen!«

Eddie fuhr herum, am ganzen Körper bebend, und hielt meiner Freundin den Zeigefinger ins Gesicht. »Hör mir zu, du undankbares kleines Biest! Genau diesen blödsinnigen Teenager-Scheiß können wir überhaupt nicht gebrauchen. Wenn sie dich erwischen, wie du Alkohol trinkst, obwohl du noch nicht volljährig bist, wird dein Vater dafür büßen müssen. Du könntest ihn die Wahl kosten!«

»Er ist nicht mein Vater«, korrigierte January ihn kalt, »und es schert mich einen Dreck, ob er gewählt wird oder nicht.«

Eddie stieß zwischen den Zähnen hervor: »Wenn du meine Tochter wärst, würde ich deine Frechheiten mit dem Gürtel aus dir herausprügeln.«

»Hey!« Ich sprang vor und stellte mich zwischen ihn und January. »Wagen Sie es bloß nicht, ihr zu drohen!«

Er ignorierte mich vollkommen. Über meine Schulter knurrte er January zu: »Jemand sollte dir mal ein bisschen Manieren und Respekt beibringen!«

»Manieren und Respekt?« January lachte, es klang schrill und unangenehm. »Sie kommen hierher, um ein paar Teenager zu schikanieren und zu beschimpfen, und ausgerechnet Sie reden von Manieren und Respekt?«

Nach einem Moment gespannten Schweigens, in dem es schien, als würde Eddie gleich in die Luft gehen oder explodieren, marschierte er an uns vorbei zur Tür ins Morgenzimmer und steckte im Gehen die Fernbedienung ein. »Wegen dir sollte etwas unternommen werden – man sollte dich irgendwo hinstecken, damit du keinen Scheiß mehr bauen kannst! Wenn du nicht mal in der Lage bist, ein Fünkchen Benehmen an den Tag zu legen, sollte man dich aus dem Weg schaffen.«

Hinter ihm schlug die Fenstertür zu und Stille senkte sich über die Veranda, das einzige Geräusch war jetzt das Geblubber des heißen Wassers, das um unsere Hüften strudelte. January hatte sich von mir abgewandt, ihr blondes Haar klebte an ihrem nassen Rücken, ihre Haltung war stocksteif. Eine ganze Weile blieben wir einfach so stehen, während ich verzweifelt überlegte, was ich sagen sollte. »Er hat es nicht so gemeint« wäre sowohl unzureichend als auch unzutreffend gewesen.

Schließlich drehte sich meine Freundin um, mit ostentativ ausdrucksloser Miene, und ließ sich in den Whirlpool sinken, bis die Blasen um ihre Schlüsselbeine sprudelten. Sie legte den Kopf auf den Beckenrand und wandte ihre Aufmerksamkeit wieder den Sternen zu.

Nach einer Weile flüsterte sie mit belegter, leiser Stimme: »Ich wünschte wirklich, wir könnten jetzt schon nach Kalifornien gehen.«

11

»FLYNN?« Der Klang meines Namens riss mich zurück in die Gegenwart und ich sprang jäh aus dem Gartenstuhl. Mr Walker stand in einer der Fenstertüren, sein Patriziergesicht wirkte angespannt und müde. Er trug ein weißes Oxfordhemd und hatte die Krawatte gelockert. »Warum kommst du nicht rein, mein Junge? Es ist ja eiskalt.«

Schweigend willigte ich ein und folgte ihm ins Haus. Die Tür fiel hinter uns ins Schloss und ich stand im Morgenzimmer, einem Durchgangszimmer, das einen antiken Esstisch mit passenden Stühlen, einen Läufer, der fast von Wand zu Wand reichte, und einen schmiedeeisernen Wagenrad-Kronleuchter beherbergte, der die Deckenbalken herunterzureißen drohte. An einer Seite gelangte man durch eine Tür in den großen Salon, auf der anderen in den Familiensalon mit seinen üppig gepolsterten Sesseln, dem Steinkamin und den impressionistischen Gemälden. Ich hatte keine Ahnung, was die Bezeichnungen für die Zimmer bedeuteten, nur dass es *sehr* klare Unterschiede gab, die für Januarys Mutter *sehr* wichtig zu sein schienen, wenn auch für niemand sonst.

Einen schrecklich unangenehmen Moment lang standen Mr Walker und ich nur schweigend da und lauschten auf die riesige Wanduhr, die vom Familiensalon aus unser Unbehagen dokumentierte. Ich wusste nicht, was ich sagen sollte, ob ich ihm mein Beileid aussprechen sollte oder ob das vielleicht unangebracht war; außerdem hatte ich Angst davor, dass noch jemand die schlimmste Befürchtung über den Fund des Suchtrupps laut aussprechen würde, und sei es nur ich.

Befangen legte Mr Walker seine große Hand auf meine Schulter und sagte nickend, als bestünde zwischen uns ein tiefes Verständnis: »Danke, dass du heute gekommen bist, Flynn. Das bedeutet uns sehr viel. Uns beiden.« Ich stammelte eine Antwort und starrte auf die glänzende Fläche des in der Nähe stehenden Tischs. Ich konnte mein Spiegelbild in dem polierten Holz sehen, mein verzerrtes, in die Länge gezogenes Gesicht. »Ich … es ist schwer zu glauben, dass … na ja, es ist einfach … schrecklich«, fuhr er fort, seine Stimme klang erschöpft und unsicher. Vielleicht zum ersten Mal überhaupt schien Januarys Stiefvater nicht zu wissen, was er sagen sollte, und obwohl es erst Nachmittag war, konnte ich Alkohol in seinem Atem riechen. »Mrs Walker … Tammy verkraftet es ziemlich schlecht.«

Ich murmelte etwas darauf. Es überstieg fast mein Vorstellungsvermögen, was Tammy durchmachen musste, als mir ein Bild des blutigen Sweatshirts mit den silbernen Klebebandgirlanden durch den Kopf zuckte.

»Sie hat nach dir gefragt«, fügte Mr Walker hinzu, und ich sah überrascht auf. Seine Miene war gleichzeitig ernst und distanziert, wie bei jemandem, der eine traurige Geschichte hört, die nichts mit ihm zu tun hat. »Ich wäre dir dankbar, wenn du dich ein bisschen mit ihr unterhalten würdest. Ich glaube ... ich glaube, das könnte ihr helfen.«

Ich hatte keine Ahnung, was er damit meinte, nickte aber trotzdem, und Mr Walker führte mich zu der Mahagonitür, die in den großen Salon führte. Es war ein riesiger Raum, zwei Stockwerke hoch, eine Wand bestand komplett aus gebogenen Glasfenstern, die viel natürliches Licht hereinfluten ließen und einen Blick auf den Pool, den Pavillon und die grasbewachsenen Felder gewährten, die sich in Wellen zu den Bäumen in der Ferne hin erstreckten. Ein zweiter Steinkamin dominierte eine weitere Wand, über dem ein wuchtiges Porträt eines schnauzbärtigen Militärkommandeurs aus dem siebzehnten Jahrhundert thronte – wahrscheinlich ein Vorfahr der Walkers. Eine dritte Wand war offen, sie bot ungehinderten Zugang zur Eingangshalle, von wo aus eine elegant geschwungene Doppeltreppe in den ersten Stock führte.

In einer Ecke des Raums beugte sich Eddie Sward über einen Eichenschreibtisch und sprach eindringlich in sein Handy; als er mich sah, warf er mir einen finsteren Blick zu, ohne jedoch auch nur eine Sekunde lang sein einseitiges Gespräch zu unterbrechen. Auf einem dick gepolsterten Sofa aus einem samtigen, beigefarbenen Stoff saß Januarys Mutter nach vorne gesunken da, das Gesicht in den Händen vergraben. Auf dem niedrigen Tisch vor ihr stand ein halb leeres Glas Scotch.

Während Mr Walker die Tür hinter sich schloss, räusperte er sich. »Tammy? Flynn ist hier.«

Mrs Walker riss den Kopf nach oben, ihre Augen waren geschwollen und rot gerändert, doch bei meinem Anblick bemühte sie sich um ein Lächeln, das flatterte wie ein welkes Blatt im Herbstwind. »Flynn.«

Sie streckte beide Arme zu mir aus und ich ging auf sie zu, nahm ihre Hände und sank neben ihr auf das Sofa. Ihre Hände waren eiskalt, ihr Griff schraubstockartig und verzweifelt, und ihre ehemals akkurat frisierten weißblonden Haare standen wirr vom Kopf ab. Sie wirkte, als wäre sie seit dem Morgen um hundert Jahre gealtert, und ich versuchte in ihrem schmalen, hageren Gesicht eine Spur der warmherzigen, schusseligen Frau zu finden, als die ich sie zu Beginn meiner Freundschaft mit January kennengelernt hatte. Es war schwer zu glauben, dass es sich noch um denselben Menschen handelte.

»Ich w-weiß …«, fing ich an, aber dann staute sich die Luft in meiner Brust und meine Kehle schnürte sich zu und die Wörter kamen als jämmerliches Quietschen heraus, weil ich zu weinen anfing. Tammy zog mich mit einem Ruck an sich, drückte mein Gesicht gegen ihre Schulter und klammerte sich an mich, als befänden wir uns in einem abstürzenden Flugzeug über dem Atlantik.

»Was ist nur passiert?«, krächzte Januarys Mutter klagend in mein Ohr, ihre Stimme drang als abgehacktes Wimmern aus ihrer belegten Kehle. »Was ist mit meinem Baby passiert? Was ist mit unserem kostbaren Schatz passiert?«

Ihr Kinn grub sich hart in meine Schulter, als sie zu

weinen anfing, mit lauten, gequälten Schluchzern, die ihren gesamten Körper erfassten, ihre Finger krallten sich so fest in meinen Rücken, als wollten sie durch die Rippen hindurch an mein Herz gelangen. Nach einem Augenblick griff Mr Walker ein, zog uns auseinander und drückte Mrs Walker ihren Drink in die Hand.

»Atme mal tief durch, Liebes.« Er führte den Drink an Tammys Lippen und sie schluckte einen Mundvoll Whisky, wobei sie würgte und nach Luft schnappen musste. Dann sank sie zurück in die Kissen und Mr Walker stellte das Glas wieder auf den Tisch.

»Warum passiert das?«, jammerte Tammy schließlich und starrte blicklos durch die hohen Fenster auf die herrliche Aussicht. Ihre Hand fand meine und sie drehte sich mit glasigem, verlorenem Blick zu mir. »Warum mein Baby? Das ist nicht fair!«

»Ich weiß nicht, warum«, flüsterte ich.

Sie stieß erschöpft die Luft aus, drückte meine Hand so fest, dass ich dachte, die Fassung ihres antiken Diamantrings müsse mir eine blutende Wunde zufügen, und beteuerte mit zitternder Stimme: »Ich wollte doch immer nur, dass sie glücklich ist. Das wünschen sich alle Eltern. Nichts anderes. Man ... man hält diesen perfekten, winzig kleinen Menschen auf dem Arm und sagt: *Ich werde nicht zulassen, dass dir jemals jemand wehtut, ich werde nicht zulassen, dass du jemals traurig bist, ich werde alles in meiner Macht Stehende tun, um dich glücklich zu machen.* Und dann ...« Sie zuckte die Schultern, schauderte und hustete dann heftig. »Ich verstehe das nicht. Ich verstehe es ... einfach nicht.«

»Bisher haben wir noch keine Gewissheit«, erklärte Mr Walker gewohnt diplomatisch, obwohl sogar ich merkte, dass es nicht von Herzen kam. »Versuch daran zu denken.«

»Es war so eine schwere Zeit, als ihr Vater uns verlassen hat.« Tammy ignorierte ihn, sprach apathisch in Richtung Fenster. »Ich war jung und allein und hatte Angst, und es war ein solcher Kampf. Die schlaflosen Nächte, die Doppelschichten, die Opfer … es hat mir alles abverlangt, uns durchzubringen, ihr das bestmögliche Leben zu bieten. Und jetzt … *das*. Es kommt mir wie eine Strafe vor! Womit habe ich das verdient? Warum passiert das?«

Mein Mitleid mit Tammy Walker wurde ein wenig getrübt durch die Beobachtung, dass sie sich selbst als die tragische Figur in den Mittelpunkt stellte – ein enttäuschender, wenn auch nicht unbekannter Zug an ihr. Wie oft hatten ihre Auseinandersetzungen mit January in die tränenreiche, egoistische Frage gemündet: *Warum tust du mir das an?*, als wäre jeder Akt von Aufsässigkeit ihrer Tochter Teil ihres großen Rachefeldzugs gegen ihre Mutter und nicht ein Ausdruck ihrer Unabhängigkeit.

»Es ist nicht deine Schuld, Tams.« Mr Walker klang matt. »Du hast nichts falsch gemacht.«

Mrs Walker kniff ihre von Tränen und Alkohol benebelten Augen zusammen, sah ihren Mann an und sagte: »Sie hat es hier gehasst.«

»Auch das ist nicht deine Schuld«, gab Mr Walker zurück, ein wenig fester, »und es ist nicht der Grund, warum … der Grund … für irgendwas von dem hier.«

»Ich wollte, dass sie glücklich ist, und jetzt –« Tammy verschluckte das Ende des Satzes und schauderte, nicht willens oder fähig, den Gedanken zu Ende zu führen. »Sie hasste dieses Haus, sie hasste ihre Schule, sie hasste *mich* … und du willst mir erzählen, ich hätte nichts falsch gemacht?«

»Alle Teenager finden ihre Eltern schrecklich«, gab Mr Walker knapp zurück und runzelte die Stirn. »Das hat nichts zu bedeuten! Ich bin sicher, January wusste – *weiß*, was für ein Glück sie hat.« Jetzt richtete er seinen Blick auf mich und ich begriff, warum er mich eigentlich ins Haus geholt hatte. »Stimmt doch, Flynn, oder?«

Ich sollte Tammy sagen, dass Januarys Wut nur das Nebenprodukt einer ganz normalen, populärwissenschaftlich bestätigten Teenagerrebellion war und dass sie – tief im Innern – dankbar war für all die unaufhaltsamen Veränderungen in ihrem Leben. Vielleicht konnte ich nicht hundertprozentig nachvollziehen, weshalb meine Exfreundin diese Villa und ihre fantastische neue Schule so sehr verabscheute, aber ich musste auch nicht mehr Zeit dort verbringen, als ich wollte. Keiner hatte mich gezwungen, wegzuziehen und all meine Freunde zu verlassen; keiner hatte über meinen Kopf hinweg entschieden, wie ich mein Leben zu führen hatte, und auch noch Dankbarkeit von mir verlangt, und keiner hatte mich behandelt, als wäre meine Meinung zu diesem Thema irrelevant. Ich konnte nicht so tun, als hätte January nicht allen Grund gehabt, es zu hassen, denn das hatte sie.

Zum Glück blieb mir eine Antwort erspart. Mrs Walker zischte scharf: »Sie war aber nicht *alle Teenager*, sie war meine Tochter! Mein kleines Mädchen! Und sie hat es hier gehasst!«

»Sie war *schwierig*!«, blaffte Mr Walker schließlich zurück, deutlich in der Vergangenheitsform, und nahm sein Glas Scotch vom Schreibtisch, wo Eddie immer noch in sein Handy quasselte. »Man konnte sie nicht glücklich machen, weil sie nicht glücklich sein *wollte*! Ich weiß nicht, warum du das nicht verstehst.« Er kippte den Inhalt des Glases hinunter und füllte dann sofort nach, gluckernd lief der Whisky aus einer Flasche Glenmorangie. »Nichts, was du getan hast, war jemals gut genug für sie, weil sie es einfach nicht zuließ.«

»Als ob du auch nur das Geringste von ihr wüsstest!«, feuerte Tammy zurück, ihre Ringe klapperten gegen ihr Whiskyglas, das sie mit der freien Hand nahm, und als sie damit auf ihren Mann zeigte, schwappte die bernsteinfarbene Flüssigkeit fast über den Rand. »Du hast es doch nicht mal versucht! Für dich war sie nur ein Objekt. Keiner von euch hat sich jemals bemüht – es blieb alles an *mir* hängen.« Jetzt drehte sie sich zu mir, ihre Augen wirkten fast irre. »Alles blieb an mir hängen. Wann immer in diesem Haus ein Streit geschlichtet werden musste, war das meine Aufgabe, und ich meine hier nicht nur die Konflikte mit January. Frag ihn nach seinem kriminellen Sohn! Sie bestechen ihn, damit er sich während des Wahlkampfs von Ärger fernhält, und trotzdem ist er kaum unter Kontrolle zu halten …«

»Tammy, beruhige dich«, befahl ihr Mr Walker mit zusammengebissenen Zähnen.

»Jonathan ist doch nie da«, ätzte Mrs Walker weiter, weiterhin an mich gerichtet, obwohl die Worte offensichtlich ihrem Mann galten. »Frag ihn, wo er in der Nacht war, als mein Baby nicht nach Hause gekommen ist! In der Nacht, als ich ihn *brauchte*! In der Nacht, in der ich allein aufgeblieben bin, krank vor Sorge, bis die Sonne aufging und meine Tochter vermisst wurde und ich schließlich ganz allein die Polizei rufen musste!«

»Dafür habe ich mich schon tausendmal entschuldigt!« Mr Walker knallte das Glas auf den Schreibtisch, dass die gerahmten Fotos, Wahlkampfbuttons und der andere Krimskrams durch die Erschütterung hochhüpften. »Ich habe mir mit einigen Unterstützern ein paar Drinks genehmigt und konnte nicht mehr fahren, deshalb habe ich mir ein Hotelzimmer genommen! Ich lasse mir deswegen keine Schuldgefühle mehr einreden!«

»Deswegen oder für sonst irgendwas«, gab Tammy kryptisch zurück. Bevor Mr Walker etwas darauf erwidern konnte, schaltete sich jedoch Eddie ein.

Der Wahlkampfmanager legte die Hand über das Handy und fing an: »John, wir müssen in dieser Angelegenheit wirklich eine offizielle Stellungnahme abgeben. Fritz kann sich vor Anrufen nicht mehr retten.«

»Ich habe heute Nachmittag bereits mit der Presse gesprochen«, herrschte Mr Walker ihn an.

»Das reicht nicht.« Eddie war ungehalten. »Du weißt doch, wie das in solchen Situationen ist, die Leute brauchen mehr, etwas Substanzielleres.«

»Zum Teufel noch mal, Eddie!« Endlich explodierte Mr

Walker. »Man hat vor gerade mal *zwei* Stunden ihre Kleider gefunden! Können wir uns nicht einen Tag Zeit nehmen, um das zu verarbeiten, bevor wir eine Pressekonferenz ansetzen?«

»Nicht eine Woche vor der Wahl, nein«, erklärte Eddie unumwunden. »Wenn du jetzt abtauchst, werden sich die Wähler fragen, ob du dem Druck des Jobs gewachsen bist.«

»Ja, du willst doch deine Wähler sicher nicht enttäuschen, Jonathan«, sagte Tammy kalt, mit einem Finger den Rand des Glases umkreisend. Ihr Mann starrte sie kurz an, dann packte er seinen Wahlkampfmanager an der Schulter und zog ihn aus dem Raum.

»Nicht hier drin«, murmelte er schroff. Während die beiden hinter den geschwungenen Treppen verschwanden, wobei ihre eleganten Lederschuhe auf den Marmorfliesen klapperten, kippte Tammy den Rest des Whiskys hinunter.

Die Schritte verklangen rasch, weshalb ich annahm, dass die Männer sich in die mit Teppich ausgelegte Bibliothek zurückgezogen hatten, die jenseits der Treppen von der Eingangshalle abging; notgedrungen richtete sich meine Aufmerksamkeit jetzt allerdings auf Januarys Mutter. Sie stellte ihr Glas geradezu behutsam zurück auf den Couchtisch, legte ihre Hand an mein Gesicht und lächelte mich beschwipst-liebevoll an. »Du bist so ein guter Junge, Flynn. Du hast meine Tochter glücklich gemacht!

Das stimmte nicht und ich wusste es. Schuldbewusst murmelte ich: »Ich habe es versucht, Mrs Walker.«

»Sag doch Tammy zu mir«, beschwor sie mich. Ich kam

mir immer komisch vor, wenn ich Erwachsene mit dem Vornamen anredete, aber Januarys Mutter hatte am Anfang darauf bestanden, weil sie sich dann angeblich jünger fühlte. Nach ihrer Hochzeit mit Mr Walker durfte man sie dann plötzlich nur noch »Mrs Walker« nennen, und ich fragte mich, wie sie sich *dabei* fühlte. Wichtig vermutlich. Ihre Ringe lagen kalt und hart auf meiner Wange, als sie sagte: »Du warst so ungefähr das Einzige, was sie immer noch glücklich gemacht hat, weißt du.«

Vor Scham zogen sich meine Eingeweide zusammen und ich sah zu Boden. »Ich glaube … ich bin sicher, sie …«

»Weißt du noch, als du einmal in unserer alten Wohnung bei uns warst und wir zusammen Kekse gebacken haben?« Tammy hatte mich offenbar gar nicht gehört. »Ihr wart noch nicht offiziell zusammen, aber schon damals hat sie die ganze Zeit nur über dich gesprochen.« Sie lächelte mich vielsagend an, und ich spürte, wie ich rot wurde. »Wir hatten keine Eier mehr, und January schlug vor, stattdessen Erdnussbutter zu nehmen, weißt du noch? Und alles klebte zusammen, die Kekse kamen wie Holzkohle aus dem Ofen, und ich hätte fast das ganze verdammte Haus niedergebrannt, als das dritte Blech im Ofen in Flammen aufging, aber du hast die ganze Zeit nur Witze gerissen, und ich glaube, ich habe noch nie in meinem ganzen Leben dermaßen gelacht.« Tränen traten ihr in die Augen und sie wischte sie mit ihrem langen, schlanken Finger weg. »Danach schwebte January eine ganze Woche lang im siebten Himmel, so verzaubert war sie von dir.«

»Ich erinnere mich noch an den Abend.« Unwillkürlich musste ich lächeln.

»Unser Leben war damals einfach schrecklich«, sagte Tammy verträumt und schmerzerfüllt. »Es war ein täglicher Kampf, uns über Wasser zu halten, ein täglicher Kampf ums *Überleben*. Jonathan war das Beste, was uns beiden seit langer, langer Zeit passiert war.« Sie sah mich entschuldigend an. »Er ist wirklich ein guter Mann – ein wichtiger Mann. Er hat sehr viel für uns getan. Ich verstehe das einfach nicht. Wie konnte sie glücklich sein, als alles schrecklich war, und so … wütend und destruktiv, als endlich alles gut lief?«

January hatte natürlich eine andere Vorstellung vom Idealzustand als ihre Mutter, aber mir schien es nicht der passende Zeitpunkt zu sein, Tammy das zu erklären. Also tröstete ich sie stattdessen: »Manchmal ist es eben schwer zu verkraften, wenn sich über Nacht das ganze Leben ändert. Selbst wenn es sich zum Besseren zu verändern scheint.«

»Ich bin froh, dass sie dich hatte, Flynn.« Tammy strahlte mich mit bemitleidenswerter Miene an und nahm erneut meine beiden Hände in ihre. »Ich bin wirklich froh, dass sie wenigstens dich hatte.«

Wieder hatte ich das Gefühl, als fahre mir ein Messer in die Eingeweide. Ich liebte January – ich liebte sie wirklich –, aber ich hatte sie nicht glücklich gemacht. Und es war nicht die Art von Liebe gewesen, die sie gewollt hatte oder die sie mit Fug und Recht von ihrem festen Freund erwarten konnte. Zwischen uns hatte es so viel Ungesagtes gegeben, und all die ungesagten Worte waren wie ein Bleigewicht an meinem Hals, während ich die Miene ihrer Mutter musterte. Schließlich sagte ich: »Ich bin derjenige, der sich glücklich schätzen kann.«

»Erzähl mir von ihr«, bat Tammy plötzlich, ihre Stimme war ein gebrochenes Flüstern. »Erzähl mir von January.«

Erzähl mir von Kalifornien, ja?

Ich holte Luft. »Zu unserem zweimonatigen Jubiläum wollten wir ein ›perfektes Date‹ inszenieren.« Tammy musste die Geschichte schon unzählige Male gehört haben, aber trotzdem lauschte sie schweigend, einen rührenden Ausdruck dankbarer Erwartung im Gesicht, als ich fortfuhr: »Wir mieteten eine Limousine und reservierten einen Tisch in diesem todschicken Restaurant an der Main Street, und Januarys Lieblings-Indieband – die Disasters –, gaben in diesem Schuppen in der Innenstadt ein Konzert. Wir putzten uns raus wie für einen Ball und redeten unaufhörlich davon, wie genial das werden würde. Und dann tauchte die Limousine nicht auf.

Ich rief zigmal dort an, aber es ging einfach keiner ran, bis wir irgendwann einsahen, dass es nichts mehr werden würde, und wir mussten die sechs Blocks zur Bushaltestelle zu Fuß gehen – in unseren feinen Klamotten – und einen stinkenden, lebensgefährlichen Bus in die Innenstadt nehmen.« Tammy kicherte bei der Vorstellung, und ich auch, als ich mich an die verrückte alte Frau mit Warzen im Gesicht und schmutzigen Haaren erinnerte, die die ganze Fahrt lang gegenüber von uns gesessen hatte. Sie sagte zu January: *In deinem Alter habe ich genauso ausgesehen wie du!* »Jedenfalls, wir kamen so spät an dem Restaurant an, dass sie unseren Tisch schon jemand anderem gegeben hatten, und dann dachten wir, wir essen einfach was in dem Club, wo das Konzert stattfinden sollte … nur dass wir nicht mal *reinkamen*, weil unsere gefälschten … ähm, ich meine, weil wir zu jung aussahen.

Unser ›perfektes Date‹ geht also total in die Hose und ich rege mich fürchterlich auf, aber January will nicht so schnell kapitulieren. Sie führt mich zu dem dreckigen kleinen Parkplatz hinter dem Club, wo die Band gerade das Equipment auslädt. Ohne nachzudenken, stiefelt January auf sie zu, stellt sich vor und sagt ihnen, sie wären ihre Lieblingsband und sie hätte Geburtstag und man würde uns nicht reinlassen – und dann erzählt sie ihnen von der Limousine und dem Bus und dem Essen, und als sie ausgeredet hat, holen sie ihre akustischen Gitarren raus und spielen ganz spontan Januarys Lieblingslied.

Danach kauften wir Burger und Pommes, nahmen alles mit auf die oberste Etage eines Parkhauses und machten in unserem feinen Aufzug ein Fastfood-Picknick und guckten uns die Sterne an.« Abgesehen von ein paar ehrfürchtigen Sätzen darüber, wie abgefahren es war, dass die Disasters ein Privatkonzert für uns gegeben hatten, hatten wir in friedlichem Schweigen gegessen und dem Verkehr und der Musik und den Gesprächsfetzen gelauscht, die von der Straße heraufdrangen. »Danach sagte sie, es wäre wirklich das perfekte Date gewesen.« Ich lächelte. »So war sie eben. Sie konnte aus der größten Katastrophe einen perfekten Abend machen.«

»Ja«, flüsterte Tammy mit geschlossenen Augen, eine Träne rann ihr über die bleiche Wange. Ihre Lippen zitterten, als sie sich an meine Hände klammerte. »*Ja.*«

12

MIT SANFTER, SCHLEPPENDER STIMME bat mich Tammy, ihr Glas nachzufüllen. Als ich jedoch vom Schreibtisch zurückkam, war sie gegen die Sofakissen gesunken. Ihr Mund stand offen, tief aus ihrer Kehle drang ein leises Rasseln. Vorsichtig, um sie nicht zu wecken, stellte ich ihren Drink auf dem Couchtisch ab und stahl mich in die Eingangshalle, um endlich nach Hause zu gehen.

Allerdings kam ich nur bis zur Bibliothek. Die Flügeltür stand einen Spalt offen, und ich konnte hören, wie sich Eddie und Mr Walker drinnen unterhielten. Ich hatte wirklich nicht vor zu lauschen, aber gerade als ich die Stelle zwischen den polierten Treppenpfosten der doppelläufigen Treppe erreicht hatte, hörte ich Januarys Namen und blieb abrupt stehen. Durch den Türspalt erspähte ich den Rücken eines Ledersessels und ein Sprossenfenster, das auf die Vorderseite des Hauses blickte. Gerade redete Eddie.

»… ist mir egal, ob du es hören willst oder nicht, John. Du hast keine Wahl. Und ist dir überhaupt klar, was für eine einmalige Gelegenheit das ist?«

»Ich glaube nicht …«

»Hör mir doch einfach mal zu!« Der Wahlkampfmanager wurde heftig. »Wir basteln einen Gesetzesentwurf zusammen – nennen ihn January-Gesetz oder so ähnlich – und gehen damit sofort an die Öffentlichkeit. Im Augenblick hast du nicht nur die Aufmerksamkeit und das Mitgefühl der Wähler von Michigan, sondern aller Menschen im Land! Diese Art von Werbung kann man sich nirgends kaufen, Jonathan!«

»Eddie …« In Mr Walkers tiefer Stimme schwang eine leise Warnung mit.

»Nein! Du hast mich angeheuert, damit ich meinen Job mache, und genau das tue ich gerade«, beharrte Eddie. »*Das* ist deine Visitenkarte, *das* wird dich in den Senat bringen! Du forderst härtere Strafen für Gewaltverbrechen an minderjährigen Opfern, eine obligatorische Mindestfreiheitsstrafe für Ersttäter, bla bla, was auch immer. Keiner wird es wagen, sich in dieser Sache gegen dich zu stellen. Keiner möchte sich vorwerfen lassen, zu nachsichtig mit Kriminellen umzugehen, und jetzt würde man sich auch noch auf ihn stürzen, weil er sich nicht um das Wohl von *Kindern* schert, um das deiner *Tochter*! Sogar das Arschloch Torkelson wird dich unterstützen müssen!« Andrew Torkelson war Mr Walkers Gegenkandidat und unerbittlicher Kritiker. »Wenn wir es irgendwie hinkriegen würden, es ihrem Freund, diesem dürren kleinen Kiffer anzuhängen, könnten wir auch noch die Angst vor Drogenabhängigen schüren – und dann rennt die Anti-Drogen-Meute garantiert nächsten Dienstag zu den Urnen.

Damit hättest du deinen Sitz im Senat praktisch in der Tasche.«

Danach trat Stille ein. Meine Kopfhaut prickelte und mir lief eine Gänsehaut über den Rücken. Ich war mir nicht sicher, ob das gerade sarkastisch gemeint gewesen war oder nicht, und plötzlich beschlichen mich Zweifel, ob mein Alibi für den Abend, an dem January verschwand, der Macht der finanzstarken Walker'schen Wahlkampagne standhalten würde. Dann, mit Abscheu in der Stimme, knurrte Mr Walker: »Was würde das über mich als Vater, als *Mensch* aussagen, wenn ich daraus politisch Kapital schlüge, Eddie? Ich würde wie ein Ungeheuer wirken! Wir können nicht so tun, als wäre das ein ganz normales Wahlkampfthema.«

»Nun, das müssen wir aber«, entgegnete der andere Mann ungerührt. »*Du* wirst es müssen, denn in deinem Metier gibt es nur Rückschläge oder Chancen – es hängt einzig und allein davon ab, ob du den Job willst oder nicht. Jetzt bist du der Kandidat mit dem toten Kind, John. Verdammt, das ist wie ein Sechser im Lotto!« Er fing doch tatsächlich an zu lachen. »Es braucht ja keiner zu wissen, was für eine unausstehliche Rotzgöre sie zu Lebzeiten war.«

Wieder herrschte Schweigen. Schließlich sprach Mr Walker, die Stimme leise und verhalten. »Eddie, zu deinen Gunsten tue ich mal so, als hätte ich deine letzte Bemerkung nicht gehört – und schließlich hat man bisher keine Leiche gefunden. Offiziell gilt January immer noch als vermisst.«

»Ach, komm runter, Jonathan. Wir sind doch unter uns, und du bezahlst mich nicht dafür, dass ich dir Zucker in den Hintern blase. Jeder weiß, was blutgetränkte Kleidung und Klebeband bedeuten, du kannst dir also die Show des liebenden Vaters, der es nicht wahrhaben will, sparen. Diese kleine Schlampe war die Achillesferse deiner Kandidatur, ein Pulverfass. Und jetzt ist sie dein goldenes Ticket nach Washington. Meinetwegen kannst du mich dafür hassen, dass ich es ausspreche, aber du weißt, dass ich recht habe. Dieser ganze Schlamassel ist zweifellos das Beste, was deiner Kampagne passieren konnte.«

Erneut entstand eine lange Pause, und ich hatte den Verdacht – oder hoffte eher –, dass Mr Walker drauf und dran war, den Mann aus dem Fenster zu schmeißen. Stattdessen hörte ich, wie Luft durch Kissensäume entwich, als sich jemand in einen der Ledersessel setzte, und dann wieder Jonathans Stimme, müde und ausdruckslos. »Stellen wir ein paar Recherchen über die derzeitigen Strafgesetze an und berufen für morgen Vormittag eine Pressekonferenz ein. Wir haben nicht genug Zeit, um einen abstimmungsfähigen Gesetzesentwurf vorzubereiten, aber wir können zumindest unsere Position darlegen. Sag Jeff und Rachel, sie sollen eine Rede schreiben, die ich heute Abend durchsehen kann.«

Es gab mir einen Stich. Ich fühlte mich gekränkt und verraten, weil Mr Walker so schnell einknickte und Eddies Plan schluckte. Zur Verteidigung seiner Stieftochter hatte er nicht mehr als einen obligatorischen Rüffel vorgebracht. Vielleicht war January nicht gerade ein Vorzeigekind wie aus einer Sitcom der Fünfzigerjahre, aber sie war auch keinesfalls so, wie Eddie sie darstellte. Und es war fast schon beängstigend, wie sehr dieser eiskalte Wahlkampfmanager sie zu hassen schien – und desillusionierend, wie wenig Mr Walker dem entgegenzusetzen hatte.

Erst als ich mich endlich Richtung Haustür wandte, nahm ich aus dem Augenwinkel am oberen Ende der Treppe eine Gestalt wahr, die sich drohend aus der Dunkelheit schälte. Mich beobachtete. Ich schaute auf und unterdrückte ein Keuchen. Breites Kreuz, fleischige Arme, ein finsterer Blick durch einen Vorhang glanzloser, fettiger Haare. Offenbar hatte er die ganze Zeit dort oben gestanden und wie ich gelauscht. Als er sah, dass ich ihn entdeckt hatte, verzog er den Mund zu einem Grinsen. Einem selbstgefälligen, hämischen Grinsen – als freute er sich diebisch, dass ich das alles mitangehört hatte und wusste, er ebenfalls. Dann wandte er sich wortlos ab und verschwand leise im Gang.

Es war Anson Walker, Januarys Stiefbruder. Ein Arschloch, wie es im Buche steht.

***

»Weißt du, eigentlich mag ich dieses Haus nur, wenn Mom und Jonathan nicht da sind«, hatte January eines Abends im Juli freimütig erklärt, als wir in der blitzblanken, mit allen technischen Schikanen ausgestatteten Küche der Walkers zusammen kochten. Mr und Mrs Walker waren in Detroit bei irgendeinem Charity-Event, auf dem Jonathan betuchten Geldgebern die Hände schütteln und den Medien die

Gelegenheit für ein paar gute Aufnahmen von sich liefern konnte.

»Wir könnten vielleicht so was Scooby-Doo-mäßiges veranstalten – du weißt schon, uns als Gespenster verkleiden, damit sie denken, dass es hier spukt, und ausziehen und dich hier allein wohnen lassen«, schlug ich mit einem albernen Kichern vor, etwas angeschickert von dem Champagner, den January bei meiner Ankunft geöffnet hatte. Allerdings trank sie den Großteil davon, kippte ihn hinunter, als würde sie mit jedem Schluck aus der Flasche ihren Eltern ein *Leckt mich* entgegenbrüllen. »Ich kann in eines der vielen, vielen leeren Zimmer ziehen und Bodyguard für dich spielen oder so.«

»Oh, du willst also meinen Body vor all den bösen Jungs beschützen?« January klimperte verführerisch mit den Wimpern, während sie einen Topf mit Wasser aufsetzte. Die Küche war hell und modern, mit Küchengeräten aus Edelstahl, einem marmorgefliesten Boden, Arbeitsflächen aus hellem Granit und einer Deckenkrone mit funkelnden Kupfertöpfen und -pfannen. Das Fiasko mit den verkohlten Erdnussbutterplätzchen hatte unseren kulinarischen Ambitionen einen Dämpfer verpasst, sodass wir uns mit Spaghetti und einer fertigen Marinarasauce begnügten.

»Ich werde deinen Body vor jedem beschützen, der kleiner ist als ich«, versprach ich tapfer. »Wenn allerdings einer der größeren Kerle auftaucht, bist du leider auf dich allein gestellt.«

»Mein Held.« Sie verdrehte die Augen, nippte an dem Champagner und seufzte glücklich. »Verdammt noch mal, ich *liebe Champagner. Du auch?« Sie drückte mir die Flasche in die Hand, zerrte sich ihr locker sitzendes T-Shirt über den Kopf und warf es auf die breite Kücheninsel. Drunter trug sie ihr Bikinioberteil, da wir vorhatten, später in den Whirlpool zu steigen, und die grün-weiß gemusterten Dreiecke wirkten angesichts ihres koketten Blicks gefährlich dürftig. »Er macht alles, ich weiß nicht … irgendwie sexy, findest du nicht?«*

»Ein bisschen vielleicht«, stimmte ich ihr nervös zu, nahm einen kleinen Schluck und gab ihr die Flasche zurück. Ich hatte ganz gut definierte Bauchmuskeln – schließlich war ich ziemlich dünn –, aber keine Macht der Erde konnte mich dazu bringen, mich sexy zu fühlen.

January schwang sich auf die Insel, genau da, wo ich mit einem langen Brotsägemesser versuchte, ein widerspenstiges Baguette zu zerlegen. Hinter mir köchelte die Tomatensauce in einem Kupfertopf und das Nudelwasser fing gerade zu sieden an. Meine Freundin zerzauste mir das Haar. »Du bist so süß, wenn du in der Küche zugange bist, weißt du das?«

»Ich bin überall süß.« Ich schnitt eine Grimasse und sie lachte. Als sie die Flasche ansetzte, schäumte der Champagner und quoll über, lief ihr über das Kinn und ergoss sich in einer perlenden, wohlriechenden Kaskade über ihre Brust.

»Uups! Mist.« Sie musste über ihr Missgeschick lachen, aber dann warf sie mir plötzlich einen Blick aus ihren blauen Augen zu, die Lider auf Halbmast, und fuhr sich mit der Zunge über die Unterlippe. Sie schob ihr hellblondes Haar zurück und streckte den Rücken durch, sodass das Licht auf ihr glänzendes, champagnergetränktes Dekolleté schien. »Flynn … hilfst du mir bitte, mich sauber zu machen?«

Das Brotmesser rutschte von der Kruste des Baguettes ab, und ich spürte, wie ein komisches Angstgefühl in mir hochstieg, während ich auf ihre Brüste starrte. Wollte sie, dass ich ihr ein Handtuch holte, oder … meinte sie etwas anderes? *Ich argwöhnte Letzteres und schluckte trocken. In diesem Stadium unserer Beziehung fing ich an, mir Sorgen wegen meines mangelnden sexuellen Interesses zu machen – an Mädchen im Allgemeinen und an January im Besonderen. Dies hier fühlte sich fast wie ein Test an, vor allem wie einer, der leicht zu bestehen sein sollte. Ich war tatsächlich neugierig, was ein gutes Zeichen war, aber erregt war ich nicht. Sollten Brüste nicht erregend sein?*

Ich legte das Brotmesser beiseite und ging zu ihr, stellte mich zwischen ihre von der Kücheninsel baumelnden Beine. So nah bei ihr konnte ich die Wärme ihres Körpers spüren. Ihre Brüste befanden sich vor mir auf Augenhöhe und January wich nicht zurück. Sie möchte, dass ich sie mir ansehe, *dachte ich.* Aber was zum Teufel soll ich sonst noch machen? *Vorsichtig beugte ich mich vor und leckte mit der Zunge über ihr warmes, nasses Brustbein. Dabei berührte ich ihre Brüste nur mit meinem Kinn und hielt ansonsten Sicherheitsabstand. Ich schmeckte Wein und Salz und January schnurrte zufrieden.*

»Das ist sooo heiß«, flüsterte sie, und dann fuhr sie mir wieder mit den Fingern durchs Haar, neigte ihren Kopf zu mir herunter und küsste mich. Ihr Mund schmeckte nach Champagner und Vanille-Lipgloss und trotz der etwas unbequemen Position schien sie diese Knutscherei zu genießen. Zarte Laute drangen tief aus ihrer Kehle, während sie an

meinen Lippen saugte und mit den Fingern fest über meine Schultern strich. Als sie sich von mir löste, waren ihre Pupillen geweitet, ihr Blick war weich. »Vielleicht … weißt du, ich habe nachgedacht …« Ganz plötzlich brach sie ab, ihre Augen huschten zu etwas in einer Ecke des Raums und sie setzte sich abrupt auf. »Verdammt, was willst du?«

»Lasst euch nicht stören«, hörte ich eine tiefe Stimme hinter meinem Rücken, und ich machte einen Satz und wirbelte erschrocken herum. Im dunklen Rechteck der offenen Speisekammertür stand Anson. Sein strähniges Haar hatte er unter ein Basecap gestopft, sodass man die Aknenarben in seinem langen Gesicht deutlich erkennen konnte, und das Muskelshirt, das er trug, entblößte die ebenso pockennarbige Haut seiner breiten, mächtigen Schultern.

»Was machst du denn hier unten?« fragte January nervös. Sie klang sowohl verärgert als auch ein wenig verstört.

»Das hier ist mein Haus, schon vergessen?«, erwiderte der ältere Junge mit vor Verachtung triefender Stimme. »Du bist diejenige, die nicht hierher gehört.«

Er schlenderte herein und befingerte die Sachen, die wir auf der Arbeitsfläche hatten liegen lassen – das Essen, Januarys iPod, mein Handy – und anstatt ihm zu sagen, er solle sich gefälligst verpissen, stand ich da wie vom Donner gerührt. Er war größer und doppelt so breit wie ich, und es war wie mit einem Bären, der auf einem Zeltplatz herumstöbert: Du willst ihn auf keinen Fall reizen oder die Aufmerksamkeit auf dich lenken, du willst einfach nur, dass er irgendwann das Interesse verliert und abhaut. Bei meiner Ankunft war Anson oben gewesen, und er musste den Umweg über das

Esszimmer genommen haben, um sich in die Vorratskammer zu schleichen, ohne dass wir ihn bemerkten. Er hatte uns also hinterherspioniert. Ich versuchte mich zu erinnern, ob ich irgendetwas gesagt hatte, womit man mich erpressen könnte.

»Weshalb gehst du nicht einfach wieder rauf und spielst an dir herum.« January ließ sich von der Kücheninsel gleiten und kreuzte die Arme schützend vor der Brust.

»Warum? Damit ihr beide es in der Küche meines Dads treiben könnt?« Er funkelte uns wütend an und da entdeckte er die Champagnerflasche neben dem Schneidebrett. Seine Augen leuchteten vor Schadenfreude und er jauchzte: »Nee, oder?« Lachend packte er die Flasche und grinste seine Stiefschwester höhnisch an. »Ausgerechnet die *Pulle hast du dir ausgesucht – das ist ja köstlich! Dad hat sich den edlen Tropfen seit Jahren für eine besondere Gelegenheit aufgehoben, und dann kommt Proll-Barbie und macht die Flasche auf, um ihren schwulen Freund zu verführen. Ich kann kaum erwarten, es ihm zu erzählen. Nächste Woche sitzt du wieder in deinem beschissenen Trailerpark!«*

»Was ist dein Problem, Alter?«, fragte ich herausfordernd. Er glotzte mich einen Augenblick an und nahm dann einen großen Schluck Champagner. Daraufhin drehte er sich um, schnappte sich mein Smartphone von der Arbeitsfläche und spielte damit herum. Es war alarmierend einfach, sich vorzustellen, dass er es aus reiner Gehässigkeit auf den Boden schmettern würde, nur um uns zu beweisen, dass er es konnte, und ein Angstschauer durchzuckte mich. »Lass gefälligst unsere Sachen in Ruhe!«

»Na los, leck schön weiter an ihren Titten«, befahl er mir.

»Ich mach für euch ein paar Fotos davon, dann kann January gleich ihre Pornokarriere starten.« Sie zeigte ihm den Stinkefinger und er grinste bösartig. »Deine Mom, diese geldgeile Hure, hat sich ihren Weg zu Dads Bankkonto erschlafen, aber ich wette, das kannst du besser. Du könntest der nächste große Pornostar werden!«

»Du bist einfach nur widerlich«, sagte January leise, als Anson das Objektiv meines Handys demonstrativ auf ihr Dekolleté richtete. Ihr wurde mulmig, und sie griff nach dem Oberteil, das sie ausgezogen hatte, doch Anson hatte es vorausgeahnt, schnellte nach vorn, riss es ihr aus den Händen und hielt es so in die Höhe, dass keiner von uns herankam. »Gib mir mein T-Shirt zurück!«

»Erst zeigst du mir deine Titten«, sagte er provozierend, während er auf ihr Bild auf dem Display meines Smartphones starrte. »Drück sie fest zusammen und sag: ›Ich bin genauso eine Schlampe wie meine nuttige Mutter‹, dann kriegst du dein T-Shirt zurück.«

»Leck mich, du hirnamputiertes Arschloch!« Jetzt hatte ich genug. Ohne nachzudenken, stürzte ich mich auf ihn und entriss ihm mein Handy. »Du hältst dich für so supertoll, dabei ist das Einzige, was du kannst, dir einen runterzuholen und das Geld deines Vaters auszugeben. Also, was bildest du dir eigentlich ein? Überhaupt, warum bist du denn nicht auf dem College, Anson? Bist du wirklich so strunzdumm, dass nicht mal dein Dad dir einen Platz an einer halbwegs anständigen Uni erkaufen kann?«

Kaum waren mir die Worte entschlüpft, bereute ich sie auch schon. Anson überragte mich um mindestens einen

Kopf und sein linker Bizeps war ungefähr so dick wie mein linker Oberschenkel. Sein narbiges Gesicht wurde dunkelrot vor Zorn, seine Augenbrauen zogen sich zu einer hässlichen, finsteren Grimasse zusammen, und ich sah, wie sich die Sehnen in seinen bloßen Schultern anspannten. Kleinlaut schluckte ich einen Kloß im Hals hinunter, nur eine halbe Sekunde, bevor dieser muskelbepackte Freak einen Schritt nach vorn machte und seine Faust mit der Geschwindigkeit eines ungebremsten Trucks auf mein Gesicht zuraste.

Zwei Zentimeter vor meiner Nase stoppte er plötzlich. Es war ein Bluff, einer dieser idiotischen Tricks, die brutale Typen draufhaben, damit du zurückzuckst und dadurch beweist, dass du ein Feigling bist – und natürlich funktionierte es. Ich machte einen Riesensatz rückwärts, krachte gegen die Kücheninsel und warf beinahe das Schneidebrett zu Boden. Anson brüllte vor Lachen, weil ihn meine ängstliche Miene unglaublich erheiterte, und wandte sich zum Gehen.

Und genau in diesem Moment, als meine Wachsamkeit nachließ, wirbelte er noch einmal herum und versetzte mir einen Haken. Er bewegte sich so flink, dass er nicht wirklich Zeit zum Zielen hatte, aber selbst dieser Streifhieb war wie der Zusammenprall mit einer Dampfwalze. January stieß einen überraschten Schrei aus, als ich hart auf dem Marmorboden aufschlug. Ich sah Sternchen, sie umtanzten mich wie die Perlen in Mr Walkers exquisitem Champagner. Die linke Seite meines Gesichts fühlte sich an, als hätte man sie abgeschnitten, in Brand gesetzt und dann ausgetreten. Über mir ragte Anson auf wie ein Mammutbaum und knurrte: »Pass auf, was du sagt, du kleiner Dreckskerl.«

Und plötzlich hatte January das Brotmesser in der Hand und richtete es direkt auf Ansons breiten Stiernacken. Es hatte keine scharfe Spitze, aber es war sehr lang, und die Sägezähne konnten ganz schön Schaden anrichten. Am ganzen Körper zitternd sagte sie: »Hau bloß ab, du anabolikagesteuerte, psychopathische Missgeburt!«

»Ach, willst du mich etwa erstechen, Proll-Barbie?«, sagte er höhnisch, klang jedoch nicht mehr ganz so selbstsicher. »Ich hab ja solche Angst!«

»Du weißt überhaupt nichts über mich«, zischte January in einem Ton, den ich noch nie von ihr gehört hatte, mitleidlos, selbstbewusst und todernst. »Du hast keine Ahnung, zu was ich fähig bin. Vielleicht ramme ich dir das Messer rein, aber vielleicht warte ich auch, bis du schläfst, und schneide dir dann deinen kleinen bleistiftdünnen Schwanz ab … oder ich zeige einfach Eddie und deinem Dad, wo du dein Gras versteckst. Und dein Oxycodon. Und dein Koks.«

Ansons spöttischer Gesichtsausdruck verwandelte sich in ein Stirnrunzeln. Er wurde knallrot, trat einen Schritt zurück und starrte January hasserfüllt an. Dann schleuderte er ihr T-Shirt wortlos in den Topf mit der köchelnden Spaghettisauce und stolzierte aus der Küche.

Erst als wir ihn die Treppe in den ersten Stock hinaufstampfen hörten, schob January ihre Waffe in den Messerblock und ließ sich neben mir auf die Knie fallen. »Flynn, bist du okay?«

»Ich bin ja ein schöner Bodyguard.« Ich versuchte zu lächeln, aber ich hatte immer noch das Gefühl, gerade eine Naturkatastrophe überlebt zu haben.

Wir fischten ihr T-Shirt aus dem Saucentopf, obwohl es eindeutig ruiniert war, und waren uns einig, dass wir keine Lust mehr auf Spaghetti hatten. Am Ende rief ich meinen Dad an, ob er mich früher abholen könnte, und überlegte mir eine plausible Erklärung für den hässlichen Bluterguss, der sich bereits über meinen Wangenknochen ausbreitete. Ich wollte meinen Eltern auf keinen Fall einen Grund geben, sich bei Mr Walker über Anson zu beschweren. Abgesehen davon, dass Mr Walker sowieso nichts unternähme, würde ich dann jedes Mal, wenn ich January besuchte, für diesen sadistischen Junkie mit Aggressionsproblemen eine unwiderstehliche Zielscheibe abgeben.

Erst als January mich fragte, ob wir sie auf dem Heimweg mitnehmen und bei Tiana absetzen könnten, wurde mir klar, wie stark sie die Szene in der Küche mitgenommen hatte – und wie sehr es ihr widerstrebte, die Nacht allein im Haus mit Anson zu verbringen.

13

KEINE AHNUNG, was zum Henker ich mir eigentlich dabei dachte – vielleicht dachte ich auch überhaupt nichts –, jedenfalls ging ich schnurstracks die Treppe in den ersten Stock hinauf. In mir wütete ein Gefühlschaos. Die Selbstzufriedenheit in Ansons Gesicht, als er merkte, dass ich Eddies schreckliche Schimpftirade über January belauscht hatte, hatte mich genauso schwer getroffen wie sein ungeschickter Fausthieb an jenem Abend in der Küche. Damals hatte January mich verteidigt, und ich war es ihr schuldig, mich zu revanchieren.

Natürlich war mir der neunzehnjährige Anson immer noch haushoch überlegen; er konnte mich mühelos ungespitzt in den Parkettboden rammen, und zwar so gründlich, dass das Hausmädchen mich mit dem Spachtel von den Dielen würde abkratzen müssen – und außerdem war diesmal niemand da, der ihn aufhalten konnte. Doch sein fieses Grinsen hatte mich so zornig gemacht, dass ich die Vernunft außer Acht ließ, und im Augenblick fühlte sich diese Wut richtig gut an.

Der vordere Teil des oberen Flurs führte in Hufeisenform zu den gewundenen Treppen und öffnete sich nach vorne zu der hohen Eingangshalle mit ihren dreiflügeligen Buntglasfenstern und einem mehrstöckigen Kronleuchter, der von der Decke hing wie eine extravagante Spinne. Im hinteren Teil blickte man über ein verschnörkeltes Geländer hinunter in den großen Salon, wo Tammy immer noch schlafend auf dem Sofa lag. Eine holzgetäfelte Flügeltür in der Ostwand bildete den Eingang zum großen Elternschlafzimmer, und ein langer Korridor führte in den Westflügel, zu den restlichen Räumen auf diesem Stockwerk.

Ansons Zimmer lag am Ende des Gangs. Es war am weitesten vom elterlichen Schlafzimmer entfernt und bot daher die größte Privatsphäre. Es war nicht nur riesengroß und hatte durch seine Ecklage Ausblick nach zwei Seiten, sondern besaß auch ein daran angrenzendes Arbeitszimmer mit Erkerfenstern und Zugang zu einer Dachterrasse. Nur ein einziges Mal hatte ich Ansons Privaträume von innen gesehen, nämlich als er am Wochenende des vierten Juli zu Besuch bei seiner Mutter gewesen war, und sie waren zweifellos nach denen seiner Eltern die schönsten im Haus – wenngleich so dreckig und unordentlich, dass sogar ein eingefleischter Putzmuffel wie ich es mir zweimal überlegen musste, irgendetwas ohne Gummihandschuhe anzufassen.

Und daher vergaß ich beinahe meinen gerechten Zorn, als ich entdeckte, dass sich Anson nicht etwa in sein weitläufiges Refugium zurückgezogen hatte.

Die Tür zu Januarys Zimmer, die immer, aber auch

immer geschlossen zu sein hatte – was einem unter Androhung grausamer Folter eingeschärft wurde – stand offen. Ich hielt kurz inne, ging dann näher und spähte hinein. Meine Augen weiteten sich vor Empörung, als ich beobachtete, wie Anson Walker ganz zwanglos in den privaten Besitztümern seiner Stiefschwester stöberte.

Es war kein typisches Mädchenzimmer, denn January war kein typisches Mädchen; sie hatte sogar einen erbitterten, wenn auch zum Scheitern verurteilten Kampf geführt, sämtliche Wände schwarz zu streichen. Und nicht in einem glänzendem Schwarz, nein, sondern in einem düsteren, matten Emo-Schwarz, wodurch der Raum wie eine satanische Kapelle mit begehbarem Schrank und in den Boden eingelassener Badewanne gewirkt hätte. Ich war mir zu neunzig Prozent sicher, dass sie mit diesem Kreuzzug nur Tammy und Jonathan ärgern wollte, die sie als hoffnungslos spießig empfand; January interessierte es nicht die Bohne, welche Farbe ihre Wände hatten, aber allein beim Vorschlag eines »ganz in Schwarz« gehaltenen Schlafzimmers wanden sich ihre Eltern, die den gediegenen Landhausstil pflegten, vor Entsetzen, und nur das zählte.

Sie einigten sich schließlich darauf, dass sie eine Wand mit Tafellack streichen durfte, wie Tammy in ihrer alten Wohnung. Diese zierten mit Kreide geschriebene Botschaften, Songtexte und Zeichnungen in Pastellfarben. Eine andere Wand war mit gestochen scharfen Fotografien des Nachthimmels tapeziert, auf der die Milchstraße wie phosphoreszierender Schimmel über Bergen, Seen und

Gletschern leuchtete. Überall sonst waren Fotos von mir, Tiana und Micah und von ihren anderen Freunden an der Riverside; dazu Albumcover von Panic! at the Disco, Fun und den Disasters, und Bilder von Luke Hemmings, dem Leadsänger von 5 Seconds of Summer. January war eigentlich kein Fan von 5SOS, aber in ihren Augen war Hemmings so heiß, dass er die musikalischen Schwächen der Band mehr als wettmachte – eine Ansicht, die ich insgeheim teilte.

Nichts von ihren alten Möbeln hatte den Aufstieg in die höhere Gehaltsklasse mitgemacht, ihr Einzelbett war gegen ein französisches Bett mit satinüberzogenem Kopfteil ausgetauscht worden, die Ikea-Kommode gegen eine handgeschreinerte aus Kirschholz, und ihr gebrauchter PC hatte sich in ein MacBook Air verwandelt, und zwar genauso blitzartig wie Cinderellas Kürbis in eine Designer-Kutsche. Diese Cinderella jedoch hätte die Spülküche dem Ballsaal bei Weitem vorgezogen.

Anson wühlte gerade in einer offenen Schublade in Januarys Schreibtisch, einem weiteren Neuerwerb, riss Sachen heraus, betrachtete sie kurz und warf sie dann gelangweilt beiseite. Briefchen, die sie sich mit Ti im Freshman-Jahr geschrieben hatte, ein Satz Tarotkarten und eine Schachtel Buntstifte landeten auf dem Boden, während ich fassungslos dastand. »Was zum Teufel treibst du da?« Endlich hatte ich meine Stimme wiedergefunden. »Das ist Januarys Zimmer!«

»Verpiss dich«, entgegnete Anson träge. Er klang genauso betrunken wie Tammy, nur hatte er wohl nicht dieselbe Entschuldigung wie sie; für ihn war es ein Dienstag wie jeder andere. »Hey, weißt du, ob sie irgendwas Brauchbares hier aufbewahrt? Gras oder Geld oder so? Ich hab schon ihren Laptop nach Nacktfotos durchsucht, aber leider nichts entdeckt, und ihr Handy sehe ich nirgends.«

Aus der rechten oberen Schreibtischschublade fischte er eine kleine getrocknete Blume heraus – die Rose, die ich January am Abend unseres schicksalhaften Dates zum Zweimonatigen geschenkt hatte. Bis zu diesem Moment hatte ich gar nicht gewusst, dass sie sie aufgehoben hatte, doch ich erkannte sie sofort an dem kleinen Herz, das sie mit silbernem Marker auf eines der Blätter gemalt hatte. Anson gönnte der Blume nur einen flüchtigen Blick und warf sie dann zu Boden, wo die eingetrockneten, dunkel gewordenen Blütenblätter zerbröselten wie verkohltes Zeitungspapier.

»Sag mal, hast du sie noch alle?« Ich machte zwei unsichere Schritte auf ihn zu. »Gerade erst haben wir dort draußen ihre blutigen Klamotten gefunden! Ihre Mom ist total neben der Kappe, und du suchst in Januarys Zimmer nach Gras und Selfies?« Ich wurde von Sekunde zu Sekunde wütender, allein dadurch, dass ich es laut aussprach. »Was glaubst du eigentlich, wer du bist?«

»Wie wär's, wenn ich dir verspreche, mich heute Nacht in den Schlaf zu weinen?« Er drehte sich um und sah mich mit einem sardonischen Grinsen an, aber sein Gesicht wirkte leer. Höchstwahrscheinlich hatte er irgendwas eingeworfen. Und wie um meinen Eindruck zu bestätigen, zog er einen Joint aus seiner hinteren Hosentasche und zündete ihn an, einfach so neben Januarys Schreibtisch. »Wir wissen doch beide, dass sie tot ist, also spar dir den Atem. Es ist zu spät, um sie noch mit dieser jämmerlichen Tapferer-Ritter-Scheiße zu beeindrucken.«

»Du bist so ein Arschloch«, schäumte ich, als er den Rauch ausstieß und sich das kräftige, erdige Aroma entfaltete. »Was hat sie dir eigentlich getan, verdammt noch mal? Seit dein Dad anfing, mit ihrer Mom auszugehen, hast du dich wie ein absoluter Arsch verhalten, und das hat sie nicht verdient. Du bezeichnest sie als Abschaum, dabei bist du nichts weiter als ein verzogener, abgefuckter Schmarotzer, der sich von seinem Dad durchfüttern lässt!«

»Oh, autsch! Deine beschissene Meinung bedeutet mir ja so viel!« Er griff sich mit beiden Händen ans Herz, den Joint immer noch zwischen die Lippen geklemmt. Schwerfällig ging er zu Januarys Kommode und durchwühlte ihre Unterwäsche. Ich konnte förmlich spüren, wie meine Gehirnzellen durchschmorten, während ich diesem gefühllosen Drecksack dabei zusah, wie er kiffend die Slips seiner möglicherweise toten Stiefschwester begrapschte. Das war so was von ungerecht, dass mir die Luft wegblieb. Gerade hatte Eddie unten eine beleidigende Tirade vom Stapel gelassen, dass January Jonathan Walkers »Achillesferse« gewesen sei, weil sie gelegentlich Alkohol trank und ihre Meinung sagte, dabei war Walkers eigener Sohn ein abartiger Widerling ohne jeden moralischen Kompass.

»Raus aus ihrem Zimmer«, befahl ich, als würde ich tatsächlich erwarten, dass Anson mir gehorchte.

»Alter, sie hat doch bestimmt irgendwo ein Tagebuch, oder? Könnte ganz unterhaltsam sein.«

»Soll ich deinem Dad stecken, dass du dir hier oben gerade was reinziehst?«

Zu drohen, ihn zu verpfeifen, war nicht gerade die feine Art, aber allein durch meine Gegenwart würde ich ihn bestimmt nicht einschüchtern können.

»Shit, warum verpisst du dich nicht einfach wieder in das Loch, aus dem du gekrochen bist? Du bist wie einer dieser kleinen nervigen Kläffer, die einem dauernd an den Knöcheln hängen, bis man ihnen einen Tritt verpasst«, grummelte Anson herablassend. Seine dreckigen Finger schoben Seide und Spitze zusammen, während er weiter in Januarys Unterwäsche herumwühlte. »Du hast ja keine Ahnung, wen du da so tapfer verteidigst.«

»Was soll das denn heißen?«

»Tut mir leid, dir die Augen öffnen zu müssen, aber deine kostbare kleine January war eine dreckige, verlogene Schlampe. Und das im wahrsten Sinne des Wortes. Sie hat hinter deinem Rücken rumgehurt. Und um die Ehre von so einer machst du dir Sorgen.«

»Leck mich.«

»Du glaubst, *ich* bin hier der Lügner?« Mit einem Ruck zog er einen hauchdünnen Stringtanga hervor und hielt ihn mir zur Begutachtung hin. Seine rauen, knotigen Finger dehnten das zarte Gewebe. »Warum sollte sie denn sonst so was haben? Hat sie das für dich getragen?«

»Das ist doch bloß Unterwäsche«, sagte ich unsicher. Ich spürte, wie meine Wangen heiß wurden.

»Nee, nee.« Er grinste hämisch. »Die ganze Spitze und alles? Ne Braut kauft die nicht, um sie zu *tragen*, sondern um sie *auszuziehen*. Es gibt nur einen Grund, warum eine Tussi sich sexy Unterwäsche kauft, und es hat nichts damit zu tun, Bremsstreifen in den Jeans zu verhindern.« Er schleuderte den Tanga beiseite und warf mir einen anzüglichen Blick zu. »Also? Wie isses denn, Chef? War sie gut im Bett?«

»Das werde ich wohl kaum mit dir diskutieren.«

Anson lachte, als hätte ich gerade selbst die Pointe für einen grausamen Witz auf meine Kosten geliefert. »Sie hat dich gar nicht rangelassen, oder?« Er schnaubte unbekümmert und verlagerte das Gewicht, wobei er mit seinen Riesenfüßen auf den Tanga trat. »Sie hat diese nuttigen Slips für jemand anders gekauft, und du hast es nicht mal gewusst!«

»Ja, ganz klar.« Ich sagte es in gelangweiltem Ton, um ihm zu zeigen, dass es mich nicht berührte, und wie vorauszusehen wurde er sauer.

»Fick dich, ich weiß, dass es so war«, zischte Anson und zog seine dichten Brauen zusammen. Wo die direkten Beleidigungen nicht gewirkt hatten, schien meine Ungerührtheit einen Nerv bei ihm getroffen zu haben. »Sie hätte sich nie dafür hergegeben, so einen abgebrannten, mickrigen Typen wie dich zu vögeln. Sie war wie ihre Mom – wollte nur für Geld die Beine breit machen. Für richtig viel Geld.«

Jetzt musste ich lachen. Das, was January am meisten an den Walkers und ihrer gehobenen gesellschaftlichen

Stellung verachtet hatte, war ihre Sucht nach Reichtum – ihr Stolz darauf, ihre Gier nach mehr und ihre snobistische Einstellung gegenüber denen, die nichts besaßen. Ich wusste nicht, auf wen sich Ansons Beschreibung da bezog, aber garantiert nicht auf seine Stiefschwester. Und je länger ich darüber nachdachte, umso lächerlicher erschien es mir.

»Du glaubst mir wohl nicht, du kleines Stück Scheiße?«, knurrte Anson, schob die Schublade mit der Unterwäsche mit einem Knall zu und riss die nächste auf. »Na gut. Es ist aber verdammt noch mal die Wahrheit. Deine Freundin war eine dreckige Nutte, die sich lolitamäßig an meinem Dad rangemacht hat.«

Dieser Vorwurf war so absurd, dass ich mich beinahe verschluckte. »Was für ein Bullshit.«

»Das hättest du wohl gern.« Als er merkte, dass er einen Treffer gelandet hatte, kehrte Ansons reptilienhaftes Grinsen zurück. »Eines Abends bin ich von einem Freund zurückgekommen und hab sie dabei erwischt, wie sie ihn in der Küche verführen wollte. Sie lutschte an einer Banane und alles! Die Küche bringt sie anscheinend auf Touren, hm?«

»Das ist doch bloß ein Riesenhaufen Scheiße«, knurrte ich angewidert. »Du brauchst dringend therapeutische Hilfe.«

»Sie machten gerade Eisbecher«, begann er mit einem obszönen, kaltblütigen Grinsen zu erzählen, »oder January zumindest. Sie trug ihren winzigen Bikini, wie immer, und hatte den ganzen Kram auf der Arbeitsfläche ausgebreitet – Schlagsahne, Erdnüsse, Kartoffelchips, Ahornsirup … Weiß der Geier, wofür sie das ganze Zeug gebraucht hat, aber alles stand voll.« Während er fortfuhr, bildete sich ein Haarriss in meiner selbstbewussten Fassade. Kartoffelchips mit Ahornsirup waren Januarys Lieblingsgarnierung für Eis; eine Marotte, mit der ich sie oft aufgezogen hatte, und nichts, was Anson sich einfach so hätte ausdenken können. »Und mein Dad so: ›Das sieht aber gut aus. Ich habe schon ewig keinen Eisbecher mehr gegessen.‹ Und January darauf: ›Das hier ist meine Spezialität‹, und dann hat sie sich Sirup auf die Finger geschmiert und ihn abgeleckt wie im Pornofilm.

Da sagt mein Dad: ›Wir haben auch Bananen im Obstkorb, falls du einen Bananensplit machen möchtest‹, und sie so: ›Oh, Mädchen sollten keine Bananen essen!‹« Er imitierte January, indem er die Worte in verführerischer Marilyn-Monroe-Manier hauchte. »Und mein Dad fragt, was sie meint, und sie darauf: ›Männer halten jeden länglichen Gegenstand gleich für ein Phallussymbol, und wenn ein Mädchen in der Öffentlichkeit eine Banane isst, ist sie automatisch eine Schlampe‹. Dann erwidert mein Dad: ›Freud hat gesagt, manchmal ist eine Zigarre einfach nur eine Zigarre‹, und sie kontert: ›Eine Zigarre ist nur eine Zigarre, wenn ein *Kerl* sie raucht, wenn ein Mädchen sie raucht, ist es ein Schwanz.‹« Er lachte bösartig, und ich presste die Lippen fest zusammen. »Und *dann* meint sie: ›Kein Kerl kann einem Mädchen dabei zuschauen, wie es eine Banane isst, ohne dass ihm der kalte Schweiß ausbricht. Soll ich es dir beweisen?‹ Und sie greift sich eine der

Bananen aus dem Obstkorb und fängt an, an ihr rumzusaugen! Sie hat Schlagsahne und alles Mögliche draufgetan und sich ins Zeug gelegt wie eine Porno-Queen. Schließlich haben sie mich bemerkt und mein Dad hat ihr befohlen aufzuhören.«

Er feixte triumphierend, die Arme vor der Brust verschränkt, sodass sein massiver Bizeps beinahe die Ärmelsäume sprengte, und der Rauch, der sich aus dem Joint kräuselte, umwaberte uns und drohte uns zu ersticken. Alle möglichen Gedanken und Gefühle stürmten auf mich ein – am stärksten war der Wunsch, Anson gehörig in den Arsch zu treten – aber ich blieb wie angewurzelt stehen, beschämt und entsetzt über die Szene, die er gerade beschrieben hatte.

»Was machst du hier oben?«, ertönte eine ernste, missmutige Stimme hinter mir, und ich wirbelte erschrocken herum. Es war Mr Walker, der stirnrunzelnd in Januarys Tür stand. Seine grauen Augen nahmen mich ohne einen Funken Freundlichkeit ins Visier. »Ich dachte, du wärst schon heimgegangen, Flynn.«

»Ich … war schon fast draußen, und dann …« *Und dann?* Ich hatte keine Ahnung, wie ich den Satz beenden sollte, ohne dabei zu erwähnen, was für ein vulgärer, sexbesessener Dreckskerl sein Sohn war, aber es schien nicht gerade der passende Augenblick dafür zu sein.

»Du hast hier in Januarys Zimmer nichts verloren«, fuhr Mr Walker fort und ignorierte dabei ganz offensichtlich die Tatsache, dass Anson neben mir stand und unverhohlen einen Joint rauchte. »Unsere Familie hat heute einen furchtbaren Schock erlitten, und wir haben ein Recht auf ein wenig Privatsphäre. Ich bin dir dankbar für deine Hilfe heute Nachmittag, aber ich glaube, du solltest jetzt besser gehen.«

Und als wäre nicht ursprünglich er es gewesen, der mich ins Haus eingeladen hatte, schob er mich grob die Treppe hinunter und durch die prächtige Eingangshalle, seine Hand die ganze Zeit in meinem Rücken, als wollte er verhindern, dass ich mich umdrehte und die Treppe wieder hinaufrannte. Obwohl ich keinerlei Widerstand leistete, gebärdete er sich wie ein Türsteher, der einen streitlustigen Gast hinauswirft, und seine Miene war eisig, als er mich auf der Veranda ablud und mir ohne ein Wort des Abschieds die massive Eichentür vor der Nase zuschlug.

14

EINIGE ZEIT STAND ICH einfach nur in der kühlen Oktoberluft auf den windgepeitschten Steinplatten, während meine Gedanken taumelten und schwankten wie ein benommener Boxer.

Anson war ein Lügner, sagte ich mir immer wieder. Nie hätte January das getan, was er da gerade beschrieben hatte – einem Stück Obst einen Blowjob verpasst, um ihren Stiefvater zu verführen, den sie absolut nicht ausstehen konnte. Das waren ekelhafte Lügenmärchen, Fantasien, befeuert von Standesdünkel, tief sitzendem Groll und einer maßlosen Sexbesessenheit. Skrupel waren für Anson ein Fremdwort, und er befummelte sogar die Unterwäsche seiner vermissten Stiefschwester, um sich einen Kick zu verschaffen; wer würde auch nur ein Wort aus seinem Mund glauben?

Womit sich die naheliegende Frage stellte: Warum fiel es mir so schwer, die Geschichte als einen offenkundigen Versuch, mich zu provozieren, abzutun? Ein Teil der Antwort war »Eisbecher mit Kartoffelchips und Ahornsirup«. Dieses Detail war so charakteristisch, so typisch für January, dass ich nicht einfach darüber hinweggehen konnte. Und auch dieses ganze feministische Gerede über Phallussymbole und die männliche Sichtweise klang ganz nach ihr – es war jedenfalls ganz bestimmt nicht der primitiven, frauenverachtenden Fantasie Anson Walkers entsprungen. Nie im Leben hätte er sich das selbst ausdenken können.

Außerdem hatte ich mich vor gerade einmal vierundzwanzig Stunden mit der Erkenntnis anfreunden müssen, dass ich meine Exfreundin nicht annähernd so gut gekannt hatte wie gedacht – dass sie Lügen erzählt hatte, die nicht so leicht zu rechtfertigen waren, aus Gründen, die ich nicht verstand. Was hatte sie mir sonst noch verheimlicht? Der Schock beim Anblick ihres blutbefleckten Kapuzenshirts, als mir klar wurde, dass sie vielleicht *ermordet* worden war, hatte eine Kette sentimentaler Erinnerungen ausgelöst … aber das Mädchen, das eine Rose von unserem »perfekten Date« aufgehoben hatte, war dasselbe Mädchen, das seinen Freunden erzählt hatte, ich sei ein Mistkerl, der sie seelisch misshandelte und ihr ein schlechtes Gewissen einreden wollte, weil sie die Riverside verlassen hatte.

Anson konnte leicht einige Rosinen aus einer zufällig mit angehörten Unterhaltung zwischen January und ihrem Stiefvater herausgepickt und sie dann als Gerüst für seine bescheuerte Geschichte verwendet haben, doch ich hielt ihn nicht für so raffiniert. Seine bevorzugte Art der Kriegsführung war direkt und brutal, nicht psychologisch. Eher hatte er eine harmlose Unterhaltung ausgeschmückt, weil er ein perverser Idiot war und ihm einer abging, wenn er andere Menschen beleidigte. So oder so, zumindest eine unverrückbare, wenn auch wenig überraschende Wahrheit hatte er enthüllt: dass er seiner Stiefschwester gern hinterherspionierte.

Ich ging die Stufen zum Vorplatz hinunter, spazierte auf den Springbrunnen zu und fischte gleichzeitig mein Handy aus der Hosentasche. Plötzlich stutzte ich. Quer zur Auffahrt war ein schwarzer Lexus geparkt. Es war das einzige verbliebene Fahrzeug, nun, da die Freiwilligen, die Medien und die Polizei abgezogen waren. An die Fahrertür gelehnt stand Kaz in seiner langen schwarzen Cabanjacke.

Als er bemerkte, dass ich auf ihn aufmerksam geworden war, winkte er mir verlegen zu. »Hey.«

»Was machst du denn noch hier?«, fragte ich überrascht. Nach der Entdeckung von Januarys Kleidern war ich wie betäubt und so durcheinander gewesen, dass ich ihn komplett vergessen hatte.

»Ich … ich dachte, du bräuchtest vielleicht eine Mitfahrgelegenheit.« Es klang wenig überzeugend, und er schenkte mir ein unbeholfenes Lächeln, das mir das Herz gewärmt hätte, wäre ich nicht so wütend gewesen.

»Ich wollte gerade meine Eltern anrufen«, entgegnete ich mürrisch. Der Tag war schrecklich und verwirrend gewesen, und das Letzte, was ich jetzt gebrauchen konnte, war eine Erinnerung an die Szene auf dem Heuboden – nicht nach all den anderen schlimmen Ereignissen. »Du hättest nicht warten müssen.«

»Ich wollte aber.« Er hatte die Hände in den Taschen vergraben, die Schultern vor Kälte hochgezogen, und ich fragte mich, ob er tatsächlich die ganze Zeit dagestanden und auf die Haustür gestarrt hatte, wie ein Hund, der vor einem Laden auf sein Herrchen wartet. »Ich dachte … es war ein beschissener Tag, stimmt's? Ich wollte es einfach.« Er deutete auf den Lexus, dessen Lack glänzte, offensichtlich ein neueres Modell. »Komm schon, steig ein.«

Mit einem gereizten Seufzen blickte ich auf mein Handy und dann zurück zur Villa. Eddie Sward beobachtete mich mit verschränkten Armen und grimmiger Miene durch das Fenster der Bibliothek, und obwohl Mr Walker nirgends zu sehen war, war ich sicher, dass er hinter Eddie stand. Wollte ich mich wirklich auf den eiskalten Stein des Springbrunnens setzen und eine halbe Stunde warten, bis mein Vater oder meine Mutter den weiten Weg hier rausgefahren waren, während sich die ganze Zeit über die Blicke beider Männer wie Dolche in meinen Rücken bohrten?

»Gut«, sagte ich resigniert und ging um das Fahrzeug herum auf die Beifahrerseite. Als ich mich anschnallte, rang ich mir zähneknirschend ein »Danke« ab.

»Kein Problem«, erwiderte Kaz. Der Motor startete mit einem leisen Schnurren und nach einem geschmeidigen Wendemanöver in drei Zügen fuhren wir über die Auffahrt an den kunstvoll gestutzten Bäumen vorbei. Die weichen Ledersitze rochen immer noch nach Autohaus und basslastige Musik drang leise aus den Lautsprechern.

Wir schwiegen, bis wir die Straße erreichten, und zu diesem Zeitpunkt fühlte sich das Schweigen zwischen uns fast wie ein dritter Passagier an. Unfähig, es noch länger zu ertragen, und ängstlich darauf bedacht, das Gespräch in eine mir angenehme Richtung zu lenken, platzte ich heraus: »Wirklich ein tolles Auto.«

»Mit den besten Empfehlungen von Herrn und Frau Doktor Bashiri«, entgegnete Kaz mit einem unsicheren Lächeln. »Ich will jetzt nicht so tun, als würde ich ihn nicht gerne fahren, aber manchmal fühle ich mich damit wie ein bunter Hund. Weißt du, die Leute sehen das Auto und schließen sofort daraus, dass ich ein verwöhntes Balg bin.« Er lachte. »Na gut, okay, ich glaube, ich bin tatsächlich irgendwie verwöhnt, versuche allerdings, mich nicht so zu verhalten.«

»Ich will ja nicht unhöflich sein, aber wenn deine Eltern dein Auto und dein Studium bezahlen, warum arbeitest du dann in dem Spielwarenladen?« Ich war wirklich neugierig, obwohl ich in dem Moment, in dem ich es laut aussprach, merkte, dass es doch irgendwie unhöflich klang.

Kaz schien es jedoch nichts auszumachen. »Meine Eltern … ich habe sie lieb, aber sie meinen, wenn sie mir Geld geben, haben sie das Recht, mir Vorschriften zu machen, wie ich es zu verwenden habe. Ich hatte einfach die Schnauze voll davon, buchstäblich jede einzelne Ausgabe zu rechtfertigen – egal, ob ich bei McDonald's was essen oder mir eine App runterladen wollte, ich musste immer erst fragen. Versuch mal deiner Mom zu erklären, warum du sexy Unterwäsche kaufst, hm?« Er grinste mich an, und das Bild, das sich mir automatisch aufdrängte, trieb mir die Hitze ins Gesicht. »Selbst ein langweiliger Job bedeutet, dass ich über eigenes Geld verfüge, das ich ausgeben kann, für was ich will. Ich kann dir gar nicht sagen, wie gut sich das anfühlt.«

»Das verstehe ich«, sagte ich. Als ich January dieselbe Frage gestellt hatte, hatte sie mir eine ziemlich ähnliche Antwort gegeben – mit ihrem Job in dem Spielwarenladen konnte sie sich der Kontrolle ihres Stiefvaters entziehen. Langsam wurde mir klar, warum Kaz und sie sich so gut verstanden.

Fast als könnte er meine Gedanken lesen, fragte Kaz: »Wie geht es ihren Eltern?«

»Den Umständen entsprechend«, antwortete ich, denn zu einer ausführlicheren Antwort fühlte ich mich jetzt nicht in der Lage. »Ihre Mom hatte einen Zusammenbruch, aber mehr so wie bei einem Münchhausen-Syndrom – sie stilisiert sich selbst als Opfer –, und ihr Stiefvater macht sich Sorgen um die Auswirkungen auf seine politische Karriere.«

Kaz zog eine Grimasse, aber selbst das änderte nichts an der Tatsache, dass er einfach scharf war. Ich spürte, wie sich mein Ärger verstärkte. Warum sahen manche Leute nur so verboten gut aus? Behutsam fragte er: »Wie kommst du eigentlich mit all dem klar? Ich meine, es muss doch ziemlich hart für dich sein. Nach dem Fund auf der Wiese …«

»Mir geht's gut«, antwortete ich rasch. Ich wollte nicht darüber nachdenken. Ich wollte daran glauben, dass irgendwo dort draußen ein Happy End auf uns wartete, dass ich eine Erklärung für das blutgetränkte Kapuzenshirt finden würde, die beinhaltete, dass es January gut ging – und wenn es nicht so kam, nun, dann wollte ich mich diesen Dämonen keinesfalls auf dem Beifahrersitz von Kaz tollem Wagen stellen müssen. »Ich bin einfach nur müde.«

Ich nannte ihm meine Adresse, die er in sein Navi eingab, und dann senkte sich wieder Schweigen über uns, bis Kaz sich räusperte und sagte: »Ich hoffe, du nimmst mir die Frage nicht krumm, aber wie hat das mit January und dir angefangen?«

In Anbetracht der Ereignisse von heute Nachmittag klang es nach einer Fangfrage, aber ich wollte sie trotzdem beantworten. »Sie war – sie ist die beste Freundin der Freundin meines besten Freundes, daher haben wir viel zusammen unternommen, und dann … ich weiß auch nicht, haben wir einfach beschlossen, einen Schritt weiter zu gehen.«

Die Sache war die, January und ich waren schon immer ein bisschen mehr als »nur Freunde« gewesen. Ich konnte es nicht recht erklären. Als ich während des Freshman-Jahrs mit ihr flirtete, war das nicht nur zur Tarnung, ich empfand tatsächlich etwas. Ich fühlte mich January auf eine Art und Weise verbunden, wie ich es bei anderen Mädchen nicht kannte, auch wenn der körperliche Teil der Gleichung immer etwas schwer definierbar war. Als uns im letzten Juni Madison Reinbeck bei einer Poolparty in die Vorratskammer der Walker-Villa geschoben hatte, wo wir eine ultralahme Runde von Sieben Minuten im Himmel verbringen sollten, freute ich mich richtig darauf, mit ihr zu knutschen.

»Ähm, ich hoffe, es ist dir jetzt nicht unangenehm, wenn ich dir gestehe, dass ich dich praktisch seit dem ersten Schultag küssen wollte«, hatte January atemlos gestanden, als wir endlich wieder rausdurften. In meinem Kopf drehte sich alles, und ich war so erleichtert, dass ich etwas für ein Mädchen empfand, dass ich tatsächlich kicherte.

»Du kannst es wirklich gut«, sagte ich, vermutlich das Dümmste und Erbärmlichste, was je ein Typ von sich gegeben hat – aber January schien sich daran nicht zu stören.

»Bedeutet das, dass du mit mir gehen willst?«

Bei dieser Frage gab es nur ja oder nein und ermutigt durch das berauschende Schwindelgefühl der vorangegangenen sieben Minuten packte ich den Stier bei den Hörnern. »Ja.«

»Dann frag mich doch einfach!«

So war January. Und jetzt … würde sie je zurückkehren? Würde ich sie je wiedersehen? Ich hatte unsere Beziehung gegen die Wand gefahren – vielleicht waren auch wir beide schuld daran –, doch ich verspürte einen scharfen Schmerz in meiner Brust, wenn ich die Möglichkeit in Betracht zog, dass sie wirklich für immer aus meinem Leben verschwunden sein könnte.

»Hör mal …« begann Kaz, und obwohl ich dankbar war, dass er meine Gedanken unterbrach, ahnte ich sofort, was gleich kommen würde, und überlegte kurz, die Autotür aufzureißen und mich hinaus auf die Straße zu werfen. »Es tut mir wirklich leid, was in der Scheune passiert ist.«

»Lass uns einfach nicht darüber reden, okay?«

»Doch, ich glaube, wir müssen«, beharrte er, und ich

heftete meinen Blick stur auf die vorbeiziehende Landschaft. Der Herbst hatte die Bäume und Büsche zu beiden Seiten der Straße kahl werden lassen. »Ich meine, vermutlich verstehst du jetzt, warum ich so überrascht war, als du mir vorgeworfen hast, ich würde January anbaggern. Sie wusste, dass ich schwul bin. Ich mache kein großes Geheimnis daraus oder so, also war ich etwas irritiert, als mir klar wurde, dass du es nicht wusstest, dass sie es dir nie erzählt hatte.« Ich blieb stumm, und nach einer Pause fuhr er fort: »Wahrscheinlich ist das der eigentliche Grund, warum ich mich heute Morgen bei dir entschuldigen wollte. Mir ist aufgegangen, wenn January dir das verschwiegen hat, um dich eifersüchtig zu machen, dann war sie vielleicht auch nicht ganz ehrlich zu mir, was ihre Schilderung von dir betrifft. Es ist nämlich so, manche Beschwerden über dich klangen eher …«

»Aufgesetzt?«

»Theatralisch. Als würde sie es insgeheim genießen, sich über dich aufzuregen. Natürlich wusste ich damals zu wenig von dir, um zu wissen, dass ihr Gejammer nichts mit der Wahrheit zu tun hatte, aber sich selbst übertrieben zu bemitleiden, weil sie einen egoistischen Freund hatte, schien ihr auf eine seltsame Art Befriedigung zu verschaffen.«

Ich dachte an January, die Drama-Queen, deren Zeiger auf ihrer persönlichen Drama-Skala immer ganz nach oben ausschlug. Sicher hatte sie genügend Gründe gehabt, um sich über ihr Leben zu beklagen, aber warum musste auch ich ein Bösewicht sein? Ich holte tief Luft. »Es tut mir leid, dass ich damals im Laden so grob zu dir war. Natürlich wusste ich es nicht besser, aber ich wünschte, ich hätte es gewusst.«

»Danke.« Daraufhin entstand eine angespannte Stille, die gefühlt eine halbe Ewigkeit dauerte. Schließlich sagte er: »Und die Sache mit dem Heuboden tut mir auch leid. Ich – ich weiß nicht, was zum Henker ich mir dabei gedacht habe.« Seine Aufmerksamkeit war auf die Straße vor uns gerichtet, doch sein Gesicht färbte sich rosig. »Ich habe mich vermutlich einfach hinreißen lassen, aber ich habe mich aufgeführt wie ein kompletter Idiot. Es war der falsche Zeitpunkt, die falsche Situation, und das hätte ich wissen müssen.«

»Du hast einen Fehler gemacht. Schwamm drüber«, sagte ich und hoffte ehrlich, dass er es abhaken würde.

»Weißt du«, fuhr er leichthin fort, als würde ich mich dadurch besser fühlen, »January hat mir erzählt, dass sie sich manchmal so ihre Gedanken gemacht hat. Sie meinte, sie würde nicht einmal sauer werden, sie wollte es nur gern wissen.«

Ich biss die Zähne zusammen. »Wollte was gern wissen?«

»Du weißt schon. Ob du schwul bist.«

»Ich bin nicht schwul.«

»Flynn …«

»Ich bin nicht schwul!«, beharrte ich, jetzt voll in der Defensive und leider ein klein bisschen hysterisch. »Ich hab dir doch schon gesagt, dass ich nicht schwul bin, Kaz. Wie oft muss ich es noch wiederholen? Was muss ich tun, damit du es endlich checkst? Ich! Bin! Nicht! Schwul! Kapiert?«

Er zog die dunklen Augenbrauen zusammen und konstatierte verdrossen: »Du hast meinen Kuss erwidert, Flynn. Was dort oben passiert ist, war nicht nur einseitig. Ich kann ja verstehen, dass es dich durcheinanderbringt, aber du kannst nicht so tun, als wäre nichts geschehen. Ich war dabei, schon vergessen? Und der Kuss war gut.«

»Keine Ahnung, wovon du redest«, sagte ich verzweifelt. »Okay? Ich weiß nicht, was ich getan oder nicht getan habe – ich war überrascht, und außerdem ging das alles sehr schnell!«

»So schnell nun auch wieder nicht«, stellte er pedantisch klar. »Ich habe dich geküsst und du hast mich nicht gestoppt. Stattdessen hast du mir deine Zunge in den Mund gesteckt und …«

»ICH HABE ÜBERHAUPT NICHTS IRGENDWOHIN GESTECKT«, erklärte ich mit schriller Stimme. Mir brach der Schweiß aus, und im Augenblick wäre ich gern an jedem anderen Ort der Welt gewesen, nur nicht in diesem Auto. Wenn sich direkt vor dem Lexus die Erde aufgetan hätte und wir geradewegs zur Hölle gefahren wären, hätte ich gejubelt.

»Ich weiß jedenfalls, was passiert ist. Ich weiß, was ich *gespürt* habe«, sagte er leise und meinte damit den anderen Teil meines Körpers, der mich abgesehen von meiner Zunge auf dem Heuboden verraten hatte. »Du brauchst dich nicht zu schämen, Flynn.«

»Ich schäme mich nicht, ich bin *hetero*«, log ich und klammerte mich an den gepolsterten Ledersitz. »Ich will nicht mehr darüber reden, also sei so gut und lass es.«

»Tut mir leid. Ich wollte dich nicht aufregen«, entgegnete er nüchtern, und blieb dann gnädigerweise für den Rest der Fahrt zu meinem Haus stumm. Als er am Bordstein hielt, sagte er allerdings: »Kann ich mal kurz dein Handy haben?«

»Warum?«, fragte ich misstrauisch.

»Ich möchte dir meine Nummer geben, für den Fall, dass du reden willst.«

»Das ist wirklich nicht nötig«, sagte ich forsch und wollte aussteigen. Doch die Tür ließ sich nicht öffnen und die Knöpfe auf der Armstütze reagierten auch nicht. Ich funkelte Kaz an. »Die Kindersicherung ist drin.«

»Ich weiß.« Er lächelte hinterlistig und auf seinen Wangen erschienen zum Dahinschmelzen attraktive Grübchen. »Jetzt rück schon dein Handy raus.«

»Soll das ein Witz sein? Hältst du mich etwa als Geisel?« Ich sah ihn herausfordernd an, aber er streckte bloß einladend die Hand aus. Verärgert klatschte ich mein Handy hinein. Na gut. Wenn er mich sonst nicht rausließ. »Sobald ich draußen bin, lösche ich sofort deine Nummer.«

»Dann habe ich es zumindest versucht.« Er tippte seine Daten in die Liste meiner Kontakte ein, gab mir das Handy zurück und entriegelte die Kindersicherung. Ungeduldig drückte ich die Tür auf und trabte zum Haus. Kaz rief mir noch nach: »Nur zu deiner Information, du kannst mich jederzeit anrufen!«

»Da kannst du lange warten«, entgegnete ich, stopfte das Handy in die Hosentasche und eilte zur Haustür, jeder Schritt eine Nervenprobe, da mir bewusst war, dass er mich die ganze Zeit dabei beobachtete. Ich hätte seinen Eintrag gleich an Ort und Stelle löschen können, während er zuschaute, um ihm zu zeigen, dass ich es ernst meinte – aber ich tat es nicht.

Er hatte gesagt, ich könne *gut küssen*, er wollte, dass ich ihn anrief. Ich war peinlich berührt und verwirrt und verärgert und aufgeregt, alles gleichzeitig.

Dieser flüchtige Kuss war intensiver und berauschender gewesen als jeder Kuss mit einem Mädchen – aufregender sogar als meine Sieben Minuten im Himmel mit January – und meine Lippen kribbelten noch an den Stellen, an denen Kaz' Mund sie berührt hatte. Die Erinnerung daran ließ mein Herz schneller schlagen, und in meiner Lendengegend baute sich der Druck erneut auf, und egal, wie sehr es alles verkomplizierte, ich konnte zumindest mir selbst gegenüber zugeben, dass es unglaublich gewesen war. Ich würde Kaz nicht anrufen, doch seine Nummer auf meinem Handy war wie ein Souvenir von unserem berauschenden Moment auf dem Heuboden. Zwar konnte ich mit niemandem darüber sprechen, nicht einmal mit Micah, aber es war eine Erinnerung, in der ich schwelgen konnte, so oft ich wollte, und seine Nummer war der Beweis, dass es wirklich passiert war. Ich brachte es nicht über mich, sie zu löschen.

15

ALS MIR GEGEN VIER UHR morgens kein Vorwand mehr einfiel, um noch länger aufzubleiben, und ich schließlich ins Bett kroch, gelang es mir nicht mehr, die auf mich einstürmenden Ängste abzuwehren. In dem Augenblick, in dem ich die Augen schloss, erschienen in der Dunkelheit meines Zimmers kreisende Krähen mit glänzend schwarzem Gefieder, angezogen vom Geruch des Blutes meiner Exfreundin.

Der Kapuzenpulli hatte sich mir eingebrannt, der hässliche schwarzrote Blutfleck war wie ein Tattoo, das bis in die tiefsten Schichten meines Gedächtnisses eingeätzt war. Wie ich es auch drehte und wendete, meine Hoffnung wurde von einer wachsenden Gewissheit verdrängt; ich war unfähig, die Gedanken auszuschalten. Sie nahmen mir die Luft zum Atmen und zwangen mich zu einem Eingeständnis: Ich hatte gleich gewusst, dass January tot war, sobald ich erkannt hatte, was da vor mir auf der Wiese lag. Eine andere Erklärung gab es nicht.

Ungeachtet ihrer bitteren Abneigung gegenüber der »Tammy und Jonathan Walker Show« konnte ich nicht glauben, dass January etwas so Teuflisches inszeniert haben sollte wie Kunstblut über ihre Kleidung zu gießen und sich dann irgendwo zu verstecken und in aller Seelenruhe dabei zuzuschauen, wie eine gesamte Gemeinde bei diesem Fund in Aufruhr geriet. Sollte es eine Ente sein, würde es die Polizei in kürzester Zeit herausfinden, und meine Freundin würde im Handumdrehen von der tragischen Heldin zur Aussätzigen der Nation mutieren – und dann würde keine Universität von Rang sie noch als Studentin aufnehmen, egal, wie Mr Walkers Wahl ausging. Es wäre unweigerlich das Ende ihres kalifornischen Traums, und sie war zu klug und zu ehrgeizig, um dieses Ziel für eine kurzfristige Befriedigung aufs Spiel zu setzen.

Doch wenn nicht sie ihre Sachen dort auf der Wiese deponiert hatte, mit Klebeband verschnürt und von wer weiß was blutverschmiert, wer dann? *Jemand anders.* Ihre Kleidung war nicht an einer stark frequentierten Stelle abgelegt worden, wo sie schnell gefunden worden wäre – und man hatte sie auch nicht wie einen abgeschnittenen Finger mit einer Lösegeldforderung an die Walkers direkt geschickt – was hieß, dass sie keine Botschaft waren. Sie waren einfach weggeworfen worden, etwas Lästiges, zurückgelassen von jemandem, der anscheinend zuerst Januarys Blut vergossen hatte, *so viel Blut*, und dann … *was*?

Mein Puls raste, meine Handflächen wurden feucht, und es schnürte mir die Luft ab, als ich der Sache ins Auge sehen musste: Sie war tot, unwiderruflich tot. Wir hatten so viel miteinander erlebt, und ich konnte mir einfach nicht vorstellen, dass es nie mehr möglich sein sollte, sie wegen der warzigen alten Frau im Bus aufzuziehen – *In deinem Alter habe ich genauso ausgesehen wie du!* –, mir mit ihr zusammen unser Leben in Kalifornien auszumalen oder ihrem vertrautem Gejammer über ihre Aschenputtel-Geschichte zuzuhören. Ich würde mich nicht mehr dafür entschuldigen können, dass ich in unserer Beziehung mir selbst gegenüber nicht ehrlich war, ich würde sie nicht mehr wegen der Lügen zur Rede stellen können, die sie Kaz und Reiko über mich erzählt hatte, oder sie fragen können, was genau Anson wirklich zwischen ihr und Jonathan belauscht hatte. January Beth McConvilles Verschwinden hatte eine riesige Lücke in meinem Leben hinterlassen, und ein Jahr Freundschaft, vier Monate Beziehung und unendlich viele Insiderwitze und gemeinsame Erlebnisse hatten sich unwiederbringlich in Luft aufgelöst.

Schließlich, gegen sechs Uhr morgens, drang ein qualvoller, schauerlicher Laut aus den Tiefen meiner Kehle. Ich rollte mich wie ein Fötus zusammen und weinte, bis mir das Zwerchfell wehtat und ich keine Luft mehr bekam. Das ging etwa eine Stunde lang so, bis sich mein ganzer Körper taub anfühlte, und endlich, als die Morgensonne die Krähen aus meinem Zimmer vertrieb, fiel ich in den Schlaf.

Meine Eltern erlaubten mir, den nächsten Tag blauzumachen, und so überlegte ich den Großteil des Vormittags, was ich außer BioShock zu spielen noch mit mir anfangen sollte, versuchte, nicht an den gestrigen Tag zu denken, und wünschte mir, ich hätte noch Gras in meiner Pfefferminzpastillendose übrig. Am Nachmittag kamen

Micah und Ti vorbei, die ebenfalls krankgemeldet worden waren, und wir drei verbrachten ein paar Stunden voller Emotionen, in denen wir in unseren liebsten Erinnerungen an January schwelgten. Micah konnte keinem von uns in die Augen sehen, wenn er ihren Namen aussprach, und es war eindeutig, dass er sie für tot hielt. Tiana jedoch blieb unnachgiebig und verbot uns, von January in der Vergangenheit zu sprechen.

Der Nachmittag hatte etwas Reinigendes, Trauer und Zweifel brachen an die Oberfläche, aber am Ende brachte uns Ti zum Lachen, indem sie uns daran erinnerte, wie Señora Findlay, unsere launische Spanischlehrerin im Freshman-Jahr, unserem Kurs eine geharnischte Strafpredigt gehalten hatte, weil wir in einem Test kollektiv versagt hatten, während January, die unbemerkt in der Tür stand, jede der übertriebenen Gesten perfekt nachgeahmt hatte. Sie hatte nach ihrer Entdeckung eine Woche Nachsitzen aufgebrummt bekommen, aber es war die Sache wert gewesen.

Wir bestellten Pizza, machten uns Root Beer mit Vanilleeis, erzählten uns noch mehr Geschichten und schwankten den Rest des Tages zwischen Lachen und Weinen. Um acht Uhr abends war ich körperlich und emotional total erschöpft und mir tat alles weh, als hätte mich ein durchgegangenes Pferd mehrere Häuserblocks weit mitgeschleift, und so schlief ich im Wohnzimmer ein.

Am nächsten Tag goss es wie aus Kübeln und Schule war eine trübsinnige Angelegenheit. In der Aula hatte man eine Art Gedenkschrein für January aufgestellt; auf einem großen weißen Stück Karton klebte ein Foto von ihr, darüber stand in Riesenlettern BRINGT JANUARY NACH HAUSE, und um das Foto herum hatten Schüler persönliche Botschaften hinterlassen. Die Hälfte davon lautete *Wir vermissen dich!* oder so ähnlich, in idiotischen Variationen, und viele waren von Kids, die January ganz offen verabscheut hatte. Jonathan Walker gab am Nachmittag seine Pressekonferenz, in der er härtere Strafgesetze für Verbrechen an Kindern forderte, und erhielt genau die überwältigende Unterstützung aller Parteien, die Eddie vorhergesagt hatte. Sogar bei den Lehrern war es Gesprächsthema.

Gegen Ende des Tages brach dann die Hölle los.

Ich dachte, es müsse sich um einen schrecklichen Fehler in der Matrix handeln, als ich mit Micah von der Schule nach Hause kam und einen Polizeiwagen in unserer Auffahrt stehen sah. Es war, als würde sich der letzte Donnerstag wiederholen: Während mich eine Welle der Übelkeit überkam, überlegte ich, ob vielleicht plötzlich noch jemand aus meinem Freundeskreis abgängig war. Micah und ich verabschiedeten uns wortkarg und ich ging steifbeinig auf das Haus zu. Als ich die Tür aufdrückte und eintrat, erfasste mich ein Kältegefühl, das mir bis ins Mark drang.

Zwei Polizisten, die ich noch nie zuvor gesehen hatte, belagerten unser Wohnzimmer, genauso wie Moses und Wilkerson vor einer Woche, und meine Eltern saßen gegenüber von ihnen auf dem Sofa. Einer trug einen Schnurrbart und wurde mir als Garcia vorgestellt, der andere war ein langer blonder Schlaks namens Becker. Bevor ich Fragen zu dieser unerklärlichen Neubesetzung stellen konnte, deutete mein Dad auf den Platz zwischen sich und Mom und sagte: »Die Polizei hätte noch einige Fragen an dich wegen January.«

Als ich mich gesetzt hatte, wandte mir Becker sein Pferdegesicht zu und fragte mit sanfter Stimme: »Ich habe gehört, dass du dich neulich an dem Suchtrupp bei den Walkers beteiligt hast. Wie kommst du zurecht, Flynn?« Es war eine nichtssagende Frage und ich gab eine ebenso nichtssagende Antwort. Er nickte und kam dann endlich auf den Punkt. »Wir haben deine Aussage bei unseren Kollegen gelesen und würden gern noch einmal mit dir über das letzte Mal reden, als du deine Freundin gesehen hast.«

»Was möchten Sie denn wissen?«

»Bitte denk noch einmal darüber nach, wie sie sich an jenem Abend verhalten hat.«

»Ähm … was meinen Sie?«, fragte ich, obwohl ich mir ziemlich sicher war, was er gemeint hatte, nämlich: *Das ist die Gelegenheit, deine Geschichte noch mal zu ändern, bevor wir dir beweisen, dass du Schwachsinn erzählt hast – und das wird Konsequenzen haben.*

Becker sah mich ausdruckslos an. »Bist du sicher, dass sie sich nicht irgendwie seltsam benahm? Dass sie nicht vielleicht wütender war als normal oder aufgewühlter?«

»Nein, eigentlich nicht«, sagte ich ausweichend. Wieder musste ich daran denken, wie Januarys Hände ungeduldig am Bund meiner Jeans genestelt hatten. Was hatte sie dazu veranlasst, diesen Schritt ausgerechnet in jener Nacht tun zu wollen? Wegen meines Geheimnisses hatte ich geglaubt, ich hätte überreagiert, aber wenn ich jetzt darüber nachdachte, konnte ich mir keinen Reim darauf machen, warum sie es so dringend hinter sich bringen wollte. »Ich meine, na ja, sie war schon ein bisschen aufgewühlt … wie ich bereits gesagt habe, wir hatten eine kleine Auseinandersetzung und haben Schluss gemacht.«

»Du hast gesagt, es hätte auf Gegenseitigkeit beruht«, warf Detective Garcia kühl ein. Ich erstarrte. »Als unsere Kollegen letzte Woche hier waren, hast du gesagt, eure Trennung hätte auf Gegenseitigkeit beruht. Dass es …«, er schaute in seine Notizen, »… einfach passiert sei.«

»Na ja, sie haben mich gefragt, ob wir Streit hatten, aber das war es nicht. Wir haben ein bisschen diskutiert, mehr nicht«, sagte ich. Ich klang wie ein kompletter Idiot. Meine Schläfen waren schweißnass, und ich wusste, dass mir die Lüge ins Gesicht geschrieben stand. Plötzlich konnte ich mich nicht mehr an meine Verschleierungstaktik und all die Halbwahrheiten erinnern, die ich Moses und Wilkerson letzte Woche aufgetischt hatte, und überhaupt, *Warum waren es jetzt andere Polizisten?* »Ich meine, sie hatte sich schon eine ganze Weile distanziert verhalten, und streng genommen war es ihre Idee, Schluss zu machen, daher war es eigentlich kein … *Streit.*«

»Also, es war ihre Idee, Schluss zu machen«, wiederholte Becker und machte sich eine Notiz. Ich nickte heftig. »Wenn du sagst, sie war distanziert, was meinst du damit?«

»Keine Ahnung … sie hat meine Nachrichten ignoriert

oder Ausflüchte gefunden, um sich nicht mit mir zu treffen, oder wir hatten etwas verabredet und sie hat es abgeblasen … so was in der Art.«

»Und das war ungewöhnlich für sie?«

»Na ja, ich meine, ja, ich glaube schon.« Ich zuckte hilflos die Schultern. »Ich dachte irgendwie, vielleicht ist sie sauer auf mich wegen irgendwas, das ich, ohne es zu wissen, falsch gemacht habe.«

»Ist das oft passiert?«, fragte Garcia. »Dass sie sauer auf dich wurde und dir den Grund nicht sagte?«

»Manchmal.« Es war schon vorgekommen; allerdings, um die Wahrheit zu sagen, fielen ihre Episoden eisigen, stummen Grolls zeitlich genau mit den Momenten zusammen, in denen ich eine etwas zu leidenschaftlich geratene Knutscherei ohne Erklärung abrupt abgebrochen hatte. Sie hatte mir niemals erklären müssen, warum sie sauer war, denn der Grund war offensichtlich, auch wenn ich nicht wagte, ihn mir einzugestehen.

»Bevor sie begann, sich ›distanziert zu verhalten‹«, begann Becker in einem Ton, der die Gänsefüßchen verriet, als könnte er sich so etwas kaum vorstellen, »wart ihr zwei euch doch recht nahe, stimmt's? Und habt viel Zeit miteinander verbracht?«

Bei ihm klang es nach einer Fangfrage, aber ich konnte nicht ergründen, wo sich die Falle verbarg, daher sagte ich einfach: »Ja, klar.«

»Da war niemand sonst im Spiel?«, fragte er plötzlich.

Ich wusste nicht, worauf er hinauswollte, deshalb sagte ich nur: »Häh?«

»Ich meine, wenn wir ein wenig herumfragen, werden wir dann vielleicht herausfinden, dass einer von euch beiden sich im letzten Monat heimlich mit jemand anders getroffen hat?« Sein Ton triefte vor falscher Vertraulichkeit, in dem Stil von »Komm schon, du kannst es mir ruhig erzählen«, und mir stellten sich die Stacheln auf.

»Nein, natürlich nicht! Und überhaupt, was sollte das mit Januarys Verschwinden zu tun haben?«

»Bitte beantworte meine Frage«, befahl Garcia ernst, und ich klappte den Mund zu. Manchmal gefällt mir die Vorstellung von mir als Rebell, aber ich hatte keine Lust, die Cops zu verärgern. »Ich möchte mit dir noch einmal den Abend durchgehen, an dem du deine Freundin zuletzt gesehen hast. Über was genau habt ihr zwei euch unterhalten?«

Hitze wallte in mir hoch, mein Mund war ausgetrocknet wie ein alter Schwamm. Fakten zu unterschlagen war eine Sache, aber der Polizei frech weg ins Gesicht zu lügen, fühlte sich ganz besonders falsch an, als würde ich gegen einen mir angeborenen Respekt vor Autoritäten verstoßen. Außerdem war ich mir nicht sicher, ob ich mir spontan eine überzeugend und harmlos klingende Auseinandersetzung aus den Fingern saugen konnte; aber wie sollte ich diese Frage wahrheitsgemäß beantworten, ohne dass mein ganzes Leben Kopf stand? *Warum fragten sie mich das?* Ich fuhr mir mit der Zunge über die Lippen und begann unsicher: »Wir … wir haben über Kalifornien gesprochen.«

»Kalifornien?«

»Wir wollten beide nach dem Abschluss an die Westküste ziehen, und manchmal haben wir uns ausgemalt, wie es sein würde, gemeinsam in L.A. zu sein und so.«

»Ihr habt erst über eure gemeinsame Zukunft gesprochen und dann Schluss gemacht, aber es gab keinen Streit?«

»Na ja …« Ich hoffte, am Ende dieser verlegenen Pause würde eine brillante Wortgirlande aus meinem Mund kommen, aber stattdessen saß ich nur stumm da und sah Garcia mit wachsender Verzweiflung an.

In diesem Moment griff mein Dad ein – Gott segne ihn – und rettete mich. »Detective, ich fürchte, ich muss Sie bitten, auf den Punkt zu kommen. Was hat die Trennung meines Sohnes von January damit zu tun, dass man ihre Kleider auf einer Wiese hinter ihrem Haus gefunden hat?«

Garcia und Becker sahen erst ihn, dann mich und schließlich einander an und schienen zu einer stillschweigenden Übereinkunft zu kommen. Becker war wohl am Ball, denn der schlaksige Detective musterte mich kritisch und stellte schließlich die Frage, die alles veränderte. »Flynn … hast du gewusst, dass deine Freundin schwanger war?«

16

EINEN MOMENT LANG verschwamm der Raum vor meinen Augen und in meinen Ohren gellte ein schrilles Pfeifen, das Sofa schwankte wie ein Katamaran, während ich zu verstehen versuchte, was man mir gerade gesagt hatte. Meine Eltern starrten mich mit bleichen Gesichtern an und ich starrte Becker an. Schließlich lachte ich wild auf. »Nein, war sie nicht!«

Er musterte mich unverwandt, mit ernster Miene, den Mund fest zusammengepresst. Unnachgiebig hakte er noch einmal nach: »Wusstest du das?«

»Ob ich was wusste? Natürlich *nicht*! Es gab nichts zu wissen!« Hilfesuchend drehte ich mich zu meinen Eltern, aber sie schauten mich an, als sähen sie mich zum ersten Mal. Die Schweißperlen an meinen Schläfen begannen zu fließen. Glaubten sie mir etwa nicht? »Sie war noch Jungfrau!«

»Wir ermitteln sehr sorgfältig«, erklärte Garcia selbstgefällig, als genösse er meine wachsende Erregung. »Das müssen wir. Sobald sicher war, dass es sich um Blut handelte, analysierten wir es und verglichen es mit der DNA-

Probe aus Januarys Zimmer, prüften es doppelt und dreifach. Die Proben stimmen überein, Flynn, daran besteht kein Zweifel. Deine Freundin hat literweise Blut verloren und jemand hat versucht, es mit ihrem Sweatshirt aufzuwischen.« Seine Augen durchbohrten mich wie ein Ölbohrer. »Was ich sagen will: Es war wirklich eine große Menge Blut. So viel, dass wir uns nicht vorstellen können, wie sie ohne medizinische Hilfe überlebt haben sollte – und sie hat keine erhalten, zumindest nicht in einer regulären Notaufnahme in diesem Teil des Landes. Deshalb sind wir hier. Wir kommen von der Mordkommission. Das ist offiziell kein Vermisstenfall mehr, Flynn.«

Mord – jetzt war es offiziell. *Jedem ist klar, dass sie nicht mehr nur vermisst wird.* Aber ich war unfähig, diesen Baustein zu verarbeiten, fand in dem Höllenchaos verrückter Gedanken, das in meinem Kopf herrschte, einfach keinen Platz dafür. *Schwanger?* Sie irrten sich!

»Die getesteten Proben haben uns allerdings nicht nur bestätigt, dass es Januarys Blut ist und dass sie wahrscheinlich tot ist.« Becker übernahm nahtlos, sie waren perfekt aufeinander eingespielt. »Bei der Analyse wurden Spuren von hCG – humanem Choriongonadotropin – gefunden, einem Hormon, das während der Schwangerschaft ausgeschüttet wird. Wir waren auch überrascht, aber es ist hundertprozentig sicher: Deine Freundin war schwanger.«

»*Sie war noch Jungfrau!*«, sagte ich trotzig und merkte selbst, wie aufgelöst ich klang. Aus dem Fernsehen wusste ich, dass Polizisten Verdächtige manchmal anlogen, um ihnen ein Geständnis zu entlocken – *Ihr Kompagnon wird gerade nebenan vernommen und ist ausgesprochen redselig* –, aber ich sah keinen Grund, warum sie mir eine solche Lüge auftischen sollten. Keinen Grund, warum sie sich den Nachweis von humanem Choriongonadotropin in Januarys Blut ausdenken sollten. Ich spürte förmlich, wie mir sämtliche Farbe aus dem Gesicht wich, und der Raum um mich herum begann zu schwanken und zu pulsieren. Als ich weitersprach, klang meine Stimme blechern und leise. »Ich … es muss … ich verstehe das nicht.«

»Habt ihr euch deshalb gestritten?«, fragte Becker schonend. Meine Mutter hatte die Hand vor den Mund geschlagen und den Blick von mir abgewandt, aber mein Vater fixierte mich unverwandt. »Hat sie dir erzählt, dass sie schwanger war?«

»Das war sie nicht«, beharrte ich gegen jede Vernunft. Dann: »Wir hatten noch nicht mal Sex!«

»Flynn«, setzte mein Dad mit erstickter Stimme an, »wir werden uns nicht aufregen …«

»Es gibt nichts, worüber man sich aufregen müsste! Wir hatten keinen Sex!«

»Vielleicht hast du an jenem Abend versucht, sie zum Abbruch der Schwangerschaft zu überreden, und sie weigerte sich«, legte mir Garcia geradezu in den Mund. »Dem Vernehmen nach war January ziemlich eigensinnig. Vielleicht hat sie dir gesagt, dass sie das Baby behalten wollte, und von dir erwartet, Verantwortung dafür zu übernehmen.«

»Das ist schon eine ganz schöne Bürde«, bekräftigte

Becker mitfühlend. »Mit fünfzehn Vater werden? Keiner würde es dir verdenken, wenn du ärgerlich wärst – vielleicht sogar ein bisschen verzweifelt. Ihr müsstet es deinen Eltern erzählen, ihren Eltern … und ihr Stiefvater ist nicht gerade ein Mensch, der …«

»*Nein*«, stieß ich keuchend hervor, die Augen weit aufgerissen. »Nein! Das ist alles nicht wahr!«

»Es kann auch von jemand anders gewesen sein«, führte meine Mutter schließlich ins Feld, aber sie sagte es so zweifelnd, dass es mich gleichzeitig wütend machte und mir das Herz brach. In Kombination damit fühlten sich die strengen, skeptischen Blicke der Polizisten an wie ein Schlag auf den Solarplexus.

»Das ergibt doch alles keinen Sinn, verdammt noch mal!«, rief ich wie von Sinnen. »Ich sage Ihnen die Wahrheit – *wir hatten keinen Sex*. Sie war noch Jungfrau, das hat sie selbst gesagt!«

Garcia trat näher, sein Interesse war geweckt. »Wann hat sie das gesagt, Flynn?«

»Am Freitag!« Mein ganzer Körper fühlte sich wund und heiß an, und ich beantwortete die Fragen, ohne darüber nachzudenken, worauf die Polizisten hinauswollten. Auf einmal hatte ich das dringende Bedürfnis, meinen Namen reinzuwaschen. »Am Abend, als wir Schluss gemacht haben. Sie sagte, sie wollte, dass ich … Sie wissen schon, ihr Erster bin.«

»Und danach ist dir klar geworden, dass sie dich angelogen hat?«

»Was? Nein! Es gab kein Danach! Ich sage Ihnen doch,

wir haben es nicht getan!« Ich sprach mit Nachdruck, jeder Satz hatte ein Ausrufezeichen. »Sie wollte es und ich nicht, und sie wurde wütend und dann … dann sagte sie, dass es aus ist.«

»Sie hat sich von dir getrennt, weil du nicht mit ihr schlafen wolltest.« Garcia wirkte enttäuscht von mir, weil ich offenbar dachte, er sei so dumm, mir eine solche Geschichte abzukaufen.

»*Sie* wollte Sex mit dir haben und *du* nicht?«, fragte Becker, der noch ungläubiger klang als sein Partner, wenn das überhaupt ging.

»Ja! Wir … wir hatten vereinbart, noch zu warten, aber auf einmal wollte sie nicht mehr warten, und ich sagte ihr, ich schon …« Ich verstummte kläglich. Ich hatte das Gefühl, in grelles Licht zu schauen, und meine Brust war wie zugeschnürt, die Luft zu stickig und heiß zum Atmen.

Sie starrten mich an. Starrten einfach nur. Ich war kurz davor durchzudrehen, mein ganzer Körper brannte, meine Eltern saßen stocksteif links und rechts neben mir, und diese beiden Cops zogen mir in Gedanken schon die Gefängniskluft an, während ich krampfhaft versuchte, die Worte zurückzuhalten, die wie Magensäure meinen Hals hochkrochen. Becker verlagerte sein Gewicht. »Mein Junge, du behauptest, du hast ein Alibi für die Nacht, in der sie verschwand, aber du musst ehrlich zu uns sein …«

»Ich bin schwul!«

Die Worte brachen aus mir hervor, als hätten sie Sprungfedern, und ich bin nicht sicher, aber ich glaube, in diesem Augenblick verließ meine Seele kurz meinen Körper. Es war, als blickte ich von oben auf mich herab, wie ich Blut und Wasser schwitzend im Mittelpunkt dieser lächerlichen Szene stand und mich alle mit untertassengroßen Augen anblinzelten. Es herrschte Totenstille im Raum, und es war viel zu spät, den Geist zurück in die Flasche zu stopfen, mein ganzes Leben hatte sich gerade verändert – von Grund auf, total, unwiderruflich und unbarmherzig schnell – *ich brauchte doch noch Zeit* –, und dann ergossen sich noch mehr Wörter unaufhaltsam aus mir wie eine Springflut. »Sie wollte Sex haben und ich sagte Nein, und ich glaube, sie hatte erraten, warum ich nie mit ihr … warum ich nie Lust hatte, irgendwas mit ihr zu *tun*, denn sie wollte mich zwingen zuzugeben, dass ich … dass ich nicht auf Mädchen stehe, und ich wurde sauer und wir fingen zu streiten an und sie sagte … sie sagte, ich müsse ›die Wahrheit zugeben‹, denn sie habe die Nase voll. Und dann ist sie rausgestürmt, und es war das allerletzte Mal, dass ich sie gesehen habe. Das allerletzte Mal.«

Ich konnte weder meine Eltern noch die Polizisten anschauen, deshalb starrte ich auf den Sofatisch. Es würgte mich in der Kehle, und ich schmeckte Galle, aber ich kämpfte gegen den Brechreiz an. Krampfhaft Luft holend wartete ich darauf, dass meine Mom zu weinen anfing oder etwas in der Art, aber im Raum war es so still, als wäre ich auf einmal taub geworden. Schließlich, nach einer gefühlten Ewigkeit, räusperte sich Becker. »Dann kann man also davon ausgehen, dass sie in jener Nacht ziemlich aufgewühlt war.«

Da musste ich tatsächlich lachen. »Ja, klar. Ja. *Man kann davon ausgehen*, dass sie aufgewühlt war.«

»Ich verstehe das nicht«, sagte mein Dad mit fester, aber unnatürlicher Stimme, und ich konnte ihn immer noch nicht ansehen. »Wenn sie schwanger war und Flynn offensichtlich nicht der Vater des Babys war – und Sie haben gerade selbst darauf hingewiesen, dass er ein Alibi hat –, was sollen dann all diese Fragen? Was bringt das noch?«

»Ist schon irgendwie praktisch: Urplötzlich fällt dir auf, dass du nicht mehr auf Mädchen stehst, kurz nachdem du eine solche Neuigkeit erfahren hast«, bemerkte Becker fast beiläufig, und ich funkelte ihn giftig an. Wie konnte ihm irgendetwas an der ganzen Situation »praktisch« vorkommen? Nach einem Blick auf seine Notizen fuhr er fort: »Und was dein Alibi betrifft … du sagst, du hättest am Abend, als January verschwand, Hausaufgaben gemacht. Kann das jemand bestätigen?«

»Vor dem Essen hat er ferngesehen, hier in diesem Raum, und dann hat er sich an diesen Tisch gesetzt und an seinem Geschichtsaufsatz gearbeitet, bis er ins Bett gegangen ist«, berichtete meine Mutter, ihr Ton war so kalt und steif wie eine Leiche. Ich verstand diese Frage nicht; glaubten sie tatsächlich, dass ich auf mein Rad gesprungen und losgezogen war, um *January zu töten,* und anschließend ihre Kleider auf einer Wiese hinter ihrem eigenen Haus weggeworfen hatte, bevor ich wieder nach Hause fuhr? Das war doch irrsinnig. Die ganze Sache war kompletter Irrsinn.

»Und du bist sicher, dass wir nicht auf eine heimliche

Freundin – oder einen Freund – stoßen, wenn wir uns ein bisschen umhören?«, setzte mich Garcia unter Druck. »Jemand, der vielleicht eifersüchtig geworden ist?«

Mein Herz stolperte und setzte einen Schlag aus. *Wenn wir uns ein bisschen umhören.* Natürlich mussten sie meine Aussage überprüfen, und bald – schon morgen? übermorgen? – würden sie anfangen, meine Freunde auszuquetschen. Micah, Ti, Mason, die Jungs aus der Leichtathletikmannschaft … einen nach dem anderen würde man sie fragen, ob ich January betrogen haben könnte. Ob ich wirklich schwul war. Mein Magen sackte jäh nach unten, als ich mir die Szene vorstellte, vor meinem inneren Auge zogen in Blitzgeschwindigkeit ihre Mienen vorbei, wenn sie mit diesen Fragen konfrontiert wurden. Ich konnte nicht sprechen, weil meine Zunge festzukleben schien, deshalb schüttelte ich nur den Kopf.

»Wir gehen davon aus, dass die Wiese, wo man ihre Kleider fand, eine besondere Bedeutung für sie hatte«, bemerkte Becker an mich gewandt.

»Sie hat dort die Sterne beobachtet.« Meine Stimme war kaum mehr als ein Flüstern.

»Glauben Sie, dass sie dort … Glauben Sie … dass es dort passiert ist?«, fragte mein Vater, der das Unaussprechliche noch immer nicht in Worte fassen konnte, weil es zu schockierend war. Als könnte dieser Abend noch schockierender werden.

Die Polizisten ignorierten ihn und machten sich Notizen, dann fragte Becker: »Flynn, wenn du nicht der Vater bist, hast du eine Idee, wer es sein könnte? Irgendwelche

Vermutungen, mit wem sich deine Freundin vielleicht sonst noch getroffen hat?«

»Nein«, entgegnete ich bestimmt. »Ich weiß es wirklich nicht.«

Es war die Wahrheit, wenn auch nicht die ganze Wahrheit. Ich *wusste* es nicht, hatte jedoch einen Verdacht, und zwar einen, bei dem mir erneut die Galle hochkam. Es war krank und verwerflich und falsch, aber ich konnte nicht aufhören daran zu denken, wie Anson mich in Januarys Zimmer höhnisch angegrinst hatte, in der Hand einen Spitzen-Stringtanga. *Deine Freundin war eine dreckige Nutte, die sich lolitamäßig an meinen Dad rangemacht hat.*

Das war Bullshit. Musste es sein. January hätte niemals Sex mit Jonathan Walker gehabt – *nie im Leben*. Wie ich mir bereits an dem Tag, als Anson die absurde Anspielung gemacht hatte, gesagt hatte, war das nur ein perverses Hirngespinst, erfunden vom größten Perversen aller Zeiten. January konnte ihren aufgeblasenen, tyrannischen Stiefvater nicht ausstehen und hatte – bis zu dem bewussten Abend in der Scheune – wie ich die Meinung vertreten, dass Sex eine große Sache war und man dabei nichts überstürzen durfte. Ganz abgesehen davon konnte ich mir einfach nicht vorstellen, wie sie versuchte, den Mann ihrer Mutter zu verführen. Das war genauso absurd wie alles andere, das gerade passierte.

Und dennoch. Ich wurde das Bild von dem Eis mit Ahornsirup und Kartoffelchips nicht los, von January, die sich über sexuelle Objektfixierung beklagte und dabei provozierend mit einer Banane herumgestikulierte. Die

Details waren zu *echt*, um total aus der Luft gegriffen zu sein.

Und wenn Ansons Behauptung nun doch ein Körnchen Wahrheit enthalten hatte? *Der Zeitpunkt passt endlich, und ich will… ich will, dass du der Erste bist.* Was, wenn January an dem Abend in der Scheune gewusst hatte, dass sie schwanger war, und unbedingt mit mir schlafen wollte, weil sie hoffte, mir die Vaterschaft anhängen zu können? Wenn sie tatsächlich von ihrem perfekten, politisch ehrgeizigen, auf sein Image bedachten Stiefvater schwanger gewesen war, durfte es auf keinen Fall herauskommen, das konnte er sich nicht leisten. Jonathan Walker hätte ein ausgezeichnetes Motiv gehabt, sich ihr Verschwinden zu wünschen – und die einsame Wiese hinter dem Haus hätte sich dafür angeboten, die Beweise zu entsorgen.

Blitzartig hörte ich Eddies Stimme in meinem Kopf: *Diese kleine Schlampe war die Achillesferse deiner Kandidatur, ein Pulverfass.* Hatte er etwas gewusst? Oder beide? Konnte es wahr sein? Und würde ich es wagen, der Polizei irgendetwas davon zu erzählen?

Mir wurde das alles zu viel, meine Gedanken waren wirr und völlig außer Rand und Band; ich war mir nicht mal mehr sicher, ob ich noch alle meine Sinne beisammen hatte, und ich wollte mir Jonathan Walker nicht zum Feind machen, indem ich mit Anschuldigungen um mich warf – nicht wenn ich kaum klar denken konnte und die Cops bereits Andeutungen machten, dass mein Comingout womöglich nur eine Lüge war, um den Verdacht von mir abzulenken. Außerdem, was hatte ich unterm Strich schon vorzuweisen außer der zweifelhaften Behauptung des pathologischen Unruhestifters Anson Walker – der bei einer Befragung zweifellos alles abstreiten würde. Nein, ich musste meine Meinung vorerst für mich behalten und darauf hoffen, dass die Polizei Mr Walker bereits als möglichen Verdächtigen im Visier hatte.

Ungefähr eine Million Fragen später, von denen ich die meisten nicht wirklich beantworten konnte, zogen die Polizisten schließlich ab, nach ihrem flüchtigen Abschiedsgruß fiel die Haustür hinter ihnen ins Schloss. In ihrer Gegenwart war die Luft im Haus erstickend gewesen, aber jetzt, da ich nicht mehr durch ihre Waffengürtel und ihr einschüchterndes Auftreten abgelenkt wurde, hallte plötzlich das Echo meiner ungeplanten Beichte so laut wie eine Kirchenglocke durch das leere Haus.

Ich stand neben der Kücheninsel, eine Hand in die Tasche gestopft, die andere an den Rand der Arbeitsplatte geklammert, damit man nicht sah, wie meine Finger zitterten, als meine Eltern mit leisen Schritten von der Haustür zurückkamen. Ihre Mienen wirkten besorgt, aber ansonsten unergründlich, und wieder spürte ich ein Würgen im Hals, als ich herausbrachte: »Tut mir l-leid, dass ich es euch nicht schon früher gesagt habe …«

Ich wurde mitten im Satz unterbrochen, denn meine Mutter legte so fest die Arme um mich, dass die Luft zischend aus meinen Lungen entwich, und flüsterte mir mit rauer Stimme ins Ohr: »Ich liebe dich. Ich werde dich immer lieb haben und unterstützen, egal, was passiert. *Egal, was passiert.*«

»Ich auch«, sagte mein Dad und schloss uns in eine dicke Umarmung. Ich lachte und weinte bereits gleichzeitig, überwältigt vor Erleichterung, als er hinzufügte: »Und ich bin echt froh, dass du niemanden geschwängert hast.«

17

DER REST DES ABENDS war surreal. Mein Geständnis hing wie ein drohendes Gewitter im Raum, und während ich eine geradezu schockierende Erleichterung empfand, weil ich mich endlich nicht mehr zensieren musste – endlich nicht mehr aus Angst, mich zu verraten, über jede Bemerkung, die mir über die Lippen kam, zweimal nachdenken musste –, war ich mir gleichzeitig schmerzlich bewusst, wie steif sich meine Eltern in meiner Gegenwart verhielten; wir drei versuchten so krampfhaft, uns normal zu benehmen, dass sich überhaupt keine Normalität mehr einstellen wollte. Ich erlebte eine emotionale Achterbahnfahrt, als mir dämmerte, dass ich meine Eltern noch einmal ganz neu kennenlernen musste, dass ich nach fünfzehn Jahren Kampf, mich in meiner eigenen Haut wohlzufühlen, ein nagelneues »Normal« definieren musste, und dasselbe galt für all meine Freunde. Diese Vorstellung war strapaziös und zugleich ein bisschen furchterregend.

Als die Polizisten weg waren und die Wirkung ihrer Einschüchterungsversuche allmählich nachließ, konnte ich endlich die Angst abschütteln, die mich bei ihrer Andeutung, ich würde zum Kreis der Verdächtigen zählen, gepackt hatte. Ich hatte ein bombensicheres Alibi, und jeder, den ich kannte – einerlei, was sie über mich dachten, wenn sie mein Geheimnis erfuhren –, würde den Cops erzählen, dass ich January niemals etwas antun könnte. Niemals, aus keinem vorstellbaren Grund. Aber dann im Bett musste ich die ganze Zeit daran denken, dass sie schwanger gewesen war. Sie erwartete ein Baby. *War in anderen Umständen.* Wer war der Vater? Der Gedanke, dass sie womöglich geplant hatte, mir die Vaterschaft anzuhängen, zog mich noch mehr runter als all die Lügen, die sie ihren Freunden über mich aufgetischt hatte. Hätte sie das wirklich getan? Mich reingelegt und als Vater angegeben, anstatt mich ins Vertrauen zu ziehen?

Andererseits hatte ich ihr mein heikles Geheimnis auch nicht anvertraut, dabei hätte es unser beider Leben nur vorübergehend durcheinandergebracht. Hoffte ich. Ich hatte keine Vorstellung davon, was sie durchgemacht haben musste, wie verängstigt sie gewesen sein musste.

Hatte sie es wirklich gewusst? Und wie lange schon? An jenem Abend in der Scheune war sie in echter Bedrängnis gewesen. Jetzt im Rückblick sah ich das ganz deutlich; was ich als frustriertes Verlangen missdeutet hatte, war in Wirklichkeit Verzweiflung gewesen. Ich war ihre letzte Hoffnung gewesen. Aber warum? Warum hatte sie es für nötig gehalten, die Identität des Kerls zu verbergen, der sie geschwängert hatte?

Weil die Wahrheit noch größere Empörung hervorgerufen hätte als ihr erfolgreicher Versuch, mich als Vater auszugeben. Und nach meiner Zurückweisung? Wie ich January kannte – als kompromisslosen Menschen, der bei einem Faustkampf dazwischenging und einmal mit einem verdammten Brotmesser auf ihren drogenumnebelten, rüpelhaften Stiefbruder losgegangen war – wäre sie schnurstracks zu dem angehenden Vater gegangen und hätte ihn zur Rede gestellt.

Und danach war sie verschwunden.

* * *

Am nächsten Tag war Halloween, und ironischerweise war es der erste Tag, an dem ich ohne Maske die Flure der Riverside High betreten würde. Nachts hatte ich kaum ein Auge zugetan: Wenn ich nicht gerade über January und die beunruhigende Vorstellung eines Babys in ihrem Bauch nachgegrübelt hatte, hatte ich mir den Kopf darüber zerbrochen, was ich meinem besten Freund sagen sollte, wenn ich ihn wiedersah.

Ich kannte Micah Feldman schon, seit wir zwei Jahre alt waren und unsere Mütter beschlossen hatten, in unserem Viertel eine Krabbelgruppe zu gründen – ein wohlklingender Vorwand dafür, ihr Sozialleben aufzupeppen. Von nun an ließen Micah und ich ein paar Stunden am Nachmittag lang in einem Zimmer voller schreiender Kleinkinder Spielzeugautos kollidieren, während die Erwachsenen Kaffee tranken und peinliche Geschichten über unsere Körperfunktionen austauschten. Es stellte sich heraus, dass die Erwachsenen außer der Elternschaft wenig verband, und so löste sich die Kaffeerunde mit Beginn des Kindergartens auf.

Micah und ich hingegen wurden Freunde fürs Leben. Wir spielten zusammen Kinderbaseball, Kinderfußball, besuchten gemeinsam das Sommerferienlager und taten uns bei Schulprojekten zusammen; wir lernten Rad fahren, Skaten und vervollkommneten uns bei *Call of Duty*; wir unterhielten uns über Philosophie und Leute und nichts Besonderes; manchmal saßen wir einfach in meinem oder seinem Zimmer und hörten stundenlang Musik, ohne jeden Druck, die Leere zu füllen. Auch Mädchen waren ein Thema gewesen – wir diskutierten, wer scharf war und wer nicht und wer möglicherweise auf einen von uns stand. Das Einzige, worüber wir nie so richtig gesprochen hatten, waren wir selbst.

Die halbe Nacht sagte ich mir, ich müsse ja nichts überstürzen, ich hätte es ja meinen Eltern erzählt – wahrscheinlich die größere Hürde –, und könne jetzt erst mal abwarten, bis sich der Staub legte, bevor ich mein Leben gleich noch einmal auf den Kopf stellte. Mein Comingout war dramatisch genug gewesen, und angesichts all dessen, was im Moment los war, klangen die Argumente dafür, mir erst einmal eine Verschnaufpause zu gönnen, bevor ich die Schülerschaft an der Riverside informierte, ziemlich verlockend.

Das Problem war nur, dass ich es mit einer großen, tickenden Zeitbombe in Form der Detectives Garcia und Becker zu tun hatte, die ihre Befragungen zur Überprüfung meiner Angaben nicht lange aufschieben würden; auf diese Art durfte es auf keinen Fall rauskommen, und ich konnte auch nicht tatenlos zusehen und warten, dass die Bombe platzte, was jeden Moment der Fall sein konnte. Außerdem, wie sollte das funktionieren, die Katze nur halb aus dem Sack zu lassen – zu Hause ehrlich zu sein, während ich Micah gegenüber immer noch so tat, als wäre ich auf seiner Wellenlänge, wenn er von Megan Fox in *Transformers* schwärmte, obwohl er den Film an sich nicht ausstehen konnte.

Mein Entschluss, das Coming-out ganz durchzuziehen, löste jedoch kein großes Gefühl der Erleichterung in mir aus. Es war zwar echt toll zu wissen, dass meine Eltern mich nicht enteignen oder – noch schlimmer – versuchen würden, mich zu »kurieren«, aber sie waren nicht meine Freunde. Wenn Micah ausflippte, mit wem sollte ich dann über meine Eltern lästern? Mit wem sollte ich meine Kickflips üben, Gras kaufen und mich in Filme ab 18 schleichen?

Ich fand ihn vor seinem Spind, wo er auf dem Boden kniend versuchte, seinen Rucksack neu einzuräumen, damit auch das Chemiebuch noch hineinpasste. Als unverbesserlicher Sammler schleppte er Unmengen unnützes Zeug mit sich herum, das er sich nicht wegzuwerfen traute: alte Klassenarbeiten, Quittungen, eine Strickmütze, falls es kalt wurde, eine dicke Strickmütze, falls es richtig kalt wurde, ein widerliches Deospray, das er nach dem Schwimmtraining benutzte, und dann noch richtigen Müll, den er dort deponiert hatte, weil er ihn nicht irgendwo in die Gegend werfen wollte, dann aber zu entsorgen vergessen hatte.

»Hey, Alter«, sagte ich. Bestimmt zitterte meine Stimme wie eine Gitarrensaite. Micah fiel es nicht auf, er glotzte mich mit weit aufgerissenen Augen an.

»*Alter!*« Er brach die Ordnungsaktion ab und sprang auf. »Du Blödmann hast mir gestern nicht zurückgeschrieben! Was wollten die Cops diesmal?« Ich blinzelte. Klar, er hatte ja das Polizeiauto vor unserem Haus gesehen, das hatte ich ganz vergessen, so sehr hatte mich mein Vorhaben in Anspruch genommen. Aus dem Konzept gebracht setzte ich ihn über die Neuigkeiten, die Detective Garcia und Detective Becker mir und meinen Eltern mitgeteilt hatten, in Kenntnis und sah dieselbe Abfolge extremer Reaktionen, die bei mir am Abend zuvor abgelaufen war. »*Schwanger*? Mann. *Mann*.«

»Ich weiß.«

»Du hast mir nie erzählt, dass ihr zwei schon miteinander in der Kiste wart, du Arsch!«, sagte er vorwurfsvoll, jetzt nicht nur geschockt, sondern auch noch stinksauer.

»Waren wir auch nicht«, bekannte ich verlegen, und ihm fielen fast die Augen aus dem Kopf.

»Sie hat dich *betrogen*?« Die Vorstellung haute ihn um, und da mir das Ganze immer peinlicher wurde, verschwieg ich ihm, dass der Fall meiner Meinung nach noch sehr viel komplizierter war. Vorerst war es wahrscheinlich das Beste, wenn er einfach davon ausging, dass January hinter meinem Rücken mit einem reichen Typen von der Dumas geschlafen hatte. Micah zog besorgt die Stirn in Falten. »Du glaubst doch nicht, dass Ti davon wusste, oder?«

»Nein, bestimmt nicht«, antwortete ich aufrichtig.

Er wirkte ein wenig erleichtert. »Mann, tut mir leid. Das ist echt krass.« Wir standen einige Augenblicke schweigend da, aber es war nicht unser kameradschaftliches Schweigen wie sonst – dieses Schweigen hing so dick im Raum, dass man förmlich seinen Namen darauf schreiben konnte. »Ist sonst noch was? Du strahlst echt komische Vibes aus.«

Ich schluckte, mein Hals war so trocken, als hätte ich Sand im Mund. »Ja. Äh, ich muss dir was sagen.«

Er wartete, aber ich war wie gelähmt, während ich versuchte, die Worte über die Lippen zu bringen. Ich starrte auf den schmutzigen Linoleumboden, bis er nervös auflachte. »Was ist, Alter? Erzähl mir bloß nicht, du bist auch schwanger.«

Vor Nervosität brachte ich nicht mal ein Grinsen zustande. Meine Gelenke fingen zu zittern an und meine Gedanken rasten, und ich holte tief Luft, was ein komisches Röcheln in meiner Brust hervorrief. »Die Tatsache ist die: Ich bin ähm … schwul.«

Er starrte mich einen Herzschlag lang an, vollkommen ausdruckslos, und lachte dann noch einmal auf. »Ha! Der war gut. Fast wär ich drauf reingefallen.«

Er kniete sich wieder hin und kämpfte mit seinem Rucksack und ich sah verwirrt auf seinen Scheitel hinunter. »Das war kein Witz, Mann. Es stimmt.«

»Nein, tut es nicht«, sagte er böse. Knurrend zwängte er das Chemiebuch in den Müllbehälter, den er als seinen Rucksack bezeichnete, und zerrte den Reißverschluss zu. »Das sagst du nur, um mich zu verarschen. Ich kenne dich, seit wir auf dem Töpfchen waren, Flynn. Du bist nicht schwul.«

Er stand auf, schlang sich den Rucksack über die Schultern und knallte die Spindtür zu. Seine Miene war sauer und mir brach der Schweiß aus. »Doch, Micah.« Meine Stimme klang merkwürdig quietschend, und ich war dankbar, dass sich die Flure leerten, so bekam es keiner mit. »Ich schwöre, das ist kein Witz oder so. Meinen Eltern habe ich es gestern gesagt und ich … ich wollte, dass du es gleich als Zweiter erfährst.«

»Hör auf, ja?« Er hob die Hände. »Hör einfach auf.«

»Micah –«

»Glaubst du denn, ich hätte so was nicht gemerkt? Wenn mein bester Freund auf Typen steht? Du hattest Freundinnen, Flynn! Mehrere. Wir haben zusammen Pornos im Internet geguckt und darüber gesprochen, wie wir … *Sachen machen* – *du* hast darüber gesprochen, Sachen mit Mädchen zu machen – und jetzt bist du auf einmal schwul, einfach so?«

»Nein … nicht einfach so«, murmelte ich, während ein Kältegefühl meinen ganzen Körper erfasste. »Ich weiß es irgendwie schon seit einer Weile, aber ich …«

»Ich hab gesagt, du sollst aufhören!«

»Hör mir doch mal zu!«, rief ich. »Ich trage das schon ziemlich lang mit mir herum, Micah – vielleicht schon seit der Achten, aber irgendwie – habe ich immer gehofft, das wäre nur eine Phase oder ich …«

»Du hast es seit der *Achten* gewusst und mir nie was gesagt?« Sein Verhalten änderte sich schlagartig, jetzt war sein Ton von glühendem Zorn erfüllt. »Mann, ich erzähle dir alles!«

»Nein, tust du nicht«, sagte ich. Ich spürte, wie sich hinter meinen Augen ein Druckgefühl aufbaute, und versuchte, ruhig zu bleiben. Das lief überhaupt nicht so, wie es sollte.

»Alles Wichtige schon!«, widersprach er heftig. »Ich hab es dir erzählt, als ich vermutete, dass mein Dad eine Affäre hatte, als ich eine Darmreizung hatte und mit einer verdammten Windel in die Schule gehen musste … du warst der einzige Mensch, dem ich mich anvertraut habe, als ich dachte, ich hätte mir Genitalwarzen eingefangen.«

»Du wusstest genau, dass du keine Genitalwarzen hattest«, erklärte ich ihm, in der entfernten Hoffnung, dass er vielleicht rückblickend darüber lachen konnte. »Du warst noch Jungfrau.«

»Ich hab dir meinen Schwanz gezeigt!«

Einen Moment lang sah ich ihn verständnislos an, während Angst und Bestürzung die Alarmglocken bei mir schrillen ließen. »Bist du deshalb so sauer?«

»Ich habe mich die letzten dreizehn Jahre lang vor dir ausgezogen und so weiter, glaubte, da wäre nichts dabei, und jetzt finde ich heraus, dass du die ganze Zeit …«

»Dass ich was?«, fragte ich herausfordernd und breitete die Arme aus. »Dass ich dich insgeheim geil finde? Dass ich mir nachts einen runterhole und dabei an deine Darmreizung und deine eingebildeten Genitalwarzen denke? Nur weil ich schwul bin, stehe ich nicht automatisch auf dich, Micah! Du bist wie ein Bruder für mich! Glaub mir – ich finde deinen Körper nicht geil.« Mit Nachdruck setzte ich hinzu: »Ich bin verdammt noch mal immer noch derselbe Mensch!«

»Nein, bist du nicht!«, blaffte er empört zurück und hielt mir den Zeigefinger vors Gesicht. »Du bist *nicht* der Typ, der auf meiner Bar Mitzwa damit angegeben hat, dass er gesehen hat, wie Brittany Cole die Titten aus dem Ausschnitt gerutscht sind. Du bist *nicht* der Typ, der mir geholfen hat, Brustwarzen auf die Barbiepuppen meiner Schwester zu malen, damit wir Pornofotos davon machen konnten. Und du bist *nicht* der Typ, den ich mein gesamtes verdammtes Leben zu kennen glaubte! Ich weiß nicht, wer du bist.«

Wir maßen uns mit Blicken, schwer atmend, und dann gongte es, das Geräusch durchschnitt die stickige Luft im Flur wie ein Fallbeil. Steif sagte Micah: »Ich muss in den Unterricht.«

Damit drehte er sich um und marschierte den Flur hinunter, während eine Welle der Panik, der Ungläubigkeit und der Trauer in mir aufstieg und mir sämtliche Luft aus den Lungen drückte.

18

NADELN STACHEN IN MEINE Tränendrüsen, ich sah nur noch einen Wirbel aus Licht und Farbe. *Was hatte ich mir gedacht*? Wie hatte ich so dumm sein können zu erwarten, dass Micah meine kleine Neuigkeit einfach so wegstecken würde? Natürlich war er ausgeflippt, immerhin hatte ich ihn jahrelang angelogen.

Ich hatte keine Zeit mehr, meine Bücher zu holen, deshalb ging ich mit leeren Händen in die erste Stunde und starrte fünfundfünfzig Minuten lang auf die Tafel, ohne ein einziges Wort von Mr Pierces Ausführungen über Algebra mitzubekommen. Konnte mein Leben überhaupt noch schlimmer werden? Ich hatte das Gefühl, gegen einen Eisberg geknallt zu sein, der schon die ganze Zeit vor meiner Nase gewesen war, den ich aber aus lauter Dummheit nicht ernst genommen hatte. Tag für Tag fand ich Dinge über January heraus, von denen ich nichts geahnt hatte, die unter der Oberfläche die ganze Zeit da gewesen waren, ohne dass ich sie bemerkt hatte; gerade hatte ich mich fröhlich in meinen ersten richtigen Streit mit Micah hineinmanövriert, wieder aufgrund meiner

Weigerung, das Offensichtliche zur Kenntnis zu nehmen. Was, wenn er nicht darüber hinwegkam? Was sollte ich ohne meinen besten Freund anfangen? Ohne meine *beiden* besten Freunde?

Den Rest des Tages ging Micah mir aus dem Weg und antwortete auch nicht auf meine Textnachrichten, in denen ich mich noch einmal entschuldigte und ihn um ein Gespräch bat. Mit *mir* redete er nicht, allerdings schien er sich mit so ziemlich allen anderen an der Riverside auszutauschen. Im Flur kamen drei Schüler auf mich zu, um sich die Gerüchte von mir bestätigen zu lassen, die an der Schule die Runde machten, und ich hatte Mühe, mir meinen Ärger darüber, dass sie einfach so in meine Privatsphäre eindrangen, nicht anmerken zu lassen. Sogar Mason Collier, Arschloch der Extraklasse, wollte mich wissen lassen, wie offen er damit umging.

»Ich habe einen schwulen Cousin«, teilte er mir mit, als würde er mir ein Riesengeheimnis anvertrauen, weil ich es nachvollziehen konnte. »Der ist echt ziemlich cool. Total witzig. So seid ihr Schwulen eben, nehme ich an.«

Dann wartete er darauf, dass ich seinen Standpunkt mit einer humorvollen Bemerkung würdigte, während ich innerlich stöhnte und Qualen litt. Würden meine Cousins etwas Ähnliches zu *ihren* schwulen Freunden sagen, wenn sie das von mir erfuhren? Und wie witzig würde ich sein müssen, um ins Bild zu passen?

Zu meiner Überraschung kam Tiana nach der fünften Stunde zu mir und umarmte mich. »Ich hab's schon gehört – klar – und bin total stolz auf dich, Flynn. Auch wenn du es mir nicht persönlich erzählt hast, aber trotzdem. Das ist ein Riesending, und wahrscheinlich macht es einem Angst, deshalb wollte ich dir sagen: Ich stehe hinter dir und freue mich für dich.«

»Wenigstens eine«, murmelte ich.

»Tja, also.« Ihr musste ich nicht erzählen, auf wen ich anspielte. »Er dreht durch, aber du kennst ja Micah: Erst schießen, dann fragen.«

»Du glaubst, er wird irgendwann noch Fragen stellen?«

»Klar, du Dummkopf! Ihr beiden seid seit Urzeiten die dicksten Freunde – er braucht bloß ein bisschen Zeit, bis er sich dran gewöhnt hat.«

»Er war so was von sauer.« Ich spürte, wie sich meine Kehle zusammenschnürte und wie mir die Tränen in die Augen traten, und mein Gesicht wurde heiß vor Verlegenheit. Bei Ti klang es, als wäre es halb so wild, aber sie war nicht dabei gewesen, sie hatte nicht Micahs Gesichtsausdruck gesehen, als er gesagt hatte, dass er nicht mehr wisse, wer ich bin.

»Er ist nicht *sauer*, er ist nur ...« Tiana seufzte. »Du musst das verstehen. Für ihn seid ihr zwei so etwas wie Batman und Robin. Das ist zum Anbeten nerdig und rührend, aber so ist er eben, mein Freund.« Schicksalsergeben warf sie die Hände in die Luft. »Im Augenblick ist er durcheinander und weiß nicht, wie er es verarbeiten soll. Dass du anders bist, gibt ihm das Gefühl, als wäre er anders, und das macht ihm ... Angst.«

»Angst vor mir?«

»Angst vor dem Leben.« Tianas todernster Blick sagte

mir, dass auch sie die Neuigkeiten über January gehört hatte. »Ich meine, haben wir das nicht alle? Ein bisschen wenigstens?«

***

Bis Unterrichtsende war ich zu einer Erkenntnis gelangt. Mein Coming-out war vielleicht nicht dieser zu Herzen gehende, ganz besondere Augenblick gewesen, als der es in Fernsehshows dargestellt wurde, aber Tatsache war: Ich hatte es hinter mir. Micah hatte mir die Mühe erspart, es meinen Schulkameraden zu eröffnen, und meine Eltern würden bestimmt meine Großeltern und die diversen anderen Verwandten informieren, das Schlimmste lag also hinter mir. Es war nicht leicht gewesen und es war längst nicht vorbei, aber wenigstens war die Katze aus dem Sack.

Nachdem das erledigt war, blieb immer noch ein anderes ungelöstes Problem: Januarys mysteriöse Schwangerschaft. Obwohl ich Jonathan Walker ohne konkrete Beweise nicht damit in Verbindung bringen wollte, hatte ich auch nicht vor, die Sache einfach so auf sich beruhen zu lassen. Wenn er der Vater war, würde er es wahrscheinlich leugnen, aber es gab da jemanden, der womöglich die Wahrheit kannte.

Nach der Schule nahm ich wieder Masons Fahrdienste in Anspruch, und er betonte fast die ganze Fahrt lang nervös, wie locker er in Gesellschaft von Schwulen war – dabei bewies er paradoxerweise das Gegenteil. Immer wieder sah er verstohlen zu mir herüber, wenn er dachte, ich merkte es nicht, und schließlich verfiel er in Schweigen. Als er wieder etwas sagte, räusperte er sich erst. »Äh, nur damit das klar ist, ich bin kein Homo oder so.«

»Wie bitte?« Es kam so unvermutet, dass ich nicht wusste, wie ich reagieren sollte.

»Ich meine, ich nehme dich nicht mit, weil ich auf dich stehe oder so. Ich versuche nur, cool zu sein.« Seinem Ton nach zu schließen konnte man diese Unterscheidung gar nicht wichtig genug nehmen. »Wie gesagt, ich habe kein Problem mit Schwulen, aber ich bin selbst keiner … nur damit du's weißt. Damit du nicht auf irgendwelche Ideen kommst oder so.«

»Was denn für Ideen?«

Er verdrehte genervt die Augen. »In Bezug auf mich. Ich mag Mädchen, okay?«

»Hat ja keiner das Gegenteil behauptet«, setzte ich ihm mit wachsendem Unmut auseinander.

»Genau«, sagte er entschieden. »Nur damit das zwischen uns klar ist.«

»Glasklar«, versicherte ich ihm kühl. Er war so ein Egoist, dass er die Möglichkeit, ich könnte mich nicht zu ihm hingezogen fühlen, für abwegig hielt – und auch wenn Mason Collier gar nicht mal unattraktiv war, rangierte er mit seinen Justin-Bieber-Klamotten und seiner idiotischen Art auf meiner Liste der Leute, mit denen ich vielleicht gern ein Date hätte, noch hinter einer Wachsfigur von Jack the Ripper. Dann hielt er vor dem Eingang der Dumas Academy und ich stieg mit einem freundlichen – wenn auch nicht *zu* freundlichen, damit er nicht dachte, ich käme auf irgendwelche komischen Ideen –, Abschiedsgruß aus.

Diesmal fand ich Reiko hinten im Zuschauerraum, wo sie still vor sich hin zeichnete, ihre Hände fuhren mit sorgfältigen, sicheren Strichen über das schwere Papier des hochwertigen Skizzenblocks. Neben sich hatte sie ein Sortiment professionell aussehender Farbstifte und einen klumpigen grauen Radiergummi arrangiert, der nach gekautem Essen aussah. An der Bühnenrampe stand Cedric Hoffman und gab zwei mürrisch wirkenden Schauspielern nebulöse Anweisungen. »Cléante, ich kauf dir nicht ab, dass du Angélique wirklich liebst. Mach es mehr *aus dem Augenblick heraus.*«

»Aber ich verstehe nicht mal das Stück!«, gab der Darsteller von Cléante schnippisch zurück.

»Darum geht es nicht«, antwortete Cedric auf scine ruhige, lässige Art. »Das wird das Publikum auch nicht. Du musst dafür sorgen, dass sie es *fühlen.*«

Ich verdrehte die Augen und störte Reiko in ihrer Konzentration. »Hallo. Ähm … ich muss dich sprechen.«

Sie sah auf. Ihre Augen waren geschwollen, ihr Gesicht fleckig vom Weinen. Als sie mich erkannte, stieß sie einen Seufzer aus und sagte müde: »Ich dachte, ich hätte dir klargemacht, dass ich dir nichts zu sagen habe.«

»Hast du.« Ich verschränkte die Arme vor der Brust und versuchte, mich von ihrem offensichtlichen Kummer nicht allzu sehr mitnehmen zu lassen. Die lokalen Medien hatten die ganze Woche keine Ruhe gegeben und geifernd über das Klebeband und die blutigen Kleider berichtet, und Januarys lächelndes Gesicht mit der Bildunterschrift VERMUTLICH TOT war stündlich über den Bildschirm geflimmert. »Das war aber bevor du dachtest, dass sie weggelaufen ist, weil ich nicht mit auf einen Ball gehen wollte.«

Sie verzog gequält den Mund. »Ja, stimmt. Da habe ich mich wohl getäuscht. Wenn du das hören wolltest, bitte schön. Du bist nicht dafür verantwortlich, dass sie verschwunden ist, du bist nur teilweise dafür verantwortlich, dass sie sich die ganze Zeit so einsam gefühlt hat.«

»Das ist nicht fair«, sagte ich verärgert. »*Sie* hat *mich* ausgeschlossen und nicht umgekehrt. Das habe ich dir doch gesagt.«

»Na gut.« Ihr Widerspruchsgeist hatte sich anscheinend verflüchtigt, denn sie klang, als würde sie mir tatsächlich recht geben.

Sie wandte sich wieder ihrer Zeichnung zu und ignorierte mich demonstrativ, als sie einen Stift auswählte und damit kurze, flinke Striche zog, wobei sie den Block schräg stellte, damit ich nicht sehen konnte, woran sie arbeitete. Etwas lauter sagte ich: »Deswegen bin ich aber nicht den ganzen Weg hergekommen. Ich muss dich was fragen.«

»Entschuldigung.« Die Unterbrechung kam von Cedric Hoffman, in entschiedenem, vorwurfsvollem Ton. »Ich hoffe, wir stören euch mit unserer kleinen Probe nicht bei eurer Unterhaltung.«

Ich drehte mich um, und als er mein Gesicht sah, verwandelte sich die Verärgerung in seiner Miene in Überraschung und schließlich in eine Feindseligkeit, die ich nicht so recht deuten konnte, seine Lippen waren zu einer dünnen Linie zusammengepresst. Ganz offensichtlich erkannte er mich, und er schien keine große Lust zu haben, die Bekanntschaft zu vertiefen. Ich hatte jedoch keine Zeit, mir den Kopf darüber zu zerbrechen, denn Reiko legte ihren Skizzenblock ab und stand auf. Sie schob sich an mir vorbei und steuerte auf die Tür zum Foyer zu. Bevor ich ihr folgte, warf ich einen Blick auf ihren Block, und mir stockte der Atem; es war ein Porträt von January, so realistisch in den Details, dass ich erschrak. Es war kaum zu glauben, dass jemand etwas so Exaktes mit der Hand zeichnen konnte; Reikos Talent war einschüchternd.

Als ich das Foyer betrat, brannte Cedrics Laserblick immer noch auf meinem Rücken. Reiko wartete schon auf mich. Kaum hatte sich die Tür hinter mir geschlossen, zischte sie: »Ich habe dir schon zwei Mal erklärt, dass ich dir nichts zu sagen habe …«

»Ist mir klar«, schnitt ich ihr schnöde das Wort ab. »Du kannst mir angeblich nichts verraten, weil es ›Regeln‹ gibt. Was bedeutet das? Regeln wofür?«

Sie atmete tief durch und runzelte die Stirn, als versuchte sie zu entscheiden, ob sie mir überhaupt diese Frage beantworten konnte. »Ich bin Peer-Beraterin«, sagte sie schließlich barsch und abweisend. »Ich habe January kennengelernt, weil sie sich wegen … einer Sache, die ihr zu schaffen machte, an mich gewandt hat, okay? Das Beratungsprogramm beinhaltet unter anderem, dass ich nicht einfach Dinge ausplaudern kann, die mir anvertraut werden. January wandte sich an mich, weil sie jemanden zum Zuhören brauchte, jemanden, der sie nicht verurteilen oder ihre Privatangelegenheiten in der ganzen Schule verbreiten würde. Ich habe ihr mein Wort gegeben, okay?«

»Na ja, sie könnte inzwischen tot sein.« Eine Feststellung, die mich überraschte, obwohl sie aus meinem eigenen Mund kam. Es war das erste Mal, dass ich es laut eingestanden hatte, und es fühlte sich an, als hätte gerade jemand meine Seele als Fußabstreifer benutzt. »Deine Geheimhaltung hilft ihr also nichts mehr.«

»Das zählt nicht.« Das Mädchen mit den pinkfarbenen Haaren ließ sich nicht beirren, und ich merkte, wie ich allmählich die Fassung verlor. Seit meinem Streit mit Micah am Morgen stand ich am Rand eines peinlichen Zusammenbruchs, und wieder war meine Brust wie zugeschnürt, als ich mich mühte, die nächste Frage zu formulieren.

»War es … wurde sie vergewaltigt?«, fragte ich mit gepresster Stimme. Ich hatte Schwierigkeiten, das Wort herauszubringen, würgte es qualvoll hervor, und meine Hände fingen zu zittern an. Es war schwer gewesen, mir vorzustellen, dass January mich betrogen hatte, und abwegig, dass sie ihren Stiefvater verführt hatte, aber das hier …

»Das kann ich dir nicht sagen«, flüsterte Reiko, dabei war ihre starre, bestürzte Miene Bestätigung genug.

»Oh, Scheiße, es stimmt wirklich.« Ihre plötzliche Distanziertheit, ihre Lügen, ihre Verzweiflung, alles ergab jetzt einen Sinn.

»Du solltest besser gehen«, forderte sie mich mit belegter Stimme auf und steuerte an mir vorbei auf die Tür des Theatersaals zu. »Ich hätte den Mund halten sollen. Ich hätte dich zum Teufel schicken sollen! Was ist nur mit mir los?«

Ich packte sie am Arm. »Warum bist du nicht zur Polizei gegangen?«

»January wollte es nicht. Sie hasste die Vorstellung, dass alle es wüssten. Ich sagte ihr … ich sagte ihr, der Kerl gehöre hinter Gitter, aber sie weigerte sich, ihn anzuzeigen, und ich war machtlos.«

»Du hättest selbst zur Polizei gehen können!« Ich brüllte sie praktisch an, fassungslos darüber, was sie mir da erzählte. Verzweifelt versuchte ich das Bild aus meinem Kopf zu verbannen, wie jemand über January … *herfiel.* »Scheiß auf deine Geheimhaltungspflicht! Bist du nicht verpflichtet, ein Verbrechen anzuzeigen?« Reiko wollte sich losreißen, aber ich hielt sie fest, voller Wut, die sich wie eine Rückkopplungsschleife immer mehr verstärkte. »January wurde vergewaltigt, und du lässt den Kerl damit davonkommen, weil du ihr ›dein Wort gegeben‹ hast?«

»Du kannst mich mal!«, schrie sie und schubste mich kräftiger, als ich ihr zugetraut hätte. Während ich rückwärts stolperte, verzog sich ihr Gesicht zum Weinen. »Du hast keine Ahnung, wie das ist! Was für eine entmenschlichende Erfahrung das ist, wie es sich anfühlt, wenn einen danach alle anglotzen! Und Gott steh dir bei, wenn der Kerl, der dir das angetan hat, allseits beliebt ist, ein Sportler oder so.« Sie muss gesehen haben, wie mir ein

Licht aufging, denn sie stieß ein scharfes, giftiges Lachen aus. »Ja. Ich auch. Warum, glaubst du, haben mich meine Eltern von der Schule genommen und sind hierhergezogen? Ich habe den Fehler begangen, mich von einem Lacrossespieler vergewaltigen zu lassen, und als ich ihn anzeigte, wurde ich sofort die Stadtschlampe. Die größte *Lügnerin* der Stadt. Eine psychopathische Hure, die nur Aufmerksamkeit suchte. ›Sie wollte es doch selbst!‹ – ›Er hat wahrscheinlich aus Mitleid mit ihr geschlafen, und sie hat es nur als Vergewaltigung hingestellt, um sich zu rächen.‹ – ›So sind Jungs nun mal!‹« Sie spuckte die Worte aus, Schmerz glänzte in ihren Augen. »Nicht einmal die Freunde von mir, die mir glaubten, wollten noch Zeit mit mir verbringen, weil ich auf einmal eine Belastung war – eine Aussätzige. Wie sollte ich January erklären, dass es das Opfer wert war?«

»Das tut mir leid«, sagte ich aufrichtig. »Aber weißt du, es ist einfach … es ist nicht richtig. Ich verstehe ja, dass sie sich das nicht antun wollte, aber du kannst dich nicht immer noch an dein Versprechen halten, das wäre verrückt! Dieser Kerl hat sie vielleicht umgebracht, Reiko, und damit darf er nicht davonkommen! Das darf nicht sein. Das hätte auch January nicht gewollt.« Da war ich mir hundertprozentig sicher. January hätte gewollt, dass ihr Vergewaltiger bestraft wurde – er *verdiente* es, bestraft zu werden –, und irgendwer musste verdammt noch mal dafür sorgen, dass es geschah.

»Es lässt sich nicht beweisen.« Sie schüttelte den Kopf. »Es gab keine Zeugen, der Kerl hat ihr was verabreicht, damit sie bewusstlos wurde und nichts mitbekam, und als sie sich an mich wandte, waren die blauen Flecken schon abgeklungen. Es gab keine Beweise mehr.«

Mein Kiefer verkrampfte sich, meine Sicht verschwamm. »Er hat sie geschwängert.«

Reiko wurde bleich und ihre Knie wollten unter ihr nachgeben; mit dem Rücken an die Wand gelehnt sank sie auf den Boden und flüsterte: »*Nein …*«

»Sie muss außer sich vor Angst gewesen sein, als sie es merkte.« Ich spürte, wie heiß meine Wangen waren, als eine Träne zu meinem Kinn rann. »Sie wusste nicht, was sie tun sollte, auf wen sie zählen konnte. Und ich glaube, er fand es heraus. Ich glaube, sie stellte ihn zur Rede, und er tötete sie, um es geheim zu halten.« Ich ging ebenfalls in die Knie, um auf gleicher Augenhöhe mit Reiko zu sein. »Selbst wenn du nicht dabei warst, als es passiert ist, kannst du den Cops sagen, was January dir anvertraut hat. Lass ihn nicht damit davonkommen, Reiko. Sag mir, wer es war.«

»Ich … ich kann nicht«, sagte sie auf merkwürdige, gequälte Art. »Sie hat mir nie seinen Namen verraten.«

Es klang nach der Wahrheit, doch mir war ihr kurzes Zögern nicht entgangen. Leise sagte ich: »Du hast es dir aber zusammengereimt, stimmt's? Oder hast einen Verdacht?« Ich hatte einen sauren Geschmack im Mund, als ich sie fragte: »War es ihr Stiefvater?«

Reiko sah mich lange an, ihre Miene war schmerzerfüllt, aber unergründlich. Ich wartete, versuchte vergeblich herauszufinden, ob ich ins Schwarze getroffen hatte. Schließlich murmelte sie leise und stockend: »Ich werde darüber nachdenken, was du gesagt hast.«

Dann stand sie auf und schlüpfte durch die Tür in den Theatersaal, ließ mich allein in der Stille des Foyers zurück.

19

MEIN MAGEN RUMPELTE und rumorte wie ein Fass, das die Niagara-Fälle hinunterstürzt, als ich einen Stadtbus nach Hause nahm, auf den Gehwegen huschten in der zunehmenden Dämmerung kostümierte Kinder vorbei. Ein Gespenst schwang einen kürbisförmigen Eimer, der bunt eingewickelte Bonbons enthielt, eine kleine Hexe mit spitzem Hut und grünem Gesicht zog einen alten Besen hinter sich her, und zwei Elfenprinzessinnen klammerten sich kreischend aneinander, weil in einem Vorgarten ein Plastiktotenschädel aufleuchtete und zu lachen anfing, als sie zu nah daran vorbeigingen. Mir wurde schwer ums Herz, ich trauerte nostalgisch einer Zeit hinterher, als das Schlimmste, wovor ein Mädchen sich fürchten musste, billige Halloweendekorationen waren.

Ich vergrub den Kopf in den Händen. January war *vergewaltigt* worden. Die Beispiele ihres distanzierten und unerklärlichen Verhaltens brachen wie schmerzende Wunden aus meiner Erinnerung hervor, ihre zeitliche Abfolge erschien mir rückblickend auf einmal bedeutsam. An dem Wochenende vor der Heuwagenfahrt war sie ohne Erklärung nicht mehr an ihrer Arbeitsstelle erschienen … war es damals passiert? Mit wachsendem Unbehagen stellte ich fest, dass ungefähr zur selben Zeit die Distanziertheit zwischen uns das erste Mal offenkundig geworden war; und als ich zurückzählte, erschrak ich so sehr, dass mir das Blut in den Adern stockte, denn mir kam noch eine andere Erkenntnis: Der Samstag, an dem sich January laut Kaz bei Old Mother Hubbard krankgemeldet hatte, war genau vierundzwanzig Tage, bevor sie verschwand. In diesem Moment löste sich der Bus in nichts auf, ich sah nur noch die fünfundzwanzig Kerben vor mir, die jemand energisch in die modernde Holzwand des Heubodens geritzt hatte.

Fünfundzwanzig. War das möglich? Hatte sie sich in ihrem Geheimversteck verbarrikadiert und tatsächlich *die Tage markiert*, die sie seit dem Angriff durchgestanden hatte? Fünfundzwanzig Tage, das waren fast vier Wochen … reichte das, um zu wissen, dass sie vielleicht schwanger war? Um eine solche Panik zu bekommen, dass sie ihren Verdacht durch einen Test bestätigen ließ?

Reichte es, um die Wahrheit zu erfahren und durchzudrehen?

Sie hatte ihren Job aufgegeben und war dann aus dem Stück ausgestiegen … beide Mal hatte Reiko ihr davon abgeraten. Sie hatte January wahrscheinlich gesagt, dass es nicht gut war, wenn sie sich von anderen Menschen zurückzog, dass sie ihrem Trauma nicht die Kontrolle über ihr Leben überlassen durfte; als Reaktion darauf hatte January gelogen und behauptet, sie täte es, um mehr Zeit mit mir verbringen zu können. Reiko war vermutlich empört gewesen, denn January ging es nicht gut. Reiko glaubte, ich würde meine Freundin unter Druck setzen, weil mir ihr Martyrium entweder gleichgültig war oder ich es nicht wahrhaben wollte.

Du warst nie für January da, wenn sie dich brauchte. Allmählich kam ich zu der Überzeugung, dass Reiko recht hatte. Es schmerzte wie eine offene Wunde, dass January das Gefühl hatte, mir nicht sagen zu können, was passiert war, als würde ich sie womöglich verurteilen oder in einem neuen Licht sehen; als ihr Freund taugte ich nicht viel, aber ich hatte sie *geliebt* und hätte in jedem Fall zu ihr gestanden. Mein Schmerz darüber, dass sie mich nicht um Hilfe gebeten, sondern belogen und als egoistisch bezeichnet hatte, war jedoch nichts im Vergleich zu meiner Scham; es hatte Anzeichen gegeben, und ich hatte sie übersehen, weil ich zu beschäftigt damit gewesen war, den Riss in unserer Beziehung als Vorwand dafür zu benutzen, mich vor der von ihr geforderten Intimität zu drücken.

Irgendwann kam mir allerdings der Gedanke, dass hinter ihrem Verführungsversuch in der Scheune vielleicht mehr steckte als nur eine List, um den Vater des Babys zu verschleiern. Vielleicht wollte sie wirklich, dass ich ihr »Erster« war. Vergewaltigung hatte mit Sex nichts zu tun, sondern war ein Akt roher Gewalt, und nach allem, was man ihr angetan hatte, wollte sie vielleicht mit jemandem zusammen sein, der etwas für sie empfand. Wieder gab mir eine Gewissheit einen Stich: die Tatsache, dass ich es niemals herausfinden würde.

Zu Hause angekommen, war ich bedrückt und ruhelos. Meinen Eltern konnte ich nicht sagen, was ich erfahren hatte; der Gedanke, diese Worte noch einmal laut auszusprechen, erfüllte mich mit Grauen, und ich hatte ja auch gar keine Beweise, um meine Behauptung zu stützen. Schon unter normalen Umständen wäre es mir schwergefallen, eine solche Unterhaltung anzufangen, geschweige denn jetzt, wo die einfachsten Interaktionen peinlich und voller unterschwelliger Bedeutungen zu sein schienen. Meine Mom schilderte lang und breit, wie sie und Dad am Nachmittag dem Aktionsbündnis der Eltern homosexueller Kinder beigetreten waren, und dann unterhielten sie sich nur wegen mir darüber, dass Annette aus Dads Büro eine lesbische Tochter hatte. Sie empfahlen sogar Filme zum Thema Homosexualität, von denen sie gelesen hatten und die mir ihrer Meinung nach gefallen könnten. So sehr mich ihr Eifer rührte, war das Ganze doch eine demütigende Erfahrung, und ich floh, sobald ich konnte, in mein Zimmer, um meine Verlegenheit, meinen Kummer und derlei Empfindungen mehr mit mehreren stupiden Stunden Xbox zu betäuben.

Eigentlich wollte ich mit Micah und Tiana zu Madison Reinbecks Halloweenparty gehen, aber ich war nicht gerade in Partylaune – und ich war auch gar nicht sicher, ob sie mich überhaupt noch dabeihaben wollten. Nach dem Essen schrieb ich Micah mehrere Nachrichten, ohne Reaktion, und versuchte es dann bei Ti. Einige Zeit später schrieb sie zurück, sie und Micah seien bereits bei Madison. *War wohl ein Missverständnis, sorry!* Ja, klar.

Obwohl ich ja gar keine Lust darauf gehabt und vorausgeahnt hatte, dass Micah mich nicht sehen wollte, verletzte mich der Gedanke, dass sie hingegangen waren, ohne mir Bescheid zu geben, dass sie mich nicht abholen würden. Vor einer Woche waren Micah und ich beim Skaten gewesen, hatten gekifft und uns gefragt, wo January war; jetzt saß ich auf dem Boden meines Zimmers, starrte auf mein angehaltenes Computerspiel und fühlte mich so einsam wie noch nie in meinem Leben.

Ich wusste, wenn ich nichts unternahm, würde ich durch eine metaphorische Luftschleuse in eine sauerstofflose Ödnis mit schlechtem Karma gesaugt werden, deshalb griff ich zu meinem Telefon und rief den einzigen Menschen an, der mir noch blieb.

Eine halbe Stunde später vibrierte mein Handy, und ich flitzte wie ein Wirbelwind die Treppe hinunter und zur Haustür hinaus, rief meinen verdutzten Eltern einen hastigen Abschiedsgruß zu und versprach, vor dem Zapfenstreich um Mitternacht zurück zu sein. Der schwarze Lexus schnurrte am Bordstein wie ein satter Panther, und als ich die Beifahrertür aufriss, schlug mir ein Geruch von Sandelholz und feinem Leder entgegen, der peinlicherweise meine Knie zittern ließ.

»Hey«, begrüßte mich Kaz mit seinem schiefen Grinsen, als ich einstieg. Er trug wieder seine Cabanjacke, hatte sein Haar zu einem wuscheligen Schopf gestylt, und seine faszinierenden grünbraunen Augen waren voller Neugier. »Wo soll's hingehen?«

»Keine Ahnung«, sagte ich errötend und ein bisschen

nervös. Ich sah auf seine Lippen und dachte wieder an unseren Kuss in der Scheune, und auf einmal war ich so elektrisiert, dass ich Angst hatte, die Luft um mich herum würde zu knistern anfangen. »Vielleicht ins Stadtzentrum. Auf einen Kaffee?«

»Okay.« Kaz klang leicht amüsiert, als würde er mir ansehen, dass ich mehr als eine Koffeinspritze im Sinn hatte. »Also Kaffee.« Er fuhr los und bog an der Plymouth Road Richtung Stadtzentrum ab. »Ich muss zugeben, ich war überrascht, als dein Anruf kam. Klar, ich hab dir meine Nummer gegeben und so, aber ich dachte, du bist stinksauer auf mich.«

»Ich … ich war eigentlich gar nicht sauer auf dich …«

»O doch«, korrigierte er mich, aber in verständnisvollem Ton. »Das war übergriffig und dreist von mir. Ich hatte nicht das Recht, das zu sagen, was ich gesagt habe. Nur noch mal fürs Protokoll: Es tut mir leid. Und ich bin wirklich froh, dass du angerufen hast.« Wieder warf er mir ein schiefes Grinsen zu und sah mich über seine perfekt geschwungene Nase hinweg an. »Warum hast du eigentlich angerufen? Ich meine, es ist Freitagabend. Und außerdem Halloween. Warum bist du nicht bei irgendeiner tollen Party?«

Ich wand mich ein bisschen, als wir langsam auf eine rote Ampel zurollten, und spürte, wie mir am Hals warm wurde. Aus irgendeinem Grund hatte ich gedacht, bei Kaz wäre es leichter als bei meinen Eltern und Micah, aber jetzt war ich genauso kribbelig und nervös. »Ich … ich habe meinen Eltern gesagt, dass ich schwul bin.«

»Moment mal … was?«

»Genau genommen hab ich's allen gesagt. Na ja, ich hab es einem Menschen gesagt und der hat es dann allen weitererzählt, aber …« Ich wurde unterbrochen, als Kaz sich über die Mittelkonsole warf und mich fest an sich drückte. Ein Duft nach Waschpulver, Styling Gel und würzigem Rasierwasser hüllte mich ein, und in meiner Magengrube breitete sich Hitze aus. Sogar durch seine Jacke hindurch fühlte er sich warm an, und zum ersten Mal legte ich die Arme um einen süßen Jungen, ohne mich zurückhalten zu müssen oder gleichgültig zu tun.

»Das ist unglaublich, Flynn!«, sprudelte er hervor, seine Wange gegen meine gedrückt. Wenn ich so etwas in der Art von »Ich hab's dir ja gesagt« erwartet hatte, es kam nicht. »Das ist gigantisch! Ich bin so stolz auf dich – nein, streich das. ›Stolz‹ kling so herablassend, findest du nicht?« Er lockerte kurz seinen Griff, dann packte er wieder energisch zu. »Nein, weißt du, was? Scheiß drauf. Ich *bin* stolz auf dich, weil das Coming-out nämlich eine Menge Mumm erfordert. Echt eine Riesenmenge. Gut gemacht!«

»Es ist grün«, sagte ich, den Hals gegen seine Schulter gepresst.

Kaz löste sich von mir und fuhr los, in aufgekratzter, fast alberner Stimmung, und mit ansteckender Begeisterung sagte er: »Okay, der Kaffee geht auf mich. Wenn ich alt genug wäre, um Alkohol zu kaufen, oder einen falschen Ausweis hätte, würde ich dich auf Champagner oder so einladen, aber du wirst dich mit Kaffee begnügen müssen. Erzähl doch, wie war's?«

»Es war nicht geplant«, gab ich zu. Ich lieferte ihm eine zensierte Version des großen Moments, weil ich nicht wollte, dass seine herzliche Anteilnahme verflog, wenn ich ihm den Grund für den Besuch der Polizisten erzählte, und schloss mit der haarsträubenden Geschichte meines schwulenfreundlichen Horrorabendessens. »Mein Dad hat mir Fernsehserien mit schwulen Charakteren empfohlen und angekündigt, dass wir diesen Sommer mit der ganzen Familie zum Christopher Street Day nach Chicago fahren würden, und dann wurde mir das alles zu viel und ich musste da raus.«

Kaz lachte. »Das ist witzig – sie klingen richtig cool.«

»Ich glaube, du verstehst das nicht richtig«, sagte ich mit Nachdruck. »Sie meinen das mit dem Christopher Street Day ernst. Du weißt doch, wie peinlich das ist, wenn man von seinen Eltern in die Shoppingmall gefahren wird. Das wird ungefähr so, nur zehnmal schlimmer. Es ist, als würde man mit seiner Oma zum Abschlussball gehen. Wo sich lauter Dragqueens tummeln.«

»Ich finde, du kannst dich glücklich schätzen«, entgegnete er, aber mir fiel auf, dass er nicht mehr so munter klang. »Wo sind eigentlich deine anderen Freunde? Ich dachte, du hast es allen gesagt?«

»Ja«, antwortete ich betreten. »Nicht alle standen auf so peinliche Art hinter mir wie meine Eltern. Mein bester Freund hat es … er redet gerade nicht mehr mit mir.«

»Das tut mir leid.« Kaz schwieg, während die Plymouth Road in die Broadway Street und die Broadway Street in die Beakes Street überging. »Hör mal, du hast auf jeden

Fall die richtige Entscheidung getroffen. Dein Freund kriegt sich schon wieder ein, und falls nicht, ist es trotzdem um einiges besser für dich, ohne Verstellung zu leben, als so zu tun, als wärst du jemand anders, nur um dich anzupassen.« Der Blinker klickte leise, dann bog Kaz nach links in die Main Street ab, glitt unter Laternenmasten und an viktorianischen Häusern vorbei, die man in Bürogebäude umgewandelt hatte. »Glaub mir, ich weiß, das ist leichter gesagt als getan, aber du wirst niemals glücklich sein, wenn du den Rest deines Lebens andere Menschen anlügen musst. Und wenn er dich nicht so akzeptieren kann, wie du bist, ist er wohl auch kein richtiger Freund. Außerdem tut es immer ein bisschen weh zu wachsen.«

Seine Plattitüden waren schön und gut, machten es allerdings auch nicht besser, dass ich Micah vielleicht für immer verlieren würde. Er hatte nichts gegen Schwule. Zwei Mitglieder der Theater-AG hatten sich geoutet, und Micah hatte nie ein schlechtes Wort über sie verloren – er hatte kein Problem mit Schwulen, sondern mit mir, und es war kein Trost für mich, dass ich angeblich ohne ihn besser dran war, weil ich nicht glaubte, dass es so war. Vielleicht würde ich später einmal zurückblicken und mir wie im schönsten Klischee denken, was für ein Glück ich doch hatte, dass mich der Mensch, der dreizehn Jahre lang mein bester Freund gewesen war, wie einen brandigen Finger abgesägt hatte, aber dieser Tag war noch nicht gekommen.

»Ich fürchte, so optimistisch kann ich das jetzt noch nicht sehen.«

»Versteh ich. Lass dich trotzdem nicht entmutigen, ja?« Kaz wollte verhindern, dass ich mich in meiner Depression suhlte. »Ich hab dasselbe durchgemacht, und schau mich jetzt an!«

Er warf mir ein übermütiges Lächeln zu, das im Schein der vorbeifliegenden Straßenlampen richtiggehend strahlte, und ich musste gegen meinen Willen lachen. »König der Welt?«

»König der Welt«, bestätigte er. »Glaub mir, Flynn – eines Tages wirst du zurückblicken und erkennen, dass es die beste Entscheidung deines Lebens war.« Ich spürte, wie mein Blut zu wallen begann, als er mit seinen faszinierenden jade- und kupferfarbenen Augen, die so warm und weich waren, zu mir herüberschaute. »Denk nur, wovor du jetzt keine Angst mehr zu haben brauchst.«

»Zum Beispiel?«

»Zum Beispiel endlich laut auszusprechen, welche Typen du scharf findest«, antwortete er schelmisch. Einen Augenblick lang war ich sicher, dass er mir damit das Stichwort gab, um zu sagen: *Dich, wen denn sonst!,* woraufhin er an den Straßenrand fahren würde und wir zu knutschen anfangen würden, doch dann sagte er: »Heißeste männliche Promis? Raus damit!«

»Dave Franco und Colton Haynes«, bekannte ich, und das Abgefahrene war, dass es sich unglaublich toll anfühlte, solche Gedanken zum ersten Mal laut in Worte zu fassen. Jahrelang hatte ich jede Meinungsäußerung, die man als »schwul« einstufen könnte, unterdrückt, und es war gleichzeitig erschreckend und befreiend, diese Worte endlich über die Lippen zu bringen. »Im Grunde sämtliche männliche Darsteller in *Teen Wolf.* Wenn sie sich ihre Shirts abstreifen, ist das für mich immer wie Weihnachten. Micah macht sich lustig über mich, weil ich so auf die Serie stehe, und ich konnte ihm nie sagen, dass ich sie mir nicht wegen der Handlung angucke.«

»Ich dachte, Typen, die ihre Shirts abstreifen, *wäre* die Handlung.«

Kaz parkte den Lexus an der Washington Street und wir gingen von dort zu Fuß zur Nickels Arcade, einer pittoresken Ladenpassage mit gewölbter Glasdecke, die zwischen der State Street und der Maynard Street verlief. Dort gab es diverse kleine Geschäfte, darunter einen edlen Coffee Shop, wo die Erwachsenen und Studenten, die was auf sich hielten, gern hingingen. Kaz bestellte bei einem süßen Barista mit tätowierten Armen und Hornbrille zwci Cappuccino und wir setzten uns an einen der Tische vor dem Lokal.

»Auf Flynn Doherty, dessen Zukunft heute beginnt«, verkündete Kaz, stieß mit mir an und schenkte mir ein weiteres hinreißendes Grinsen, bei dem ich weiche Knie bekam. »Du hast übrigens gar nicht richtig erklärt, warum du vor deinen Eltern einfach so damit rausgeplatzt bist. Ich … ich hoffe, du hast dich durch das, was ich am Dienstag gesagt habe, nicht unter Druck gesetzt gefühlt?« Er wand sich entschuldigend, und ich schüttelte den Kopf, um ihm sein schlechtes Gewissen zu nehmen, aber der angenehme Teil des Abends war definitiv vorbei. Mit einem tiefen Seufzer erzählte ich ihm von dem Besuch der

Polizei – von Januarys Schwangerschaft, Reikos unerwarteter Enthüllung und sogar meiner Theorie über die Kerben in der Holzwand. Als ich fertig war, sah mich Kaz mit großen, besorgten Augen an, sein Gesicht war bleich. »Heilige Scheiße, Flynn. Das ist … ich meine, ich weiß nicht, was ich sagen soll.«

»Ich wollte Reiko überreden, zur Polizei zu gehen, aber sie hielt es für zwecklos. Sie sagt, es gebe ja keine Beweise und January habe den Namen des Kerls nie erwähnt … trotzdem, ich kann das nicht einfach auf sich beruhen lassen. Das werde ich nicht tun.«

Kaz starrte stirnrunzelnd auf seinen fast leeren Kaffeebecher. »Das sehe ich genauso. Andererseits, wie die Lage ist … ich meine, wenn sie wenigstens ihre Leiche gefunden hätten und die DNA des Fötus mit der DNA möglicher Verdächtiger abgleichen könnten … aber wenn es wirklich gar keine Beweise gibt – keine Zeugen, keine Waffe – worauf sollen sie sich stützen?«

»Ich möchte ja keine Binsenweisheiten verbreiten, aber vielleicht ist genau das der Grund, warum sie noch keine Leiche finden konnten. Wenn dieser Typ January getötet hat, um seine Tat zu vertuschen, konnte er wohl kaum riskieren, dass die Polizei eine Obduktion durchführt.« Ich beugte mich vor, immer überzeugter von meiner Hypothese, und spürte einen Energieschub. »Hast du dich schon mal gefragt, wie Januarys Sachen überhaupt auf die Wiese gekommen sind? Als man sie das letzte Mal gesehen hat, war sie an der Dumas, fünfzehn Kilometer von zu Hause entfernt. Falls sie wirklich dort verschwand, wie sind ihre Kleider dann in die Nähe ihres Elternhauses gekommen?«

»Mein Gefühl sagt mir, dass du eine Vermutung hast.«

»Tammy hat behauptet, dass Jonathan in dieser Nacht nicht nach Hause gekommen ist«, verkündete ich schließlich, ich stieß die Worte hitzig und erleichtert aus, »aber was, wenn doch? Wenn er bloß nicht ins Haus gegangen ist?«

Kaz' geschwungene, dunkle Augenbrauen schossen nach oben. »Du glaubst, *Jonathan Walker* hat das getan?«

»Er hätte sie problemlos von der Schule abholen können«, sagte ich eifrig und fuhr trotz Kaz' Skepsis mit der Entwicklung meiner Theorie fort. »Dann hat er sie überwältigt, irgendwo hingebracht, wo er sie töten konnte, und ihre Kleider auf der Wiese abgeladen, als Tammy schon schlief. Oder vielleicht hat er es da draußen gemacht – es ist weit genug weg von allem, dass niemand etwas gehört hätte.«

»Er tötet sie also auf der Wiese und lässt ihre Kleider zurück, damit die Polizei sie entdeckt, und anschließend versteckt er ihre Leiche irgendwo, wo sie niemand findet?« Kaz sah mich zweifelnd an und ich runzelte reflexartig die Stirn, beschämt darüber, dass mir dieser Widerspruch nicht selbst aufgefallen war. »Ich meine, warum versteckt er die Kleider nicht zusammen mit der Leiche?«

Ich rutschte auf meinem Stuhl herum, weil es sich falsch und illoyal anfühlte, January als *die Leiche* zu bezeichnen – es bedeutete, dass ich sie praktisch aufgab, auf eine Sache reduzierte, auf ein Hindernis, mit dem sich jemand anders herumschlagen musste. »Du klingst, als hättest du eine andere Theorie.«

»Vielleicht waren die Kleider als Irreführung gedacht.« Kaz fuhr mit dem Daumen an der Wölbung seines Kaffeelöffels entlang und dachte laut nach. »Vielleicht wollte jemand Walker etwas anhängen – oder einen der Walkers – und brachte die Sachen dorthin, um die Cops auf die falsche Spur zu locken.«

Ich ließ die Idee kurz sacken. Torkelson? Mr Walkers Gegner im Senatswahlkampf wäre wahrscheinlich entzückt, wenn man seinen Rivalen des Mordes bezichtigte … aber es passte nicht zusammen. Welcher Politiker würde die minderjährige Stieftochter seines Gegners vergewaltigen und dann – Wochen später – töten, nur um belastendes Material in die Hand zu bekommen? Außerdem wusste Kaz noch nichts von der Szene, die Anson angeblich in der Küche beobachtet hatte. Ich war mir sicher, dass ich mit Jonathan richtig lag. Was January passiert war, hatte persönliche und nicht politische Gründe, und für das mit ihren Kleidern würde es eine Erklärung geben; ich musste sie nur finden. Wir schwiegen eine kleine Weile, bis ich mit dem *anderen* Thema, das an mir nagte, nicht länger hinter dem Berg halten konnte.

»Ich verstehe nicht, warum sie mir nicht vertraut hat.« Ich starrte auf den Rest meines Cappuccino, den Schaumklecks am Boden meines Bechers. »Ich meine, es macht mich echt fertig, dass sie sich nicht von mir helfen ließ – und all diese Lügen über mich erzählt hat. Dass sie offenbar dachte, es sei besser, mich wie einen Mistkerl hinzustellen, der sich nicht um sie scherte, als mit mir darüber zu reden, was vor sich ging. Warum wollte January überhaupt, dass die Leute solche Sachen über mich dachten?

»Vielleicht war sie einsam«, deutete Kaz sanft an. »Sie war von all ihren Freunden getrennt, sie kam an der Dumas nicht klar, sie konnte ihren Stiefbruder nicht ausstehen – und über nichts davon konnte sie mit ihren Eltern reden, weil die für das ganze Szenario verantwortlich waren. Wenn sie den Leuten weismachte, dass ihr Freund ein Arschloch war, bekam sie wahrscheinlich Mitgefühl und Aufmerksamkeit. Bei mir hat es funktioniert. Ich habe mich ständig erkundigt, wie es ihr geht, wann sie endlich mit dir Schluss macht und so weiter.« Er zog unglücklich die Schultern hoch. »Es ist leichter, ein Mädchen mit einem fiesen Freund zu verstehen als eins, das über Nacht reich geworden ist und es hasst.«

»Kann schon sein.« Ich wusste immer noch nicht, was ich bei all dem empfinden sollte. Teils war ich verletzt und wütend, teils hatte ich Verständnis. Sie hatte mich benutzt, um ein falsches Bild von sich zu erschaffen; hatte ich es umgekehrt nicht genauso gemacht? Und ich hatte keinen Begriff davon, wie schwer es für sie gewesen sein musste, wie sehr sie litt. Wie konnte ich ihr Vorwürfe machen angesichts dessen, was ich nun erfahren hatte?

Wir tranken unseren Kaffee aus und gingen ein bisschen spazieren, saugten die kalte Nachtluft ein, machten uns über die bescheuerten Halloween-Sonderangebote in den Schaufenstern an der State Street lustig und sprachen über belangloses Zeug. Kaz erzählte von seinem Ferienpraktikum in der Praxis seines Vaters, bei dem er es geschafft hatte, das Ablagesystem so zu vermurksen, dass sie zwei Aushilfen einstellen mussten, um es in Ordnung zu bringen; ich wiederum schilderte, wie ich einmal in der Immobilienagentur meiner Mom einen Tag lang Briefe kuvertiert hatte und dabei nicht nur eine Aufgabe verbockte, die ein dressierter Affe hinbekommen hätte, sondern auch noch die Teeküche unter Wasser setzte, indem ich den Wasserspender umstieß. Als wir am Auto ankamen, lachte er Tränen.

»Also …« Er steckte die Hände in die Hosentaschen und wippte nervös vor und zurück. »Was willst du jetzt machen?«

Es war noch früh, ich musste erst in knapp einer Stunde zu Hause sein; nicht genug Zeit fürs Kino, aber allemal ausreichend, um das zu tun, wonach ich mich schon den ganzen Abend sehnte. Wieder prickelten meine Lippen, die Nerven unter meiner Haut kribbelten. Irgendwo in der Straße lachte ein Pärchen und die Straßenlampe zeichnete einen Kranz bronzefarbener Tupfer in Kaz' dunkles Haar. Meinem Eindruck nach hatte er schon den ganzen Abend darauf gewartet, dass ich den ersten Schritt machte, und obwohl mein Magen so verknotet war wie ein Luftballontier und mein Herz heftig pochte, als ich auf sein kantiges Kinn und seine schelmisch hochgezogenen Augenbrauen schaute, war ich entschlossen, es zu tun.

Ich trat näher zu ihm, atmete seinen berauschenden Duft ein, meine Lippen öffneten sich. Ich musste mich auf die Zehenspitzen stellen und mein Gesicht nach oben strecken, um den Abstand zu überwinden, aber ich stellte Hautkontakt her, mein Mund berührte in einem seligmachenden, elektrisierenden Kuss den seinen.

Woraufhin er zurücksprang, so abrupt, dass er gegen den Lexus knallte. Seine Miene wirkte überrascht und beunruhigt. »Whoa, warte.«

Ich blinzelte völlig perplex. »Ich weiß nicht … Was ist denn?«

»Das ist wahrscheinlich keine gute Idee«, antwortete er verlegen. Offenbar meinte er es ernst. Ich starrte ihn verständnislos an.

»Machst du Witze?« Das Lachen des Pärchens in der Ferne wurde lauter, und auf einmal hatte ich den Eindruck, es gelte mir – nur dass Kaz offensichtlich nicht gescherzt hatte, denn sein Gesicht war angespannt und er hatte die Augen niedergeschlagen. In meinem verwirrten Kopf spielten auf einmal Unsicherheit und Empörung Tauziehen miteinander. »Das verstehe ich nicht. Am Dienstag hast du es für eine gute Idee gehalten.«

»Ja, ich weiß«, murmelte er geknickt, »und wie gesagt, es war ein Fehler. Ich hätte es nicht tun sollen.«

Jetzt stiegen mir die Tränen in die Augen, die ich den ganzen Tag lang zurückgehalten hatte, und ich spürte, wie mein Gesicht heiß wurde. Um Fassung ringend sagte ich: »Fuck. Du hast schon einen Freund, oder?«

»Nein, das ist es nicht.« Seine Antwort ließ mich seltsamerweise noch Schlimmeres ahnen.

»Oh, na toll. Du stehst einfach nicht auf mich.« Das machte meine Demütigung komplett, und die Tränen begannen zu strömen, sodass ich dankbar für die Dunkelheit war. »Warum zum Teufel hast du mich dann geküsst? Wolltest du mich verarschen? War das so ein Spiel von dir, um Typen dazu zu bringen, sich zu outen?« Ich schimpfte vor mich hin und verlor den letzten Rest Selbstbeherrschung, aber ich konnte nicht anders. Letztendlich war er mitverantwortlich dafür, dass ich mich geoutet hatte; wenn ich seine Lippen nicht auf meinen gespürt hätte, wenn er mir nicht gezeigt hätte, was mir durch das Leugnen meiner Homosexualität entging, hätte ich mich bei der Befragung durch die Polizisten vielleicht zurückhalten können. »Was bin ich bloß für ein Idiot!«

»Du bist kein Idiot, Flynn«, stellte Kaz fest. Er kam näher, als wollte er mich trösten, aber ich wich zurück. »Schau, ich fühle mich zu dir hingezogen, okay? Ehrlich, du weißt nicht, wie sehr. Was glaubst du, warum es mir so wichtig war, mich für den Streit im Spielzeugladen zu entschuldigen? Warum ich überhaupt noch mal mit dir reden wollte?« Er fuhr sich mit der Hand durchs Haar. »Mann, ich habe die ganze Woche an diesen Kuss gedacht!«

»Was sollte das dann gerade?«, fragte ich mit einem jämmerlichen Schniefen, warf die Hände hoch und ließ sie gegen meine Oberschenkel fallen. »Was stimmt nicht mit mir?«

»Nichts! Ich … ich glaube einfach nur, dass du noch nicht … bereit dafür bist.«

»Ich soll nicht bereit sein?« Ich war gekränkt und konnte es nicht fassen. »Was zum Teufel soll das heißen? Habe ich nichts dabei mitzureden, wofür ich bereit bin?«

»Du hast dich erst gestern geoutet, und in deinem Leben geht es zurzeit drunter und drüber. Willst du dich denn wirklich gleich in eine richtige Beziehung stürzen? Jetzt?« Er stieß den Atem aus. »Meine Familie ist muslimisch und total konservativ. Ich musste meinen ganzen Mut zusammennehmen, um mich meinen Eltern gegenüber zu outen – ich meine, ich hatte Angst, dass sie mich rauswerfen oder nicht aufs College gehen lassen würden oder so – aber ihr einziger Kommentar war: ›Sag das bloß nie vor deinen Großeltern!‹ Danach wechselten sie das Thema. Ende. Bis heute weigern sie sich zur Kenntnis zu nehmen, dass ich schwul bin – das ganze Thema ist tabu, als hätte es das Gespräch nie gegeben!« Er zuckte hilflos mit den Schultern und steckte wieder die Hände in die Hosentaschen. »Danach fiel es mir sehr schwer, mit ihnen zu reden, egal worüber. Es gab so vieles, das ich ihnen nicht erzählen konnte, weil sie total zumachten, wenn ich es versuchte. Es war schrecklich. Ich hatte damals einen Freund, den ich wirklich mochte, und ich habe es total vermasselt, weil ich noch nicht bereit war. Er wollte eine Beziehung, und ich machte mir vor Angst in die Hose! Ich hatte einen Horror davor, dass uns, wenn wir zusammen ausgingen, einer meiner Cousins – ein paar von ihnen sind streng religiös – sehen und ausrasten würde. Ihn meinen Eltern vorzustellen war undenkbar, und außerdem war ich damals viel zu durcheinander, um mit jemandem zusammen zu sein. Ich konnte mit keinem über meine Gefühle reden, darüber, wer ich war. Niemand hörte mir zu, ich kannte niemanden, der dasselbe durchgemacht hatte und einfach für mich da war, wenn ich mehrmals täglich die Nerven verlor … Ich fühlte mich total einsam, und was ich eigentlich brauchte, war ein Kumpel. Das will ich für dich sein, jemand, der dich unterstützt und nicht unter Druck setzt. Du verstehst doch, was ich meine, oder?«

»Ja, klar«, antwortete ich. Ich fühlte mich leer, elend und geschlagen. Ich wollte nicht, dass Kaz mein »Kumpel« war. Micah sollte mein Kumpel sein, und Kaz … na ja, etwas anderes. Klar, das klang alles sehr edelmütig, aber es waren *seine* Erfahrungen – nicht meine. Wie konnte er für mich entscheiden, was ich verkraftete und was nicht? Und wie sollte ich all die Gefühle, die er ohne es zu wollen in mir hervorrief, einfach so abschalten? Nie würde ich ihn ansehen können, ohne daran zu denken, wie gern ich ihn küssen würde und er mich nicht. Was für eine bescheuerte Freundschaft sollte das sein?

Ironischerweise wurde mir in diesem Augenblick bewusst, wie sehr meine Situation der von January ähnelte: Ich war von meinen Freunden entfremdet, konnte nicht mit meinen Eltern reden und fühlte mich zu einem Jungen hingezogen, der mich nicht auf dieselbe Weise begehrte wie ich ihn. Auf einmal war ich so deprimiert, dass ich nicht mal mehr die Energie aufbrachte, Kaz dafür zu hassen, dass er mit mir geflirtet hatte, ohne mehr von mir zu wollen. Wenn sich January genauso gefühlt hatte – schon vor dem sexuellen Übergriff, der alles andere ausgelöst hatte –, konnte ich es ihr vielleicht wirklich verzeihen, dass sie auf meine Kosten um ein bisschen Mitleid gebuhlt hatte.

»Ich muss jetzt nach Hause«, murmelte ich und wischte mir mit dem Ärmel verstohlen die Tränen ab. Es war erst Viertel nach elf, aber noch eine Dreiviertelstunde in Gesellschaft meines »Kumpels« würde ich nicht ertragen. »Seitdem January verschwunden ist, machen sich meine Eltern ständig Sorgen, dass mir was passieren könnte, wahrscheinlich bleiben sie auf, bis ich komme.«

Es war eine Lüge, noch dazu eine offensichtliche, aber Kaz stellte es nicht in Zweifel. Stattdessen schloss er mit dem Funkschlüssel den Lexus auf und wir stiegen ein. Als die Sitzheizung gerade die Polster angewärmt hatte, vibrierte das Handy in meiner Tasche.

Beim Anblick des Namens und des Bildes auf dem Display blieb mir die Luft weg, und ich ließ das Ding auf den Boden fallen, als hätte ich mir die Finger verbrannt.

Der Anruf kam von Januarys Telefon.

20

EINES TAGES ENDE JUNI *fragte January: »Glaubst du eigentlich an Geister?« Wir saßen in ihrem Zimmer im Obergeschoss der Villa, die Fenster weit geöffnet, um die Sommerluft hereinzulassen, die nach Flieder und frisch gemähtem Gras duftete. Ihr iPod lief auf Shuffle, und ich checkte im Internet das Kinoprogramm, während sie ein Klatschmagazin durchblätterte. Die Frage schien aus heiterem Himmel zu kommen.*

»Nein«, erwiderte ich, überzeugt davon, dass jeder vernünftige Mensch so antworten musste. »Ich glaube, die Leute sehen, was sie sehen wollen. Ich habe mal im Internet gelesen, dass die Evolution uns Menschen prinzipiell darauf programmiert hat, Gesichter zu erkennen. Wenn dir etwas Unbekanntes begegnet, scannt dein Gehirn es automatisch nach einem bekannten Muster, und darum gibt es da draußen all diese verrückten Typen, die glauben, die Jungfrau Maria sei ihnen auf einem Kartoffelchip erschienen oder so. Und mit Geistern ist es genauso.«

January legte die Zeitschrift weg und starrte grübelnd an die Decke. Nach einer kurzen Pause sagte sie: »Ich glaube an sie.«

Da ich neben dem Bett auf dem Boden saß, reckte ich den Kopf und sah sie verwirrt an. »January McConville, die zukünftige Vorstandsvorsitzende der NASA, glaubt an das Übernatürliche?«

»Die NASA hat keine Vorstandsvorsitzende, sondern einen von der Regierung ernannten Administrator«, korrigierte sie mich, »und es ist ja nicht so, dass ich an Vampire oder so einen Scheiß glauben würde. Nur an Geister.«

»Ist doch dasselbe.«

»Das ist nicht *dasselbe!« Sie setzte sich auf und sah mich ernst an. »Ich denke bloß nicht, dass du zack! einfach so weg bist, wenn du stirbst, als würde jemand ein Licht ausknipsen. Ich glaube, dass die Energie eines Menschen erhalten bleibt. Manchmal sitze ich in der Schule, schreibe irgendwas oder so, und ganz plötzlich* spüre *ich, dass meine Großmutter neben mir steht. Und nicht etwa, weil ich gerade fest an sie gedacht und sie auf magische Weise heraufbeschworen hätte – nein, ich bin mit etwas ganz anderem beschäftigt, und wie aus dem Nichts heraus habe ich auf einmal das Gefühl, sie tritt neben mich und legt mir ihre Hand auf die Schulter.« Sie warf ihr langes, strohblondes Haar zurück und fuhr fort: »Okay, vielleicht habe ich noch nie mit eigenen Augen ein Gespenst gesehen, aber ist es dir noch nie so ergangen, dass du beim Betreten eines leeren Zimmers plötzlich traurig oder nervös warst oder den Eindruck hattest, jemand würde dich beobachten, ohne dass du hättest sagen können, warum?«*

»Schon möglich«, sagte ich. Tatsächlich hatte ich so etwas schon mal erlebt – ich war mir nur noch nicht sicher, ob ich eine körperlose Energie dafür verantwortlich machen wollte.

»Wenn sie dich zur Chefin der NASA ernennen, kannst du vielleicht das Budget dazu verwenden, um Séancen abzuhalten und diese Protonenstrahler zu entwickeln, die sie in Ghostbusters *benutzen …«*

»Ach, halt die Klappe«, sagte sie lachend und warf ein Kissen nach mir. »Sei besser nett zu mir, sonst verwende ich das Budget, um die Grenzen zwischen dieser Welt und dem Jenseits niederzureißen, und wenn ich sterbe, wird dich mein Geist heimsuchen und zu Tode erschrecken!«

»Aber bitte nicht im Bad, wenn ich gerade pupse, okay?«

»Ich meine es ernst, Flynn Doherty«, sagte sie mit einem verschmitzten Lächeln. »Mich wirst du nie loswerden.«

* * *

Einige Herzschläge lang – das heißt, sobald mein Herz wieder einsetzte – glaubte ich beinahe, dass es wirklich January war, die mich anrief. Nicht aus dem Grab, sondern vielleicht von irgendwo in Kalifornien, nachdem sie ihren Tod nur vorgetäuscht hatte. Wenn irgendjemand so etwas durchziehen konnte, dann sie. Man hatte immer noch keine Leiche gefunden, ihre Kleider waren an einem Ort abgelegt worden, wo früher oder später jemand darüber stolpern musste … es war durchaus vorstellbar.

Nur dass ich mit eigenen Augen das viele Blut auf ihrem Sweatshirt gesehen hatte, dass ich gehört hatte, wie die Polizei bestätigte, es sei ohne jeden Zweifel ihres – *so viel, dass wir uns nicht vorstellen können, wie sie ohne medizinische Hilfe überlebt haben sollte* – und als ich noch einmal auf das Display schaute, verflüchtigte sich meine Hoffnung wie der Atem aus meinem Mund, denn ich bemerkte, dass ich mich schlicht und ergreifend getäuscht hatte. Der Anruf kam nicht von Januarys Handy, sondern vom Festnetzanschluss der Villa. Natürlich kam auch der unerwartet, aber es war eben nicht meine Freundin, die mich anrief oder als Gespenst heimsuchte. Ich nahm das Gespräch an und der folgende Wortwechsel war kurz und rätselhaft. Als ich aufgelegt hatte, drehte ich mich zu Kaz und fragte ihn verstört: »Kannst du mich zu den Walkers fahren? Ich meine, jetzt sofort?«

»Ich … sicher, warum? Wer war das?«

»Das war Jonathan Walker.« Ich war immer noch ganz verdattert, die Stimme dieses Mannes am Ohr gehabt zu haben, und völlig perplex von dem, was er gesagt hatte. »Er hat mich praktisch angefleht, zu ihm zu kommen. Er sagte etwas von einem Notfall.«

»Und du glaubst ihm?« Der Zweifel strömte Kaz aus jeder Pore, auch wenn er den Lexus Richtung Superior Charter Township wendete. »Flynn, gerade noch hast du ihn verdächtigt, seine Stieftochter vergewaltigt und ermordet zu haben!«

»Und mit welcher Begründung hätte ich mich weigern sollen? ›Sorry, aber ich bin ziemlich sicher, dass Sie Ihre Stieftochter vergewaltigt und ermordet haben‹?« Immer noch hielt ich mein Handy umklammert, teils in der leisen Hoffnung, January würde tatsächlich noch anrufen und das Ganze aufklären. »Ich habe keine Ahnung, was da vor sich geht, aber er klang nicht gespielt.«

»Jedenfalls lasse ich dich da nicht allein hin«, meinte

Kaz entschlossen und verstärkte den Griff ums Lenkrad. »Ich komme mit dir.«

Ich widersprach nicht. Ich wollte gar nicht allein hingehen. Vielleicht hätte ich Mr Walkers Bitte ablehnen sollen, aber er hatte flehend geklungen, ja, beinahe panisch. *Flynn? Hör zu, ich … könntest du bitte herkommen? Jetzt gleich. Bitte. Es … Es geht um Mrs Walker, sie ist … wirklich, es handelt sich um eine Art Notfall. Bitte komm.* Er war nicht näher ins Detail gegangen, hatte nicht erklärt, was für eine Art Notfall bei Tammy eingetreten war, bei dem ich helfen konnte, aber ich hatte keine Möglichkeit gesehen, abzulehnen.

Auf der Fahrt zu den Walkers blieben wir stumm. In die Anspannung, die nach dem peinlichen Beinahe-Kuss zwischen uns herrschte, mischte sich Beklommenheit bei dem Gedanken, wohin wir fuhren und was uns dort wohl erwartete. Endlich bogen wir in die Auffahrt zur Villa ein, die Scheinwerfer streiften einen kleinen Schrein für January, den man inzwischen auch hier aufgebaut hatte. Kerzen, Blumen, Plüschtiere und andere Erinnerungsstücke waren unter einem großen Foto aufgehäuft, auf dem meine Exfreundin in die Dunkelheit lächelte.

Wir parkten am Ende der gewundenen Auffahrt auf dem Vorplatz der Villa, stiegen aus und erklommen die Veranda. Schon bevor wir die oberste Treppenstufe erreicht hatten, öffnete sich die Haustür, und Jonathan Walker erschien im Türrahmen, von hinten beleuchtet vom hellen Schein des Kristallkronleuchters in der Eingangshalle.

»Flynn! Danke, dass du gekommen bist.« Seine Stimme war dünn und angsterfüllt, und hinter ihm, aus den Tiefen des riesigen Hauses, hörte ich beunruhigende Geräusche: animalische Klagelaute und Schluchzer, ab und an untermalt von einem Klirren, als würde Geschirr zerschmettert. Erst als wir in den Schein der Verandabeleuchtung traten, schien Mr Walker Kaz wahrzunehmen. »Entschuldigung … ich glaube, wir kennen uns, aber ich kann mich nicht an Ihren Namen erinnern.«

»Kaz Bashiri, Sir. Ich habe mit January bei Old Mother Hubbard gearbeitet, und am Dienstag war ich bei der … äh … Suche dabei.« Er trat unbehaglich von einem Bein aufs andere und konnte Mr Walker kaum in die Augen schauen.

»Natürlich«, erwiderte der mit einem Nicken, wirkte aber immer noch abwesend. Ihn umgab eine Aura nervöser Unaufmerksamkeit. »Danke, dass Sie sich beteiligt haben. Ich … ich hoffe, Sie halten mich nicht für unhöflich, aber ich möchte Sie bitten, hier draußen zu warten. Das ist … es ist eine private Angelegenheit.«

Kaz sah mich an, und ich nickte ihm kurz zu, bevor Mr Walker mich rasch in die Eingangshalle geleitete und die Tür vor Kaz' besorgter, wachsamer Miene schloss. Ich war zwar nicht gerade erpicht darauf, das Haus ohne Verstärkung zu betreten, glaubte aber auch nicht, dass mir der Mann etwas antun würde; schließlich konnte er unmöglich von meinem Verdacht wissen. Außerdem war ihm ja sicher klar, dass mich jemand herfahren und auch draußen auf mich warten würde, bis ich fertig war. Ein Verbrecher, der seinen nächsten Mord plante, würde garantiert raffinierter vorgehen.

»Was ist los?«, fragte ich beklommen, während ich hinter ihm herdackelte. »Warum haben Sie mich hergeholt?«

»Du konntest neulich so gut mit ihr umgehen«, antwortete er ausweichend und führte mich um die gewundenen Treppenaufgänge herum zur Küche, aus der die dramatischen Geräusche der Zerstörung drangen. Als wir den einst makellosen und edel ausgestatteten Raum betraten, klappte mir der Kiefer runter. Mit fasziniertem Grauen starrte ich auf den »Notfall«.

Tammy Walker kniete von Schluchzern geschüttelt und unverständliches Zeug brabbelnd auf dem Boden. Ihr Haar war zerzaust, ihr seidener Morgenrock verrutscht. Was ich von der Haustür aus gehört hatte, war nicht das Zerbrechen von Geschirr, sondern von Stein; sie hatte einen Zimmermannshammer in der Hand und ließ ihn immer wieder auf den teuren Marmorboden niedersausen. Die cremefarbenen Fliesen hatten Sprünge bekommen oder waren ganz zerbrochen, klaffende Löcher, wo Tammy große Stücke herausgerissen und zur Seite geschleudert hatte, gaben den Blick auf die Kleberschicht frei.

Auch die hauchzarten Voilegardinen à la Schöner Wohnen hatte sie heruntergezerrt, Kupfertöpfe gegen den Boden geschlagen, bis sie verbeult und verbogen waren, und eine Besteckschublade herausgezogen und über der Kücheninsel ausgeleert; in der ansonsten makellosen weißen Oberfläche des Küchenschranks gähnte jetzt ein rechteckiger Leerraum.

Mr Walker stürzte auf Tammy zu und packte sie am Handgelenk, bevor sie ein weiteres Mal mit dem Hammer zuschlagen konnte. Als er versuchte, ihr das Werkzeug zu entwinden, fing sie an zu kreischen wie eine Verrückte. »Lass los, Tammy, lass los – lass doch endlich los!«

Schließlich schaffte er es, ihr den Hammer aus der Hand zu reißen, und warf ihn zur Seite. In seinen Armen begann Tammy wild um sich zu schlagen und sinnlos gegen seine Brust zu trommeln, und da reichte er sie – ohne Vorwarnung – an mich weiter. Es war eine nahtlose Übergabe. Als Tammy gegen mich kippte, ging ihre rasende Wut augenblicklich in einen hysterischen Weinkrampf über. Sie klammerte sich so vehement an mich, dass ich kaum noch Luft bekam, und weinte in mein Ohr. Ihre Tränen rannen meinen Hals hinab, während sich ihre Finger in meinen Rücken krallten.

»Sie ist tot«, keuchte Januarys Mutter nahezu unhörbar, die Stimme dünn und abgehackt. »Sie ist wirklich, wirklich tot …«

»Es tut mir so leid.« Was Dümmeres hätte mir nicht einfallen können.

»Sie hat diese Fliesen gehasst«, sagte sie mit nach Rechtfertigung heischender, fast kindlicher Stimme, in die sich Bedauern mischte. »Sie hat gesagt, sie wären … großkotzig. Sie hat diese Küche gehasst, Flynn. Sie hat dieses Haus gehasst, diesen goldenen Käfig.«

»Ich weiß.«

Wieder fing sie an zu schluchzen, schien in meinen Armen zu zerfließen und sackte immer mehr in sich zusammen, als würde mit jeder Träne ein Stück ihrer Lebenskraft schwinden. Sie weinte ausgiebig, zitterte und schniefte, und ihr Haar klebte mir feucht im Gesicht. Als sie wieder in der Lage war zu sprechen, sagte sie: »Ich dachte, das wäre das Happy End. Ich dachte, wir hätten endlich das große Los gezogen! Sie sollte alles haben, das schönste Leben, und ich bildete mir ein, das hier wäre es. Weshalb ist das alles nur so schrecklich schiefgegangen?«

»Ich weiß nicht.« Der Morgenmantel war ihr von der Schulter gerutscht, und ich vermied es krampfhaft nach unten zu schauen, um keine nackten Mamibrüste sehen zu müssen.

»Er hat sich nie bemüht«, stieß sie plötzlich verächtlich hervor. »Sogar wenn er mal da war, hat er sich nie bemüht! Er hat sie angeschaut, als könnte sie jederzeit explodieren – wie sollte sie sich dabei fühlen?«

»Ich weiß nicht.« Ich hatte keinen Schimmer, wovon sie eigentlich redete.

»Sie war immer so wütend, Flynn, so verletzend, so ›Ich gegen den Rest der Welt‹! Warum nur?« Die Frage kam so niedergeschlagen und verwirrt heraus, dass es mir schier das Herz brach. Als Tammys Griff schwächer wurde, führte ich sie um die Kücheninsel herum zu einem der Barhocker an der Theke, die die Begrenzung zum Morgenzimmer bildete. Tammy sackte auf dem Hocker zusammen, nur noch eine leere Hülle, ihr Gesicht vom Kummer verhärmt und verquollen, und zog mit zitternden Händen den Morgenmantel zurecht. »Warum wollte sie mich immer verletzen?«

»Ich … ich glaube nicht …« Ich verstummte, unsicher, wie ich mit dieser Frage umgehen sollte, wie ich auf Tammys Trauer und Narzissmus mit Feingefühl reagieren sollte.

Dann fragte sie mich unverblümt: »War es deines? Das … Baby?«

»N-Nein.«

Sie blickte mich forschend an, als wollte sie mir vom Gesicht ablesen, ob ich log, und fuhr dann mit rauer Stimme fort: »Ich verstehe einfach nicht, wie das Schicksal sich so wenden kann.«

Dazu fiel mir nichts ein, daher nickte ich nur zustimmend. Ich verstand es auch nicht. Völlig ausgelaugt lehnte sich Januarys Mutter über die Küchentheke und vergrub das Gesicht in den Händen. Ihre Schultern bebten. Hinter mir hörte ich einen Schuh auf dem zerstörten Boden scharren, und als ich mich umdrehte, stand Mr Walker am anderen Ende der Theke. Ich fragte mich, wie viel von unserem Gespräch er mitangehört haben mochte. Auch wenn keine ausgesprochen privaten und intimen Dinge zur Sprache gekommen waren, erfüllte mich der Gedanke, er könnte gelauscht haben, mit Unbehagen.

Mit ausdrucksloser Miene winkte er mich zu sich, wandte sich um und verschwand aus meinem Blickfeld, ohne darauf zu warten, ob ich ihm auch folgte. Zweifelsohne war der ehrgeizige Politiker daran gewöhnt, dass man seinen Befehlen ohne Widerrede Folge leistete.

Tammy hatte mich ausgeblendet, und da es für den Augenblick so aussah, als hätte sie ihr Zerstörungswerk beendet, folgte ich Mr Walkers Aufforderung. Er wartete im großen Salon auf mich, wo er Scotch in zwei geschliffene Kristallgläser goss, die auf seinem Schreibtisch standen. Ein Glas leerte er auf Ex, das andere drückte er mir in die Hand. Ich sah es mit großen Augen an und fragte mich, ob er ernsthaft erwartete, ich würde mir mit ihm zusammen einen hinter die Binde kippen, doch als er heruntergeschluckt hatte, sagte er: »Gib ihn Mrs Walker. Sie braucht einen Drink – und von dir wird sie ihn auch annehmen.«

Warum sollte sie ihn nicht von Ihnen annehmen? wollte ich fragen, brachte aber nicht den Mut dazu auf. »Meinen Sie, sie kommt wieder in Ordnung?«

»O ja«, antwortete er müde und goss sich noch einen Scotch ein, »mit der Zeit.« Er nahm einen Schluck, schloss die Augen und atmete seufzend aus. »Das alles war … unglaublich schwierig für sie, wie du dir sicher vorstellen kannst. Ich fürchte, seit January verschwunden ist, ist sie nicht mehr sie selbst. Ihr Ausbruch am Dienstag war nur die Spitze des Eisbergs.«

Er entschuldigte sich für seine Frau und machte sie zugleich vor mir herunter. Das war mir unangenehm. »Ich glaube, sie hat sich jetzt beruhigt.«

»Der nächste Ausbruch kommt bestimmt.« Er rieb sich reumütig die Lippen. Die Haut an seinen Händen war rissig und rau, als würde er zu oft Hände waschen, und ich fragte mich, ob er eine Phobie vor Keimen hatte. »Am Dienstag ist die Wahl. Was mache ich bloß mit ihr?«

Das war sowohl eine unhöfliche als auch rhetorische Frage, und wieder einmal ernüchterte es mich zu sehen, wie egoistisch Mr Walker seine Prioritäten setzte. Ich hatte jedoch nicht den Mumm, ihn dafür zu kritisieren – vor allem nicht in Anbetracht dessen, was er womöglich dem letzten Teenager angetan hatte, der ihm ein Dorn im Auge gewesen war. »Vielleicht braucht sie Hilfe? Also, professionelle Hilfe, meine ich.«

»Apropos«, sagte Mr Walker plötzlich, setzte sein Glas ab und zog ein orangefarbenes Plastikdöschen aus der Jackentasche. Er ließ den Deckel aufschnappen, drehte es um, und eine Kaskade blauer Kapseln ergoss sich auf seine Handfläche. »Sie sollte auch noch ein paar hiervon nehmen.«

»Was ist das?«

»Ein Beruhigungsmittel«, entgegnete er. Er bemerkte, wie ich stutzte, und fügte mit einem matten Lächeln hinzu: »Ich weiß, ich weiß, man sollte Tabletten und Alkohol nicht mischen. Aber glaub mir, Mrs Walker verträgt um einiges mehr als das. Keine Sorge, ihr wird nichts passieren.«

»Und wenn sie sie nicht nehmen will?«

»Guter Einwand.« Mit einer geübten Bewegung brach er zwei Kapseln auseinander und schüttete ihren Inhalt in den Whisky, den ich in der Hand hielt. »Schwenke es ein bisschen – sie wird es gar nicht merken.«

Ich tat wie geheißen, auch wenn mir gar nicht wohl dabei war, und trug das Gebräu zurück in die Küche. Steif, da mir klar war, dass ich beobachtet wurde, stellte ich den Drink vor Januarys Mutter hin. Sie blickte mich an und rang sich ein Lächeln ab.

»Danke, Flynn.« Mit zwei kräftigen Schlucken schüttete

sie den Whisky hinunter, legte ihre Hand auf meine und atmete laut und rasselnd aus. Sie klang wie ein alter Wagen mit verstopftem Auspuff. »Du bist wirklich ein lieber Junge, Flynn. January hatte Glück, dass sie dich kennengelernt hat.«

»Ich …« Ich wurde rot. Bei diesem unverdienten Kompliment wurde mir ganz elend zumute.

»Wenn ich ehrlich bin«, gestand sie und seufzte noch einmal, »wünschte ich, es wäre deines gewesen.« Dazu gab es absolut nichts zu sagen, also stand ich stocksteif da und ließ sie einfach weiterreden. »Als ich mit January schwanger wurde, war ich noch sehr jung. Zu jung. Alle meinten, ich würde einen Riesenfehler machen, mit siebzehn ein Baby zu bekommen, aber ich dachte, ich wüsste es besser. Teenager glauben immer, alles besser zu wissen. Natürlich war mir klar, dass es eine Herausforderung sein würde, für ein Kind zu sorgen – ich hatte jüngere Geschwister, ich hatte schon oft genug babygesittet –, aber ich hatte keinen Zweifel, dass ich eine gute Mutter sein würde. Schließlich war ich bis dahin immer auf die Füße gefallen, warum sollte es jetzt anders sein?« Sie starrte in das schwarze Fenster des Frühstückszimmers, unsere Gesichter spiegelten sich in der Scheibe. Tammy begann bereits zu lallen. »Früher habe ich nicht daran gedacht, dass ich es einmal bereuen würde, aber vielleicht hätte ich doch auf die anderen hören sollen. Vielleicht war ich zu selbstsüchtig.«

»Sagen Sie das nicht«, wandte ich hilflos ein. »January hat Sie sehr lieb gehabt. Sie hat gesagt, Sie wären nicht nur ihre Mom, sondern auch ihre Freundin, wissen Sie das?«

Tammy schluchzte auf und drückte meine Hand. »Was für ein lieber Junge.«

Ihr Blick wurde verträumt und unstet, ihre Bewegungen träge, und Mr Walker schien das als Stichwort dafür aufzufassen, erneut in Aktion zu treten. »Komm, Tammy, ich bringe dich ins Bett.«

»Flynn ist ein lieber Junge«, sagte sie mit schwacher Stimme zu ihm, als er sie vom Barhocker zog und ihr seinen Arm um die Taille legte. »Ein guter Junge.«

»Natürlich«, bestätigte Jonathan, aber es klang so routinemäßig und bedeutungslos, dass seine Frau allergisch reagierte.

Stolpernd riss sie sich von ihm los und zischte: »Dir ist doch alles gleichgültig. Dir geht es nur um dich selbst. Um deine *Wahl*!«

»Tammy …«

»Alles soll perfekt sein, und sogar dann ist es dir immer noch nicht gut genug!« Ihre Worte flossen ineinander wie Aquarellfarben auf nassem Papier. »Je mehr ich mich bemühe, es dir recht zu machen, desto weniger kümmert es dich. Meine Trauer ist dir nur ›lästig‹! Mein Beitrag wird nicht gewürdigt! Schau nur, Liebling«, verkündete sie mit einem boshaften Kichern, »ich habe die Küche für dich renoviert!«

»Das habe ich gemerkt.« Mr Walker klang wie von weit weg, als befände er sich auf einem anderen Planeten.

»*Wo warst du, als ich dich brauchte?*«, fragte sie anklagend.

Sein Gesicht wurde dunkelrot. »Das haben wir doch

schon ein Dutzend Mal durchgekaut: Ich hatte ein wichtiges Treffen mit ein paar Leuten vom Political Action Committee, ich hatte zu viel getrunken und habe mir ein Hotelzimmer genommen …«

»Ich rede von heute Abend!« lallte Tammy wütend. »Wo warst du *heute* Abend?«

Ein undefinierbarer Ausdruck huschte über das Gesicht ihres Ehemanns, und dann wurde seine Miene starr und frostig. »Du bist völlig durcheinander, du gehörst ins Bett.« Wieder packte er sie, diesmal gröber, und schleifte sie zur Treppe. Tammy sah nicht so aus, als wäre sie einverstanden, aber sie hatte nicht die Kraft, sich gegen ihn zu wehren. Über die Schulter hinweg rief er mir unfreundlich zu: »Du fährst jetzt besser nach Hause, Flynn. Und ich vertraue darauf, dass du genügend Anstand besitzt, diese hässliche kleine Szene für dich zu behalten.«

Sie waren schon halb die Treppe rauf und ich auf halbem Weg zur Haustür, als Tammys abgehacktes Flüstern durch die Eingangshalle drang. »Ich meinte *heute* Abend …«

***

Der nächste Tag war ein Samstag, und ich stand spät auf – nicht nur, weil es eine Art ungeschriebenes Gesetz ist, dass Teenager am Wochenende ausschlafen, sondern weil ich mich die ganze Nacht im Bett herumgewälzt und über Jonathan Walker nachgedacht hatte. Mir dämmerte, dass er Tammy McConville nicht aus Liebe, sondern aus rein taktischen Überlegungen heraus geheiratet hatte. Sie war relativ jung und immer noch schön – »der Inbegriff einer

MILF«, hatte Micah sie einmal bezeichnet –, sodass sie sich gut an seiner Seite machte, und mit ihr war er vom alleinerziehenden Geschiedenen zum Familienvater aufgestiegen und hatte damit sein politisches Prestige erhöht.

Wäre ihm Tammy wirklich wichtig gewesen, hätte er nicht den fünfzehnjährigen Exfreund seiner Stieftochter um Hilfe gebeten, als seine Frau infolge eines Nervenzusammenbruchs die Küche mit einem Hammer zerlegte. Wieder hatte er sich von taktischen Erwägungen leiten lassen, hatte mich, eine Randfigur, dazu benutzt, die Situation zu entschärfen, und mich kaltschnäuzig rausgeworfen, nachdem ich meinen Zweck erfüllt hatte. Für ihn waren die Menschen um ihn herum entweder nützliche Werkzeuge oder Probleme und er behandelte sie dementsprechend.

Ich wusste ja schon, dass January für ihn unter die Kategorie ›Problem‹ gefallen war, und dass er keine Scheu hatte, zweifelhafte Methoden anzuwenden, um die schwierigen McConville-Frauen zu bändigen. Aber ich wusste auch, dass er mindestens einen Fehler gemacht hatte.

Am Dienstag, bei dem ersten Streit zwischen ihm und Tammy, den ich miterlebt hatte, hatte er gesagt, in der Nacht, in der January starb, habe er sich »mit einigen Unterstützern ein paar Drinks genehmigt«, aber gestern Abend, als Tammy von Selbstzerstörung auf Angriffsmodus gewechselt hatte, lautete sein Alibi »ein wichtiges Treffen mit ein paar Leuten vom Political Action Committee«. Politik war nicht gerade meine Stärke, aber ich wusste aus dem Sozialkundeunterricht, dass das Political

Action Committee Spenden für den Kandidaten sammelte, während Unterstützer eher als Botschafter fungierten, die für den besagten Kandidaten die Werbetrommel rührten. Falls Jonathan Walker nicht beide Mal dasselbe gemeint hatte, hatte ich ihn ziemlich sicher bei einem Widerspruch ertappt. Nicht dass ich damit viel gegen ihn in der Hand gehabt hätte. Es war unwesentlich, ein Versprecher, nicht genug, um einem Mann mit Mr Walkers Macht und Einfluss zu schaden.

Immer noch schlaftrunken kroch ich aus dem Bett und schlurfte die Treppe hinunter. Unten angelangt, hörte ich zu meiner Überraschung, dass der Fernseher lief. Normalerweise sind meine Eltern samstags nie zu Hause, sondern stehen zu einer unchristlichen Zeit auf, um Sport zu treiben, Besorgungen zu machen und zu tun, was Eltern sonst noch so tun, bevor sie rechtzeitig zum Abendessen wieder heimkommen. Wenn sie doch mal zu Hause waren, dann unweigerlich, um irgendwas total Kreatives, Aktives zu unternehmen und mich zum Mitmachen zu zwingen. Der einzige Tag, an dem sie nachmittags den Fernseher einschalteten, war der Sonntag, an dem sie dem College-Football zuliebe eine Ausnahme machten.

Kaum hallten meine Schritte durch den Flur, verstummte der Fernseher. Als ich das Wohnzimmer betrat, starrte mich meine Mutter vom Sofa aus so ängstlich und schuldbewusst an wie ein kleines Kind, das gerade beim Kritzeln auf die Wände erwischt worden ist.

»Du bist auf«, sagte sie betont munter. Jämmerlicher Versuch.

»Hm.« Ich kratzte mich am Kopf, mein Haar war wie üblich vom Schlafen noch ganz verstrubbelt und stand in alle Richtungen ab. »Du ja auch.« Wir starrten uns eine Weile an. »Also … was ist los?«

»Nichts«, erwiderte meine Mom automatisch und kniff dann die Augen zusammen, verlegen ob der offensichtlichen Lüge. »Es gab …« Sie hielt inne und schüttelte den Kopf. »Etwas Schreckliches ist passiert.«

»Ach du Scheiße, was ist denn jetzt schon wieder?« Es war ein Beleg für den Ernst der Lage, dass sie angesichts meiner Wortwahl nicht wie üblich mit der Zunge schnalzte.

»Schatz, heute wurde eine Leiche gefunden«, setzte sie an, und das Zimmer begann sich um mich zu drehen und in meinem Magen breitete sich eisige Kälte aus. Vor meinen Augen begann es zu flimmern, und Moms Stimme klang hohl und weit entfernt, als sie hastig hinzufügte: »Nicht January.« Ich war immer noch starr vor Schreck und versuchte gerade, das zu verarbeiten, als sie mit einer Nachricht herausrückte, die noch schockierender war. »Wieder eine Schülerin von der Dumas. Ein Mädchen namens Reiko Matsuda.«

21

MEINE MOM REDETE eine Zeit lang weiter, aber das Dröhnen in meinen Ohren übertönte ihre Worte, und dann schaltete sie den Fernseher wieder ein, damit ich die Nachrichtensendung sehen konnte, die sie mir nicht hatte zumuten wollen.

Im Wesentlichen hieß es wie folgt: Früh am Morgen hatten zwei Kajakfahrer im Huron River die Leiche der sechzehnjährigen Reiko Matsuda entdeckt. Die gute und künstlerisch begabte Schülerin der Dumas Academy war »erstochen und verstümmelt« worden, bevor man ihre Leiche ins Wasser geworfen hatte. Zuletzt wurde sie beim Verlassen der Schule gesehen, wo sie der Theater-AG angehörte und häufig wegen der Proben länger blieb. Die Polizei suchte noch immer nach ihrem Wagen und nach Zeugen, die eventuell wussten, wo sie sich zuletzt aufgehalten hatte.

Als der Bericht zu Ende war, war ich völlig benommen. Wie betäubt ließ ich die behutsamen Nachfragen meiner Mutter über mich ergehen, ob ich diese Reiko Matsuda gekannt hatte, die den Berichten nach eine »Freundin von

January McConville« gewesen war. Es war unmöglich, keine Verbindung zwischen den beiden Fällen herzustellen, und dumm, so zu tun, als hingen sie nicht zusammen. Zwei Dumas-Schülerinnen, die ein Geheimnis teilten und innerhalb weniger Wochen dasselbe tragische Schicksal erlitten hatten? Die Wahrscheinlichkeit, dass das ein Zufall war, war so gering, dass man sich die Mühe sparen konnte, sie auszurechnen. Während Moms mitfühlendes Nachbohren weiterging, dachte ich: *Ist das auch mit January passiert?* Wurde sie »erstochen und verstümmelt« und in den Fluss geworfen? Hatte man sie deswegen immer noch nicht gefunden? Und was bedeutete »verstümmelt« eigentlich? Aber vielleicht wollte ich das lieber gar nicht so genau wissen, allein bei dem Gedanken daran hatte ich das Gefühl, dass es im Raum viel zu heiß und stickig war.

Und durch das Getöse meiner morbiden Gedanken hörte ich in meinem Kopf beharrlich Tammys Stimme: *Ich rede von heute Abend. Wo warst du* heute *Abend?*

Ich war immer noch von Mr Walkers Schuld überzeugt, aber die Nachricht von Reikos Ermordung gab mir trotzdem zu denken. Sollte er tatsächlich January vergewaltigt und geschwängert haben, hätte er das stärkste Motiv gehabt, sich ihren Tod zu wünschen; ein mächtiger Mann, der kurz vor dem Sprung auf das nationale Parkett stand – was würde passieren, wenn die Geschichte herauskam? Reiko hatte die Wahrheit gekannt und versprochen, eine Aussage bei der Polizei in Erwägung zu ziehen, wodurch sie zu einer ernsthaften Bedrohung geworden wäre. Alles passte. Der einzige Haken an der Sache war, ich konnte mir nicht vorstellen, wie er Wind von einer Unterhaltung bekommen haben sollte, die am Nachmittag zuvor im Foyer des Theaters an der Dumas stattgefunden hatte.

Ich versuchte, in größerem Rahmen zu denken. Eddie? Anson? Derselbe Haken. *Tammy?* Es schien weit hergeholt, aber … sie war schon immer ein bisschen labil gewesen, und ihre Attacke auf die Küche hatte nicht nur eine Neigung zum Wahnsinn offenbart, die ich nicht bei ihr vermutet hatte, sondern auch klargemacht, dass sie, wenn sie wollte, in der Lage war, ernsthaften Schaden anzurichten. Anson hatte angedeutet, dass January versucht hatte, Jonathan zu verführen, und mal abgesehen von der Frage, ob es stimmte oder nicht, falls Tammy überzeugt davon gewesen wäre, hätte sie dann ihre eigene Tochter in einem manischen Wutanfall töten können? Ich rieb mir die Schläfen; es klang wie eine Soap – und dann war immer noch die Frage, wie Tammy geahnt haben sollte, dass Reiko ein potenzielles Risiko darstellte.

Vielleicht hatte Jonathan gewusst oder vermutet, dass January sich Reiko anvertraut hatte, und von Anfang an geplant, sie zu töten. Oder vielleicht hatte Reiko angenommen, sie könne Walker zu einem Geständnis zwingen, und ihn zur Rede gestellt, und er hatte die Gelegenheit genutzt, sie zum Schweigen zu bringen.

Wie es passiert war, spielte dabei eigentlich keine Rolle; ganz offensichtlich konnte ich genauso wenig beweisen, dass Mr Walker Reiko umgebracht hatte, wie ich ihm den Mord an January nachweisen konnte. Aber ich musste trotzdem der Polizei von meiner Unterhaltung mit Reiko erzählen. An dem Nachmittag, an dem sie ermordet worden war, hatte man uns zusammen an der Dumas gesehen, und das würden die Polizisten garantiert herausfinden, also musste ich ihnen zuvorkommen und es ihnen zuerst sagen, im Vertrauen darauf, dass sie den Täter festnageln würden, wenn ich es schon nicht konnte.

Gesagt, getan. Ich rief im Polizeirevier an und wurde, nachdem ich mein Anliegen vorgebracht hatte, zu Detective Garcia durchgestellt. Meinen Verdacht gegen Jonathan Walker ließ ich weg, auch die Sache mit dem widersprüchlichen Alibi – die Polizisten überprüften bestimmt schon, wo sich die einzelnen Familienmitglieder aufgehalten hatten, und ich war mir ziemlich sicher, dass sie wenig geneigt waren, dieser Theorie Glauben zu schenken, wenn sie ihnen von einem aufgeregten Teenager serviert wurde. Aber ich erzählte ihm von meinem Gespräch mit Reiko am Tag ihres Todes, davon, was sie mir offenbart hatte, und dass ich sie zu überreden versucht hatte, sich bei der Polizei zu melden.

»Sie meinte, sie würde darüber nachdenken, und jetzt ist sie tot!«

»Du glaubst also, es besteht ein Zusammenhang.« Es war eine Feststellung, kühl und reserviert, und Garcias Tonfall machte es mir unmöglich, sie zu bestätigen, ohne wie ein kompletter Idiot dazustehen.

»Ich behaupte ja gar nicht, dass ein hundertprozentig sicherer Zusammenhang besteht, ich sage nur, dass es passiert ist«, bemühte ich mich zu erklären, verärgert, dass ich etwas für mich so Offensichtliches leugnen musste. »Hat sie sich denn bei Ihnen gemeldet? Hat sie Ihnen von der Vergewaltigung erzählt?«

Garcia seufzte. »Hör zu, Flynn, ich kann keine Infor-«

»Bitte, ich möchte doch nur, dass Sie das ernst nehmen, okay?« Augenblicklich war mir klar, dass mich mein Ausbruch einiges an Glaubwürdigkeit gekostet hatte. »Ich glaube, dass der Kerl, der January vergewaltigt hat, sie auch umgebracht hat. Vielleicht hat sie ihm erzählt, dass sie schwanger ist oder dass sie ihn anzeigen will. Ich meine, es kann doch kein Zufall sein, dass der einzige Mensch, der davon wusste, nun auch tot ist!«

»Also, ich verspreche dir, dass wir alle deine Hinweise ernst nehmen, aber wir wissen schon, wie wir unsere Arbeit zu machen haben. Überlass die Spekulationen ruhig uns. Falls es eine Verbindung zwischen den beiden Todesfällen gibt, werden wir sie finden.« Nachdem Garcia mir diese Versicherung gegeben hatte, fügte er hinzu: »Und glaub bloß nicht, so etwas wie Zufall gäbe es nicht. Zufälle passieren ständig.«

Damit legte er auf. Eine Minute lang saß ich da und starrte aus dem Fenster auf die Bäume in unserem Garten. Ich fühlte mich machtlos und wütend. Das konnte es doch nicht gewesen sein. Immer noch sah ich Reikos Gesicht vor mir, verquollen und nass von Tränen, bevor sie in den Theatersaal zurückging. *Ich werde darüber nachdenken, was du gesagt hast.* Wie konnte ihr Tod Zufall sein?

Auf dem Schreibtisch summte mein Handy. Der Anrufer war Kaz. Mir war so wichtig, dass mir jemand glaubte, dass ich beschloss – zumindest vorübergehend –, die Kränkung durch seine Zurückweisung zu vergessen, und sofort ranging. »Hast du schon gehört, was passiert ist?«

»Natürlich!« Seine Stimme klang gedämpft, als wollte er nicht belauscht werden. »Ich konnte es nicht glauben. Es ist dasselbe Mädchen, oder? Nicht vielleicht eine andere Reiko?«

»Dasselbe Mädchen«, bestätigte ich. »Hör zu, ich habe der Polizei von der Vergewaltigung erzählt, aber es hat sie gar nicht richtig interessiert! Ich habe keine Namen genannt, allerdings bin ich am Überlegen, ob ich Mr Walker nicht doch beschuldigen soll.« Kaz versuchte, mich zu unterbrechen, doch in meinem Ärger ließ ich ihn nicht zu Wort kommen. »Ich werde es in allen Einzelheiten aufschreiben, damit sie die Zusammenhänge erkennen, dann können sie die Geschichte nicht zerpflücken, während ich sie ihnen erzähle, und mich als paranoiden Irren abstempeln.«

»Flynn!«, rief Kaz schließlich aus. »Jetzt hör mir doch mal zu, Mann! Ich habe ein paar Nachforschungen angestellt und herausgefunden, dass … also, es ist wirklich wichtig, dass du mich anhörst.«

Ich runzelte die Stirn. »Was?«

»Schau, auf Grundlage dessen, was du über die Kerben in der Scheune herausgefunden hast, nehmen wir doch an, dass die Vergewaltigung in der letzten Septemberwoche passiert sein muss, ja?« Eine rein rhetorische Frage. »Ab da fing January an, sich komisch zu benehmen: Sie hat ihren

Job geschmissen, die Theater-AG verlassen, ihre Freunde abgewimmelt. Also, und jetzt pass auf: Mir kam die Idee, die Termine von Jonathans Veranstaltungskalender auf seiner Website zu checken, und … Flynn, Ende September war er überhaupt nicht in Michigan.«

»Häh?«

»Er war fast zwei Wochen lang auf irgendeiner Wahlkampftour in Washington, holte sich Unterstützung von hochkarätigen Politikern und ließ sich bei wichtig klingenden Wohltätigkeitsveranstaltungen ablichten.« Pause. »Er kann es nicht gewesen sein.«

Das brachte mich völlig aus dem Konzept. »Aber … nur weil diese Reise in seinem Terminkalender steht, heißt es ja noch lange nicht, dass er auch wirklich hingefahren ist, Kaz.«

»Er hat Fotos hochgeladen, die jeden seiner Auftritte in der Liste bestätigen.«

»Washington ist doch nur ein paar Flugstunden entfernt«, entgegnete ich stur, »und er könnte es sich ohne Weiteres leisten, ein Privatflugzeug zu chartern. Er hätte jederzeit einen Ausflug nach Ann Arbor machen können, ohne dass es groß aufgefallen wäre.«

»Du glaubst im Ernst, er hat einen supergeheimen Notfalltrip nach Hause gemacht, nur um seine Stieftochter zu vergewaltigen?« Kaz klang noch skeptischer als Detective Garcia.

»Vielleicht irren wir uns, was den Zeitraum angeht! Vielleicht ist es schon früher passiert … ein paar Wochen früher, und das Trauma setzte erst später ein …«

»Flynn?«, schnitt er mir entschlossen das Wort ab. »Sieh es doch endlich ein. Es klingt nicht so, als könnte Jonathan Walker Januarys Vergewaltiger sein, und das bedeutet, er hatte auch keinen Grund, sie umzubringen.« Er atmete tief durch. »Ich glaube nicht, dass er es war, Flynn. Ich glaube, Jonathan Walker ist unschuldig.«

22

DAS ERGAB ÜBERHAUPT KEINEN SINN, und eine ganze Weile konnte ich nicht akzeptieren, was mir da erzählt wurde. Ich lieferte Gegenargumente, machte das widersprüchliche Alibi geltend, wiederholte immer wieder alle Punkte der Theorie, die ich der Polizei zu präsentieren gedachte, aber meine Argumentation gegen Mr Walker war einfach nicht wasserdicht. Selbst *wenn* Jonathan bezüglich seines Aufenthalts in der Nacht von Januarys Verschwinden gelogen hatte, war das ohne ein Motiv bedeutungslos, wie Kaz mir ruhig darlegte. Vielleicht hatte er eine Affäre oder sich in einem Stripclub betrunken und wollte schlicht und ergreifend nicht, dass seine Frau – oder die Medien – davon erfuhren. Was ich gegen ihn in der Hand hatte, war ein Kartenhaus, das mit jeder Minute wackliger wurde.

Als ich aufgelegt hatte, saß ich eine Weile apathisch in meinem Zimmer, ich fühlte mich ausgelaugt und konnte mich auf nichts konzentrieren. Um meiner Mom zu entwischen, die ständig kontrollierte, ob mit mir »alles okay« sei, schnappte ich mir mein Skateboard und verzog mich in den Park, wo ich ungestört an meinem Ollie arbeiten konnte, in der Hoffnung, dass Micah vielleicht aufkreuzte und wir uns aussprachen. Er kam aber nicht, und so blieb ich allein mit meinem Frust und meinem Gedankenwirrwarr, übte wieder und wieder denselben Trick und erwartete Fortschritte. Zwischen den Wolken brach ab und zu die Sonne hervor, ein kalter Wind blies durch mein dünnes Sweatshirt, aber ich kriegte von beidem kaum etwas mit.

Ich wollte meinen Glauben daran nicht aufgeben, dass Mr Walker doch schuldig sein konnte, dass die Kerben nichts zu bedeuten hatten und die Vergewaltigung entweder vor oder nach seiner Reise nach Washington stattgefunden hatte; nur passte »danach« nicht zu Januarys plötzlicher Verhaltensänderung, und »davor« fiel in eine Zeit, als January und ich noch regelmäßig Kontakt miteinander hatten. Wenn sie etwas so Traumatisches erlebt hätte, wäre mir das sicher nicht entgangen. Nach Lage der Dinge hatte sie es nur vor mir verbergen können, weil sie mir die kalte Schulter zeigte.

Aber wenn es nicht Jonathan gewesen war, wer dann? Für mich war Anson Kandidat Nummer zwei; er war ein Perversling mit Aggressionsproblemen, und ich konnte mir nur allzu gut vorstellen, dass er einem Mädchen Gewalt antat. Dazu noch sein Hang zum Schnüffeln und Spionieren und die Tatsache, dass January Angst davor hatte, allein mit ihm zu sein – all das lieferte weitere überzeugende Argumente, wenn auch keine Beweise dafür, dass wir es mit einem potenziellen Vergewaltiger-Schrägstrich-Mörder zu tun hatten.

Die möglichen Fakten verklumpten sich in meinem Kopf wie geronnenes Blut, während ich auf meinem Board Tempo aufnahm und die Räder laut über das unebene Pflaster ratterten, und dass ich so abgelenkt war, kam mich beim Abheben teuer zu stehen. Mein Absprung war unsicher, und ich landete auf allen vieren, weil mein Skateboard und ich unterschiedliche Ansichten darüber hatten, wo die Reise hingehen sollte. Als ich mich abklopfte, brannte mein aufgeschürfter Ellbogen. Ich grübelte weiter.

Anson. Er war gewalttätig und impulsiv und hätte January ohne Weiteres umbringen können, und danach wäre er in Panik geraten, weil er nicht wusste, wie er den Schlamassel beseitigen sollte. Da fiel mir eine Erklärung dafür ein, warum man January die Kleider ausgezogen hatte, und mein Magen revoltierte, als ich das Board hoch in meine Hand kickte: Was, wenn er beschlossen hatte, sie zu zerstückeln, damit er ihre Überreste leichter verstecken konnte? Dieses Szenario konnte ich mir erschreckend leicht ausmalen, und es erklärte zudem, warum man sie immer noch nicht gefunden hatte; vielleicht war das mit »verstümmelt« gemeint – ein fehlgeschlagener Versuch Ansons, dasselbe mit Reiko zu machen. Andererseits, wenn er January umgebracht hatte, warum hatte er dann gewartet, bis alle sie für tot hielten, bevor er ihr Zimmer filzte? Warum suchte er weiterhin nach ihrem Handy, das sie immer, wirklich immer bei sich trug? Außerdem blieb die Frage, wie er überhaupt auf Reiko gekommen war, außer *sie* war zu *ihm* gegangen. Und wenn sie auch nur das

Geringste über Anson gewusst, auch nur eine von Januarys Geschichten über ihn gehört hatte, hätte sie nicht gewagt, das allein zu tun.

Wieder katapultierte ich mich in die Luft und schaffte es diesmal, das Skateboard unter mir zu halten, während ich über eine flache Treppe segelte, aber ich war immer noch nicht fokussiert; als ich auf dem Boden aufkam, riss das Board zur Seite aus und ich kämpfte mehrere Schritte stolpernd um mein Gleichgewicht und meinen Atem. Fluchend berappelte ich mich und stieg die Treppe wieder hoch, und dabei wälzte ich die ganze Zeit dieselbe beklemmende Frage: *Wenn es nicht Anson war, wer konnte es dann gewesen sein?*

Eddie Sward? Auch er neigte zu Wutanfällen, aber obwohl ich sicher war, dass er vor so ziemlich nichts haltmachen würde, um sich und seinen Kandidaten zu schützen, glaubte ich eigentlich nicht, dass er die Stieftochter seines Bosses vergewaltigen würde. Er war nicht wie Jonathan, der genug Macht besaß, um die Konsequenzen seines Handelns mit Geld aus der Welt zu schaffen; und er war auch nicht wie Anson, der immer davonkam, weil die normalen Regeln für ihn nicht galten. Eddie hätte zu viel zu verlieren gehabt. Und wiederum, wie hätte er in Erfahrung bringen sollen, was Reiko wusste und was sie womöglich mit diesem Wissen vorhatte? Reiko hätte Eddie, um ihn zur Rede zu stellen, erst einmal aufspüren und dafür bei seinen Kampagnenhelfern anrufen müssen – ein Verbindungspunkt, den die Cops nur allzu leicht nachvollzogen hätten. Eddie hätte schon ein Idiot sein müssen, um zu glauben, dass er Reiko ermorden konnte, ohne dafür zur Rechenschaft gezogen zu werden.

Bei meiner nächsten harten Landung hupte jemand. Mein Skateboard war unter mir ausgebrochen und auf die Straße gerollt, um ein Haar wäre es zwischen den Rädern eines vorbeifahrenden SUV zermalmt worden. Der Fahrer zeigte mir den ausgestreckten Mittelfinger und brüllte mir durch die geschlossenen Fenster etwas Hasserfülltes, aber Unverständliches zu, und ich sprang gerade noch rechtzeitig auf die Beine, um es ihm zurückzugeben, während er davonraste. Ich hatte mir bei der Begegnung mit dem Gehweg beide Knie aufgeschrammt und blutete bestimmt unter der Hose; ich ignorierte jedoch den Schmerz, als ich über die Straße ging, um mein Board zu holen, so sehr war ich in meine düsteren Betrachtungen im Zusammenhang mit Januarys Verschwinden versunken.

Wer blieb sonst noch übrig? Tammy? Sie hatte January definitiv nicht vergewaltigt, und da Jonathan auch kaum noch als Täter infrage kam, war ich weiter denn je von einem überzeugenden Motiv für sie entfernt. Weil sie Mr Walkers Wahlkampf nicht gefährden wollte? Eher unwahrscheinlich. Eine schwangere Tochter im Teenageralter zu haben, war kein politischer Sprengstoff mehr, wie Sarah Palin so trefflich bewiesen hatte, und außerdem war die Nachricht von ihrer Schwangerschaft inzwischen ohnehin an die Öffentlichkeit gedrungen. Am Dienstag hatte ich zum Scherz das Münchhausen-Syndrom in den Raum gestellt, obwohl ich es eigentlich nicht für realistisch hielt; mochte ja sein, dass Tammy sich auf unsympathische Art selbst als Opfer stilisierte, aber als Frau eines vielversprechenden Senatskandidaten bekam sie auch ohne das Verschwinden ihrer Tochter reichlich Aufmerksamkeit.

Nach sechs weiteren kläglichen Versuchen, den Ollie hinzubekommen, einer peinlicher missglückt als der andere, gestand ich mir schließlich ein, dass mein Kopf und meine Füße nicht zusammenarbeiten würden, und gab es auf. In düsterer Stimmung setzte ich mich auf eine niedrige Steinmauer und sah ein paar Kindern beim Fußballspielen zu, während ich angestrengt nachdachte.

Mehr denn je klammerte ich mich an den Gedanken, dass January immer noch irgendwo da draußen war – dass man ihre Leiche nur deshalb noch nicht gefunden hatte, weil es keine Leiche *gab.* Vielleicht war ihr Vergewaltiger irgendein Blödmann von der Dumas, irgendein x-beliebiges beschissenes Arschloch, dessen Namen ich noch nie gehört hatte. Vielleicht hatte January, traumatisiert und deprimiert von ihrer trostlosen Existenz zu Hause, einfach entschieden, alles hinzuwerfen und die Stadt zu verlassen; sie könnte ihren Tod vorgetäuscht haben, damit keiner sie suchen würde, und an einen Ort geflohen sein, wo sie glaubte, noch mal von vorn anfangen zu können.

Nur war diese verlockende Vorstellung löcheriger als eine Schießscheibe. Das Blut auf ihrem Kapuzenshirt, das man zweifelsfrei als ihres identifiziert hatte, war mehr als nur »Spurenmaterial«. Um eine solche Menge zu verlieren, hätte sie sich eine schwere Verletzung zufügen müssen; bis es für die Inszenierung auf der Wiese gereicht hätte, wäre sie schwach und benommen, dehydriert und vielleicht verwirrt gewesen – und anschließend hätte sie die Blutung irgendwie stoppen und die Wunde schließen müssen, bevor es zu spät war, und sich mehrere Stunden lang ausruhen, um genug Kraft für Phase zwei zu schöpfen. Sie war viel zu klug, als dass sie nur wegen dieses kleinen Spektakels so extreme Risiken eingegangen wäre.

Außerdem war da ja auch noch Reiko. Sie hatte ganz bestimmt nicht vorgetäuscht, »erstochen und verstümmelt« zu werden, nachdem sie überlegt hatte, mit Januarys Geheimnis an die Öffentlichkeit zu gehen. All meine Wunschträume, dass meine Freundin noch lebte, platzten, sobald ich versuchte, sie mit der grausamen Ermordung ihrer einzigen Freundin und Vertrauten an der Dumas in Einklang zu bringen. Ich konnte mir nicht mal selbst vormachen, dass der Tod des Mädchens mit den pinkfarbenen Haaren nicht die offensichtliche und wahrscheinlichste Vorlage für Januarys tatsächliches Schicksal war.

Nach stundenlangem Grübeln hatte ich nichts in der Hand, war konfus und total down. Es war nicht so, dass ich einen Heldenkomplex entwickelt hätte und das Rätsel unbedingt auf eigene Faust lösen wollte, aber zu einem Zeitpunkt, an dem alles in meinem Leben zusammenzubrechen schien, war es für mich nur schwer akzeptabel, dass mir auch noch die Erklärung für Januarys Verschwinden zwischen den Fingern zerrann. Über eine Woche lang hatte ich im Leben meiner Exfreundin herumgestochert und nur ein Bündel loser Enden vorzuweisen; vielleicht musste ich noch mal ganz von vorne anfangen.

* * *

Am Montag schnitt Micah mich weiterhin – und jetzt auch Tiana, vermutlich weil sie nicht zwischen die Fronten geraten wollte –, und ich spürte schmerzlich, wie meine Lebensgeister immer mehr sanken, während in mir die Erkenntnis reifte, dass es vielleicht nie wieder so werden würde wie früher. Mühsam rang ich mich zu dem Entschluss durch, meine Ermittlungsbemühungen zu verdoppeln, in der Hoffnung, dass mich das von meiner Melancholie ablenken würde.

Ich hatte vor, nach der Schule wieder eine Mitfahrgelegenheit zur Dumas zu schnorren, aber mein Plan wurde von Ashley Sobol durchkreuzt, einem Mädchen aus der angesagten Clique, die sich in der Freiarbeit in der vierten Stunde unerwartet neben mich setzte und mich mit unverhohlener Neugier ansah. »Flynn, stimmt es, dass du schwul bist?«

»Ja«, sagte ich kurz angebunden. Ich war es leid, diese Frage zu beantworten, besonders wenn sie von Leuten kam, die meine Existenz zuvor kaum wahrgenommen hatten.

»Ich wusste es!«, kreischte sie vergnügt, als wäre meine Neigung, Jungs zu küssen, ihr persönliches Verdienst. »Hör mal, das bleibt jetzt unter uns. Du hast was Besseres verdient als Mason Collier.«

Ich legte den Kopf zur Seite. »Wie bitte?«

»Na ja …« Sie zog die Wörter in die Länge wie Kaugummi. »Er hat *zufällig* erwähnt, dass du ihn neulich angebaggert hast und er dich abwimmeln musste. Er verhält sich echt mies deswegen. Klar, er sieht schon gut aus, aber

Flynn? Der Typ ist hetero und außerdem ein schwerer Fall.« Sie warf sich ihr feuerrotes Haar über die Schulter und beugte sich verschwörerisch vor. »Ich sag dir was: Drei Jungs haben mir gesteckt, dass sie dich süß finden, und alle drei sind totale Traumtypen. Wenn du über Mason hinweg bist, gib mir einfach Bescheid, ja?«

Den Rest der vierten Stunde glühte ich so vor Scham, dass ich Angst hatte, der Stuhl unter mir könnte schmelzen. Auch wenn ich mich geschmeichelt fühlte, dass Ashley mich verkuppeln wollte – und dass es da draußen drei mysteriöse Typen gab, die mich vielleicht *tatsächlich* küssen wollten –, empfand ich die ganze Situation als bizarr. Diese Art von Aufmerksamkeit war ich nicht gewöhnt, und ich hasste es, ein Klatschobjekt zu sein.

Eins stand allerdings fest: Ich musste aufhören, Mason um Gefälligkeiten zu bitten, die er falsch darstellen konnte. Folglich blieb mir nur ein Mensch, der sowohl ein Auto hatte als auch bereit war, mich zu fahren – ausgerechnet der letzte Mensch, den ich anrufen wollte.

Kaz wartete nach dem Gong schon auf mich, er lehnte an der flusswärts gewandten Seite der Schule an seinem Lexus, der an der kreisförmigen Auffahrt parkte. Ich hatte ihn gefragt, ob er Zeit habe, und ihm damit einen Ausweg geboten, aber er hatte mir versichert, dass er dienstags keinen Nachmittagsunterricht habe und mir gern behilflich sei. Umgeben von Minivans, den SUVs von Fußballmüttern und uralten Schrottkisten stach er heraus wie ein Smoking bei einem Volksmusikfest, und ungefähr hundert neugierige Augen folgten mir, als ich auf ihn zuging. Allmählich gewöhnte ich mich daran, dass man mir auf den Fluren nachstellte, als wäre ich eine Art exotischer Vogel, und ich fragte mich, wie Ashley und ihre Freunde wohl auf diese Neuigkeit reagieren würden.

Ich steuerte schnurstracks auf die Beifahrertür zu und hoffte, wir würden uns gleich verdrücken, aber Kaz fing mich auf halbem Weg ab und zog mich arglos in eine »freundschaftliche« Umarmung. »Hallo! Das ist also deine Schule.«

»Äh, ja«, bestätigte ich, wand mich aus seinen Armen und flitzte um die Motorhaube herum.

»Die ist ja ganz schön groß.« Er begutachtete das Gebäude in aller Ruhe, während einige herumlungernde Schüler *uns* in aller Ruhe anglotzten, und ich zog vergeblich am Griff meiner Tür. Sie war abgesperrt. »Da muss ich daran denken, wie sehr ich meine alte Highschool vermisse. Nämlich kein bisschen.«

»Tolle Geschichte. Können wir los?«

Er entriegelte die Tür, und als ich einsteigen wollte, fiel mein Blick auf ein vertrautes Gesicht, das von einer Gruppe auf dem Gehweg zu mir herübersah. Micah. Er hatte die Stirn gerunzelt, und als ich die Hand hob, um zu winken, drehte er mir demonstrativ den Rücken zu und tat so, als würde er sich mit Tessa Horton unterhalten, einem Mädchen, das er, wie ich ganz genau wusste, nicht ausstehen konnte. Mit einem tiefen Seufzer öffnete ich die Tür und stieg in den edlen, klimatisierten Innenraum von Kaz' Luxusschlitten, während meine Lebensgeister noch ein klein wenig mehr sanken.

»Schnall dich an«, sagte Kaz fröhlich, »das wird eine lange Fahrt!«

»Du sagst es.«

Die Fahrt dauerte gerade lang genug, dass ich Kaz meinen Plan darlegen konnte – nämlich Freunde von Reiko aufzuspüren und sie zu fragen, ob sie etwas wussten – und dass er versuchen konnte, es mir auszureden, was ihm jedoch nicht gelang. Ich bildete mir nicht ein, dass ich mehr herausfinden würde als die Cops, aber mein detektivischer Spürsinn ließ mich nicht ruhen, und wer weiß? Vielleicht würde ich doch etwas Wichtiges zutage fördern, das sie übersehen hatten. Ich kannte die Beteiligten besser und war außerdem überzeugt davon, dass zwischen Januarys Verschwinden und Reikos Tod ein Zusammenhang bestand, deshalb war ich vielleicht im Vorteil.

Kaz ließ ich im Foyer des Theaters zurück, wo ein neuer Aushang die Schüler dazu aufrief, am folgenden Tag nach Schulschluss an einer Gedenkversammlung für ihre beiden verstorbenen Mitschülerinnen teilzunehmen, und machte mich über Seitenflure auf den Weg zur Backstagetür. Ich mied den Zuschauerraum, um mir nicht schon wieder einen Tadel wegen Störung der Probe einzuhandeln, und vielleicht würde ich auf dem schmuddeligen Sofa, wo ich Reiko das erste Mal getroffen hatte, ein paar Leute finden.

So weit brauchte ich allerdings gar nicht zu gehen, denn als ich um die Ecke bog, stolperte ich fast über drei Mädchen, die auf dem Boden saßen und sich leise miteinander unterhielten. Zwei von ihnen hatte ich bei meinem ersten

Besuch an der Dumas mit Reiko zusammen gesehen, und obwohl ich die Dritte nicht kannte, war mir sofort klar, dass alle drei mit dem toten Mädchen befreundet gewesen sein mussten. Jede hatte eine pinkfarbene Strähne im Haar – wahrscheinlich zum Gedenken an ihre Freundin.

»Entschuldigt die Störung«, begann ich zaghaft, »aber ihr drei wart doch mit Reiko befreundet, oder?«

Auf meine Frage hin fing eines der Mädchen zu schluchzen an, fast absurd laut und emotional, woraufhin ein zweites Mädchen – mit Federohrringen in demselben Pink wie die Strähne in ihrem Haar – sich neben sie kauerte und ihren Rücken streichelte. Das dritte Mädchen stand auf und musterte mich von oben bis unten. Sie war groß und dünn, ihr schwarzes Haar bildete einen starken Kontrast zu ihrer extrem blassen Haut, ihre blauen Augen waren rot umrandet, aber tränenlos. »Ja. Moment, ich kenne dich doch … du warst letzte Woche schon mal hier, stimmt's?«

Obwohl ihre Stimme von Trauer erfüllt war, klang sie wie eine so erbärmlich schlechte Imitation von Hermine Granger, dass ich mich zusammenreißen musste, um nicht zu lachen. Eindeutig, hier stand das Mädchen vor mir, das January FBA genannt hatte – falscher britischer Akzent. »Äh, ja, ich war gekommen, um mit Reiko zu sprechen.«

»Genau. Und danach war sie ziemlich angefressen«, entgegnete FBA von oben herab. »Was hast du eigentlich zu ihr gesagt?«

»Ich habe ihr ein paar Fragen über January McConville gestellt«, erklärte ich, und fast augenblicklich hörte das

Schluchzen auf und die beiden Mädchen auf dem Boden wandten ihre Aufmerksamkeit mir zu. Ich blickte von einem misstrauischen Gesicht in das andere. »Ihr kanntet sie auch, nicht wahr?«

»Ja«, antwortete FBA argwöhnisch. »Wir waren aber nicht richtig mit ihr befreundet.«

»Warum nicht?«

Das Mädchen, das geweint hatte, antwortete mit einem erstickten Schniefen. »Weil sie eine blöde Zicke war.«

»Melanie!«, mahnte ihre Freundin, die sie getröstet hatte. Dann sagte sie leise, aber so, dass man es hörte: »Was ist, wenn der Typ beispielsweise ihr Bruder ist?«

»Ist mir egal«, fauchte Melanie. »Falls ja, dann weiß er bestimmt schon, dass sie ein arrogantes Miststück war – ich verrate ihm kein Geheimnis.«

»Ausgerechnet ihr hieltet January für arrogant«, stellte ich fest und ärgerte mich stellvertretend für meine Exfreundin. Reiko hatte mir selbst gesagt, dass man January an der Dumas ausgegrenzt hatte, und wenn man bedachte, wie sehr January Jonathan Walkers Reichtum verachtete, erschien Melanies Behauptung gelinde gesagt lächerlich.

»Nun, ja«, sagte FBA abwehrend und verschränkte die Arme. »Sie führte sich auf, als wäre sie was Besseres oder so, nur weil sie von einer staatlichen Schule kam.« Wie sie *staatliche Schule* betonte, klang es nach einer Art Sekte. »Als wäre sie deswegen authentischer als wir. Anfangs versuchten wir nett zu ihr zu sein, aber sie war richtig gemein. Sie machte sich über unsere Schuloutfits lustig, darüber, was wir gerne machen, einfach über … unseren ganzen

Lebensstil! Es war beleidigend und ehrlich gesagt wollte sich das keiner bieten lassen.«

Ich sah mir FBAs Klamotten an – ein kleines Schwarzes, zehn Zentimeter hohe High Heels und tropfenförmige Diamantohrringe – und konnte January förmlich hören: *Wer trägt schon in der Schule Diamanten? Wofür hält sie sich verdammt noch mal, für Beyoncé?* Meine Exfreundin war vielleicht kein Snob von der Art, wie diese Mädchen es waren, aber das hieß nicht, dass sie sich anderen nie überlegen fühlte oder sich nie so benahm.

Laut sagte ich allerdings: »Reiko schien sie ganz gern zu mögen. Sie hat mir erzählt, dass January und sie gute Freundinnen waren.«

»Na ja, das Ganze war schon ziemlich schräg«, warf Melanie verächtlich vom Boden aus ein, schniefte und wischte sich mit dem Handrücken die Nase ab.

»Wie meinst du das?«, fragte ich. »Warum schräg?«

»Bevor wir dir noch mehr Fragen über Reiko beantworten, erzählst du uns vielleicht lieber, wer du bist«, warf Federohrring scharfsinnig ein.

Pflichtschuldig stellte ich mich vor. »Ich will nur wissen, was passiert ist – mit January *und* Reiko.«

FBA verzog den Mund. »Mag ja sein, dass January an der Riverfront oder wo auch immer die Größte war, aber sie … passte nicht hierher. Sie *wollte* nicht dazugehören und ließ es auch richtig raushängen.«

»Man musste sie einfach verarschen«, sagte Melanie freiheraus. »Sie wollte es so. Sie kam in einem Mercedes oder einem Porsche oder einem Rolls Royce oder einem

Lamborghini in die Schule – jeden Tag in einem anderen Schlitten –, und dann stieg sie aus und trug ein siffiges Sweatshirt und abgefuckte Pennerschuhe! Wenn man versuchte, höflich zu ihr zu sein, funkelte sie einen nur wütend an, bis man den Mund hielt und sich verzog.« Mit einem schnippischen Lächeln fügte sie noch hinzu: »Wir sind alle über sie hergezogen. Auch Reiko.«

»Und dann eines Tages, wie aus heiterem Himmel, kommen die beiden gemeinsam zur Probe, Arm in Arm wie verloren geglaubte Schwestern oder so was«, nahm FBA den Faden auf. Sie klang verwundert. »Erst hielten wir es für einen Witz, aber …«

»Aber als wir sie danach fragten, wurde Reiko stinksauer«, schloss Melanie. »Sie sagte, January sei ›eigentlich richtig cool‹ und dass wir ›einfach nicht verstünden, wo sie herkomme‹. Was immer das bedeuten mochte.«

Es bedeutete, dass January und Reiko ein schreckliches Erlebnis teilten, aber wenn diese Mädchen nichts Näheres darüber wussten, würde ich es ihnen nicht auf die Nase binden. In möglichst neutralem Tonfall fragte ich: »Und was ist mit Jungs? Gab es hier irgendwelche Typen, die auf January standen? Vielleicht jemand, den Reiko aus irgendeinem Grund nicht sonderlich leiden konnte?«

Melanie lachte säuerlich. »Nein, außer du meinst …«

»Tut er nicht«, raunte Federohrring ihr leise zu.

»Was denn?« Ich sprang darauf an. »Wer?«

Bei meinem eifrigen Nachfragen waren sie sofort auf der Hut, und das Schweigen im Flur wuchs zu einem ohrenbetäubenden Crescendo an, während sie zu überlegen schienen, ob sie antworten sollten. Die drei versuchten verzweifelt, gedanklich zu kommunizieren, mit bemüht ausdruckslosen Mienen schossen sie einander Blicke zu. Schließlich schnaubte Melanie laut auf. »O mein Gott, verschont mich! Über diesen Scheiß hat in den letzten beiden Monaten die ganze Schule geredet, und auf einmal tut ihr so, als müssten wir die Todesliste der CIA schützen oder so!«

»Melanie …«, warnte Federohrring, doch ihre Freundin ließ sich nicht beirren.

»Der einzige ›Typ‹ an der Dumas, der sich für January interessierte, war Cedric«, platzte Melanie mit einem boshaften Kichern heraus.

»*Melanie.*«

»Ach, ist doch egal.« Melanie verdrehte die Augen. »Ich sage ja nicht, dass sie heimlich was miteinander hatten, aber er hat ihr eindeutig zu viel Aufmerksamkeit geschenkt. Wenn sie sich bereit erklärt hätte, für das Stück vorzusprechen, hätte er ihr die Rolle der Angélique sofort gegeben! Das war echt scheiße. Eigentlich hätte nämlich Sylvie ein Anrecht darauf gehabt, die ist schon in der Zwölften – und nur weil Cedric auf eine Zehntklässlerin scharf war, die nicht mal schauspielern konnte, präsentierte er ihr die Rolle auf dem Silbertablett! Totale Scheiße.«

»Cedric?«, wiederholte ich dümmlich.

»Er redete die ganze Zeit von ihr.« Jetzt kam Melanie richtig in Fahrt. »›Vielleicht können wir Angéliques Haar so stylen wie das von January‹, und: ›January hatte letztens eine brillante Idee‹, und: ›Sylvie, versuch so zu lächeln wie January!‹ Ich meine … echt krass.«

»*Cedric?*«

»Er hat immer nach einer Gelegenheit gesucht, um in der Pause mit ihr zu reden, hat ihr gesagt, wie sie sich anziehen sollte, hat angeboten, sie nach der Schule nach Hause zu fahren … also, Cedric hatte schon immer so ein Böser-Onkel-Image, aber sie hat es erst richtig aus ihm rausgekitzelt.«

»Sie nach der Schule nach Hause zu fahren«, wiederholte ich mit tauben Lippen. Als ich Kaz neulich gefragt hatte, wie Januarys Kleider von der Dumas zu ihrem Elternhaus gekommen sein könnten, hatte er geantwortet: *Irreführung.* Hatte er recht gehabt? Und dann fiel mir ein, dass Cedric derjenige gewesen war, der Januarys Sachen auf der Wiese gefunden hatte. Ich sah noch vor mir, wie ich ihn das erste Mal getroffen hatte, auf der Veranda der Walkers. *Sie war ein reizendes Mädchen. Ich hoffe, du wusstest, was du an ihr hattest, mein Junge.* Erinnerte ich mich richtig daran? Hatte er wirklich die Vergangenheitsform benutzt, schon bevor man sie offiziell für tot hielt? »Glaubt ihr wirklich, dass Cedric … dass er mit January … wollte?«

»Wenn man die Umstände bedenkt, unter denen er seine letzte Schule verlassen hat, wäre ich kein bisschen überrascht«, entgegnete Melanie mit zuckersüßer Boshaftigkeit.

»Das ist nicht fair, Mel«, sagte Federohrring, die Stirn sorgenvoll gerunzelt.

Mir schwirrte der Kopf. »Warum? Was ist an seiner alten Schule passiert?«

»Keiner weiß es, das ist es ja.« Federohrring war eindeutig nervös, sie sah sich um, als hätte sie Angst, dass uns jemand hinterherspionierte. »Die Leute denken sich einfach was aus.«

»Was immer es war, jedenfalls war es so schlimm, dass er nicht mehr als Lehrer arbeiten darf«, verriet Melanie triumphierend. »*Das* ist der Punkt.« An mich gewandt führte sie näher aus: »Eine Cousine der Freundin meiner Schwester war an der Hazelton, wo Cedric anscheinend bis letztes Jahr Englisch unterrichtet hat. Dann hat er auf einmal dort aufgehört und hier angefangen. Er hatte einen Job an einer der angesehensten Privatschulen des Landes, und jetzt verdient er sich seinen Lebensunterhalt als Leiter der Theater-AG? Entweder hatte er einen totalen Burnout oder er hat was Schlimmes angestellt.«

»Er ist hier kein Lehrer?« Ich konnte die Fülle der Informationen kaum verarbeiten.

Melanie schüttelte den Kopf. »Nein. Als ich ihn einmal darauf ansprach, tat er so, als verstehe er die Frage nicht. Die Sache ist ganz schön mysteriös.«

Da musste ich ihr zustimmen. Ich war Cedric Hoffman nur zwei Mal begegnet und hatte mich in seiner Gesellschaft jedes Mal unwohl gefühlt; er strahlte etwas Merkwürdiges aus mit seiner weichen, konturlosen Stimme und seinem bohrenden Blick, und von seiner Fixierung auf January zu erfahren ließ meine Haut kribbeln, als würde ein Schwarm Tausendfüßler darauf herumkrabbeln – aber das musste nichts heißen. Mit Mr Walker war ich auch nicht klargekommen und meine Verdächtigungen gegen ihn hatten sich als substanzlos erwiesen. Ich musste mehr herausfinden.

»Wisst ihr zufällig noch, um welche Uhrzeit Reiko am Freitag die Schule verlassen hat?«

»Nach uns«, verkündete FBA. »Sie war in einer seltsamen Stimmung und arbeitete gerade an einer Zeichnung für Januarys Gedenkschrein – den vor ihrem Haus? Sie sagte, sie würde bleiben, bis sie fertig sei.«

Am Ende des Satzes schnürte sich ihr die Kehle zu und die Worte kamen als heiseres, stockendes Flüstern heraus. Sie wischte sich über die Augen, und ich wartete, bis sie sich wieder gefangen hatte, bevor ich fragte: »War sonst noch jemand länger hier?«

Wieder sahen sich alle an, dann ergriff Federohrring das Wort. »Ein paar von den Bühnentechnikern gehen manchmal erst relativ spät, wenn nach der Probe viel Zeug aufzuräumen ist – aber ich glaube, an dem betreffenden Abend war kaum was zu tun. Außerdem war es Freitag, da wollten natürlich alle so schnell wie möglich nach Hause.«

»Was ist mit Cedric?«

»Oh. Na ja, der ist natürlich geblieben. Er muss abschließen, wenn alle anderen weg sind.« Sie zuckte die Schultern. »Ich glaube, er hat der Polizei gesagt, dass Reiko gegangen ist, als er gerade ein paar Werkzeuge aufräumte, die vergessen worden waren, und dass er anbot, sie zum Auto zu begleiten, aber sie lehnte dankend ab.« Jetzt war sie diejenige, die in Tränen ausbrach, und Melanie nahm ihre Hand und drückte sie tröstend.

»Was ist mit dem Abend, an dem January verschwand?«, fragte ich. »Weiß jemand von euch, wer sie zuletzt gesehen hat?«

»Das könnte ich gewesen sein«, antwortete zu meiner Überraschung FBA. »Als sie eine der Szenen probten, ging ich raus, um eine zu rauchen, und da sah ich, dass January am Brunnen saß. Ich war überrascht, weil sie die Theater-AG doch aufgegeben hatte, und ich konnte mir nicht vorstellen, was sie dort zu suchen hatte. Der Unterricht war ja schon seit über einer Stunde zu Ende. Ich habe sie nicht gefragt, sie hätte mich sowieso nur angeschnauzt.«

Sie zog ein beleidigtes Gesicht, als erwartete sie Trost oder eine Entschuldigung von mir, aber ich sprang nicht darauf an. »Was hat sie gemacht? Wie hat sie auf dich gewirkt?«

»Keine Ahnung.« FBA schien die Frage zu verwundern. »Sie hat gar nichts gemacht – nur dagesessen. Und wie sie gewirkt hat? Ich weiß nicht. Nachdenklich vielleicht. Oder deprimiert? Ich habe den Constables, die uns befragt haben, erzählt, dass sie unglücklich wirkte.«

Ich musste mich sehr zusammenreißen, um bei dem britischen Ausdruck »Constables« nicht die Augen zu verdrehen. »Und nach der Probe saß sie nicht mehr da?«

»Nein. Ich weiß nicht, wohin sie danach gegangen ist.«

Zerstreut gab ich den Mädchen meine Handynummer und bat sie anzurufen, wenn ihnen noch etwas einfiel, dann drehte ich mich ungelenk um. Auf dem Weg zurück ins Foyer rotierten die Gedanken in meinem Kopf wie ein Windrad, drehten sich unablässig im Kreis. *Cedric?* War das möglich? Ich hatte mich so sehr auf Januarys unglückliches Leben zu Hause konzentriert, dass mir ihr AG-Leiter gar nicht als Verdächtiger in den Sinn gekommen war – aber wenn mir diese Mädchen die Wahrheit erzählten, war ich vielleicht schon die ganze Zeit auf dem Holzweg gewesen und hätte Januarys Vergewaltiger von Anfang an im Umfeld der Schule suchen sollen. Auf einmal bekam ich von den sterilen, hallenden Fluren des Theatergebäudes Zustände und wollte nur noch raus.

Im Foyer blieb ich stehen. Der riesige Raum, vom Boden bis zur Decke mit großen, makellosen Natursteinfliesen ausgelegt, war menschenleer. Durch die Reihe von Glastüren an der Front des Gebäudes konnte ich den Harmon-und-Eugenia-Davenport-Brunnen erkennen – dort hatte FBA January vor ihrem Verschwinden als Letzte gesehen –, der beharrlich Fontänen eiskalten Wassers in die Novemberluft spritzte. Der kleine Platz um ihn herum war jedoch verlassen, und in der zunehmenden Dämmerung, die sich auf das gepflegte Schulgelände dahinter legte, sah ich keine Menschenseele. Wo war Kaz?

Widerstrebend schlüpfte ich durch die Tür zum Zuschauerraum, um mich umzusehen, vielleicht hatte er ja einen kleinen Rundgang unternommen. Eine Gruppe von Schülern war in der hinteren Ecke des Raums versammelt, sie wirkten ernst und bedrückt, während drei weitere in einem Lichtkreis auf der Bühne saßen und sich leise unterhielten. Anscheinend hatte die Theater-AG gerade Pause, von Kaz entdeckte ich allerdings keine Spur. Ich wollte endlich von hier verschwinden und wandte mich um in Richtung Foyer, um draußen nach Kaz zu suchen, als ich gegen einen massiven Fleischberg stieß.

»Doherty. So treffen wir uns wieder.« Cedric Hoffman

stand mir im Weg, seine Stimme war kalt und vorwurfsvoll, und er sah mich mit einem verärgerten Stirnrunzeln auf seinem verwitterten Gesicht an. Es war die Miene eines Mannes, der gerade einen Taschendieb auf frischer Tat ertappt hatte. »Wenn man bedenkt, dass du hier gar nicht eingeschrieben bist, verbringst du ganz schön viel Zeit in dieser erhabenen Einrichtung.«

»Ich wollte nur kurz vorbeischauen, um … ein paar Freunde zu besuchen«, gab ich nervös zurück, weil mir keine bessere Ausrede einfiel. Seine matten schwarzen Augen, verzerrt durch die Bifokalbrille, bohrten sich in mich, als wollten sie direkt in mein Hirn dringen, und sein giftiger Gesichtsausdruck war so starr wie der einer Schaufensterpuppe. Ich bekam eine Gänsehaut.

»Ich glaube nicht, dass du hier Freunde hast, Doherty«, stellte Cedric mit seiner typischen weichen, schlaffen Sprechweise fest. »Ich habe dir schon mal gesagt, dass du hier ein Fremdkörper bist. Du gehörst nicht hierher, und ich vermute stark, dass deine ständige Störung der Proben die Schüler genauso nervt wie mich.«

»Ich war erst drei Mal hier!«, blaffte ich zurück, bevor ich mich im Zaum halten konnte. Er rüffelte mich wegen nichts und wieder nichts, und es gab mir einen Stich. Ich war schon öfter von Lehrern getadelt und auch von Erwachsenen herablassend behandelt worden, aber dieser Typ schien eine persönliche Abneigung gegen mich zu haben, und das ging mir an die Nieren.

»Drei Mal zu oft«, sagte er barsch. »Ich muss dich wohl nicht daran erinnern, dass dies hier weder eine öffentliche

Bibliothek noch ein öffentlicher Parkplatz oder ein Gemeindezentrum ist, wo du kommen und gehen kannst, wie es dir passt. Die Schüler erarbeiten sich gemeinsam etwas, und ihre Eltern zahlen gutes Geld dafür, dass sie nicht abgelenkt werden. Wenn ich dich noch einmal hier antreffe, rufe ich die Campus-Polizei.«

»Ich wollte gerade gehen, Sie haben mich aufgehalten«, sagte ich, meinen letzten Rest Würde zusammenkratzend. Ich war stolz darauf, wie wenig meine Stimme zitterte, als ich dann mit einer aggressiven Tapferkeit, die nur aufgesetzt war, sagte: »Darf ich jetzt vorbei?«

Mir kam in den Sinn, dass beide Mädchen an dem jeweiligen Abend ihres Verschwindens länger in der Schule geblieben waren, und als Allerletzter ging immer Cedric, wie man mir erzählt hatte. Hatte January an jenem Tag auf eine Gelegenheit gewartet, um ihren Vergewaltiger zur Rede zu stellen? Hatte es sich bei Reiko ebenso verhalten? War ich mutig genug – oder dumm genug, je nach Betrachtungsweise –, ihn das ganz offen zu fragen?

In Reikos Fall hätte er auch ohne direkte Konfrontation wissen können, was sie vorhatte. Wir hatten uns am Freitag nicht gerade leise unterhalten, und möglicherweise hatte der AG-Leiter sofort die Probe unterbrochen, nachdem er uns ins Foyer verbannt hatte, und uns anschließend hinter der Tür belauscht. Cedric hätte die richtigen Schlüsse gezogen, und vermutlich hatte er bereits seinen nächsten Schritt geplant, als ihm Reiko in die Hände spielte, indem sie länger blieb. Beim Blick in seine verkniffene Miene wurde mir auf einmal klar, dass ich Detective

Garcia eine falsche Auskunft gegeben hatte; Reiko war *nicht* die einzige andere Person, die wusste, was January zugestoßen war. Ich wusste es auch.

Ohne ein Wort entfernte Cedric Hoffman seine massige Gestalt aus dem Türrahmen und erlaubte mir, mich an ihm vorbeizuschieben. Ich musste mich bemühen, nicht loszurennen, als ich durch die Glastür ging, verfolgt von seinen schwarzen Augen, die sich in meinen Rücken bohrten.

23

AM NÄCHSTEN TAG, Mr Walkers lang ersehntem Wahltag, tat ich etwas, das ich noch nie getan hatte: Ich schwänzte die Schule. Es war nicht so, dass ich nicht schon oft mit dem Gedanken gespielt hätte, aber ich hatte immer zu viel Schiss vor den Folgen gehabt und war fest davon überzeugt, dass man mich erwischen würde. Meine Eltern waren beileibe keine Puritaner – sie waren weder Moralapostel noch vertraten sie die Überzeugung, dass öffentliche körperliche Züchtigung den Charakter bildete –, aber sie verstanden es so meisterhaft, ihre Verletzung und Enttäuschung zur Schau zu tragen, wie ein Großinquisitor das Anlegen der Daumenschrauben, und das tat ich mir so selten wie möglich an. Doch an mir nagten brennende Fragen, die eine Antwort verlangten, sodass ich das Risiko eingehen musste. Wenn ich aufflog, würde ich wieder einen auf emotional/psychisch traumatisiert machen müssen und hoffen, dass diese Tour immer noch zog.

Kaz hatte das mit dem Schwänzen vorgeschlagen, nachdem ich ihm berichtet hatte, was ich im Theater der Dumas herausgefunden hatte, und er hatte sogar angeboten, selbst ein paar Stunden zu schwänzen und mir zu helfen. Ich glaubte nicht, dass er meine amateurhaften Ermittlungen so toll fand, aber er wollte mir wohl beweisen, was für ein guter Freund er in meiner »Zeit des Aufruhrs« sein konnte, und ich beabsichtigte, das schamlos auszunutzen.

Am Vormittag besuchte ich den Unterricht, aber zu Beginn der Mittagspause wartete ich vor dem Schulgebäude und sah mich so nervös um wie ein Junkie, der Angst hat, beim Stoffkaufen von Zivilbullen festgenommen zu werden. Als der Lexus in den Kreisverkehr fuhr, schoss ich auf die Beifahrertür zu, noch bevor er ganz angehalten hatte. Diesmal hatte ich Gott sei Dank kaum Zuschauer. An der Riverside sah man es nicht gern, wenn die Schüler zum Mittagessen das Schulgelände verließen, es war allerdings auch nicht ausdrücklich verboten, deshalb hielt uns niemand auf, als wir zurück auf die Straße bogen.

Die Hazelton-Schule lag in Birmingham, einem wohlhabenden Vorort im Speckgürtel von Detroit etwa siebzig Kilometer nordöstlich von Ann Arbor. Jetzt um die Mittagszeit war nicht viel Verkehr und wir kamen super voran, vorbei an Werbetafeln, auf denen die über Achtzehnjährigen aufgefordert wurden, Walker zu wählen, über uns der graue Himmel. Ich starrte mit einer Mischung aus Nervosität und schierer Panik auf die Uhr und den Kilometerzähler am Armaturenbrett, während meine Chancen, dieses irrsinnige Unternehmen abblasen und unbemerkt zur Schule zurückkehren zu können, immer mehr schwanden. Schließlich, als meine Mittagspause offiziell zu Ende war und Kaz gerade das haarsträubende Verkehrskreuz an der Interstate 696 passierte – wo wir es mit halsbrecherischen Fahrern aufnehmen mussten, die so rabiat waren wie Streitwagenfahrer im Circus Maximus –, sah ich ein, dass es kein Zurück mehr gab.

Hazelton war keine große Schule, hatte aber einen großen Ruf – so prahlte zumindest die Website der Schule. Die Liste herausragender Lehrer und Absolventen war ellenlang, obwohl ich von den meisten angeblichen Koryphäen noch nie gehört hatte. Darunter waren Ärzte, Richter, Autoren von Büchern, die ich niemals lesen würde, und eine Menge Namen mit den Kürzeln CEO, COO, CFO und so weiter dahinter. Eine Person wurde jedoch nirgendwo erwähnt, nämlich Cedric Hoffman. Wenn sein Abgang aus den erlauchten Hallen Hazeltons auch nur den Hauch eines Skandals nach sich gezogen hatte, stand jedenfalls nichts darüber im Internet.

Die Architektur der Schule verriet dasselbe übersteigerte Selbstbewusstsein wie das Werbematerial. Als wir ein riesiges schmiedeeisernes Tor passiert hatten, das sich auch gut in Downton Abbey gemacht hätte, standen wir vor einer Ansammlung von gotischen Steintürmchen, Spitzbogenfenstern und Satteldächern, alles über und über von Kletterpflanzen umrankt. In den wärmeren Monaten machte das Grünzeug das Gebäude bestimmt edler und ließ Visionen von Harvard und Dartmouth und Yale entstehen, aber jetzt, blattlos und misthaufenbraun, erinnerte es an die ausgetrockneten Venen eines geschundenen Folteropfers.

Auf dem Weg ins Sekretariat klapperten unsere Schuhe über das Parkett, das offensichtlich in einem endlosen Kreislauf zerkratzt, gewachst, zerkratzt und wieder gewachst wurde. Es war nicht schwer zu finden; Hazelton kultivierte bewusst eine intime Atmosphäre, die dunklen holzgetäfelten Wände schienen uns zu umschmeicheln, besorgt über unser akademisches Fortkommen, und es genügte ein einzelnes Schild mit einem Pfeil, um uns an unser Ziel zu bringen: nur einmal rechts abbiegen, und nach wenigen Metern waren wir da.

Kaum zu glauben, aber erst als ich der Chefsekretärin von Angesicht zu Angesicht gegenüberstand, einem Schlachtschiff von einer Frau mit kohlrabenschwarzem Haar, Schildpattbrille und auberginefarbenem Twinset, begann ich an der Klugheit unseres Unternehmens zu zweifeln. Hinter dem thekenartigen Schreibtisch, der so massiv und eindrucksvoll wie die Frau selbst war, befanden sich mehrere Aktenschränke, ein Gewirr von an der Wand befestigten Postfächern, ein Kopierer und einige Schränke. Ein Mädchen ungefähr in meinem Alter mit langem rotblondem Haar und einer strengen Schuluniform war am Kopierer zugange, aber sie sah nicht mal auf, als Kaz und ich zaghaft in den vollgestopften Raum schlurften.

»Kann ich euch helfen?«, fragte die Sekretärin, obwohl ihr förmlicher Ton Zweifel diesbezüglich implizierte.

»Ich, äh … wir haben ein paar Fragen«, sagte ich so souverän wie möglich. Mir schwante, dass meine Fragen dieser nüchternen Frau – V. BAGLEY, wie das Namensschild auf dem Schreibtisch angab – bestimmt unerhört erscheinen würden, und ich wollte so klingen, als ob wir ein Anrecht auf diese Informationen hätten.

»Wegen der Einschreibung?« Eine Augenbraue, so dünn gezupft, dass man sie kaum noch sah, hob sich skeptisch.

»Nein, wegen eines Lehrers hier.« Ich korrigierte mich. »Eines ehemaligen Lehrers.«

»Das klingt ziemlich ungewöhnlich«, entgegnete sie in einem Ton, als sollten wir uns für unser Ersuchen schämen, und runzelte die Stirn. »Was denn für Fragen?«

»Vornehmlich«, begann ich, stolz darauf, wie erwachsen das Wort klang, »würde uns interessieren, warum der betreffende Lehrer nicht mehr hier an der Schule arbeitet.«

Das Stirnrunzeln der Sekretärin verstärkte sich und zu beiden Seiten ihrer herabgezogenen Mundwinkel bildeten sich Furchen, so unheilschwanger wie Verwerfungslinien. »Ich fürchte, es entspricht nicht unseren Gepflogenheiten, solche Informationen herauszugeben. Warum fragt ihr? Welchen Lehrer meint ihr?«

Ich fand es nicht ganz fair von ihr, Antworten von uns zu verlangen, ohne selbst wenigstens ein paar Alibiinformationen preiszugeben, beschloss jedoch nachzugeben – vielleicht konnte ich ja an ihrer Reaktion etwas ablesen. »Cedric Hoffman?«

Der Name schlug ein, nicht nur bei der Sekretärin: Das Mädchen am Kopierer blickte ruckartig auf, ihre braunen Augen weiteten sich und richteten sich zum ersten Mal, seitdem Kaz und ich hereingekommen waren, auf uns. Im Bruchteil einer Sekunde wechselte die Miene der Sekretärin von wachsam zu ernst, und auf die Reaktion ihrer jungen Gehilfin hin sagte sie über ihre Schulter gewandt: »Klara, mach doch eine Pause. Du kannst in einer Viertelstunde zurückkommen.«

Es war nicht als Vorschlag gemeint, und nach einem winzigen Moment des Zögerns nickte das Mädchen schnell und vogelartig, legte die Papiere in ihrer Hand ab und verließ hastig den Raum. Sie ging mit gesenktem Kinn um den Schreibtisch herum, trabte an Kaz und mir vorbei und schloss geräuschlos die Tür hinter sich. Als Klara weg war, wartete die Sekretärin eine Weile ab, um sicher zu sein, dass das Mädchen außer Hörweite war, bevor sie wieder das Wort ergriff. »Warum erkundigt ihr euch nach Cedric Hoffman?«

Ich würde nicht unbedingt sagen, dass sie freundlicher wurde, aber durch ihre diszipliniert undurchdringliche Fassade drang jetzt eine Mischung aus aufrichtiger Sorge und Neugier. Sie hatte die Hände auf dem Schreibtisch gefaltet und ich sah, wie die Haut um ihre kurz geschnittenen Nägel herum weiß wurde. Vorsichtig fühlte ich vor: »Er arbeitet jetzt in Ann Arbor.«

»Als Lehrer?« Ihr Ton war aufgeregt und verwirrt.

Ich schüttelte den Kopf. »Nein. Er leitet die Theater-AG an einer Privatschule.«

Ms Bagleys besorgter Blick schoss zur Tischplatte, dann zur Seite und dann wieder zu Kaz und mir. Eine Hand wanderte reflexartig zu einem Anti-Stress-Ball und knetete ihn unerbittlich. »Warum seid ihr gekommen?«, fragte sie schließlich. »Hat er … Ist etwas … vorgefallen?«

»Was denn zum Beispiel?«, bohrte ich nach, unfähig, mich zu bremsen, und sie zog sich sofort wieder in ihren Panzer zurück. »Was glauben Sie denn, was vorgefallen sein könnte?«

»Das weiß ich wirklich nicht«, antwortete sie barsch und missmutig.

»Und wenn ich Ihnen nun erzählen würde, dass tatsächlich etwas vorgefallen ist?«, köderte ich sie. »Etwas Schlimmes. Das ich zwar nicht beweisen kann, an dem aber womöglich Mr Hoffman beteiligt ist?«

Sie musterte mich eine Weile, und ich musterte sie ebenfalls, während sich ihre Augen umwölkten und ihr Gesicht von großer Trauer und Erschöpfung erfasst wurde. Schließlich stieß sie einen tiefen Seufzer aus und sagte leise: »Es tut mir wirklich leid, aber ich kann euch nichts sagen. Nur … wenn etwas … wenn ihr wirklich glaubt, dass Mr Hoffman vielleicht … *etwas getan hat*, dann müsst ihr die Behörden davon unterrichten.«

»Bitte«, versuchte ich es erneut und wünschte verzweifelt, ich könnte sie irgendwie vom Ernst der Lage überzeugen. Ich wagte nicht laut auszusprechen, was er vielleicht getan hatte, weil ich nicht riskieren wollte, dass sie uns ob der rechtlichen Konsequenzen unserer Fragen vom Schulgelände scheuchte. »Wir möchten uns erst an die Behörden wenden, wenn wir so gut wie sicher sind, aber …«

Mein brillantes Argument verpuffte wie ein fehlgezündetes Feuerwerk und Ms Bagley machte total zu, jetzt war sie wieder ganz geschäftsmäßig und abweisend. »Es tut mir sehr leid«, wiederholte sie, »aus rechtlichen Gründen kann ich jedoch lediglich bestätigen, dass Cedric Hoffman hier als Lehrer gearbeitet hat. Seine Tätigkeit endete letztes Jahr vor Beginn des Herbstsemesters.« Sie schürzte die Lippen und sagte noch einmal mit Nachdruck: »Es tut mir leid.«

Da das fruchtlose Gespräch offensichtlich zu Ende war, traten Kaz und ich zurück in den stickigen Flur und machten uns auf den Weg zur Eingangshalle. »Was jetzt?«, fragte ich niedergeschlagen. »Sollen wir warten, bis es dunkel ist, um einzubrechen und das Sekretariat zu durchsuchen?«

»Vielleicht lässt sich ja einer der Lehrer zu ein bisschen Klatsch verleiten«, meinte Kaz beharrlich optimistisch. »Wenn Cedric im Streit gegangen ist, hat bestimmt jeder, der hier arbeitet, seinen Senf dazuzugeben. Wir müssen nur jemanden finden, der nicht so zugeknöpft ist.«

Wie sich herausstellte, mussten wir nicht lange warten; als wir um die Ecke bogen, stießen wir fast mit Klara zusammen, die im Sekretariat am Kopierer gestanden hatte. Es war glasklar, dass sie auf uns gewartet hatte. »Ich habe zufällig mitbekommen, dass ihr Ms Bagley nach … Professor Hoffman gefragt habt.«

Sie flüsterte verstohlen, mit irgendeinem Akzent – deutsch oder österreichisch vermutlich –, und ich musste daran denken, dass der Schall in diesem Ambiente, mit den Holzdielen, der Holztäfelung und den auf Hochglanz polierten Treppen, besonders weit trug.

»Das stimmt. Kanntest du ihn?« Kaz sah sie fragend an.

Sie nickte schnell, die Lippen fest zusammengepresst, und ich fragte: »Warum hat er gekündigt?«

»Nicht hier«, zischte sie und sah nach links und rechts,

als wären wir in einem Zeichentrick-Agentenfilm. »Kommt mit.«

Sie führte uns durch ein Labyrinth von Gängen, schlich nervös an Klassenzimmern vorbei, in denen gerade Unterricht war, die Kreppsohlen ihrer Schuhe machten kaum ein Geräusch. Schließlich geleitete sie uns durch ein Treppenhaus aus dem Gebäude. Wir standen in der Türnische eines Seiteneingangs der Schule und blickten auf eine ausgedehnte, laubbedeckte Rasenfläche, die sich zwischen der Schule und einem kleinen Waldstreifen erstreckte. Es erinnerte mich unangenehm an den Garten der Walkers. Der bewölkte Himmel war noch dunkler geworden und es roch unmissverständlich nach Regen, ein kalter Wind schlug uns entgegen und wehte uns von Zeit zu Zeit trockenes Laub ins Gesicht.

Klara starrte mit nachdenklichem, besorgtem Blick auf die Baumwipfel, die Arme fest um sich geschlungen, während wir warteten, dass sie etwas sagte. Schließlich soufflierte Kaz: »Was kannst du uns über Professor Hoffman erzählen?«

»Warum erkundigt ihr euch nach ihm? Was hat er getan?«, fragte sie zurück und sah dabei von Kaz zu mir. Dann schüttelte sie den Kopf und hob die Hände. »Nein, wartet. Ich glaube … ich will es gar nicht wissen.« Ihr herzförmiges Gesicht war blass, ihre Augen wirkten riesig, und mit ihrer kummervollen Miene sah sie aus wie einem Roman von Emily Brontë entsprungen. »Erstens einmal hat er nicht selbst *gekündigt*. Zumindest wurde es nicht so dargestellt.«

»Dann wurde er gefeuert?«

Klara schüttelte frustriert den Kopf. »Auch das nicht so richtig.« Mit einem ängstlichen Seufzer fügte sie hinzu: »Ich sollte euch erzählen, wie es war. Wie es passiert ist.

Professor Hoffman unterrichtete hier an der Schule Englisch – englische Literatur in der Unterstufe und die Geschichte des Dramas bei den älteren Jahrgängen. Er war nett, wenn auch seltsam. Ständig ließ er Bemerkungen fallen, wie »reizend« die Mädchen in der Schuluniform aussähen, und jeden Tag machte er bestimmten Mädchen zu Beginn des Unterrichts Komplimente – immer denselben –, und sagte ihnen, wie hübsch sie seien.« Ihre Stimme war leise, aber ernst, als würde sie ein Klagelied rezitieren. »Vor drei Jahren gab es … einen Vorfall. Eins der Mädchen war unten im Keller im Magazin der Bibliothek, um für eine Arbeit zu recherchieren, sie hatte sich einen Arbeitsplatz eingerichtet mit ihren Büchern und Notizen und einem Becher Eistee, und sie hörte auf dem iPod Musik. Sie war allein.

Irgendwann wurde sie einfach … ohnmächtig. Später erzählte sie, sie habe sich Notizen gemacht, und dann wusste sie nur noch, dass sie auf dem Boden lag und Professor Hoffman da war, die Hände an ihrem … ihrem Rock. Er sagte, er habe sie so gefunden, so *entblößt*, und habe ihren Rock runterziehen wollen, doch sie glaubte ihm nicht. Sie hatte Schmerzen und bestand auf einer ärztlichen Untersuchung, bei der allerdings nichts rauskam. Zwar hatte sie blaue Flecken, aber es gab keine … DNA, wenn ihr versteht?« Sie errötete über ihren Einwurf und wir nickten. »Sie war überzeugt, dass Professor Hoffman sie *sexuell missbraucht* hatte, konnte es jedoch nicht beweisen. Es gab keine Zeugen.«

»Hatte man sie unter Drogen gesetzt?«, fragte Kaz und Klara nickte.

»Sie hatte den Tee in Verdacht. Als ihr das einfiel, war es allerdings schon zu spät.« In Erwartung unserer nächsten Frage fuhr sie fort: »Er stammte von einem Café in der Stadt, aber sie hatte ihren Arbeitsplatz mehrmals verlassen, um Bücher zu suchen, also hätte jeder in die Bibliothek marschieren können, ohne dass sie es mitbekommen hätte.«

Kaz und ich wechselten einen düsteren Blick, als ich an mein Gespräch mit Reiko dachte. *Der Kerl hat ihr was verabreicht, damit sie bewusstlos wurde und nichts mitbekam.* Es machte mich krank, dass Cedric vielleicht ein Serienvergewaltiger war, der von Schule zu Schule zog. »Das ist vor drei Jahren passiert … Was war letztes Jahr?«

»Mehr oder weniger dasselbe. Eine andere Schülerin, diesmal in einem Klassenzimmer. Sie schrieb eine Nachholklausur nach Unterrichtsschluss. Professor Hoffman brachte ihr einen Becher Kaffee und ging dann hinaus. Sie wachte auf dem Boden liegend auf, wiederum kniete er über ihr. Sie war … nun, diesmal stand außer Zweifel, dass sie … missbraucht worden war, aber wieder gab es keine DNA, keine Zeugen, kein belastendes Beweismaterial.«

»Und was ist mit dem Kaffee?«, wollte ich wissen. »Er bringt ihr Kaffee, und hoppla, schon wird sie auf mysteriöse Weise ohnmächtig? Ist das kein Beweis?«

»Ihr Wort stand gegen seines«, sagte Klara, und ihre braunen Augen blitzten wütend. »Er kippte den Kaffee in den Ausguss, bevor sie ihn davon abhalten konnte, und deshalb konnte man es nicht überprüfen.«

»Verdammtes Arschloch!«, brach es aus Kaz hervor.

»Die Mädchen wollten ihn anzeigen, aber sie hatten nur Ind… Ind…«

»Indizien.«

»Ja. Als die Anzeige bei der Polizei keinen Erfolg hatte, drohten ihre Eltern also, Hazelton zu verklagen. Die Schulleitung versuchte, Professor Hoffman zu entlassen, doch weil sich die Vorwürfe gegen ihn nicht beweisen ließen, verklagte *er* stattdessen die Schule. Wegen unrechtmäßiger Kündigung. Letztendlich musste Hazelton ihm eine Abfindung zahlen, damit er ging – und sie zahlten auch den Familien der Mädchen etwas, damit sie es nicht öffentlich machten.«

Das erklärte, warum weder im Zusammenhang mit Cedric noch mit der Schule irgendein Skandal erwähnt wurde, warum der Mann seinen prestigeträchtigen Job und Titel aufgegeben hatte und warum er immer noch einer Beschäftigung nachgehen durfte, bei der er mit Mädchen im Teenageralter in Kontakt kam. Es erklärte allerdings nicht, was ich als Nächstes tun sollte. Wenn das, was man mir gerade erzählt hatte, stimmte, war Cedric ein Verbrecher, der mindestens zweimal mit derselben Straftat davongekommen war, ohne Spuren zu hinterlassen, mit denen man ihn überführen konnte.

Beim Missbrauch seiner Opfer an der Hazelton-Schule

war er extrem vorsichtig zu Werke gegangen – vielleicht hatte er sogar Kondome benutzt –, aber wenn er Januarys Vergewaltiger war, würde das seinen Ruin bedeuten, dafür würde ich sorgen. Ich musste einfach nur einen stichhaltigen Beweis für ein Verbrechen finden, von dem ich überhaupt nur erfahren hatte, weil ein Mädchen, das inzwischen tot war, mir davon erzählt hatte. Nichts leichter als das, oder?

»Er hat es noch einmal getan, stimmt's?« Klara klang matt und resigniert, und als ich bestätigend nickte, wandte sie den Blick ab und fluchte flüsternd: »*Scheißkerl.*«

Als sie mich wieder ansah, schimmerten ihre Augen feucht. »Ich war mit einem der Mädchen befreundet. Gut befreundet. Auch nachdem sie dieses *Arschloch* dafür bezahlt hatten zu gehen, konnte sie es nicht ertragen, an unsere Schule zurückzukehren. Sie hatte Albträume und Panikattacken …« Klara holte zitternd Luft. »Wem auch immer er das angetan hat, sorg dafür, dass sie ihn dafür bezahlen lässt.«

»Er wird bezahlen«, versprach ich. »Darauf kannst du Gift nehmen.«

24

EINES NACHMITTAGS *Anfang Herbst bemerkte January missmutig: »Eigentlich habe ich gedacht, die Theaterleute an der Dumpfbacken-Akademie wären witziger und irgendwie lockerer – so wie die an der Riverside.« Die sommerliche Hitze wollte nicht weichen, in der Stadt war es immer noch unangenehm schwül, und wir saßen in einem Eiscafé nicht weit vom Stadtzentrum. January hatte sich für Zitronencremeeis entschieden – eine gute Wahl, wenn man was ohne Schokolade will – und ich hatte eine Waffel mit Mackinac Island Fudge genommen, eine Spezialität Michigans. »Ich dachte, sie wären eher alternativ drauf, weißt du? Cooler als die anderen Arschlöcher an der Schule. Stattdessen sind sie einfach nur … theatralischer.«*

»Klingt so, als würdest du da ganz gut reinpassen.«

»Leck mich«, erwiderte sie gutmütig. »Ich meine es ernst. Langsam habe ich das Gefühl, nie mehr Freunde zu finden. Du solltest hören, worüber die sich unterhalten, Flynn! Modemagazine und Urlaub in der Karibik und Dressurpferde und Voltigieren. Was zum Teufel soll das überhaupt sein?«

Ich verzog das Gesicht. »Klingt nach einer Fesselungstechnik.«

Sie lachte gackernd. »Ich habe exakt den gleichen Witz gemacht, und ein Mädchen hat mich angefunkelt, als hätte ich gerade auf den Sarg ihrer Großmutter gespuckt! Da siehst du, womit ich mich tagtäglich herumschlagen muss.«

»Es gibt niemanden, der nett ist? Nicht mal ein kleines bisschen?«

»O doch, sie sind alle ›supernett‹.« Bei diesem Wort setzte sie ein künstliches Strahle-Lächeln auf wie in der Zahnpastareklame. »Auf scheinheilige Art nett – Sie sagen was, das wie ein Kompliment klingt, aber in Wirklichkeit meinen sie damit: ›Du bist das Letzte‹. Zum Beispiel, ›Wow, January, ich wünschte, ich hätte den Mut, so *etwas in die Schule anzuziehen!‹«*

»Boah.«

»Und der Typ, der die Theater-AG leitet, ist der totale Freak.«

»Wie das?«

»Na ja, zum einen will er uns immer die Szenen in ihrem ›ursprünglichen historischen Kontext‹ erklären, was zum Gähnen langweilig ist, und außerdem ist er ein Perversling. Neulich hat er uns zwanzig Minuten lang was über Ludwig XIV. und den Herzog von Orléans erzählt und mir dabei die ganze Zeit auf den Busen gestarrt.«

»Krass! Hast du nicht gesagt, er wäre schon ziemlich alt?«

»Ja! Bestimmt sechzig oder so. Es ist als … als würde der Weihnachtsmann auffordernd auf seinen Schoß klopfen und sich dabei lasziv die Lippen lecken!« Sie führte davon eine

kleine Parodie auf, stülpte die Lippen über die Zähne, sodass es aussah, als wäre sie zahnlos, und schlabberte sich mit der Zunge über die Lippen wie ein Golden Retriever, während sie sich mit der Hand über den Oberschenkel strich. Ich platzte beinahe vor Lachen. »Ja, es ist echt witzig, aber nur, wenn du nicht diejenige bist, die sich der Weihnachtsmann für sein kleines Ho-ho-ho ausgesucht hat.«

Doch auch sie lachte dabei. Ich stupste sie an. »Sag ihm, dein Freund wird ihm eine Tracht Prügel verpassen, wenn er weiter auf deine Möpse starrt.«

»Okay, zunächst mal: Ich würde niemals das Wort ›Möpse‹ in den Mund nehmen, und du besser auch nicht, falls dir was an deinen Eiern liegt. Und zweitens: Wenn du einem Typen erzählst, dass du einen Freund hast, wirst du nur noch interessanter für ihn, weil er dich dann als ›Herausforderung‹ sieht. Und drittens brauchst du dir keine Sorgen zu machen.« Sie tat so, als wollte sie mir ihre Eiswaffel gegen die Nase stippen, hielt jedoch in letzter Sekunde inne. »Egal. Er ist harmlos. Nur seltsam.«

»Wenn du meinst.« Ich zuckte die Schultern. »Ich will nur nicht, dass du mich für den Weihnachtsmann in die Wüste schickst.«

Sie führte noch einmal ihre Imitation des geilen alten Mannes auf, diesmal mit einem Augenzwinkern als Zugabe. »Mädchen, wenn du dieses Jahr auf die Liste der braven Kinder willst, musst du schon ein bisschen unartiger sein!«

Ich bekam einen solchen Lachkrampf, dass mir um ein Haar das Eis aus der Hand gefallen wäre. »Ho-ho-ho!«

***

Auf der Rückfahrt nach Ann Arbor herrschte im Lexus eine niedergedrückte Stimmung. Mir ging nicht mehr aus dem Sinn, was uns Klara erzählt hatte, was es bedeutete und wie absolut hilflos ich mich dadurch fühlte. Die Bilder in meinem Kopf waren noch dunkler und bedrohlicher als die Gewitterwolken, die sich über der Interstate 96 entluden, als wir die Ausfahrt Northville passierten.

»Dieser verdammte Dreckskerl«, zischte Kaz schließlich, die Zähne so fest zusammengebissen, dass ich einen Muskel unter seinem Ohr zucken sah. Mit einer heftigen Bewegung schaltete er die Scheibenwischer ein, die rasant hin- und herschwangen und den Regen in Schlieren über die Windschutzscheibe warfen. »Er hat sich sogar am Suchtrupp beteiligt! Was für ein … *Monster* …« Er verstummte und holte tief Luft, dabei umklammerte er das Lenkrad, die Arme stocksteif durchgestreckt. »Wir müssen damit zur Polizei gehen. Jetzt sofort.«

»Womit denn?«, fragte ich und schnaubte resigniert. »Sie wissen das doch alles, schon vergessen? Wir haben keine Möglichkeit, etwas zu beweisen.«

»Aber wir haben hier ein Muster.« Kaz wollte nicht so schnell klein beigeben. »Ich meine, das müsste doch ausreichen, ihn zumindest zum Verhör vorzuladen, oder?«

»Bei dem er alles leugnen und uns mit einer Anzeige wegen übler Nachrede drohen würde.« In meinem Frust klang ich ziemlich herablassend. »Kaz, sie haben mich doch nicht mal ernst genommen, als ich ihnen von der Vergewaltigung erzählt habe!«, rief ich aus. »Da werden sie wohl kaum jemanden vorladen wegen einer Straftat, die es ihrer Meinung nach gar nicht gegeben hat. Und außerdem beruht alles auf Hörensagen, weil ich es von Reiko habe und die wiederum von January – und das zählt für die einen Dreck!«

»Also … was dann? Wir geben einfach auf?« Kaz klang fassungslos und wütend. »Wir legen die Hände in den Schoß und hoffen, dass die Polizei irgendwann von selbst draufkommt, Cedric als potenziellen Verdächtigen zu behandeln? Vergiss es!«

»Natürlich habe ich nicht vor aufzugeben. Aber falls du nicht zu ihm gehen und ihm drohen willst – nebenbei bemerkt, hat genau das womöglich January und Reiko das Leben gekostet –, was bleibt uns dann?« Ich wollte gar nicht mit ihm streiten; indem ich ihm all das auseinandersetzte, fühlte ich mich nur noch nutzloser und elender.

»Wir können … wir können …« Kaz suchte händeringend nach einer zündenden Idee und versank dann in Schweigen. Es goss in Strömen, andere Fahrzeuge rasten viel zu schnell für die nassen Straßen und die eingeschränkte Sicht an uns vorbei, und Kaz kompensierte es, indem er noch langsamer fuhr. Ich hatte insgeheim gehofft, wir würden rechtzeitig zur letzten Unterrichtsstunde zurück sein, damit ich nicht so viel versäumte, aber dazu war es bereits zu spät. Endlich sagte Kaz: »Es passt alles, Flynn. Jede Einzelheit. Wir wissen, dass January an jenem Tag länger geblieben ist, er könnte sie gleich nach der Theaterprobe getötet und ihre Kleider in der Nähe ihres Elternhauses abgelegt haben, um den Verdacht von der Schule abzulenken. Schließlich war ihm klar, dass man sie an der Dumas zuletzt lebend gesehen hatte. Dann hat er ihre Leiche irgendwo in den Fluss geworfen oder im Wald vergraben oder … ach, keine Ahnung, jedenfalls irgendwo, wo keiner sie finden und eine DNA-Probe von dem Fötus nehmen können würde. Er hatte ein Motiv, die Mittel und die Gelegenheit, und wir müssen verdammt noch mal einen Weg finden, die Cops mit der Nase draufzustoßen!«

»Moment«, sagte ich, denn in meinem Kopf nahm eine tollkühne Idee Gestalt an. Kaz hatte absolut recht: Wir konnten nicht einfach tatenlos herumsitzen und hoffen, dass die Polizei endlich wie wir auf das Gerede aufmerksam wurde und ihm Glauben schenkte – es fühlte sich falsch an und widersprach jedem Sinn für Gerechtigkeit –, aber ich war auch nicht gerade erpicht darauf, telefonisch Hinweise zu geben, denen die Polizei nicht nachgehen konnte oder wollte, entweder aus Mangel an Beweisen oder weil ich wahrscheinlich immer noch als Verdächtiger galt. Garcia und Becker schienen alles, was von mir kam, automatisch in Zweifel zu ziehen, und einen Haufen unbelegter Gerüchte, die praktischerweise jemand anders belasteten, würden sie mir genauso wenig abkaufen wie meine letzte durch nichts gestützte Theorie. Aber wenn ich mit etwas Konkretem aufwarten könnte …

Ich zog mein Handy hervor, ging ins Internet und startete eine kurze Suche. »Planänderung – wir fahren nicht zur Riverside zurück. Ich möchte, dass du mich stattdessen woanders hinbringst.«

Ich hatte eine Adresse gefunden, die ich in Kaz' Navi

eingab, und wir folgten den Anweisungen bis zu einem Wohnblock im Norden von Ann Arbor, nicht weit von dem Viertel, in dem Tiana wohnte. Es war ein würfelförmiges, nichtssagendes Gebäude, das vermutlich aus den Sechziger- oder Siebzigerjahren stammte: drei Stockwerke Stein und Mörtel, ungefähr zwölf Wohnungen pro Stockwerk, jede mit einem winzigen Balkon. Nicht unbedingt ein Slum, aber ich hätte einiges drauf verwettet, dass dieses Haus für mindestens einen seiner Bewohner einen gewaltigen sozialen Abstieg bedeutet hatte.

»Wollen wir hier jemanden besuchen?«, fragte Kaz zweifelnd und blickte durch den Regenvorhang hinauf zu den ordentlich aufgereihten Balkonen mit ihren dunklen Holzgeländern.

»Nicht ganz«, antwortete ich, sprang aus dem Wagen und sprintete zum Eingang. Er lag keine zwanzig Meter entfernt, trotzdem war ich, als ich die Haustür erreichte, bis auf die Haut durchnässt. Mein Kapuzenshirt klebte mir an Armen und Rücken, aber ich spürte die Kälte nicht; ab jetzt musste ich improvisieren, und wenn nicht Januarys Geist wirklich irgendwo da draußen war und von der anderen Seite aus die Strippen zog, könnte dieser Umweg völlig umsonst gewesen sein.

Doch ich hatte Glück. Jemand hatte einen Holzkeil zwischen Sicherheitstür und Türrahmen geklemmt, damit sie offen blieb und die Mieter nicht jedes Mal nach ihrem Schlüssel suchen mussten, wenn sie raus- und reingingen, und die Briefkastenanlage im Eingangsbereich lieferte mir die nächste wichtige Information: Am Briefkasten für

Apartment 2D prangte ein handgeschriebenes Schildchen mit dem Namen *C. Hoffman*.

»Warum sind wir in Cedrics Haus?«, fragte Kaz nervös. Ich hatte gar nicht bemerkt, dass er mir gefolgt war.

»Wir brauchen doch Beweise, oder? Welcher Ort wäre wohl dafür am besten geeignet?« Ich tat so, als wäre es ganz simpel, obwohl ich wusste, dass mein Plan das Gegenteil davon war. Er war ebenso riskant wie waghalsig, und er konnte auf Dutzende Arten schiefgehen – oder war schon von Anfang an zum Scheitern verurteilt –, aber was hatten wir schon zu verlieren?

»Wir sollen in Cedrics Wohnung *einbrechen*?« Trotz seines Entsetzens besaß Kaz genug Geistesgegenwart, seine Stimme zu senken, während er mir dicht auf den Fersen die Treppe in den ersten Stock folgte. Der Teppichboden war fadenscheinig und roch nach Mottenkugeln und Zigarettenkippen, die Tapete war seltsam dick und strukturiert, aber diese hässliche Isolierung dämpfte das Geräusch unserer Schritte und Stimmen. »Flynn, das ist doch Wahnsinn!«

»Im Grunde genommen werde nur ich einbrechen«, korrigierte ich ihn, alles in allem noch recht optimistisch. »Einer von uns beiden muss Schmiere stehen.«

Ein Gang führte den gesamten ersten Stock entlang, zum Teil mit Einbuchtungen für Stützbalken, einen Müllschlucker oder irgendwelchen architektonischen Firlefanz. Nummer 2D war leicht zu finden; eine massive Holztür mit Türspion, einem Klopfer und einer kleinen Klingel. Als ich meine Hand auf den Türknauf legte, packte mich

Kaz am Handgelenk und zog mich zurück. »Ich meine es ernst, Flynn – hast du den Verstand verloren? Was, wenn er zu Hause ist?«

»Ist er nicht«, versicherte ich ihm zuversichtlich. »Sie haben jeden Tag bis sechs Uhr Theaterprobe. Uns bleiben Stunden.« Kaz sah mich immer noch an, als hätte ich mich gerade freiwillig für ein Bombenräumkommando gemeldet, aber ich befreite mich sanft aus seinem Griff. Dabei konnte ich nicht widerstehen und ließ meine Finger langsam über seinen Handrücken gleiten; allein seine Haut auf meiner zu spüren, schickte ein Prickeln über meine Wirbelsäule, und ich fühlte mich augenblicklich schuldig, wie ein Alkoholiker, der sich heimlich einen Schluck Wein genehmigt hat. »Das ist unsere einzige Chance, Kaz.«

Er machte ein unglückliches Gesicht, widersprach mir jedoch nicht, also versuchte ich mein Glück noch mal am Türknauf. Wenig überraschend war die Tür verschlossen. Es war reine Spekulation gewesen, aber wenn ich es nicht versucht hätte, wäre ich mir noch dümmer vorgekommen. Kaz atmete hörbar aus und fragte: »Und was jetzt?«

Es gab keine Fußmatte, unter der man einen Ersatzschlüssel hätte verstecken können, und auch auf dem Türrahmen lag kein Zweitexemplar. Ich war enttäuscht, obwohl ich es im Grunde nicht anders erwartet hatte, und so legte ich mir augenblicklich einen noch waghalsigeren Plan B zurecht. Ich blickte nach rechts und links den Gang entlang und versuchte mir die Lage von Apartment 2D innerhalb des Gebäudes einzuprägen; dann lief ich die Treppe genauso schnell, wie wir heraufgekommen waren, wieder hinunter und rannte durch den Eingangsbereich hinaus auf den Parkplatz und zur Rückseite des Hauses.

Die Balkone lagen direkt übereinander und der von Cedric blickte auf den Hinterhof. Glücklicherweise waren wir damit von der Straße aus nicht zu sehen und wegen des schlechten Wetters hielt sich auch niemand hier auf. Ich schaute wieder am Gebäude hoch, nahm die säuberlich angeordneten Wohnungen in Augenschein, von denen jede einzelne ein menschliches Schicksal beherbergte, und zählte, bis ich die gefunden hatte, die ich brauchte.

Ich hatte gerade angefangen, mich an dem Balkon unter Cedrics hochzuziehen – zu meinem Glück war der Lamellenvorhang an der Balkontür geschlossen – und befand mich knapp einen Meter über dem Erdboden, als Kaz mich einholte. »Was zum Teufel machst du da?«

Wieder packte er mich am Arm und riss mich zurück auf den asphaltierten Parkplatz. Dabei funkelte er mich böse an – anscheinend hatte er langsam die Nase voll von meinen Eskapaden. Ich musste blinzeln, da mir der Regen in die Augen fiel, aber ich bemühte mich, ihn fest anzusehen, während ich antwortete: »Wenn ich nicht durch die Wohnungstür komme, versuche ich es eben über den Balkon.«

»Und was ist, wenn die Balkontür auch abgeschlossen ist? Willst du dann die Scheibe einschlagen? Und dir dabei die Hand brechen oder dir den Arm aufschneiden?« Sein Ton war bevormundend und in meinem Innern regte sich Ärger.

»Ja, vielleicht«, entgegnete ich. In Wirklichkeit hatte ich

nicht vor, irgendwas einzuschlagen; falls die Balkontür abgeschlossen war, würde ich mein Schicksal verfluchen und auf demselben Weg den Rückzug antreten – aber ich war mir sicher, das würde nicht nötig sein. Nur sehr wenige Menschen machen sich die Mühe, ihren Balkon abzuschließen, es sei denn, sie wohnen im Erdgeschoss. Einbrecher scheuen normalerweise die Mühe, an den Fassaden von Wohnblocks hochzuklettern und wahllos Türen auszuprobieren. Zu groß ist das Risiko, dass jemand sie entdeckt, dass sie sich eine Wohnung aussuchen, deren Eigentümer zu Hause ist, oder dass sie an eine Studentenbude geraten, in der es außer kaputten Ikea Möbeln und leeren Bierdosen nichts zu holen gibt. Nur jemand mit einer gehörigen Portion Entschlossenheit und einem besonderen Grund würde das tun, was ich gerade vorhatte, und ich bezweifelte, dass Cedric mit mir rechnete.

Kaz hielt mich immer noch am Ellbogen gepackt, und jetzt streckte sich wie von selbst seine andere Hand nach mir aus; er legte sie mit steifen Fingern an meinen Hals, sein Daumen streifte meine Wange. Es war eine liebevolle Geste, nahezu besitzergreifend, und seine gereizte Miene wurde augenblicklich besorgt. »Flynn, jemand könnte dich sehen. Du könntest geschnappt oder verhaftet werden oder … oder du könntest vom diesem verdammten Balkon stürzen und sterben! Es ist gefährlich, kapierst du das denn nicht?«

Seine offensichtliche Sorge um mein Wohlergehen und die Berührung seiner Hände ließen meinen Magen Purzelbäume schlagen wie ein aufgeregter Terrier. Ich wollte, dass er noch näher kam; ich wollte mein Gesicht in seine Handfläche schmiegen und sie küssen, nur um seine Haut an meinen Lippen zu spüren. *Verflixt,* ich wollte, dass er dasselbe für mich empfand – aber er tat es nicht, und das musste ich akzeptieren, so schwer es mir auch fiel. »Ich weiß, dass es gefährlich ist«, antwortete ich so ruhig wie möglich, »aber es ist *die* Chance, Beweise zu finden – und zwar richtige Beweise. Wenn ich rausfinde, dass er dort oben K.-o.-Tropfen oder irgendwelche gruseligen Erinnerungsstücke hortet oder … keine Ahnung, Tagebuch über seine Verbrechen führt oder so, dann muss die Polizei das ernst nehmen!«

»Ich … ich will nur nicht, dass dir was passiert«, stieß Kaz mühsam hervor.

»Das will ich auch nicht.« Ich zwang mich zu einem schiefen Lächeln. Der Gedanke, dass ich erwischt werden – oder mir den Schädel brechen – könnte, war mir natürlich auch gekommen. »Deswegen brauche ich dich zum Schmierestehen. Falls Cedric früher auftauchen sollte oder die Polizei erscheint, ruf mich auf dem Handy an, damit ich weiß, dass ich abhauen muss.«

Schließlich ließ er mich los. Er wirkte nicht besonders glücklich, hatte sich aber damit abgefunden, dass ich diesen bescheuerten Plan durchziehen würde und er mich nicht davon abbringen konnte. Ich blickte mich um, um mich zu vergewissern, dass keine Nachbarn uns beobachteten, klammerte mich wieder an den Balkon im Erdgeschoss und zog mich hoch.

Auf Zehenspitzen auf dem Geländer balancierend kam

ich gerade so an Cedrics Balkon heran. Ich hakte meine Finger am Rand der rechteckigen Bodenplatte ein. Der Regen prasselte mir in die Augen, und beim Zugreifen spritzte mir Dreck ins Gesicht und lief in Rinnsalen an meinen Armen hinab, doch ich zog mich weiter hoch und brachte meine Schultern auf die Höhe meiner Hände.

Ich besitze nicht viel Muskelmasse, das heißt aber auch, dass ich nicht viel Gewicht hochstemmen musste; obwohl meine Arme brannten wie Feuer, war ich mir sicher, dass ich es schaffen würde. Vielleicht nur zu neunzig Prozent, aber immerhin. Da mein triefnasses Sweatshirt allerdings so schwer wie ein Sack Kartoffeln an mir hing und meine Beine unbeholfen in der Luft ruderten, korrigierte ich mich im Geist auf achtzig Prozent. Instinktiv versuchte ich, die Füße irgendwo abzustützen, strampelte jedoch nur tollpatschig herum und erhöhte damit den Zug auf meine Schultern. Als ich die rechte Hand löste, um weiter nach oben zu greifen, merkte ich, wie die Finger meiner linken Hand von dem glitschigen Estrich zu rutschen drohten. Mit einem Platschen brachte ich die rechte Hand wieder zurück an Ort und Stelle und keuchte erschrocken auf. Mein Selbstvertrauen sank auf sechzig Prozent. Gott sei Dank wohnte der Mann nicht im zweiten Stock.

Allmählich wurden meine Finger steif, das Brennen in meinen Armen zu einem Dauerschmerz, doch ich korrigierte meinen Griff und wappnete mich für einen erneuten Versuch. Diesmal langte ich mit der linken Hand nach oben und schaffte es, einen der dicken hölzernen Geländerpfosten zu packen. Seine raue Oberfläche bot mir trotz des Regens ausreichend Halt, aber als ich begann, mein Bein hochzuziehen, geriet ich wieder ins Rutschen. Ich glitt ein paar Zentimeter ab und ein scharfer Holzsplitter bohrte sich in meine Handfläche. Es tat genauso weh wie ein Wespenstich, aber ich unterdrückte sowohl das Bedürfnis, vor Schmerzen laut aufzuschreien, als auch den Impuls loszulassen, und klammerte mich stattdessen mit zitternden Fingern fest, während ich meine Fußspitze auf die Bodenplatte hievte und mein Gewicht ausbalancierte.

Stück für Stück zog ich mich mit schierer Willenskraft an dem Holzpfosten nach oben, die Zähne zusammengebissen, den Kopf leer. Ich holte das andere Bein nach, stellte mich hin und schwang mich über das Geländer. Endlich auf dem Balkon angekommen, brach ich als triefendes Häufchen zwischen einer Grünlilie und einem kleinen Holzkohlegrill zusammen. Ich atmete schwer, meine Arme zitterten und meine Hand pochte, aber ich hatte es geschafft. Hoffte ich zumindest, denn es bestand immer noch die Möglichkeit, dass die Balkontür verschlossen war oder ich mich verrechnet und das falsche Apartment erwischt hatte.

Ich rappelte mich auf, packte den Griff der Glastür und zog. Zunächst leistete sie kurz Widerstand, doch dann ertönte ein Klicken und Scharren, die Tür öffnete sich und glitt geräuschlos auf ihrer Metallschiene zur Seite. Verstohlen musterte ich die schwarzen Fenster der gegenüberliegenden Häuser und schlüpfte hinein.

25

ALS WIR IN DER ACHTEN KLASSE waren, hatte Micah es einmal irgendwie fertiggebracht, sich zu Hause auszusperren. Zwanzig Minuten lang durchsuchten wir das ganze Grundstück, drehten auf der Suche nach einem Ersatzschlüssel jeden Stein in seinem Garten um und unternahmen mehrere Versuche, die Garagentür aufzubrechen, bis ich schließlich entdeckte, dass das Gitter an einem der schmalen Kellerfenster locker war. Mit leichter Gewaltanwendung bekamen wir das Ding auf, schlüpften hindurch und landeten in der Waschküche. Wir hatten nur ein paar Schrammen und blaue Flecken abbekommen und waren total euphorisch, weil wir uns so clever angestellt hatten, und das verbotene Hochgefühl, eine grundlegende gesellschaftliche Regel gebrochen zu haben, verschaffte uns einen Extrakick. Wir waren fast wie richtige Einbrecher!

Bevor ich den Fuß in Cedric Hoffmans Wohnung setzte, war jenes kleine Abenteuer die einzige Erfahrung, die ich in Sachen Einbruch vorzuweisen hatte. Der Nervenkitzel, den ich damals verspürt hatte, war jedoch nichts im Vergleich zu dem Gefühl, das mich in dem Moment überkam, als ich aus dem Regen auf die dunkle, rechteckige Fußmatte hinter Cedrics Balkontür trat.

Mein Herz hämmerte wie wild, das Blut pumpte so schnell durch meine Adern, dass mir ganz schwindlig wurde, und ich schluckte schwer, als steckte mir etwas im Hals. Auf der Wohnung lastete Stille, eine bedrohliche, nervenzermürbende Stille, aber über das Wummern meines Herzens hinweg, das in meinen Ohren dröhnte, nahm ich das kaum wahr. Ein wenig zu spät kam mir der Gedanke, dass Cedric vielleicht nicht allein lebte oder sich ausgerechnet heute krankgemeldet hatte, und mir wurden die Knie weich, während ich regungslos dastand und auf irgendwelche Anzeichen von Leben lauschte. Was würde ich tun, fragte ich mich, wenn ich Schritte hörte? Außer mir in die Hose zu machen, natürlich.

Aber alles blieb ruhig. Die schwere, beklemmende Stille dauerte an, ließ die Luft quasi vibrieren, und endlich zog ich die Schiebetür behutsam hinter mir zu. Erst als mein Brustkorb zu schmerzen anfing, merkte ich, dass ich den Atem angehalten hatte, und während ich zitternd nach Luft schnappte, sah ich mich um. Im nächsten Augenblick blieb mir vor Schreck fast das Herz stehen, denn ich starrte in ein Paar zusammengekniffene, bösartige grüne Augen, aus denen der pure Hass leuchtete.

Ein Adrenalinstoß durchflutete mich, als hätte mich jemand vor die Brust getreten, die Panik schoss wie Quecksilber durch meine Adern, doch im nächsten Augenblick erkannte ich, dass das feindselige Schreckgespenst eine

Katze war, die auf Cedrics Bücherregal saß. Das schlanke schwarze Tier schlug geräuschlos mit dem Schwanz, während ich mir den Regen und den Angstschweiß aus den Augen blinzelte und mich bemühte, meinen Kreislauf wieder runterzufahren.

Ich stand im Wohnzimmer. Direkt vor mir trennte eine halbhohe Wand den Raum von einer kleinen, kombüsenähnlichen Küche ab, zu deren Linken sich die Eingangstür befand. Ebenfalls linker Hand zweigte ein Durchgang ab, der, wie ich annahm, zum Schlafzimmer und zum Badezimmer führte. Die Grünlilie auf dem Balkon war nur ein Vorgeschmack auf Cedrics ausgesprochen grünen Daumen gewesen – wo man auch hinsah, blühte und grünte es: In der Ecke beim Fernseher wuchs eine Birkenfeige in die Höhe, Farne quollen aus von der Decke hängenden Blumenampeln, und zu meinen Füßen streckten sich Büschel von Usambaraveilchen dem spärlichen Licht entgegen, das durch die Glastür fiel.

Rasch zog ich die Schuhe und die durchweichten Socken aus und ließ alles auf der Fußmatte liegen. Ich war mir noch nicht im Klaren darüber, wie ich mit den Beweisen verfahren sollte, die ich zu finden hoffte – sie mitnehmen, bevor Cedric die Gelegenheit hatte, sie zu vernichten, oder für die Polizei an Ort und Stelle lassen –, aber so oder so sollte der Typ auf keinen Fall merken, dass jemand in seiner Wohnung gewesen war. Ich war vollkommen durchnässt vom Regen, und auch wenn ich damit rechnete, dass er noch mindestens drei Stunden fort sein würde, konnte ich nicht riskieren, überall in der

Wohnung nasse Fußspuren zu hinterlassen. Glücklicherweise war die Matte so dunkel, dass man ihr, sobald sie die Nässe aufgesaugt hatte, nichts ansehen würde; Cedric würde schon barfuß drauftreten müssen, um festzustellen, wie nass sie war. Und selbst dann würde er vielleicht nur die schwache Blase der Katze verantwortlich machen.

Ich würde gern so tun, als wäre ich bei der Suche systematisch vorgegangen, aber ich hatte keine Ahnung, wo ich anfangen sollte. Ich wusste nicht einmal, wonach ich eigentlich suchte – abgesehen von irgendwelchen Betäubungsmitteln, und die waren so klein, dass sie überall versteckt sein konnten. Januarys vermisstes Handy? Eine blutige Säge? Ich konnte nur hoffen, dass ich es schon erkennen würde, wenn ich es sah.

Die Schublade im Couchtisch enthielt ein paar Glasuntersetzer, einen Korkenzieher und zwei Sätze Spielkarten, aber sonst nichts von Bedeutung. Der TV-Schrank war vollgestopft mit DVDs und einigen alten, staubigen Videokassetten, die Hälfte davon Pornos, von denen wiederum die Hälfte Begriffe wie »blutjunge Mädchen« oder »unartige Schuldmädchen« im Titel trugen. Hätte ich mir ja denken können. Beim Gedanken an Cedrics Browserverlauf überlief mich ein Schauder.

Ich sah mich gründlich in der Küche um und zog jedes Messer einzeln aus dem Messerblock neben dem Herd, um es auf möglicherweise belastende Blutspuren zu untersuchen. Dabei krampfte sich mein Magen zu einem Knoten zusammen. In der Kramschublade fand ich unter einem Gewirr aus Verlängerungskabeln, losen Schnüren und Gummiringen eine dicke Rolle silbernes Klebeband. Ich war mir nicht sicher, ob ich einen Treffer gelandet hatte oder nicht. In meinen Augen sah es genauso aus wie das Zeug, das an Januarys Klamotten in der Wiese geklebt hatte – aber Klebeband war Klebeband. Da gab es kaum Unterschiede. Und fast jeder hatte so eine Rolle irgendwo bei sich zu Hause. Außerdem glaubte ich nicht, dass January in der Nacht, in der sie starb, aus freien Stücken mit zu Cedric gekommen wäre; ebenso wenig konnte ich mir vorstellen, warum er sie in seine Wohnung hätte bringen sollen anstatt sie gleich in der Schule zu töten. Egal, ich zog trotzdem mein Smartphone heraus und fotografierte das verdächtige Klebeband zur Dokumentation an seinem Fundort.

Im vorderen Eingangsbereich befand sich ein schmaler Einbauschrank, und ich untersuchte die Taschen von Cedrics Mänteln, griff in seine Stiefel und Schuhe und schüttelte sogar zwei Schirme aus, um nachzusehen, ob irgendetwas darin versteckt war. Nichts.

Als ich einen Blick auf das Display meines Handys warf, wurde mir mit Schrecken klar, dass meine Suche mehr Zeit in Anspruch nahm als erwartet und dass ich schon über zwanzig Minuten hier oben war. Auch wenn ich mich relativ sicher fühlte, schaffte ich es doch nicht, mich zu entspannen; ich hatte hier nichts verloren, es gab keine Garantie, dass mein amateurhaftes unbefugtes Eindringen in eine Wohnung nicht doch von den Nachbarn bemerkt worden war, und ich brannte darauf, hier wieder wegzukommen. Kaz hatte mir zwei nervöse Nachrichten geschickt, in denen er sich nach meinen Fortschritten erkundigte, und ich tippte eine kurze Antwort, bevor ich den Durchgang betrat, der zum Rest der Wohnung führte.

Von dem mickrigen Flur gingen drei Türen ab. Die erste gehörte zu einem weiteren Wandschrank; in der einen Hälfte befanden sich schmale Regale mit Laken, Kissenbezügen und Handtüchern, in der anderen standen ein Besen, ein Staubsauger und ein zusammengeklapptes Bügelbrett. Die Tür gegenüber führte in Cedrics Schlafzimmer, während man durch die dritte Tür ins Bad gelangte.

Ich ging zielstrebig zum Arzneischränkchen, doch als ich die Spiegeltüren aufriss und die vielen Pillendöschen auf den schmierigen Glasregalen sah, verließ mich der Mut. Es waren Dutzende, in allen Farben, Formen und Größen, und ich erkannte auf den ersten Blick, dass ich bei den meisten keinen blassen Schimmer hatte, worum es sich handelte. Es gab allein ein halbes Dutzend rezeptfreie Mittel gegen Allergien, Erkältungen und Schmerzen, aber falls Cedric den ursprünglichen Packungsinhalt weggeworfen und durch Rohypnol ersetzt haben sollte, würde ich den Unterschied nicht erkennen – und das galt erst recht für die verschreibungspflichtigen Medikamente mit ihren komischen Namen und schwer verständlichen Beipackzetteln. Und außerdem: Selbst *wenn* ich eine Dose mit der Aufschrift ROHYPNOL fände, würde das immer noch nicht beweisen, dass Cedric jemanden vergewaltigt, geschweige denn zwei Morde begangen hatte.

Mit wachsendem Frust begann ich, jedes Behältnis zu

fotografieren und dann wieder an exakt denselben Platz zurückzustellen. Ich durchstöberte rasch die Schubläden und die anderen Schränke, was mir jedoch nur Erkenntnisse über Cedrics Zahnhygiene und seine Vorliebe für zweilagiges Toilettenpapier verschaffte. Ich warf auch einen Blick in die Badewanne und fuhr sogar mit einer kleinen Plastikschaufel durch die widerlich riechende Katzenstreu, hatte aber beide Male kein Glück.

Vom Bad eilte ich ins Schlafzimmer, einen düsteren, vollgestopften Raum. Die dunklen, tief hängenden Wolken vor dem breiten Fenster über dem Bett ließen ihn noch finsterer wirken. Während im Rest der Wohnung Sauberkeit und fast schon militärische Ordnung herrschte, war Cedrics privater Bereich ein Albtraum aus zerknitterten Laken, herumliegender Unterwäsche und überquellenden Wäschekörben. Ohne viel Begeisterung machte ich mich an die Durchsuchung seiner Kommode, wobei ich peinlichst vermied, irgendetwas anzufassen, das mit seiner »Intimzone« in Berührung gekommen war, aber es gab nicht viel zu entdecken. Hinter diversen Socken eingekeilt fand ich allerdings einen USB-Stick, und der offensichtliche Versuch, ihn zu verstecken – vor wem? – entfachte mein Jagdfieber.

Auf einem kleinen Schreibtisch in einer Ecke des Raums stand ein aufgeklappter Laptop, und ich ging hinüber, schaltete ihn ein und steckte den USB-Stick in die Buchse. Als der Bildschirm zum Leben erwachte, wurde ich aufgefordert, ein Passwort einzugeben. Wieder sank mein Mut. Da ich mich daran erinnerte, was uns Klara über

»Professor Hoffmans« Fächer erzählt hatte, englische Literatur und die Geschichte des Dramas, versuchte ich es mit Namen und Orten aus Shakespeare-Dramen – Hamlet, Helsingör, Romeo, Julia, Desdemona, Dunsinane. Nach zwanzig Fehlschlägen gab ich völlig entnervt auf.

Als ich den Stick wieder herausgezogen hatte, checkte ich noch einmal mein Handy – eine Dreiviertelstunde war verstrichen und Kaz hatte mir drei weitere Textnachrichten geschickt. Ich ignorierte sie, versteckte den Stick wieder an seinem Platz und begann, den Schreibtisch zu durchsuchen. Ich hätte ihn mir gründlicher vornehmen sollen, aber ich war nun schon fast eine Stunde in Cedrics Wohnung und verlor allmählich die Nerven. Dazu trug auch bei, dass ich zu diesem Zeitpunkt überzeugt war, alles, was ich brauchte, befände sich unerreichbar für mich auf seiner Festplatte.

Plötzlich meldete sich mein Handy in der Hosentasche, es vibrierte heftig an meinem Oberschenkel, und ich zuckte zusammen, als hätte ich einen Stromschlag bekommen. Der Schreck fuhr mir in die Knochen und drückte mir die Luft ab, während ich das Ding herausfischte. Der Anrufer war Kaz. Von Angst gepackt, rannte ich bereits zurück ins Wohnzimmer zu meinen Schuhen und fragte: »Was ist? Ist er schon zurück?«

»Was zum Teufel treibst du so lang?«, fragte Kaz, die Stimme hoch und dünn vor Sorge. »Flynn, du bist schon fast 'ne Stunde da drin!«

Inzwischen hatte ich die Glastür erreicht und spähte stirnrunzelnd hinaus in den Regen und durch Cedrics

Balkongeländer hinunter auf den Parkplatz. Nichts. Nervös wiederholte ich meine Frage: »Ist er schon zurück oder nicht? Was ist los?«

»Na ja, noch ist er nicht zurück«, erwiderte Kaz schrill, als wäre das nicht der Punkt, »aber wer weiß, wann er kommt? Ich kriege noch einen Herzinfarkt, wenn ich noch länger hier draußen sitzen und auf dich warten muss!«

Ich ließ einen zittrigen Seufzer entweichen und lehnte mich gegen die Glasscheibe, kniff die Augen zu und spürte, wie sich mein wild hämmernder Puls allmählich wieder beruhigte. »Und du meintest, daran müsstest du mich unbedingt teilhaben lassen? Dein Anruf hat mir einen Riesenschreck eingejagt – ich dachte schon, gleich fliege ich auf!«

»Ich rufe an, weil du nicht auf meine Nachrichten reagiert hast und ich mir langsam Sorgen gemacht habe«, gab Kaz zu. Er klang schuldbewusst. »Wie es aussieht, hat das Haus zwei Eingänge, und ich habe keine Ahnung, welchen er benutzt. Ich habe versucht, beide im Auge zu behalten, aber er könnte trotzdem reinkommen, ohne dass ich es mitkriege, und dann sitzt du wirklich in der Scheiße.«

»Die Theaterprobe dürfte noch mindestens zwei Stunden dauern«, beruhigte ich ihn, »und ich bin mit der Durchsuchung so gut wie fertig, also dreh nicht durch, okay? Ich bin bald hier raus.«

Damit wollte ich auch mich selbst beruhigen, denn was er da gesagt hatte, machte mich unsicher. Nach einem Moment des Zögerns hörte ich ein Geräusch, das wie ein nervöses Lachen klang. »Sorry, ich bin wohl nicht zum Schmierestehen geschaffen.«

»Ist okay. Nur … bitte ruf mich nicht noch mal an, es sei denn, du siehst ihn wirklich. Sonst bin ich noch derjenige, der den Herzinfarkt kriegt, und ich glaube nicht, dass Cedric einen Krankenwagen rufen wird, wenn er mich auf dem Boden seines Wohnzimmers vorfindet.«

Ich beendete das Gespräch und ging ins Schlafzimmer zurück, entschlossen, wie versprochen rasch zum Ende zu kommen und dieses ganze sinnlose Unterfangen abzuschließen. Es gab vermutlich ein Dutzend Stellen, an denen Cedric etwas versteckt haben konnte und an die ich nicht rankam – sein Auto, ein Lagerraum, ein Schließfach – und wahrscheinlich zig Orte hier in der Wohnung, an die ich nicht mal gedacht hatte. Ich konnte nicht stundenlang hier herumstöbern, und ich würde bestimmt nicht noch einmal den Mumm aufbringen, einzubrechen, also sah es wohl so aus, als wäre meine Fotoreportage von Cedrics Küche und Bad meine gesamte Ausbeute.

Neben dem Bett stand ein kleines Nachttischchen mit zwei Schubladen, einer breiten und einer schmalen, und das schien mir ein plausibles Versteck für private Dinge zu sein, die man vor den Augen von Besuchern verbergen will. Wie sich herausstellte, hatte ich recht, wenn auch nicht so, wie ich es erwartet hatte. Die breite Schublade enthielt eine Anzahl von Ziploc-Beuteln in allen nur erdenklichen Größen, und als ich einige herauszog, um nachzusehen, was drin war, lief mir ein Schauer über den Rücken. Jeder Beutel enthielt nur einen einzigen Gegenstand und war mit einem handgeschriebenen Etikett mit dem Namen eines Mädchens versehen. Während ich diese absonderliche Sammlung durchforstete, fiel mir auf, dass es sich immer wieder um die gleichen Namen handelte – Erica, Alexis, Grace … und January.

Mit zugeschnürter Kehle durchwühlte ich das geheime Versteck und holte alles mit dem Namen meiner Exfreundin heraus; doch als ich die Beutel vor mir ausgebreitet hatte, stand meine Enttäuschung meiner Verstörtheit in nichts nach. Was ich gefunden hatte, war ein Beweis für eine Obsession – und nicht für Vergewaltigung oder Mord –, ein gerissener Haargummi mit ein paar blonden Haaren daran in dem einen Beutel, in einem anderen ein Ohrring, den January Anfang September verloren hatte, und im dritten der Deckel eines Kaffeebechers. Es war eine Ansammlung von Hinterlassenschaften, Dinge, die Cedric aus Mülleimern gefischt und von schmutzigen Böden geklaubt haben musste, und auch wenn es nicht gerade für seine geistige Gesundheit sprach, war es nicht unbedingt belastendes Material.

Dennoch war ich überzeugt davon, dass jeder Name zu einem von Cedrics früheren – oder zukünftigen – Opfern gehörte, und so fotografierte ich den Fund, bevor ich mit der Durchsuchung fortfuhr. Als ich die schmale Schublade öffnete, bekam mein Herz Schluckauf: Dort lag eine große und grotesk echt wirkende Pistole.

Ich wusste nicht viel über Waffen, aber diese sah ganz so aus, als würde sie ihren tödlichen Zweck erfüllen – und auf einmal wollte ich nur noch von hier verschwinden, auch wenn ich bisher nur ein paar möglicherweise nutzlose Fotos vorzuweisen hatte. Je länger ich hier war, desto mehr stieg die Gefahr, erwischt zu werden, und das schien mir die Sache einfach nicht wert.

Ich hatte die Schublade gerade wieder geschlossen, als in der Hosentasche erneut mein Handy vibrierte, und ich verkrampfte mich. Noch einmal Kaz. Mit trockenem Mund antwortete ich leise: »Bitte sag mir, dass du bloß wieder Panik bekommen hast.«

»Ich habe einen Mann reingehen sehen!«, brüllte mir Kaz praktisch ins Ohr. »Ich bin gerade um das Gebäude rum und habe ihn reingehen sehen – ich konnte sein Gesicht nicht erkennen, aber er war groß und hatte eine Glatze, und er ist die Treppe raufgegangen … Flynn, du musst da raus. *Sofort!*«

»Bin schon unterwegs«, murmelte ich, während mich ein Energiestoß erfasste, dass ich schier Funken sprühte. Ich rammte das Handy in meine Tasche, wandte mich um und wollte ins Wohnzimmer sprinten. Doch in diesem Augenblick fiel mein Blick auf genau das, was ich die ganze Zeit gesucht hatte.

Mir klappte die Kinnlade runter und für den Bruchteil einer Sekunde stand ich da wie gelähmt. Ich hatte mich so sehr auf all die kleinen Winkel, Ritzen und Nischen konzentriert, in denen Cedric etwas versteckt haben könnte, dass ich nicht auf das geachtet hatte, was direkt vor meinen Augen war. Mir war schleierhaft, wie ich es hatte übersehen können, denn es erfasste mich wie ein Strudel und zog meine gesamte Aufmerksamkeit auf sich.

Ich wusste, ich hatte keine Zeit zu verlieren. Falls der Mann, der laut Kaz das Haus betreten hatte, wirklich Cedric war, dann blieb mir höchstens noch eine Minute Vorsprung, Tendenz abnehmend; doch direkt vor meiner Nase war der Beweis, dass der Mann ein Mörder war, und ich durfte ihn nicht zurücklassen. Wenn Cedric bemerkte, dass jemand in seiner Wohnung gewesen war, würde er ihn sofort vernichten.

Ich stürzte zu dem Objekt, das an der Wand gegenüber Cedrics Bett befestigt war, zog die Ärmel meines Sweatshirts über die Hände und versuchte, es abzunehmen. Ich wollte keine Fingerabdrücke hinterlassen, wollte Cedric nicht die Gelegenheit geben zu behaupten, jemand hätte es ihm untergeschoben, aber durch den dicken nassen Stoff meines Sweatshirts konnte ich nicht richtig zugreifen, und meine wachsende Panik ließ meine Hände zittern.

Ich sagte mir, dass Kaz bestimmt überreagiert hatte, dass die Theaterprobe an der Dumas unmöglich schon zu Ende sein konnte, als mir plötzlich – vor Entsetzen wurde mir ganz übel – ein schreckliches Bild vor Augen stand: der Aushang im Foyer des Theaters, genau da, wo ich Kaz gebeten hatte, auf mich zu warten, während ich mich nach Reikos Freunden umsah. Die Wahrheit war so unglaublich grauenvoll, dass ich sie vor mir selbst zu leugnen versuchte, auch noch als mir dämmerte, wie tief ich im Schlamassel steckte.

Heute fiel die Theaterprobe aus – im Theater fand eine Gedenkveranstaltung für January und Reiko statt.

Ich riss meinen Fund von der Wand – mein Brustkorb

fühlte sich an, als hätte jemand von innen Löcher hineingestanzt – und stürzte Richtung Wohnzimmer. Fieberhaft überlegte ich, wie ich am schnellsten über den Balkon wieder herunterklettern konnte, ohne mir irgendwas zu brechen, aber kaum hatte ich drei Schritte aus dem kleinen Flur getan, als ein Schlüssel im Schloss der Wohnungstür klapperte und der Türriegel mit einem ohrenbetäubenden Klicken aufschnappte.

Cedric war nach Hause gekommen.

26

EINE WARME BRISE *wehte aus dem Garten und trug die intensiven Düfte des Sommers durch das Fliegengitter unserer Terrassentür – Erde, Wärme, den köstlichen Geruch nach Gegrilltem. Es war das Labor-Day-Wochenende, und am Dienstagmorgen, mit dem ersten Schultag, wäre es mit unserer Freiheit vorbei. Das Ticken der Uhr verbreitete ein Gefühl bevorstehenden Verlusts. January und ich fläzten auf dem Sofa in unserem Wohnzimmer, sahen fern und versuchten, nicht daran zu denken, wie wenig Zeit uns noch blieb.*

»Wie war denn euer nettes kleines Straßenfest?«, fragte sie schließlich neckend, hob den Kopf von meiner Brust und sah mich an. Wir vermieden das Thema, dass wir, obwohl weiterhin in derselben Stadt lebend, schon bald eine Fernbeziehung führen würden, bedingt durch ihren Schulwechsel und die Tatsache, dass ihre neue Familie stinkreich war.

»Ja, Micah und ich haben es richtig krachen lassen«, entgegnete ich leicht sarkastisch und verdrehte die Augen. Seit Gründung der Krabbelgruppe, in der ich meinen besten Freund kennengelernt hatte, gab es in unserer Nachbarschaft

an allen größeren Feiertagen im Sommer Straßenfeste wie aus den Fünfzigern. Im Grunde liefen sie nach dem immer gleichen Schema ab: Jeder Bewohner steuerte etwas zum Buffet bei, die Kinder flitzten mit Wunderkerzen durch die Gegend, man bediente sich aus den mit Eis gefüllten Kühlboxen an Bier oder Limonade und ließ sich von Musik aus der miesen Soundanlage der Harrisons beschallen. Eigentlich waren diese Feste ganz lustig, aber das konnte man nicht zugeben, ohne wie ein Vollidiot zu klingen. »Und wie war dein piekfeines Bankett oder was es war?«

»Iih, erinnere mich bloß nicht mehr daran. Geschlagene vier Stunden lang habe ich gegrinst wie eine Geisteskranke und die perfekte gehorsame Stieftochter für die Kameras gemimt. Und ich habe kaum etwas gegessen, denn jedes Mal, wenn ich mir etwas in den Mund schieben wollte, ist wie aus dem Nichts ein Fotograf aufgetaucht und hat versucht, ein Skandalfoto zu kriegen, wie ich an einer Bratwurst sauge oder so.«

»Meine Mom hat genug Kartoffelsalat gemacht, um den Kühlturm eines AKWs zu füllen, falls du noch Hunger hast«, bot ich ihr an. Meine Eltern waren im Kino, und so hatten January, die für heute Abend aus der Pflicht für weitere Familienfotos entlassen worden war, und ich das Haus für uns. »Und Mr Culbertson hat sie überredet, ungefähr zwanzig Kilo von seinem komischen Auberginenauflauf mit Spargel und Kapern mitzunehmen.«

»Meine Güte, wer könnte da schon widerstehen?«, fragte sie trocken und warf das Haar über die Schulter. Einen Augenblick sah sie wortlos zu mir hoch. »Ich werde dich vermissen, Flynn. Die ganze Sache nervt gewaltig.«

»Ich weiß. Ich werde dich auch vermissen.«

Vorsichtig schob sie sich an mir hoch, bis wir Auge in Auge dalagen, und küsste mich. Zuerst sanft und zart, dann aber bald begieriger und aggressiver. Das war in letzter Zeit öfter vorgekommen und es machte mich jedes Mal nervös. Ich wollte ihr meine Hand auf den Arm legen, dachte, ich könnte auf diplomatische Art ein bisschen Abstand halten, aber plötzlich machte sie eine unerwartete Bewegung, und meine Hand landete auf ihrer linken Brust.

Ich zuckte augenblicklich zurück, mein Gesicht wurde ganz heiß und rot, und January hörte auf, mich zu küssen. Sie stützte sich auf den Ellbogen und sah mich mit einem merkwürdigen Stirnrunzeln an. »Das sind nur Brüste, Flynn. Die beißen nicht.«

»Ich … ich weiß«, stammelte ich verlegen. »Ich wollte nur … ich möchte nicht, dass du denkst, ich … würde dich sexuell belästigen oder so.« Sie hatte immer noch die Stirn gerunzelt, also versuchte ich, es ins Witzige zu ziehen. »Schließlich hat man uns schon auf zig Schulversammlungen eingeschärft, dass man ein Mädchen nirgendwo ohne seine Erlaubnis anfassen darf. Ich versuche nur, mich wie ein Gentleman zu verhalten!«

»Hiermit versichere ich dir feierlich, dass du nicht auszuflippen brauchst, wenn deine Hand zufällig meine Brust streift«, erwiderte January ein wenig zu theatralisch, um es ganz ernst zu meinen, und insgeheim seufzte ich vor Erleichterung auf. Angesichts ihrer Miene hatte ich befürchtet, meine zwanghafte Prüderie habe sie misstrauisch gemacht; ihr sei vielleicht aufgefallen, mit welchen Blicken ich Matt Bianco *bei den Poolpartys in ihrer Villa bedachte, und dass ich sie nie so anschaute.*

»Also, danke«, sagte ich und rang mir ein Lächeln ab, womit ich mein Unbehagen zu kaschieren versuchte. »Weißt du, wenn es um Sex geht und das ganze Drumherum … will ich einfach nichts überstürzen. Es soll der richtige Zeitpunkt sein. Etwas Besonderes.«

January starrte mich ausdruckslos an, und das dauerte so lange, dass ich zu schwitzen anfing, völlig verunsichert, wie ich ihre Reaktion deuten sollte, aber dann wanderten ihre Mundwinkel nach oben. »Flynn, ich schwöre, manchmal ist es mir echt ein Rätsel, was in deinem Kopf vorgeht. Ich versuche doch nicht, dich mit meinen betörenden Brüsten zu verführen oder so! Nur fürs Protokoll, was das Warten angeht, bin ich völlig deiner Meinung. Ich bin definitiv noch nicht bereit, und wenn es so weit ist, dann soll es auch der richtige Zeitpunkt sein und etwas Besonderes – mit Weichzeichner, stimmungsvoller Beleuchtung und dem ganzen Hollywoodzauber, auf den wir Mädels angeblich stehen. Kein Stress, okay? Aber wenn du ab und zu mal meine Brüste berührst, werde ich bestimmt nicht die Polizei rufen.«

Sie kuschelte sich wieder an mich, und eine Zeit lang lagen wir einfach nur da und lauschten dem Klimpern des Windspiels im Garten. Dann brach sie das Schweigen, und es klang so gedämpft, dass ich es kaum verstand.

»Aber wenn der richtige Zeitpunkt gekommen ist – wenn es sich richtig anfühlt … dann hoffe ich, es passiert mit dir.«

* * *

Schweiß prickelte auf meiner Kopfhaut, die Luft war zum Schneiden, und mein Herz pumpte wie die Maschinen eines Ozeandampfers. Ein Plastikteil von Cedrics Staubsauger bohrte sich schmerzhaft in meine Hüfte, und ich musste gegen alle Fluchtinstinkte ankämpfen, um vollkommen regungslos zu verharren.

Sobald mir klar geworden war, dass er gleich durch die Tür kommen würde, hatte ich auf Autopilot geschaltet, war in den Flur zurückgestürzt und hatte den Wandschrank aufgerissen. Das Geräusch, als Cedric zerstreut und schwerfällig eintrat, hatte gerade so das in meinen Ohren unerträglich laute Schaben der metallenen Faltschiebetür in ihrer Aluminiumschiene übertönt. Hoffte ich jedenfalls. Ich stand hier in fast völliger Dunkelheit, das einzige Licht drang durch eine Reihe dünner, horizontaler Lüftungsschlitze, die mir keine anständige Sicht auf das erlaubten, was sich vor meinem Versteck abspielte.

Ich konnte hören, wie Cedric in dem kleinen Eingangsbereich die Schuhe abstreifte, den Mantel auszog und aufhängte; dann entfernte er sich mit schweren Schritten in Richtung Küche. Was sollte ich bloß tun? *Was zum Teufel sollte ich bloß tun?* Ich konnte doch nicht hier stehen bleiben und den Atem anhalten, bis der Typ sich schlafen legte. Falls er nicht noch einmal ausging, war ich geliefert. Vielleicht fiel mir ja etwas ein, damit er die Wohnung für einige Zeit verließ? Wenn ich Kaz irgendwie dazu bringen könnte, ihn rauszulocken …

Wie aufs Stichwort begann mein Smartphone zu vibrieren und das Herz schlug mir bis zum Hals. Nie war ich so froh gewesen, dass ich den Klingelton immer ausgeschaltet ließ, aber das Brummen wirkte in meiner Panik ohrenbetäubend laut, als hätte ich eine Bandsäge in der Tasche. Allerdings konnte ich das Handy auch nicht ausmachen, durfte nicht riskieren, durch die Bewegung Lärm zu verursachen.

Aus der Küche drangen Geräusche – Schranktüren klappten auf und zu, ein Pappkarton wurde mit einem Ratsch aufgerissen, etwas ergoss sich klackernd in eine Keramikschüssel. Kaum zu fassen, aber es überdeckte das dröhnende Brummen meines Handys, das Gott sei Dank aufhörte, bevor Cedrics Lärm verstummte. Nachdem er ein paarmal mit der Zunge geschnalzt hatte, rief er: »Abendessen, Hippolyta, mein kleiner Schlingel!«

Hippolyta – die Königin der Amazonen aus dem *Sommernachtstraum*. Die Theater-AG an der Riverside hatte das Stück erst letztes Jahr aufgeführt, und der Typ, der den Theseus gespielt hatte, hatte sich andauernd neue Variationen für den Namen seiner zukünftigen Braut ausgedacht wie »Hippolittchen« oder »Hippolütte«, was für allgemeine Heiterkeit gesorgt hatte. Ich hätte alles darauf verwettet, dass der Name der Katze das Passwort für Cedrics Computer war, und verfluchte mich im Stillen dafür, dass ich nicht dran gedacht hatte nachzuschauen, ob das Tier ein Halsband mit Namen trug.

Und dann, als Cedric die Küche verließ, seine Füße erst über das Linoleum und dann über den Wohnzimmerteppich schlurften, fiel mir ein weiteres leichtsinniges Versäumnis meinerseits ein – ein schwerer Schnitzer, der mir das Blut in den Adern gefrieren ließ: *Meine Schuhe standen immer noch auf der Fußmatte vor der Balkontür.*

Bevor ich mich der abwegigen Illusion hingeben konnte, sie würden Cedric vielleicht nicht auffallen, hörte ich auch schon, wie er abrupt stehen blieb. Er war bestimmt nicht mehr als drei oder vier Meter von meinem unbequemen Versteck in dem dunklen Schrank entfernt, wo ich den verräterischen Gegenstand aus Cedrics Schlafzimmer umklammert hielt, und ich stellte mir vor, wie er auf die Leinenturnschuhe starrte, die so unübersehbar waren, als wäre ein Scheinwerfer darauf gerichtet. Wieder hörte ich seine Schritte auf dem Teppich – drehte er sich um? – und dann seine Stimme, dünn und nervös: »Ist jemand …? W-Wer ist da? Kommen Sie heraus!«

Ich machte keinen Mucks, kniff ganz fest die Augen zusammen, während bei jedem wilden Schlag meines Herzens Schmerz durch meinen Körper schoss, tat so, als könnte Cedric dadurch auf wundersame Weise zu der Überzeugung gelangen, es sei niemand in seiner Wohnung; dass der Eindringling schon längst wieder fort war und nur seine Schuhe als Abschiedsgeschenk hinterlassen hatte. Die Wohnung war nicht sehr groß, und auch wenn es viele Stellen gab, an denen man Drogen oder Tagebücher mit Geständnissen verstecken konnte, so kamen doch nur wenige für einen Menschen mit Schuhgröße 42 infrage, die Cedric in kürzester Zeit überprüft haben würde – und ob er davor die Polizei rief oder erst hinterher, war schwer zu sagen.

Dann, als seine Schritte entschlossen in meine Richtung polterten und damit auch Richtung Schlafzimmer, fiel mir siedend heiß die Pistole in seinem Nachttisch ein. Auf keinen Fall durfte er die Gelegenheit haben, sie zu holen, denn sonst würde ich hier nie mehr lebend rauskommen.

Ich hatte keine Zeit zum Nachdenken, zum Planen, zum Überlegen, nur zum Handeln. In dem Moment, in dem er an dem Flurschrank vorbeilief und ins Schlafzimmer gehen wollte, schob ich die Tür auf und schrie: »*Halt!*«

Cedric wirbelte herum, die Augen vor Schreck weit aufgerissen, doch als er mich sah, stutzte er. Auf Angst folgte rasch Verwirrung, dann Erstaunen und schließlich Wut. »*Du!* Wie bist du hier reingekommen? Was um alles in der Welt … Wie kannst du es wagen, in meine Wohnung einzudringen!«

»Das Spiel ist aus, Hoffman«, verkündete ich wie ein Privatdetektiv im Film. Es klang vollkommen idiotisch, aber ich konnte vor Angst keinen klaren Gedanken fassen, war zu sehr durch den Wind, um eigene Worte zu finden. Mit bebendem Kinn fauchte ich: »Ich weiß, was Sie getan haben. Ich weiß alles!«

»Das ist … diese Art von Belästigung lasse ich mir nicht gefallen«, polterte Cedric, rührte sich jedoch nicht vom Fleck. »Meine Probe zu stören ist eine Sache, aber *das hier* … ich werde die Polizei rufen!«

»Gut – nur zu! Das erspart mir die Mühe«, konterte ich und erkannte sofort, dass mein Bluff nach hinten losgegangen war. Er hatte mich auf frischer Tat ertappt, und normalerweise sollte ich ihn anflehen, die Polizei *nicht* zu verständigen; indem ich das Gegenteil tat, hatte ich klargemacht, dass ich tatsächlich etwas wusste – und dass ich ihm vielleicht wirklich gefährlich werden konnte. Sein Blick veränderte sich, wurde argwöhnisch, als er mich jetzt mit anderen Augen betrachtete, und ich war mir sicher, ich hatte es schon wieder verkackt. Nervös fuhr ich fort: »Warum rufen Sie sie nicht jetzt gleich?«

»Du wirst langsam unerträglich, Doherty«, sagte er nach einer kurzen Pause mit plötzlich kalter, flacher Stimme, »Nun begehst du auch noch Hausfriedensbruch – du bist ein jugendlicher Straftäter, ein gemeiner Verbrecher.«

»Immer noch besser als ein *Vergewaltiger*«, entgegnete ich vehement, »und ein *Mörder*.«

Ein Zucken lief über sein Gesicht, aber er hatte sich schnell wieder im Griff. »Das ist eine ungeheuerliche Behauptung, die du lieber nicht wiederholen solltest, wenn du –«

»Das ist keine Behauptung, es ist die Wahrheit! Sie haben January vergewaltigt, und dann haben Sie sie umgebracht, als sie gedroht hat, zur Polizei zu gehen – und als Reiko Sie deswegen zur Rede gestellt hat, haben Sie sie ebenfalls getötet!« Ich machte einen Schritt nach vorne, Wut durchströmte mich wie ein sengend heißer Wüstenwind. »Ich hatte ein bisschen Zeit, mich umzuschauen, bevor Sie nach Hause gekommen sind, Sie kranker Psychopath, und ich *weiß* es.«

»Ich habe es nicht nötig, mir solche Verleumdungen anzuhören«, stammelte Cedric mit hochrotem Gesicht. Seine

Hängebacken zitterten. Langsam wich er zurück. »Ich werde jetzt die Polizei rufen, also bleib am besten, wo du bist!«

Er wandte sich um, ging aber nicht zum Telefon, das am Rand des Schreibtischs stand, sondern steuerte schnurstracks auf den Nachttisch zu. Meine Nerven waren zum Zerreißen gespannt, und so spielte ich in meiner Verzweiflung meinen Trumpf aus und schrie: »*Wo haben Sie das her?*«

Der Klang meiner Stimme ließ ihn innehalten. Er drehte sich um und sah auf das, was ich in den Händen hielt, was ich von seiner Wand gerissen hatte. Es war ein Porträt von January, so erstaunlich exakt in der Linienführung, dass ich völlig baff von Reikos unglaublichem Talent gewesen war, als ich, während sie es zeichnete, einen Blick darauf erhascht hatte. Eben jenes Porträt hatte Reiko nach FBAs Schilderung an dem Abend, an dem sie länger im Theater geblieben war, für Januarys Gedenkstätte fertigstellen wollen – an dem Abend, an dem sie ermordet worden war. Und ich hatte es in Cedrics Schlafzimmer gefunden.

Seine Augen weiteten sich und nahmen einen bekümmerten Ausdruck an und die Röte auf seinem Gesicht wirkte jetzt ungesund. »Das gehört mir! Leg … leg das sofort hin!«

»Sie haben es Reiko weggenommen«, beschuldigte ich ihn wütend. »Sie haben sie getötet und es gestohlen und dann an Ihre Wand gehängt …«

»Du hast keine Ahnung, wovon du redest«, stammelte er und wollte nach dem Porträt greifen.

Ich hielt es außerhalb seiner Reichweite und schrie: »Sie haben es sogar teuer rahmen lassen! Was ist eigentlich los mit Ihnen?«

Das Bleistiftporträt meiner Exfreundin steckte in einem elfenbeinfarbenen Passepartout in einem breiten, glänzend schwarzen Holzrahmen. Das Bild wog schwer und drohte mir aus den in die Ärmel gesteckten Händen zu rutschen, während ich mich bemühte, es nicht mit bloßen Fingern zu berühren. Panik zeigte sich auf Cedrics Gesicht und er keuchte: »Sei vorsichtig damit, es ist zerbrechlich!«

»Erzählen Sie mir, wie Sie in seinen Besitz gekommen sind«, forderte ich. »Geben Sie es zu!«

»Sie … sie hat es mir geschenkt. Reiko. Sie wusste, wie viel mir January bedeutet hat, was für eine besondere Beziehung wir hatten –«

»*Lügner!*« brüllte ich. »Sie widerlicher, dreckiger Lügner! Sie hatten keine ›Beziehung‹ zu January – sie hat mir erzählt, Sie wären ein widerlicher alter Perversling! Sie haben ihr *leid*getan!«

»Das ist nicht wahr. Das ist einfach nicht wahr! Wir hatten eine … eine besondere …«

»Sie haben ihr Gewalt angetan. Sie haben sie vergewaltigt, und dann haben Sie sie umgebracht, damit Ihnen keiner auf die Schliche kommt, denn Sie wollten immer weitermachen, Sie ekelhafter, verdorbener –«

»DAS IST NICHT WAHR!«, brüllte er. Seine Brust hob und senkte sich, und ich fuhr zurück, erschrocken von seinem heftigen Ausbruch. »Sie war etwas Besonderes – sie war anders als die anderen. Vom ersten Moment an war da etwas zwischen uns, etwas Echtes. Ich erwarte nicht, dass du das verstehst. Du bist zu jung, zu unreif, um zu verstehen …«

»Sie war *fünfzehn*, Sie krankes Schwein!«

»Sie hatte eine erwachsene Seele«, sagte er andächtig, und ich hätte kotzen können.

»Es war nicht ihre *Seele*, der Sie ein Betäubungsmittel verabreicht haben …«

»Ich bin dir keine Rechenschaft schuldig!«, unterbrach er mich hasserfüllt. »Du hast nicht die geringste Ahnung, kannst nichts beweisen, und ich habe die Nase voll von deinen –«

»Ich weiß, was an der Hazelton passiert ist«, sagte ich barsch, »und wenn die Polizei hier davon erfährt, wird sie sich bestimmt für Sie interessieren. Für Sie und dieses Porträt und Ihre abartige Souvenirsammlung.«

Er erstarrte, ihm klappte der Mund auf, und alle Farbe wich aus seinem Gesicht. Er bewegte die Lippen, brachte jedoch keinen Laut heraus. Und dann plötzlich drehte er sich auf dem Absatz um und stürzte zum Nachttisch. Er hatte es nicht weit und ich war völlig überrumpelt. Als ich daher endlich reagierte, war es zu spät. Ich konnte ihm nicht mehr zuvorkommen, und ich hatte auch keine Zeit mehr, rechtzeitig durch den Flur ins Treppenhaus zu rennen, bevor er mir eine Kugel in den Rücken verpasste. Also tat ich das Einzige, was mir einfiel; ich schleuderte Januarys Porträt in seinem schweren Rahmen nach Cedrics Kopf, mit der ganzen Kraft, Entschlossenheit und Wut, die ich in mir hatte.

Es drehte sich in der Luft und dann – zu meinem Erstaunen – traf es den Mann mit einem genugtuenden, satten Knacken hinter dem linken Ohr. Das Porträt prallte auf den Boden, das Glas zerbrach, und Cedric fiel auf ein Knie und stürzte mit dem vollen Gewicht seines massigen Körpers gegen den Nachttisch. Alles, was sich darauf befand, polterte herunter, und er landete unsanft in dem Durcheinander und fiel mit einem spitzen Schrei auf die Seite.

Bevor er dazu kam, sich aufzurichten, hatte ich mich auch schon auf ihn gestürzt. Ich war blind und taub vor Wut und weiß nicht mehr, was ich alles von mir gab, und ich habe auch nur eine vage Vorstellung davon, wie oft ich auf ihn eingeschlagen haben muss. Als ich wieder zu Sinnen kam, schmerzten meine Arme, meine Knöchel fühlten sich rau und empfindlich an, und meine Kehle war wund geschrien von all den Schimpfwörtern, mit denen ich Cedric belegt hatte. Cedrics breites, aufgedunsenes Gesicht war blutverschmiert, das Blut lief aus seiner Nase und einer Wunde über einer Augenbraue, seine Brille war zerbrochen, und er hatte seine fleischigen Arme schützend um den Kopf geschlungen.

»Wo ist sie?«, brüllte ich heiser, Tränen in den Augen. Ich hatte ihn am Kragen gepackt und schüttelte ihn heftig. »Was haben Sie mit ihr gemacht?«

Zu meiner Überraschung fing er zu lachen an – ein bitteres, verächtliches Lachen, das in seiner Kehle rasselte wie Kieselsteine auf Metall. »Was bist du nur für ein erbärmliches Jüngelchen. Du hältst dich wohl für einen Helden, einen edlen Ritter, der die Ehre seiner holden Maid verteidigen muss? Du hast keine Ahnung, was sie war!« Sein Blick flackerte, sein blutüberströmtes Gesicht verzog sich zu einem höhnischen Grinsen und in seinen Augen spiegelte sich der schiere Wahnsinn. »Sie war die pure Versuchung, eine lüsterne Dämonin, und ich habe ihr nur gegeben, was sie wollte!« Erneut schlug ich auf ihn ein, seine Lippe platzte auf wie ein fauler Pfirsich, das Blut lief über seine gelben Zähne und ließ sein bösartiges Grinsen noch grausiger erscheinen. »Du bist wirklich zu bemitleiden. Ein wehleidiger, rotznäsiger *Junge.* Du hättest ihr niemals genügt, du –«

Wieder verpasste ich ihm einen Haken, diesmal gegen die Schläfe, aber der Schlag war falsch platziert; ich spürte einen stechenden Schmerz in der Hand, und dann wurde sie taub. Mir war sofort klar, dass ich mich ernsthaft verletzt hatte. Wutentbrannt packte ich ihn mit der anderen Hand am Hals, fletschte die Zähne, sodass ein Spuckeregen auf ihn niederging, und fauchte: »Sie war noch ein junges *Mädchen*!«

»Sie war ein männermordender Vamp«, erwiderte er ungerührt, »eine Sirene, die entschlossen war, mich ins Verderben zu stürzen. Ich wusste es. Ich wusste es vom ersten Augenblick an, aber ich war machtlos, konnte ihr nicht widerstehen. Ich wusste genau, wie sie war, aus welchem Holz sie geschnitzt war, aber ich habe sie trotzdem geliebt. Gott helfe mir, ich habe sie wirklich und wahrhaftig geliebt. Sie hat mich dazu gebracht, diese Dinge zu tun! Ich hatte keine Wahl. Absolut keine Wahl.«

»Sie wollte Wissenschaftlerin werden.« Jetzt weinte ich. Ich war erschöpft; wenn es möglich gewesen wäre, hätte ich weiter auf ihn eingeschlagen, doch ich konnte meine rechte Hand nicht mehr benutzen, in der es schmerzhaft und rhythmisch zu pochen anfing. »Sie wollte nach Kalifornien gehen und Astronomie studieren und etwas aus sich machen, etwas Wichtiges bewegen, aber Sie haben ihr das alles weggenommen! Ihr und Reiko.«

Jetzt begann er sich zu regen, sein Gesicht wurde dunkelrot vor Zorn, und er knurrte: »Wage es bloß nicht, January mit dieser kleinen japanischen Schlampe zu vergleichen!« Er stieß mich mit solcher Gewalt von sich, dass ich praktisch durchs Zimmer flog. Ich knallte auf den Hosenboden, mein Kopf schlug gegen den Türpfosten und einen Moment lang sah ich Sternchen. Cedric rappelte sich auf die Knie und funkelte mich mit glühenden Augen durch seine blutige Maske hindurch an. »An diesem Mädchen war absolut nichts Besonderes, nichts Bezauberndes! Sie war eine niederträchtige, vulgäre Xanthippe, die January und mich ebenso wenig verstanden hat wie du!« Er keuchte und spuckte einen Strahl rosafarbenen Schleim auf den Teppich. »Sie hat mir gedroht! Sie kam zu mir, hat Gift und Galle gespuckt, hat mich aufs Unflätigste beschimpft – ekelhaftes, obszönes Zeug gefaselt – und auch noch erwartet, dass ich vor ihr im Staub krieche, ihr Respekt entgegenbringe!«

»Haben Sie sie deswegen umgebracht?«, fragte ich benommen. Das Zimmer drehte sich um mich und meine Hand schwoll immer mehr an und verfärbte sich violett. »Weil sie ›obszönes Zeug‹ gefaselt hat?«

»Sie hat mir gedroht, mich zu ruinieren, der Polizei ein paar schreckliche Dinge über mich zu erzählen, die ihr January angeblich verraten hatte. Das konnte ich doch nicht zulassen, oder? Mit meiner Karriere wäre es vorbei gewesen. Mein *Leben* wäre vorbei gewesen.« Wieder grinste er böse und schüttelte sich vor Lachen. Es klang selbstgefällig, stolz. »Also habe ich ihr das Handwerk gelegt. Ich habe sie angefleht, Stillschweigen zu bewahren – ja, richtiggehend angefleht –, und sobald sie dachte, sie hätte die Oberhand, habe ich ihr einen Schraubenzieher durch den Hals gerammt und ihr ihre vulgäre, gehässige Zunge rausgeschnitten!« Sein Grinsen wurde breiter, verriet seinen Wahnsinn, und er kroch rückwärts, behielt mich im Auge, während er mit einer Hand nach dem Nachttisch tastete. »Und jetzt ist es wohl an der Zeit, dass ich mich um dich kümmere.«

Ich versuchte aufzustehen – ich wusste nicht genau, ob um wegzulaufen oder um ihn anzugreifen –, aber der Boden schwankte unter meinen Füßen. Dumpf sackte ich auf den Boden, der ganze Raum drehte sich um mich, als befände ich mich auf einer wilden Karussellfahrt. Im selben Augenblick, als Cedric den Blick von mir abwandte und sich zum Nachttisch umdrehte, hörte ich wie von fern ein verzweifeltes Hämmern an der Wohnungstür. Und dann rief jemand eindringlich meinen Namen: »Flynn! *Flynn*!«

Krachend brach die Tür auf, Schritte polterten durch den Flur, während Cedric die Pistole aus der Schublade holte, panisch das Magazin füllte und den Hahn spannte.

Er zielte schon auf mich, als Kaz neben mir im Türrahmen erschien. Beim Anblick der Szene im Schlafzimmer blieb er jäh stehen und wurde vom Kragen seiner Cabanjacke bis hinauf zu den nassen Haarwurzeln grau im Gesicht.

»Oh, Gott sei Dank, dass jemand gekommen ist!«, stotterte Cedric wenig überzeugend, die Pistole direkt auf meine Brust gerichtet. Bei der geringsten Bewegung wäre ich tot. »Dieser Junge, dieser … dieser Dieb, er ist in meine Wohnung eingebrochen und hat mich angegriffen! Beinahe hätte er mich umgebracht! Bitte ruf die Polizei – das Telefon steht im Wohnzimmer.«

»Die Polizei ist bereits verständigt«, flüsterte Kaz mechanisch mit zitternder Stimme. Wie zur Salzsäule erstarrt stand er in der Tür, gelähmt vor Angst.

»Oh.« Cedrics Blick schweifte ab, während er fieberhaft überlegte, was er jetzt tun sollte, und er setzte ein dankbares Grinsen auf. »Gut, vielen Dank! Am besten wartest du im Flur auf sie. Dieser junge Mann ist ziemlich gefährlich, und ich möchte nicht, dass dir etwas passiert.«

»Ich habe der Polizei erzählt …« Kaz' Stimme brach und er verstummte. Einen bleiernen Moment lang starrte er ausdruckslos auf Cedrics Waffe, die Augen groß und glänzend – und dann sah er zu mir. Daraufhin veränderte sich sein Gesichtsausdruck und er schluckte schwer. Als er wieder zum Sprechen ansetzte, bebte seine Stimme immer noch. »Ich habe der Polizei erzählt, dass Sie Flynn gebeten haben, zu Ihnen zu kommen. Ich habe gesagt, dass er erfahren hat, was Sie an der Hazelton getan haben, und Sie angerufen hat, um Ihnen Gelegenheit zu einer Erklärung zu geben, und dass Sie ihn daraufhin zu sich eingeladen haben. Ich habe außerdem erzählt, dass ich Angst hätte, dass … dass Sie ihm etwas a-antun.«

Cedrics Blick schoss zwischen uns hin und her, er verzog seinen Mund und sein rechtes Auge begann zu zucken. Ernst meinte er: »Das hättest du nicht tun sollen.«

»Es spielt keine Rolle, Hoffman«, setzte ich an. Ich wünschte, ich könnte sagen, dass ich dem Tod tapfer und ungerührt ins Auge sah und dass der Blick in die Mündung einer Pistole den abgebrühten Existenzialisten in mir zum Vorschein brachte – aber in Wahrheit hatte ich einfach nur entsetzliche Angst. Meine Beine fühlten sich wie Pudding an, ich war nah dran, die Kontrolle über meinen Schließmuskel zu verlieren, und meine einzige Hoffnung zu überleben bestand darin, einen Geisteskranken davon zu überzeugen, dass es keinen Sinn hatte, mich zu töten. »Auch wenn Sie der Polizei weismachen, dass er gelogen hat, ist es zu spät. Was immer Sie uns jetzt antun, die Polizei wird es untersuchen müssen. Sie werden ihre gruseligen Trophäen nicht alle vor ihrem Eintreffen entsorgen können, und selbst wenn, ich habe Fotos davon gemacht und in der Cloud gespeichert, und die Polizei wird sie früher oder später finden. Dann wird man die Hazelton-Sache wieder hervorholen, man wird die Schüler finden, mit denen ich an der Dumas gesprochen habe und die mir erzählt haben, wie besessen Sie von January waren … und man hat bereits ermittelt, dass Sie der Letzte sind, der Reiko lebend gesehen hat, und dass Reiko von Januarys

Vergewaltigung wusste. Man wird also niemals glauben, dass Sie uns in Notwehr getötet haben. Wie man es auch dreht und wendet, für Sie ist das Spiel aus und vorbei.«

Nach einer quälend langen Pause hob Cedric wieder zu sprechen an. »Na gut«, setzte er an, seine Stimme betont forsch und verstörend hohl, »sieht ganz so aus, als hätte ich nichts mehr zu verlieren, oder?«

Und dann drückte er ab.

27

DIE NÄCHSTE STUNDE schien zehn Jahre lang zu dauern. Das meiste davon war verschwommen, eine Reihe unzusammenhängender Bilder, die ich danach kaum in eine logische zeitliche Abfolge bringen konnte. Ich erinnerte mich daran, dass die Pistole losging, an den schockierend lauten Knall, viel lauter, als es im Fernsehen wirkt; daran, wie Cedrics Kopf explodierte, wie sein Körper nach vorne kippte, während der rauchende Lauf seiner Pistole aus seinem Mund glitt; an den grau-roten Krater in seinem Schädel. Letzten Endes hatte er nicht mich getötet, sondern die Waffe gegen sich selbst gerichtet. Und um ehrlich zu sein, trotz allem, was ich ganz zum Schluss zu ihm gesagt hatte, war ich immer noch nicht endgültig überzeugt davon, dass er sich nicht irgendwie aus der Sache hätte herauswinden können, nachdem Kaz und ich tot gewesen wären.

Ich erinnerte mich daran, dass ich mit der Polizei sprach, mit einem Beamten nach dem anderen, ihre Gesichter wechselten wie Spielkarten. Mit distanzierter, monotoner Stimme spulte ich meine Aussage ab, als ich wieder und wieder erzählte, was an jenem Tag passiert war. Auch mit den Rettungsassistenten redete ich, sie stellten fest, dass ich eine leichte Gehirnerschütterung erlitten und mir wahrscheinlich die Hand gebrochen hatte. Meine Eltern wurden benachrichtigt, und ich saß lange mit ihnen im offenen Laderaum eines Krankenwagens, während Uniformierte um uns herumschwirrten und uns mit Fragen, guten Ratschlägen und unterschwelligen Vorwürfen traktierten. Es war Nacht geworden, der Regen hatte aufgehört, und das funkelnde, leuchtende Zusammenspiel der Lichter der Straßenlaternen, der Einsatzwagen und der TV-Übertragungswagen erzeugte einen seltsam schönen und abstrakten Farbfleck auf dem nassen Asphalt des Parkplatzes.

Erst als ich endlich entlassen wurde und meinen Eltern zum Auto folgte – es stand nicht weit von dem knallgelben Absperrband entfernt, das die wachsende Schar der Schaulustigen und Medienleute zurückhielt –, sah ich Kaz zum ersten Mal wieder, seitdem die Polizei am Tatort erschienen war.

Er löste sich aus der Menschengruppe vor dem Gebäude und sprintete über den Parkplatz, die vom Regen zurückgebliebenen Pfützen spritzten unter seinen Füßen. »Flynn!«

Als ich mich umdrehte, hatte er mich gerade eingeholt, und vor den Augen meiner Eltern, die verwirrt, verängstigt und erschöpft nach ihrer kurzen Verwicklung in die Ereignisse dieses schrecklichen Abends, vom Auto aus zusahen, zog er mich in eine stürmische, feste und besitzergreifende Umarmung. Ein Schmerz schoss von meiner rechten Hand bis in den Ellbogen und ich wich ächzend zurück. »Autsch – Vorsicht.« Verlegen sah ich zu meinem Arm hinunter, den ich in einer Schlinge vor der Brust trug, und erklärte: »Ich bin auf dem Weg ins Krankenhaus, um ihn röntgen zu lassen. Sie glauben, ich habe ihn mir an Cedrics Schläfe gebrochen.«

Die Hände auf meinen Schultern und den Kopf gesenkt murmelte Kaz etwas, das wie *dumm* klang. Als ich ihm sagte, ich hätte ihn nicht verstanden, blickte er auf, und zu meinem Schrecken rollten ihm Tränen über die Wangen. »Das war so *verflucht dumm*, Flynn! Was hast du … du wärst fast gestorben!«

Seine Lippen zitterten, seine grünbraunen Augen waren angsterfüllt, und ich wand mich vor Unbehagen, als sähe ich etwas, das nicht für meine Augen bestimmt war. »Bin ich aber nicht. Dank dir. Du hast … du hast mir das Leben gerettet.« Ich setzte ein schiefes Grinsen auf. »Glaub bloß nicht, dass ich deswegen jetzt dein Sklave bin oder so, weil ich …«

»Hör auf, Witze darüber zu reißen!« Er war ehrlich empört, seine Stimme zu laut. Jetzt wurden meine Eltern aufmerksam, sie sahen einander an, als überlegten sie einzugreifen, und ich hatte den Eindruck, dass sich auch bereits ein paar Schaulustige hinter der Absperrung für unser kleines Zwei-Mann-Drama zu interessieren begannen. »Wenn ich nicht da raufgegangen wäre, wenn ich eine Minute später gekommen wäre …«

»Bist du aber nicht«, sagte ich, als wäre es so einfach – als hätte ich mir das nicht selbst schon die ganze Zeit gedacht. Die Wahrheit war die: Wenn Kaz nicht in letzter

Sekunde gekommen wäre, hätte ich nicht mal mehr eine Minute zu leben gehabt.

»Verdammt, Flynn, ich dachte, du bist tot.« Er weinte, sein Adamsapfel hüpfte wie ein Korken auf dem Wasser und seine Stimme war wie ein Reibeisen. »Du bist nicht an dein Handy gegangen … ich hörte den Kampf, die Schreie …«

»Jetzt ist alles gut. Es ist vorbei und ich bin noch hier.«

»Er hatte eine Waffe, Flynn, eine *Waffe*, und sie war auf *dich* gerichtet. Ich war sicher, dass du sterben würdest, und mir ging nur noch im Kopf herum, dass du versucht hattest mich zu küssen und ich dich abgewiesen hatte! Ich hatte geglaubt, uns bliebe noch jede Menge Zeit, aber dann war da diese Waffe auf dich gerichtet, und ich musste unentweg daran denken, dass ich nie mehr Gelegenheit haben würde, dich zu küssen, *nie mehr*, dass ich meine Chance gehabt und sie vertan hatte, weil ich dachte … ich dachte …«

Etwas schnürte mir das Herz zusammen und die Luft wich mir aus den Lungen, als ich ihn ansah. »Kaz …«

»Ich habe mich geirrt, Flynn.« Jetzt lachte er doch tatsächlich, während die Tränen strömten. »Ich will nicht dein Kumpel sein.«

Ich lachte ebenfalls und dann fingen meine Augen zu prickeln an und meine Sicht verschleierte sich. »Ich will auch nicht dein Kumpel sein.«

Und dann zog er mich erneut an sich und küsste mich. Es war mir egal, dass meine Eltern zuschauten – nein, dass die halbe Nachbarschaft zuschaute, dazu einige örtliche Nachrichtensender. Ich versank sofort in seiner Liebkosung und es gab nur noch uns beide. Sein Mund war weich und warm und perfekt, wie geschmolzene Schokolade, und der Kuss ging mir durch und durch. Mein ganzer Körper fing zu vibrieren an, und vielleicht lag es daran, dass ich dem Tod so nah gewesen war, jedenfalls war das Gefühl viel, viel intensiver, viel, viel realer als alles, was ich je zuvor erlebt hatte – viel stärker als das erste Mal. Meine Schmerzen, die Kälte, die mir in der Stunde, die ich in der nasskalten Nachtluft herumgesessen hatte, bis ins Mark gedrungen war … alles war von einem Moment auf den anderen weg. Ich nahm nur noch Kaz und den Kuss wahr, der uns miteinander verschmolz.

Als er sich wieder von mir löste, viel zu bald, lehnte er seine Stirn an meine und rang nach Atem. Mit einem heiseren Lachen sagt er: »Du solltest … du solltest jetzt ins Krankenhaus fahren. Aber ruf mich an, sobald du kannst, okay? Versprich es.«

Ich lächelte so breit wie seit Tagen nicht mehr. »Versprochen.«

Er verabschiedete sich, drehte sich nach einem langen Blick zu mir um und ging zu seinem Auto. Sofort spürte ich die Gegenwart meiner Eltern, die überallhin sahen, nur nicht zu mir, und ich hielt die Augen abgewandt und meine Miene neutral, als ich auf die Hintertür des Wagens meines Vaters zusteuerte und darauf wartete, dass er aufsperrte. Ich bereute es nicht direkt, dass ich für diesen Kuss meine Hemmungen abgelegt hatte, aber jetzt, wo er vorbei und Kaz weg war, merkte ich, wie mein Gesicht warm zu pulsieren begann, während ich mir ausmalte, welche Fragen mir meine Eltern auf dem Weg zur Notaufnahme stellen würden.

Endlich blippte Dad das Auto auf, und gerade als ich einsteigen wollte, blieb mein Blick an zwei vertrauten Menschen haften, die mich vom Rand der Menge aus beobachteten. Nur wenige Meter von mir entfernt, mit verblüfften, staunenden Mienen, von der Straßenlaterne beleuchtet wie Vitrinen in einem Museum, standen Micah und Tiana.

***

Die Röntgenbilder zeigten, dass ich mir einen Mittelhandknochen gebrochen hatte, und ich bekam einen dicken provisorischen Gips verpasst, den mein Dad gegen meine lautstarken Proteste sofort mit seinem Autogramm versah; danach gaben sie mir fantastische Schmerztabletten und schickten mich nach Hause. Zu meinem eigenen Erstaunen schlief ich wie ein Murmeltier, obwohl mich meine Eltern während der Nacht mehrmals aufweckten und mich nach meinem Namen, meiner Adresse und meinem Alter fragten, nur um sicherzugehen – wie mein Dad es formulierte –, dass aus meinem Kleinhirn »nicht das Blut quillt wie aus dem Lift in *Shining*«.

Ihre Fragen nach Kaz waren irritierend respektvoll und höflich – so in dem Stil von *wie heißt er, wie alt ist er, seid ihr zusammen, wann werden wir ihn kennenlernen*. Am nächsten Tag ließen sie mich blaumachen und Kaz kam am Nachmittag vorbei – in Klamotten, wie sie ein junger Republikaner zum Vorstellungsgespräch tragen würde –

und konnte die meisten Fragen persönlich beantworten. Fast den ganzen Tag verbrachten wir damit, uns die Fernsehberichte anzusehen, die sich zur Hälfte um Cedric Hoffmans Tod und zur Hälfte um den Wahlsieg des designierten Senators Jonathan Walker drehten, weshalb ich Micah erst am Donnerstag wiedersah.

Obwohl mein Name nicht in den Medien veröffentlicht worden war, hatten die Gerüchte unweigerlich an der Riverside die Runde gemacht, und als ich an jenem Morgen mit einem nicht zu übersehenden Gips an meinem rechten Unterarm durch die Schultür trat, wurde ich sofort eine Art Berühmtheit. Madison Reinbeck kam auf mich zugestürzt und fragte, ob ich beim Rangeln um die Waffe tatsächlich auch angeschossen worden sei; Lucas Navarro erzählte mir, er habe gehört, ich hätte für die Cops gearbeitet und sei in Cedrics Apartment die ganze Zeit verkabelt gewesen; und Ashley Sobol sagte, sie habe von Mason Collier gehört, dass ich ihm, wenn er mal stockbesoffen sei, *eventuell* gewisse sexuelle Gefälligkeiten erweisen könnte. Ich bat Ashley, Mason auszurichten, dass ich mich zwar geschmeichelt fühlte, er seine Chance allerdings verpasst habe.

Und dann kam zu meiner großen Überraschung Micah zu mir, er stand wie hergebeamt nach dem ersten Gong neben mir am Spind. Ich war so verblüfft, dass es mir die Sprache verschlug. Ich stand nur da, stocksteif, als hätte sich eine Biene auf meinem Arm niedergelassen. Nachdem er eine Weile auf seine Schuhspitzen gestarrt hatte, brummte er schließlich. »Hey.«

»Hey. Ich dachte –« Ich hatte sagen wollen: *Ich dachte, du redest nicht mehr mit mir,* aber das schien mir ein schroffer Anfang für etwas, das hoffentlich als Versöhnung gedacht war, deshalb hielt ich den Mund.

Micah seufzte. »Hör mal, Alter. Ich wollte nur sagen, dass es mir leidtut, wie ich mich benommen habe. Ich glaube …«

»Schon okay«, platzte ich heraus, so erleichtert darüber, dass er das Ganze endlich ad acta legen wollte, dass ich keine Entschuldigung brauchte.

»Nein, lass mich ausreden«, sagte er verdrossen und fügte hinzu: »Ti reißt mir den Kopf ab, wenn ich dir nicht sage, was ich empfinde oder so.« Ein weiterer Seufzer. »Als du mir gesagt hast, dass … du weißt schon, dass du schwul bist, bin ich ausgetickt. Das war blöd und ich habe einen Haufen bescheuertes Zeug geredet, weil ich durchgedreht bin, und das war falsch. Du weißt, dass ich nichts gegen Homosexuelle habe, Mann, meine Tante ist lesbisch, verflucht noch mal.«

»Stimmt.« Das hatte ich ganz vergessen.

»Es ist nur so, ich erzähle dir irgendwie *alles*, und ich glaube …« Er verdrehte auf Tiana gemünzt die Augen, biss die Zähne zusammen und fuhr fort: »Ich glaube, *es hat meine Gefühle verletzt*, dass du es mir so lange vorenthalten hast.«

»Das lag bestimmt nicht daran, dass ich dir nicht vertraut hätte«, sagte ich, was stimmte, wenn auch nicht ganz. Ich hatte die Wahrheit so lange für mich behalten, weil ich diesbezüglich *niemandem* traute. Ich hatte Angst davor, was es auslösen würde, sobald ich es in die Welt gesetzt hatte.

»Ich weiß. Das verstehe ich. Ehrlich, was mich am meisten geärgert hat, war, ich meine, wir kennen uns doch schon eine Ewigkeit, oder? Ich weiß noch, dass du Angst vor dem Wasser hattest, als wir zusammen das Seepferdchenabzeichen gemacht haben, und ich musste versprechen, dass ich dich nicht ertrinken lassen würde.« Er meinte den Schwimmkurs, in den uns unsere Eltern im Kindergarten gesteckt hatten – ein absolutes Horrorerlebnis für mich, jede Unterrichtsstunde fühlte sich an wie die letzte halbe Stunde auf der *Titanic*. Micah konnte sich natürlich mit einem Lächeln zurückerinnern. »Wir hatten dieselben Lehrer, wurden von denselben Klassenkameraden schikaniert, trugen dieselben Klamotten – das volle Programm, Mann. Ich weiß alles über dich, weil wir alles gemeinsam durchgestanden haben. Du bist wie ein Bruder für mich, okay? Und seit fünfzehn Jahren bist du die einzige Konstante in meinem Leben, das Einzige, das ich in- und auswendig kenne, manchmal besser als mich selbst.« Sein Mund verzog sich und er seufzte erneut zitternd auf, und ich betete stumm zu Gott, Micah Feldman möge bloß nicht zu weinen anfangen. »Was ich sagen will: Das ist das erste Mal, dass ich etwas an dir … irgendwie nicht nachvollziehen kann. Ich kann es nicht miterleben, ich kann nicht Teil davon sein, und das fühlt sich … es *fühlt* sich an, als wäre auf einmal eine Kluft zwischen uns, und ich kann nichts dagegen tun.«

Danach schwieg er, und ihn umgab eine solche Aura

der Beschämung und Verzweiflung, dass ich ihn am liebsten an mich gedrückt hätte. Ich hätte es wirklich fast getan, nur um ihn in Verlegenheit zu bringen. »Mann. Du kennst mich immer noch besser als irgendjemand sonst. Was glaubst du, wie ich mich gefühlt habe, wenn du jeden Sommer ins Hebräisch-Camp gefahren bist und mir lauter Geschichten erzählt hast, an denen ich nicht teilhatte? Ich gehe nirgendwohin, Micah. Ich will immer noch, dass du mein bester Freund bist.«

»Ich auch«, gab er zu und sah mich schließlich verstohlen an. Dann fragte er bemüht beiläufig, als würde es ihn gar nicht so brennend interessieren: »Der Typ mit dem Auto … der neulich dein ganzes Gesicht abgeleckt hat. Bist du mit dem zusammen?«

Unschuldig fragte ich zurück: »Was für ein Typ? Meinst du Kaz?«

»*Kaz?*«, kreischte Micah. »Du meinst Kaz wie *der verfluchte Kaz*? Kaz aus dem Spielzeugladen, der January flachlegen wollte?«

»Tja, das hat sich irgendwie als Missverständnis herausgestellt.«

»Verdammt, das glaube ich auch.« Micah schüttelte verwundert den Kopf. »Ich kann nicht fassen, dass der verfluchte Kaz dein Freund ist.«

»Wir sollten wahrscheinlich aufhören, ihn ›verfluchter Kaz‹ zu nennen.«

»Wie er dir neulich das Gesicht abgekaut hat, überrascht es mich, dass du ihn noch irgendwas nennen kannst«, bemerkte Micah leichthin. »Mussten sie ihm im Krankenhaus den Magen auspumpen, damit du deine Lippen wiederbekommen hast?«

»Verpiss dich«, sagte ich, aber ich lachte dabei, weil mir gerade aufging, dass ich meinen besten Freund wiederhatte.

***

Trotz meiner Hochstimmung am Morgen erfasste mich gegen Ende des Tages ein seltsames Unwohlsein. Ich musste immer wieder an Cedrics Kopf denken, der wie ein klaffender rosaroter Schlund mit Knochenfragmenten als Zähne ausgesehen hatte. Noch etwas anderes lag mir auf der Seele, aber was es war, wurde mir erst nach dem Essen klar, als meine Eltern die Abendnachrichten einschalteten.

Cedric und Jonathan beherrschten immer noch die Schlagzeilen, ihre Geschichten waren unwiderruflich miteinander verflochten, und die Berichterstattung sprang zwischen den beiden Männern hin und her, in dem plumpen Versuch, Januarys und Reikos schlimmes Schicksal noch deutlicher herauszuarbeiten, indem man es Mr Walkers vielversprechender Zukunft gegenüberstellte. Es gab kurze Filmbeiträge von der Dankesrede des designierten Senators, als das Wahlergebnis verkündet wurde. In ernstem Ton erinnerte er seine Wähler an seine Pläne für ein sogenanntes »January-Gesetz«, während sein Sohn und sein Wahlkampfmanager, ein Horrorduo, selbstgefällig im Hintergrund standen; Tammy glänzte durch Abwesenheit und war dadurch präsenter denn je. Und immer wieder wurden Aufnahmen von ihm und Anson in einem schnittigen Cabrio gezeigt, wie sie mit einem arroganten Lächeln im Gesicht in die Kameras winkten.

Das ganze Feier-Getue wurde abgelöst durch Bilder von blinkenden Rettungswagen vor Cedrics Wohnblock, verwackelten Nahaufnahmen seines Balkons bei Tag und Berichten über »zwei namentlich nicht genannte junge Männer«, die Zeugen des Selbstmords wurden. In sensationsheischendem Ton wurden Enthüllungen über den unrühmlichen Abgang des ehemaligen Lehrers von der Hazelton-Schule verbreitet sowie Einzelheiten der Ermittlungen darüber offengelegt, welche Rolle er womöglich beim Verschwinden von January McConville und dem Tod von Reiko Matsuda gespielt hatte.

Eine systematische Durchsuchung der städtischen Müllkippe hatte Januarys blutbefleckten Rucksack zutage gefördert, offenbar vermischt mit anderem Abfall, den die Müllmänner in der Woche nach Januarys Verschwinden aus dem Müllcontainer hinter Cedrics Wohnblock abgeholt hatten. Es blieb rätselhaft, warum er den Rucksack nicht einfach mit den anderen Sachen auf die Wiese gelegt hatte, aber die gängige Spekulation lautete, dass er in jener Nacht wahrscheinlich zu raschem Handeln gezwungen gewesen war; wie Kaz vermutet hatte, waren die Kleider als Irreführung gedacht, und ihren Rucksack hatte er mit nach Hause genommen, damit er in Ruhe nach Gegenständen, die ihn womöglich mit ihr in Verbindung brachten, suchen und diese vernichten konnte. Der Verbleib ihres Handys war nach wie vor ungeklärt.

Januarys blutige Kleider waren ein stummer Beweis dafür, dass sie dasselbe grausige und gewalttätige Schicksal erlitten hatte wie ihre einzige Freundin an der Dumas, und aufgrund von Reikos Fundort durchkämmten die Behörden den Fluss ein weiteres Mal in der Hoffnung, die Vermisste doch noch zu finden. Der Huron war nicht besonders tief und hatte auch keine starken Strömungen, die ihre sterblichen Überreste weit weg von der Stadt getragen haben könnten, und die meisten Interviewten schienen überzeugt davon, dass es nur noch eine Frage der Zeit war, bis man sie fand. Ich war mir nicht sicher, wie es mir damit ging – ob ich die Endgültigkeit oder die Gewissheit, die eine solche Entdeckung mit sich brachte, überhaupt wollte. Schon die grobe Beschreibung dessen, was man Reiko angetan hatte, verursachte mir Albträume, und ich war nicht gerade erpicht darauf, eine Bestätigung dafür zu bekommen, dass meine Exfreundin denselben Horror durchgemacht hatte.

Und solange January noch irgendwo da draußen war, solange ihr Schicksal unbekannt und unergründlich blieb, konnte ich so tun als ob. Ich konnte mich an den verzweifelten Wunsch tief in meinem Herzen klammern, dass January immer noch lebte, dass sie all die Qualen überlebt und nicht ebenfalls ein tragisches Schicksal erlitten hatte. Es war ein kostbarer und zerbrechlicher Traum, und ich wollte nicht, dass er zerplatzte – nicht jetzt und vielleicht niemals.

Die Polizei allerdings ließ nicht locker. Man hatte Blut auf dem Boden der Werkstatt im Theater der Dumas Academy gefunden, stümperhaft überdeckt durch eine dicke

Schicht verschütteter Farbe; und eine Überprüfung der Werkzeuge, die der Theater-AG gehörten, förderte Blutspuren an einem Schraubenzieher und dem Griff eines Teppichmessers zutage. Die Gesetzeshüter waren überzeugt davon, dass beide Waffen mit dem Tod von Reiko Matsuda in Zusammenhang standen. Im Handschuhfach von Cedrics Auto hatte man Rohypnol entdeckt, und Klebeband von derselben Sorte wie an January McConvilles Kleidern war in seiner Wohnung sichergestellt worden. Es war eine gängige Marke, weshalb es kein schlagkräftiger Beweis war, aber eine Reihe von »verstörenden Bildern« auf seinem Computer ließ keinen Zweifel daran, dass er die Stieftochter des designierten Senators missbraucht hatte.

Als ich das hörte, war ich rückblickend noch dankbarer dafür, dass ich an jenem Tag nicht das Passwort herausgefunden hatte.

Je länger ich die Berichte verfolgte, desto deprimierter wurde ich, in Endlosschleife wurden immer wieder dieselben grotesken Fakten durchgekaut, und schließlich wurde mir bewusst: Es war auf den Tag genau zwei Wochen her, dass ein Einsatzwagen der Polizei in unserer Einfahrt gestanden hatte, als ich von der Schule nach Hause kam. Zwei Wochen, seitdem ich davon erfahren hatte, dass January vermisst wurde. Es war verrückt, wie viel in dieser kurzen Zeitspanne passiert war, wie drastisch sich mein Leben verändert hatte – wie wenig jemals wieder so sein würde wie zuvor.

»Ich gehe frische Luft schnappen«, verkündete ich meinen Eltern, die sich murmelnd über Belangloses unterhielten, und beide sahen mich mit großen Augen an. »Ich meine, wenn das okay ist.«

Sie sagten nichts, sondern wechselten nur einen Blick, der besagte, dass sie es mir am liebsten verbieten würden, aber nicht so recht wussten, mit welcher Begründung. Schließlich fing meine Mom an: »Du weißt, morgen ist Schule – und nach allem, was passiert ist …«

»Ich bleibe nicht lange weg, versprochen. Ich will nur was erledigen.«

»Was denn?«, fragte mein Dad argwöhnisch, doch als ich ihm erklärte, wo ich hinwollte, wurde seine Miene weich. »Soll ich dich fahren?«

»Ich dachte, ich nehme das Rad. Ich … will irgendwie allein sein.«

Mein Dad nickte verständnisvoll. »Sei um neun zurück, ja? Ich weiß, das ist ziemlich früh, aber … uns zuliebe. Wir hätten vor ein paar Tagen fast unser Kind verloren.«

»Ich halte mich aus Schwierigkeiten raus«, versprach ich. Und zu diesem Zeitpunkt hatte ich es auch so gemeint.

28

DIE NACHTLUFT WAR KÜHL und erfrischend, sie flutete gegen mein Gesicht wie ein Gletscherstrom und stach durch die dichten Maschen meiner Strickmütze, trotzdem trat ich noch fester in die Pedale und saugte die Luft tief in meine Lungen. Der Himmel war klar und der Mond hell genug, um etwas zu sehen – zum Glück, ich befand mich nämlich auf einer Landstraße ohne Beleuchtung, Gehwege und Bankette, und zu beiden Seiten der Straße wuchsen Bäume und Büsche, deren peitschenartige Äste nur darauf zu warten schienen, einem ein Auge auszustechen oder sich einem ins Fleisch zu bohren. Drei Autos fuhren an mir vorbei, die Fahrer sahen meine Reflektoren rechtzeitig genug, um ihren Kurs zu korrigieren und in übertrieben weitem Abstand an mir vorbeizufahren, und ich dankte dem Universum im Stillen, dass sich auf dieser Strecke keine sichteinschränkenden Hügel befanden.

Mein Ziel befand sich keine sechs Kilometer entfernt, und dennoch hatte ich das Gefühl, als hätte ich auf dieser relativ einsamen Straße die Erde verlassen, plötzlich senkten sich Dunkelheit und Stille auf mich herab, während über mir die Sterne funkelten. Es war die Art von trügerischem Frieden, die in Filmen einer Werwolfattacke vorausging, und ich strampelte energischer, nahm Tempo auf, bis ich mir vorkam wie eine Rakete, unbesiegbar, unantastbar. Ich fühlte mich frei. Ich hatte mir einen 1-a-Freund geangelt, meinen besten Kumpel zurückgewonnen und war nicht nur haarscharf dem Tod entronnen, sondern hatte auch noch das reinigende Feuerbad meines Comingouts überlebt, und jetzt würde ich endgültig Abschied nehmen.

Januarys Gedenkschrein hatte sich beträchtlich erweitert, seitdem ich ihn das letzte Mal gesehen hatte. Der Haufen aus Teddybären, getrockneten Blumensträußen, Kerzen, Karten, Andenken, Bildern und anderem Krimskrams erinnerte an die Opfergaben am Steingrab einer Keltenprinzessin und reichte bis zur Kurve der Auffahrt. Das zwanzig auf fünfundzwanzig Zentimeter große Bild meiner Exfreundin auf einem kleinen Gestell überragte alles, dahinter klemmte jetzt eine weiße Papptafel, auf der stand: WIR WERDEN DIE HOFFNUNG NIEMALS AUFGEBEN! Unwillkürlich fragte ich mich, was January dazu gesagt hätte. Ich konnte sie förmlich hören: *Teddybären? Wie alt bin ich eigentlich, acht?*

Ich sprang vom Rad, wühlte unbeholfen mit der unversehrten linken Hand in meiner Jackentasche und zog ein kleines Foto heraus. Darauf saßen January und ich im Schein einer Laterne am Rand ihres Pools, die Köpfe eng zusammengesteckt, unsere strahlenden Gesichter schimmerten golden und perfekt wie in einer Illustrierten. Tiana hatte das Foto letzten Sommer aufgenommen, auf einer der vielen Partys in der Villa, und es war sofort Januarys Lieblingsfoto von uns beiden geworden. Sie hatte darauf bestanden, dass Tiana es ausdruckte, damit ich es mir an die Wand hängen konnte wie die Bilder vom Nachthimmel, mit denen sie ihre Wände tapeziert hatte. Es war ihr irgendwie wichtig gewesen, das Bild nicht nur in digitaler Form, sondern »in echt« zur Verfügung zu haben, als förmliche Respektbezeugung für das, was das Bild darstellte. Damals hatte ich es ihr zuliebe gemacht, aber jetzt verstand ich es.

Ich klemmte den Schnappschuss unter ein Windlicht, dessen Flamme kreisförmige Schatten auf den Krempel um sich herum warf, und sinnierte, wer wohl an diesem Abend schon hier gewesen war, um die Kerze anzuzünden. Wie viele Menschen hatten meiner Exfreundin die letzte Ehre erwiesen? Wie viele davon hatte sie tatsächlich gekannt und als Freunde betrachtet?

Da meine Erfahrung damit, mich von Verstorbenen zu verabschieden, ziemlich begrenzt war, wusste ich nicht, was ich jetzt sagen oder tun sollte, um den Augenblick zu würdigen. Was hätte sie von mir hören wollen? Wie verabschiedet man sich von jemandem, wenn man sich immer noch an einen jämmerlichen kleinen Hoffnungsschimmer klammert, dass er vielleicht noch lebt? Mit halblauter, unsicherer Stimme begann ich schließlich zu sprechen, entschuldigte mich für die Geheimnisse, die ich vor ihr verborgen hatte, und dafür, dass ich nicht mitbekommen hatte, was sie durchmachte; ich erzählte ihr auch, dass ich

Cedric zur Rede gestellt hatte und er nie wieder jemandem wehtun würde. Für January und Reiko kam es zu spät, aber wenigstens würden keine weiteren Personen durch ihn leiden. Das würde sie bestimmt freuen, da war ich mir sicher.

Als ich fertig war, ließ ich meine Hand noch einige feierliche Momente am Rand des Bildes verweilen, und flüsterte schließlich: »Lebwohl, January.«

Auf einmal summte das Handy in meiner Tasche und störte diesen stillen Augenblick so unerwartet, dass ich vor Schreck Januarys Gedenkstätte fast in Brand gesteckt hätte, indem ich die Kerze umstieß. Ich fummelte das Handy aus der Tasche und stellte fest, dass ich eine Nachricht bekommen hatte, von einer unbekannten Nummer; und während ich die aus drei Wörtern bestehende Nachricht verarbeitete, kribbelte meine Haut und mein Herz setzte einen Schlag aus.

Hinter der Scheune.

29

TIEF HÄNGENDE NEBELSCHWADEN, dick wie Zuckerwatte, waberten im hohen Gras hinter dem Anwesen der Walkers. Sie schienen von innen heraus zu leuchten, durchdrungen vom bleichen, überirdischen Schein des Mondes, und sahen genauso aus wie der billige Trockeneiseffekt in einem albernen, schwarz-weißen Monsterfilm. Mindestens ein Dutzend Mal blieb ich erschrocken stehen, während mein Herz raste wie das eines Boxers, der in der letzten Runde in den Seilen hängt, und fragte mich, wie ich nur so verrückt sein konnte, das zu tun, wozu ich gerade im Begriff war – was zum Teufel ich mir dabei dachte, nur wegen einer geheimnisvollen, ominösen Nachricht mitten in der Nacht zu einer verlassenen Scheune zu gehen.

Ich hatte dem Unbekannten viermal zurückgeschrieben, jeweils mit derselben Frage – *Wer bist du???* –, und jeweils mit der Drohung, seine implizite Anweisung zu ignorieren, wenn ich keine Antwort bekam und nicht erfuhr, was ich »hinter der Scheune« vorfinden würde. Es war jedoch klar, dass ich vergeblich auf eine Erklärung wartete. Ich schickte nur immer wieder dieselbe Nachricht ab, und dass eine Antwort ausblieb, fühlte sich allmählich gespenstisch und unheilkündend an, wie der ruhende Zeiger eines Hexenbretts, nachdem der Geist das Zimmer verlassen hat.

Nur dass dieser Geist eine Telefonnummer mit einer Vorwahl außerhalb von Michigan hatte. Dass dieser Geist von Januarys Geheimversteck wusste. Und dass dieser Geist mich gut genug kannte, um zu wissen, dass ich der impliziten Anweisung natürlich Folge leisten würde – wohin war ich sonst unterwegs?

Während sich mein Puls vor Erwartung beschleunigte, versuchte ich Gegenargumente für einen Gedanken zu finden, der in meinem Kopf Gestalt annahm, versuchte ich einem erbärmlichen Wunsch, der mich aufzehren würde, wenn ich seiner kleinen Flamme Raum zum Atmen gab, den Sauerstoff abzuklemmen. Die Polizei hatte mich mehrmals gefragt, ob Cedric explizit die Verantwortung für beide Morde übernommen hatte, und egal wie oft ich unser Gespräch Wort für Wort im Kopf rekapitulierte, hatte ich eingestehen müssen, dass er im Grunde nur – äußerst freimütig und wortreich – zugegeben hatte, Reiko erstochen zu haben … also, was nun? Cedric Hoffman war ein Vergewaltiger und ein geständiger Mörder, ein Verrückter, der ein Motiv, die Mittel und die Gelegenheit hatte, beide Mädchen zu töten. Die Schlussfolgerung ergab sich von selbst.

Es konnte leicht sein, dass man mich in eine Falle lockte, dass sich irgendein unbekannter Komplize von Cedric rächen wollte. Der verstorbene AG-Leiter hatte von Januarys Wiese gewusst, warum nicht auch von ihrem

Zufluchtsort? Genauso gut war es möglich, dass mich der Hinweis zur Leiche führte, dass sie die ganze Zeit hinter eben jener Scheune versteckt gelegen hatte, die Kaz und ich am Tag des Kleiderfunds durchsucht hatten. War ich wirklich auf diesen Anblick gefasst?

Oder es konnte sein, dass die Nachricht von January selbst stammte, dass sie den traumatischen Blutverlust, der ihr Sweatshirt in eine blutige Schweinerei verwandelt hatte, irgendwie überlebt hatte, dass sie untergetaucht war, um sich zu erholen und Kraft zu sammeln, und erst jetzt mit mir Kontakt aufnahm, weil sie wusste, dass es ungefährlich war – dass Cedric für immer tot und begraben war.

Diese Theorie war so optimistisch, dass ich nicht gewagt hätte, sie laut auszusprechen, aber trotzdem flatterten meine Nerven vor Aufregung, als ich über den Bach sprang und durch den Kiefernwald brach. Erst als die Scheune vor mir aufragte wie der Fliegende Holländer, ein grauer, geisterhafter Koloss, der etwas Bedrohliches ausstrahlte, blieb ich stehen und checkte noch einmal mein Handy auf eine Antwort, aber wieder nichts. Es war, als wäre die Temperatur um dreißig- oder vierzigtausend Grad gesunken, eine Gänsehaut kroch mir über Rücken und Schultern, meine Atemwolken vernebelten die Luft, und die absolute Stille, die auf mir lastete – so erdrückend wie die endlosen Tiefen des Meeres – ließ mich unsicher werden, ob ich den Mut aufbringen würde, weiterzugehen.

Klar, die Nachricht konnte auch totaler Quatsch sein. Ich hatte meine Nummer FBA und ihren gehässigen Freundinnen gegeben, von denen sich keine auch nur einen Deut um January scherte, und jede von ihnen konnte sich um ein paar rachsüchtiger Lacher willen einen Scherz mit mir erlaubt haben. Oder sie stammte von Anson, der sich eine neue Art ausgedacht hatte, wie er sich über das im Dunkeln liegende Schicksal seiner Stiefschwester amüsieren konnte.

Es war alles denkbar – und ich würde es nur auf eine Art herausfinden.

Mein pochendes Herz klang wie das Schrappen von Rotorblättern, als ich um die Seite der Scheune herumschlich, jeder Schritt eine Demonstration meisterhafter Selbstkontrolle. Das hohe Gras war jetzt, kurz vor dem Winter, verwelkt und vertrocknet, es schlang sich um meine Knöchel, als ich hindurchstapfte, griff nach mir wie Hände, die aus der Erde hervorbrachen. Ich blieb stehen, ging weiter, blieb stehen und ging wieder weiter, fühlte mich panisch und dumm – fragte mich, ob ich wirklich genug Mumm besaß, das durchzuziehen, oder genug Köpfchen, um es abzubrechen, solange es noch möglich war. Und dann gab es kein Zurück mehr, mein Nacken war schweißnass und durch meine Adern zuckten Stromstöße. *Jetzt oder nie.*

Ich holte tief Luft, trat hinter die Scheune, angespannt und auf alles gefasst – eine Leiche, einen Angreifer, einen Hagel spöttischer Bemerkungen von Anson, den wundersamen Anblick eines Mädchens, das als tot galt – und starrte stattdessen in die Dunkelheit.

Jenseits der Scheune schwebte der Mond am Himmel und das verlassene Gebäude warf einen Schatten auf das

Stück Erde dahinter, verwandelte es in ein schwarzes Nichts. Ich stand wie festgewachsen da, die Augen weit aufgerissen, während ich wartete, dass sie sich an die Dunkelheit gewöhnten – während ich wartete, dass *irgendwas* passierte. Ich hörte keine Bewegung, keinen Atem; ich fühlte mich vollkommen allein und gleichzeitig total umzingelt, jeder Zentimeter meiner Haut kribbelte, weil ich alle Antennen ausgefahren hatte.

Nach einer gefühlten Ewigkeit schälten sich endlich vertraute Formen aus der stygischen Finsternis vor mir: schwer herabhängende Kräuter und Grasstiele, ein Nebelfaden, der sich zu den angrenzenden Bäumen schlängelte … und dann etwas Kleines, Rundes, bleich wie Elfenbein, das an der Rückwand der Scheune lehnte. Mein Herz sackte nach unten und schoss dann wieder hoch, pochte so schmerzhaft, dass ich Angst hatte, ohnmächtig zu werden; mein Blick flatterte und verschwamm, dann sah ich wieder klar und stieß einen Laut irgendwo zwischen einem Seufzer und einem Wimmern aus, während mir dämmerte, was da vor mir lag.

Ich schluckte, um mein Herz wieder an den richtigen Platz zu schieben, und bemühte mich, gleichmäßig zu atmen. Das da war kein Totenschädel, sondern ein Stein. Er sah aus wie eine eingedellte Bowlingkugel und lag auf einem Unkrautgestrüpp direkt an der Scheune, und abgesehen von mir war er der einzige Fremdkörper in der wuchernden Vegetation. Es gab keine verdächtigen frisch aufgeschütteten Erdhügel, keine mit Folie bedeckten Haufen oder Säurefässer oder kichernden Scherzbolde – nur einen Streifen wilder Pflanzen und einen gerundeten grauen Felsblock an der Wand.

Ungläubig überprüfte ich erneut mein Handy und fragte mich, ob weitere Instruktionen kommen würden, aber es gab keine neue Nachricht, und ganz offensichtlich war ich allein hier. Trotzdem sah ich mich um, spürte Blicke auf mir, überall an mir, und fragte mich wiederum, was zum Henker ich hier draußen eigentlich zu suchen hatte. War die Nachricht ohne Bedeutung gewesen? Ein Scherz?

Ich bedachte den Stein mit einem skeptischen und fast verärgerten Blick, fühlte mich durch seine Unergründlichkeit verspottet. Und dann, je länger ich darauf starrte, kam mir eine Erinnerung, und während sich das Bild in meinem Kopf herauskristallisierte, überlief mich ein Schauder: Micah und ich, die in seinem Garten Steine umdrehten, auf der Suche nach einem versteckten Schlüssel. *Konnte das sein?*

Während ich durch das Meer feuchten Grases näher zur Rückwand der Scheune watete, versuchte ich die wachsende Hoffnung zurückzudrängen. Was glaubte ich unter dem Ding zu finden? Einen Zettel, auf dem stand: *Geh jetzt ins Theatergebäude an der Dumas und sieh unter Sitz Nummer 121 nach*, als wäre ich in die schlechteste Folge von *The Amazing Race* gestolpert? Aber ich konnte die ganze Zeit nur denken: Selbst wenn ich an jenem Tag, als wir diese Wiesen durchkämmt hatten, hinter der Scheune nachgesehen hätte, hätte ich diesen Stein übersehen – und die Polizei auch. Wir hatten nach einer Leiche gesucht … nicht nach einer geheimen Botschaft.

Der Stein war nicht schwer, aber unhandlich, und da ich nur eine funktionstüchtige Hand zur Verfügung hatte, erforderte es beträchtliche Mühe, ihn von seinem Platz zu bewegen. Als ich ihn endlich zur Seite schieben konnte, mit vor Anstrengung schmerzender linker Schulter, beschleunigte sich beim Anblick dessen, was ich sah, erneut mein Puls: Da war ein merkwürdiges Loch in der Erde, etwa zwanzig Zentimeter lang und fünf Zentimeter breit, direkt am Fundament des Gebäudes. Es sah aus wie der Eingang eines Baus, den ein Tier unter dem Boden der alten Scheune gegraben hatte; zu meiner unbeschreiblichen Erleichterung war es offensichtlich zu klein, um eine Leiche zu enthalten.

Ich kauerte mich nieder, zog mein Handy heraus, aktivierte die Taschenlampen-App und richtete den Lichtstrahl auf die Öffnung. Was würde ich da drin wohl entdecken? Zunächst konnte ich nur die furchigen, unebenen Erdwände der Höhle erkennen, durch die sich überlagernden Schatten wurde es immer schwärzer, je breiter und tiefer sich die Höhle öffnete, aber als ich mein Handy in einem anderen Winkel ausrichtete, sah ich etwas Weißes, Glänzendes. Vorsichtig griff ich in die Höhle, stumm betend, dass potenzielle Schlangen oder stechende Insekten, die sich hier für die kommenden kalten Monate einquartiert hatten, bereits tief und fest schliefen; beim dritten Versuch schaffte ich es, den Finger durch etwas zu schieben, das sich wie eine hauchdünne Plastikschlaufe anfühlte.

Ohne große Mühe ruckelte ich das Objekt frei und stellte fest, dass meine Vermutung richtig gewesen war; ich hielt eine handelsübliche Plastiktüte in der Hand, deren Griffe fest verknotet waren. Wie sie so an meinem kleinen Finger baumelte, fühlte sie sich fast enttäuschend leicht an. Meine Verwirrung wurde mit jeder Sekunde größer, als ich meinen Fund hinaus ins Mondlicht trug, wobei ich die Tüte mit neugierigen Fingern betastete. Etwas Gummiartiges gab unter meinem Druck nach, und etwas Größeres knisterte verräterisch wie steifes Plastik, bog und verschob sich unter meiner Berührung. Ich nestelte vorsichtig den Knoten auf, gegen den Impuls ankämpfend, die Tüte einfach zu zerfetzen, und betrachtete den Inhalt.

Einen Augenblick später war meine Welt auf den Kopf gestellt. Das Blut schoss mir jäh in den Kopf, sodass die Nacht um mich herum schwankte, und ich fiel auf den Hosenboden. Die Tasche landete im Gras zu meinen Füßen und ich starrte in leerer Betäubung vor mich hin, während der Nebel um mich wirbelte und sich als kalter, feuchter Film auf meine nackte Haut legte. Ich saugte den eisigen Dunst in meine Lungen, zugleich betäubt und elektrisiert.

So klar, als wäre ich dabei gewesen – so klar, als hätte January mich von Anfang ins Vertrauen gezogen –, erkannte ich plötzlich, wie alles abgelaufen war. Alles ergab jetzt einen Sinn.

Tammys überwältigender Kummer und ihr Wunsch, dass das Baby von mir war; Eddies Ausspruch, dass January ein »Pulverfass« gewesen sei; Ansons anzügliche, höhnische Bemerkungen – *sie hat hinter deinem Rücken rumgehurt.* Hatten sie alle schon die ganze Zeit gewusst, dass January schwanger war? Vielleicht sogar, dass die Schwangerschaft die Folge einer Vergewaltigung war? Es schien fast unmöglich, es in Betracht zu ziehen, und dennoch …

Als Minderjährige hätte January ohne Einwilligung ihrer Eltern keine Abtreibung durchführen lassen können, und Jonathan mit einem Senatssitz zum Greifen nah hätte es sich niemals leisten können, seine Zustimmung zu geben. Eine Fünfzehnjährige, die zufällig die Stieftochter eines Senatskandidaten war und vorhatte, eine Schwangerschaft abzubrechen, wäre ein gefundenes Fressen für Blogs, Zeitungen, Zeitschriften und Talkshows querbeet gewesen. Interessengruppen würden ihren Fall an die große Glocke hängen, und ihr Trauma würde in jedes Wohnzimmer des Landes übertragen werden. Wenn die Walkers andererseits Nein sagten, würde Januarys Zustand früher oder später offensichtlich werden, und Jonathan wäre gezwungen, auf denselben öffentlichen Plattformen zu erklären, warum er seine minderjährige Stieftochter gezwungen hatte, das Baby ihres Vergewaltigers auszutragen. Wie auch immer die Entscheidung ausfiel, Jonathan würde so viele Wählerstimmen verlieren, dass es ihn die Wahl kosten würde, die ihm mehr bedeutete als seine eigene Familie. Und der Versuch, es heimlich über die Bühne zu bringen, hätte ein großes Risiko bedeutet; die Geschichte wäre zu explosiv gewesen, zu unwiderstehlich, als dass nicht irgendein Eingeweihter sie irgendwann an die Medien verkauft hätte.

Für die Walkers, die in jedem Fall in der Bredouille gewesen wären, gab es nur eine Wahl: den Skandal unter den Teppich zu kehren, bevor er hochkochte und sie in den Abgrund riss – endlich auf Eddie zu hören und January irgendwohin zu schicken, wo sie »keinen Scheiß mehr bauen« konnte. Sie hätten sie weggeschafft, wahrscheinlich bevor man ihr etwas ansah, unter irgendeinem Vorwand zu einem entfernten Verwandten in einen anderen Bundesstaat geschickt, vielleicht sogar außerhalb des Landes. January hätte Cedrics Kind heimlich zur Welt bringen, es zur Adoption freigeben und all ihre Bekannten darüber belügen müssen, wohin sie gegangen war und warum, und schwören, dass sie niemals die Wahrheit verraten würde. Und alles für Jonathans Sitz im Senat.

Es wäre unerträglich für sie gewesen – die Hölle schlechthin.

Auf einmal wurde mir klar, dass der Abend in der Scheune mehr gewesen war als nur ein verzweifelter Versuch, die Umstände ihrer Schwangerschaft zu verschleiern, mehr auch als nur der Wunsch, wieder Kontrolle über ihren Körper zu erlangen, indem sie Sex mit jemandem hatte, den sie mochte – obwohl vielleicht beides mitspielte. Dadurch, dass sie mich davon überzeugte, der Vater ihres ungeborenen Kindes zu sein, hätte sie mich und meine Eltern mit hineingezogen und damit Jonathans Einfluss untergraben. Er mochte Tammy kontrollieren und damit bis zu einem gewissen Grad auch ihre Tochter, aber nicht die Familie Doherty. Obwohl meine Eltern vermutlich mit so ziemlich allem einverstanden gewesen wären, das mich vor einer Teenager-Vaterschaft bewahrt hätte, wäre meiner Mutter jeder Versuch, January ihr Mitspracherecht zu nehmen, gegen den Strich gegangen, und das hätte sie Mr Walker mit größtem Vergnügen ins Gesicht gesagt; in jedem Fall, was immer passiert wäre, die Geschichte hätte sich unwiderruflich über die Grenzen von Jonathans persönlichem Einflussbereich hinaus verbreitet. Sein Wort wäre nicht länger alleingültig gewesen, und Januarys Chancen, sich durchzusetzen, wären gestiegen, wenn auch nur leicht.

Es war also ein strategisches Manöver, und eines, das meiner brillanten Freundin würdig war: January McConville, die sich vor nichts fürchtete. Ich begutachtete noch einmal den Inhalt der Tasche, die ich aus dem Loch unter der Scheune gefischt hatte – den zerrissenen Kunststoffbeutel mit dem dünnen Gummischlauch, der an einem Ende aus einem Ventil ragte, das Innere stellenweise mit einer schwarzen Substanz verkrustet. Selbst wenn ich nicht auf Anhieb erkannt hätte, was ich da vor mir hatte, war die dunkle Substanz in den Ecken und Falten aufschlussreich genug.

Es war eine Blutkonserve.

January, die – auf Jonathans Drängen hin – den ganzen Sommer hindurch einmal die Woche für das Rote Kreuz gearbeitet hatte, hätte genau gewusst, wie sie sich Blut abzapfen konnte, welche Menge täglich vertretbar war und wo sie die erforderlichen Gerätschaften herbekam. Angesichts des kühlen Herbstwetters hatte sie ihren Vorrat vielleicht sogar hier unter der Scheune aufbewahren können, immer wieder ein bisschen hinzugefügt, ohne zu riskieren, dass es verklumpte oder verdarb, bevor sie es brauchte. Sie hätte ihre Flucht eine Woche oder länger im Voraus planen und die schreckliche Entscheidung treffen können, ihre Freunde und ihre Zukunft als Astronomin dafür aufzugeben, selbst über ihr Schicksal zu bestimmen. Unser Intermezzo in der Scheune war vielleicht ihr letzter verzweifelter Versuch, eine Situation herbeizuführen, die es ihr erlaubt hätte zu bleiben.

Aber es hatte nicht funktioniert. Und als ich auf den sauberen Schnitt am unteren Ende des ehemals mit Blut gefüllten Beutels sah, konnte ich mir leicht vorstellen, wie January den Inhalt über ihren Kleidern ausleerte – wie sie das Kapuzenshirt und die Jeans damit tränkte und beides dann an einem Ort deponierte, wo man es irgendwann finden würde. Vielleicht wollte sie ihre Eltern dafür leiden lassen, dass sie sie im Stich gelassen hatten, als sie ihre Hilfe brauchte. Vielleicht rechnete sie sogar damit, dass der Gerichtsmediziner ihre Schwangerschaft entdecken würde, und hoffte, dass dies zu Cedrics Entlarvung als Serienvergewaltiger führen, dass er durch ihren augenscheinlichen Tod zum Kreis der Verdächtigen zählen würde; das hätte immerhin erklärt, warum ihr Rucksack im Müllcontainer seines Wohnblocks gelandet war.

Der Fund ihres Rucksacks hatte mich die ganze Zeit beschäftigt; warum würde ein Mann, der so besessen von January war, dass er Haarsträhnen von ihr und die Deckel von Getränkebehältern, aus denen sie getrunken hatte, in luft- und wasserdichten Plastikbeuteln aufbewahrte, für den ihr Müll also ein Schatz war, ihren Rucksack mit seinem gesamten Inhalt einfach so wegwerfen? Das Porträt, das er Reiko abgenommen und gerahmt hatte, bewies, dass es ihm entweder an Willenskraft oder gesundem Menschenverstand mangelte, sich belastender Trophäen zu entledigen. Wenn man ihren blutbefleckten Rucksack irgendwo in der Nähe von Cedrics Haus gefunden hätte, hätte das schlecht für ihn ausgesehen – aber die Tatsache, dass er auf der Müllkippe aufgetaucht war, vermischt mit anderem Müll von ihm, als hätte er ungeschickt versucht, ihn loszuwerden, war ein erdrückender Beweis, ein eleganter und teuflischer Nagel, der seinen Sarg in den Augen der Öffentlichkeit versiegelte.

Auf einmal war ich ohne den Hauch eines Zweifels sicher, dass ich das Rätsel um Januarys immer noch vermisste Leiche gelöst hatte – und ebenso sicher, dass die Vorwahl der Nummer, die mich angewiesen hatte, hinter der Scheune nachzusehen, zu Los Angeles gehörte.

Mit zitternden Fingern holte ich mein Handy heraus und schrieb eine weitere Nachricht, blinzelte die Tränen weg, die die Buchstaben auf meiner Tastatur verschwimmen ließen. Es war nur ein Wort, aber mehr brachte ich nicht zustande. *January?*

Eine Ewigkeit verstrich, die Nacht wurde kälter und die Sterne stiegen auf, und von dem eisigen Nebel klapperten meine Zähne, aber schließlich bekam ich eine Antwort. Es war nur ein einziges Wort, aber es war alles, worauf ich gehofft hatte.

Lebwohl.

EPILOG

ICH HIELT MEIN GLAS ans Licht, schwenkte den letzten Schluck des perlenden Traubensafts an seinem Grund und sah, wie sich durch das geschliffene Glas und die Kohlensäurebläschen ein Regenbogen bildete. Zu besonderen Gelegenheiten erlaubten mit meine Eltern einen Schluck Champagner, aber für halb besondere Gelegenheiten musste es die Kindervariante tun. Ehrlich gesagt mochte ich keins von beiden sonderlich, auch wenn es zur Feier des Tages gedacht war; beide Getränke waren scharf und sauer und hatten den Effekt dünner Jacken, in denen man zwar gut aussah, aber jämmerlich fror. Wenigstens wurde man von dem echten Zeug ein bisschen bedudelt.

»Kann ich Ihnen beim Abräumen helfen, Mrs Doherty?«, fragte Kaz ehrerbietig und erhob sich halb vom Stuhl, die Hände bereits an seinem und meinem Teller, und meine Mutter – das muss man ihr zugutehalten – verdrehte die Augen.

»Entspann dich, ich mag dich auch so«, sagte sie und winkte ab. »Außerdem macht ihr beiden euch jetzt besser auf den Weg, sonst verpasst ihr noch den Anfang des

Films.« Er strahlte sie an, so stolz auf das Kompliment, dass mir ganz warm ums Herz wurde, und ich stellte mein Glas auf den Tisch, damit ich ihn in mein Zimmer bringen konnte. Als wir im Flur waren, rief Mom uns nach: »Und Schluss mit ›Mrs Doherty‹ – ich bin Kate!«

Seit meinem Fund hinter der Scheune waren zwei Wochen vergangen, und auch wenn in meinem Leben noch nicht wieder Normalität eingekehrt war, hatte sich endlich eine Art Gleichgewicht eingestellt – eine neue Normalität, nehme ich an, und eine, die sich gut anfühlte. Zum Beispiel hatte Kaz heute zum ersten Mal bei uns zu Abend gegessen, und meine Eltern hatten uns nicht mit einem eingefrorenen Lächeln beobachtet, aus Angst, etwas Falsches zu sagen und uns beide zu kränken, sondern dafür geneckt, dass wir uns verstohlene Blick zuwarfen und unter dem Tisch zärtlich anstupsten. Das gefiel mir.

Und an der Riverside war ich eine Art lebende Legende. Das Coming-out, die Beziehung zu einem Typen vom College, meine Verwicklung in eine Mordermittlung und meine Konfrontation mit einem waffenschwingenden Mörder hatten meinen Status innerhalb von zwei Wochen von unscheinbar auf beachtenswert gesteigert, und auf einmal gehörte ich zu den beliebten Schülern. Der einzige Mensch, der einen Groll gegen mich zu hegen schien, war Mason Collier. Er neidete mir meinen plötzlichen Ruhm und ätzte, wann immer er Zuhörer fand, dass man mir den Zutritt zur Herrenumkleide verbieten sollte, weil man »mir nicht trauen« könne.

»Denkst du wirklich, sie mögen mich?«, fragte Kaz mit

zweifelndem Unterton, als wir in meinem Zimmer waren. »Sagt deine Mutter das nicht einfach nur so?«

»Glaub mir, meine Mom sagt nichts, das sie nicht auch so meint«, versicherte ich ihm, während ich – mit einiger Mühe – einen Pullover überstreifte; der sperrige Gips verwandelte meine rechte Hand in eine Keule und machte das Umziehen jedes Mal zu einem artistischen Kunststück. »Und zu Leuten, die sie nicht leiden kann, ist sie betont höflich. Einmal war zum Beispiel der Boss meines Dads bei uns auf einen Drink. Er machte ständig so widerliche sexistische Witze, und den ganzen Abend lang sagte meine Mom Sachen im Stil von: ›Ach, wie interessant‹, oder: ›Möchte noch jemand Kaffee?‹, und dabei schenkte sie ihm ein breites Saurierlächeln.«

»Verstehe. Saurierlächeln bedeutet ›gefällt mir nicht‹.«

Er war immer noch nervös, das sah ich, und er hatte allen Grund dazu; wir würden Micah und Tiana zu unserem ersten offiziellen Doppeldate treffen. Wir waren schon mal Kaffeetrinken gegangen, zum Kennenlernen, aber da hatte ich mit meinem großen Cedric-Showdown das Gespräch beherrscht – worüber, glaube ich, alle ganz froh waren. Der heutige Abend war also echt eine große Sache, und obwohl Micah um einiges lockerer geworden war, machte es ihm immer noch Schwierigkeiten, mit mir über Kaz zu reden, ohne wie ein Fahrschüler zu wirken, der auf einer dicht befahrenen Schnellstraße versucht, die Spur zu wechseln.

Doch auch wenn es weiterhin unangenehme oder peinliche Momente gab, weil meine Freunde und Familie sich noch nicht ganz daran gewöhnt hatten, dass ich mit einem Jungen zusammen war, bedeutete es mir wahnsinnig viel, dass sich alle bemühten, Kaz kennenzulernen – dass ihm alle das Gefühl vermitteln wollten, willkommen zu sein. Er wiederum hatte seinen ganzen Mut zusammengenommen und seinen Eltern von mir erzählt; ich würde ihnen nicht allzu bald vorgestellt werden, aber er hatte voller Begeisterung berichtet, dass sie meine Existenz zumindest zur Kenntnis genommen hatten. Auch wenn seine Mutter mich immer nur Kaz' »guter Freund« nannte.

An der Haustür checkte Dad noch einmal rasch, ob wir gut gerüstet waren. Nachdem er festgestellt hatte, dass wir beide funktionierende Handys und Bargeld für Notfälle hatten, sagte er: »Na dann, amüsiert euch. Gebt Bescheid, wenn ihr dort seid. Und wenn der Film zu Ende ist. Und … kommt ihr danach gleich zurück?«

Ich nickte und kämpfte gegen den Impuls an, die Augen zu verdrehen. An jenem Abend, als ich losgezogen war, um das Foto bei Januarys Gedenkstätte abzulegen, war ich ziemlich spät nach Hause gekommen – viel später, als meine Eltern es eigentlich erlaubten –, weil ich jedes Gefühl für die Zeit verloren hatte, als ich auf ihrer geliebten Wiese saß und nachdachte. Dadurch hatte ich sämtliche paranoiden Instinkte in Gang gesetzt, die meine Eltern normalerweise unterdrückten, und es war immer noch ein Wunder, dass sie mich ohne Polizeieskorte aus dem Haus ließen. Irgendwann würden sie sich bestimmt wieder einkriegen, da war ich mir sicher; der böse Bube war tot, die üblen Machenschaften aufgedeckt, und ich hatte fest vor, wieder in der Nichtbeachtung zu verschwinden.

In den Tagen dazwischen hatte ich keine weitere Nachricht von der mysteriösen kalifornischen Nummer mehr erhalten; als ich endlich den Mut aufbrachte, sie zu wählen, um zu sehen, was passierte, war sie schon außer Betrieb. Wahrscheinlich ein Wegwerf-Handy, und eines, das bestimmt schon auf dem Weg zu irgendeiner Mülldeponie war.

An jenem Abend hatte ich eine Stunde oder länger auf Januarys Wiese gesessen und mir den Kopf darüber zerbrochen, was ich tun sollte – mich gefragt, ob es meine Pflicht war, jemandem von meiner Entdeckung zu erzählen, oder ob ich überhaupt das Recht dazu hatte. Wenn January wirklich irgendwo da draußen war, immer noch lebte, hatte sie einen harten Weg vor sich. Sie war clever, das wusste ich …, aber war sie wirklich clever genug, eine Möglichkeit zu finden, wie sie die Schule beenden und aufs College gehen konnte? Wie sie ihre Träume wahr werden lassen, ihre Ziele erreichen konnte, die sie beflügelt hatten, solange ich sie kannte? Oder gehörte sie inzwischen dem Heer der Geringverdiener in Los Angeles an, deren Lebensweg bereits vorgezeichnet, deren Schicksal bereits besiegelt war? Und außerdem war sie schwanger, ein Problem, das sich nicht so einfach lösen ließ. Wenn sie nicht an einen richtig gut gefälschten Ausweis herankam oder ihr Leben in irgendeiner finsteren Gasse aufs Spiel setzen wollte, würde sie wahrscheinlich Cedrics Kind austragen müssen. Und was dann?

Es war nicht fair, und wenn ich daran dachte, dass Jonathan auf Kosten von allem, was seiner Stieftochter genommen worden war, auf dem Weg zum Capitol Hill war – und auf Kosten von allem, was mir und Tiana und Micah und allen, die January liebten, genommen worden war, hätte ich ausrasten können. Mein Gerechtigkeitssinn wollte, dass die Geschichte in allen Einzelheiten herauskam, dass die Walkers öffentlich dafür zur Rechenschaft gezogen wurden, January im Stich gelassen zu haben, und dass January zu ihren Freunden und der Aussicht auf eine strahlende Zukunft zurückkehren konnte.

Doch das war nicht meine Entscheidung. Man hatte mir etwas sehr Heikles anvertraut, und ich durfte dieses Vertrauen nicht enttäuschen, auch wenn es mir noch so schwerfiel zu schweigen. Sie hätte mit der Geschichte an die Öffentlichkeit gehen und Jonathans streng kontrolliertes Leben mit einem Streich über den Haufen werfen können, alles in Schutt und Asche legen und über Nacht eine landesweite Nachrichtenstory werden können ... aber das hatte sie nicht; sie hätte spurlos verschwinden und dann nach der Wahl zurückkehren können, als nicht mehr so viel auf dem Spiel stand, hätte damit kalkulieren können, dass ihre Eltern dann entgegenkommender wären – aber auch das hatte sie nicht getan. Sie konnte immer noch zurückkommen, sagte ich mir, wenn sie wirklich noch lebte. Die Tür blieb offen, und sie konnte jederzeit nach Ann Arbor zurückkommen. Dass sie es noch nicht getan hatte, bedeutete, dass wegzubleiben ihre eigene Entscheidung war. Und wenn sie sich eines Tages entschied, zurückzukehren, wollte ich, dass sie *zu* mir zurückkam und nicht *wegen* mir.

Schließlich war ich den langen Weg zu meinem Rad an der Auffahrt der Walkers zurückgepilgert, die Tüte mit dem leeren Blutbeutel in der Hand. Auf dem Heimweg hielt ich am ersten öffentlichen Mülleimer an und stopfte das Beweisstück ganz tief hinein. Wenn die Polizei irgendwann aufhörte, den Fluss zu durchkämmen, würde sie sich vielleicht noch einmal die Wiese vornehmen – diesmal mit Leichenspürhunden. Ich wusste nicht, ob diese Tiere nur in der Lage waren, Leichen aufspüren oder auch Blut, aber ich wollte es nicht darauf ankommen lassen.

Kaz und ich gingen zu seinem am Bordstein geparkten Lexus, und von der Einfahrt der Nachbarn starrte mich ein schimmelnder Kürbiskopf an, das letzte Überbleibsel eines Halloween, das ich niemals vergessen würde. In einer Woche war Thanksgiving, und ich freute mich sogar darauf. Trotz oder auch wegen allem hatte ich das Gefühl, für vieles dankbar sein zu können: meine Familie, meine Freunde, Kaz, meine schönen Erinnerungen an January, mein beschissenes Rad und Dads peinliche Witze und Moms Saurierlächeln. Dass ich immer noch lebte und den rauchigen Duft trockenen Laubs in der Nachtluft riechen konnte, mich über den klebrig-sauren falschen Champagner beschweren konnte, erröten konnte, wenn Kaz mir ein spontanes Kompliment machte oder mich einem seiner Freunde als »Flynn, mein Freund«, vorstellte.

Bevor ich einstieg, blickte ich zum Himmel hoch, zu dem Sternengewirr, das durch die kahlen Äste und zwischen den Wolken durchschimmerte, und sah zu, wie sich meine Atemwolke in der Nachtluft auflöste.

Als ich mich angeschnallt hatte, fuhr Kaz los, und ich nahm seine Hand und hielt sie die ganze Fahrt zum Kino lang fest.

DANKSAGUNG

Wie es so schön heißt, braucht es für bestimmte Dinge ein ganzes Dorf, und mein Dorf hat wirklich wundervolle Bewohner. Auch wenn auf dem Cover von *Niemand wird sie finden* mein Name steht, hieltet ihr dieses Buch nicht in der Hand ohne die harte Arbeit, das Engagement und den ermutigenden Zuspruch vieler Menschen – die alle meine unendliche Dankbarkeit verdienen.

An meine sagenhafte Agentin Rosemary Stimola (alias Obi-Wan): Zwar kann ich in einem Dutzend Sprachen Danke sagen, vermag aber trotzdem nicht auszudrücken, wie dankbar ich dir für all dein Vertrauen, deine Unterstützung und deinen Rat bin. Während ich immer noch heiser war von meinen Jubelschreien über den Atlantik hinweg, weil ich tatsächlich eine Agentin habe, hattest du bereits einen Verlag gefunden, der mein Buch veröffentlichen wollte, und meine Stimme hat sich seitdem nicht mehr erholt. Du hast an meine Arbeit geglaubt, und an mich, und dafür sage ich: Danke! Merci! Tack så mycket! Kiitos! Gracias! Grazie! Thank you! Dziękuję! Paldies! Ačiū! Äitah! Спасибо! Das drückt es nicht annähernd aus, aber ich tue mein Bestes.

An meine außergewöhnliche Lektorin Liz Szabla: Mit dir zusammenzuarbeiten war grandios. Deine Liebe zu diesem Buch und dein Vertrauen in meine schriftstellerische Arbeit haben jeden Schritt dieses Prozesses zu einem Vergnügen gemacht; unter deiner Obhut wurde die Geschichte auf diesen Seiten stärker und besser, als ich jemals gedacht hätte, und dabei war mein Leben bemerkenswert stressfrei. Von Anfang an hat mich jedes unserer Gespräche in der Überzeugung bestärkt, dass Flynn und January in den allerbesten Händen sind, und ich danke dir aus tiefstem Herzen für alles, was du getan hast.

Ohne meine Herausgeberin Jean Feiwel gäbe es dieses Buch nicht; du hast meinen größten Traum wahr werden lassen, und wenn ich ein Dschinn wäre, würde ich es dir hundertfach zurückzahlen. Bis es so weit ist, nimm meinen aufrichtigen Dank dafür an, dass in meinem Lebenslauf nunmehr »verlegter Autor« stehen wird.

Meine Bewunderung für Rich Deas, Creative Director der Macmillan Children's Publishing Group, ist grenzenlos. Danke für deine tolle Arbeit – du hast mir bewiesen, dass nichts so großartig ist, dass man es nicht noch verbessern könnte, auch dafür danke. Ich bin wirklich beeindruckt.

Die große Macmillan-Familie war phänomenal, und ich danke euch jeden Tag mehr dafür, wie großartig ihr *Niemand wird sie finden* vermarktet. An Molly Brouillette und Caitlin Sweeney: Eure Begeisterung für dieses Buch bedeutet mir alles, und ich bin euch unglaublich dankbar für eure Bemühungen, es unter die Leute zu bringen. Ihr seid wunderbar. Tausend Dank auch an Morgan Dubin, Brittany Pearlman und den Rest des Teams von Fierce Reads – ihr habt euch für dieses Buch stark gemacht und mich in die Reihen einiger meiner Allzeit-Lieblingsautoren aufgenommen. Ich fühle mich geehrt.

Der erste Mensch, der den fertigen Entwurf meines Romans begutachten durfte, war meine Mom Amy Roehrig, und, Junge, Junge, sie verdient wirklich ein riesiges Dankeschön. Mom, du hast mein Manuskript in seiner absoluten Rohfassung gelesen und gesagt: »Das ist es.« Und weißt du, was? Wie üblich hattest du recht. Ich habe es doch weit gebracht von dem dunklen, dunklen Haus im dunklen, dunklen Wald, oder? Danke für alles. Die zweite Person, die das las, was einmal *Niemand wird sie finden* werden würde, war Mary Pomerantz, und ich schulde ihr eine Menge. Mary, du hast mich einmal mit der Macht des implizierten Freitags aus einer Riesenklemme gerettet – und ich bin mir nicht sicher, aber ich glaube, du kannst ein kleines bisschen zaubern. Danke für dein Feedback und für deine jahrelange wundervolle Freundschaft.

Meine Mutter Kay Nichols ist vielleicht hauptverantwortlich dafür, dass ich Thriller und Spannungsliteratur liebe. Mom, unser kleiner Zwei-Personen-Buchclub – in dem wir Romane getauscht und über Krimis mit verrückten Serienkillern und grausamen Morden geschwärmt haben – gab letztlich den Anstoß dafür, dass ich einen Versuch wagte zu schreiben. Danke, dass du immer an mich geglaubt hast. Mein Dad Charlie Roehrig ist der coolste Typ, den ich kenne, und außerdem mein größter

Fan. (Das beruht auf Gegenseitigkeit!) Dad, ich bin froh, dass ich deinen schrägen Sinn für Humor geerbt habe, und ich bin ehrlich dankbar für all deine Bemühungen, mir zu vermitteln, wie wichtig Disziplin und harte Arbeit sind. Es hat ein paar Jahrzehnte gedauert, aber jetzt habe ich es kapiert. Meine Schwiegermutter Māra Trapans ist eine tolle Frau, bei der ich mich vom ersten Augenblick unseres Kennenlernens an zu Hause gefühlt habe. Danke vielmals für deine *joie de vivre*, deine Herzenswärme und deine grenzenlose Güte. Du bist eine Inspiration für mich, und nur damit du es weißt: Mir ist klar, dass ich in Bezug auf Schwiegermütter das ganz große Los gezogen habe. *Paldies!*

Den Rest meiner engeren Familie handle ich auf einmal ab, weil *Mensch, Leute* – Todd, Debie, Andy, David, Jennifer, Alexis, Olivia, Ann, Gina, Jordan, Pat, Kiersten, Cayden, Liam, Jaime, Nick, Brendan, Dylan, Drew, Dan, Marz, Evie, Maija, Kristian, Emma, Amanda, Indra, Daina, Austris, Gunta und Ieva: ICH LIEBE EUCH ALLE!

Tausend Dank auch an meine zweite Familie – diejenige, die ich mir ausgesucht habe. Nur wegen euch habe ich immer noch alle fünf Sinne beisammen, gerade eben so. Jenn: Keiner von uns beiden ist eigentlich alt genug, um auf vierundzwanzig Jahre Freundschaft zurückzublicken, und doch … ist es so. Du bist die Beste. Immer. Angela: Wo soll ich nur anfangen? Formosa! Jones! Zimmerparty! Stinker! *Leidenschaften!* Schnurrbart-Karaoke! Dein Herz ist so groß wie die weite Welt, und ich liebe dich unendlich. Kasey: Von London bis Los Angeles haben wir gemeinsam gar manches Gelände bezwungen, aber bitte vergiss nie: *Ich bin der beste Kletterer.* Natalie: Unsere Heldentaten sind legendär (und wahrscheinlich gibt es irgendwo eine FBI-Akte über uns), aber *Tamara* wird immer unsere Sternstunde sein. WO STECKT EIGENTLICH DEINE PFEFFERMÜHLE? Tara (alias T-Boz): Du wirst immer zu meinen Lieblingen zählen, nicht zuletzt, weil du so eifrig meine ungesunde Obsession für Horrorfilme befördert hast. Leslie: Siehst du das? Es ist ein Buch. Es ist *mein* Buch! Unfassbar. Du warst der erste Mensch, der mich ermutigt hat, einen Roman zu schreiben, und du kannst nicht ermessen, wie viel mir das bedeutet. Danke.

Und das Beste habe ich mir natürlich bis zum Schluss aufgehoben. Uldis, wenn dieses Buch in den Regalen liegt, werden wir gerade unser Elfjähriges gefeiert haben; das waren die besten Jahre meines Lebens, aber ich wette (kein Stress!), es kommen noch bessere. Danke, dass du bist, wie du bist, dass du mir überall ein Gefühl der Heimat gibst und dass du jeden Tag zu einem wundervollen Abenteuer machst. Ich kann es kaum erwarten, den Rest der Welt mit dir zu erkunden. *Es tevi mīlu, Ulditi.*